쇼케이스

초판 1쇄 찍은 날 § 2006년 7월 6일
초판 1쇄 펴낸 날 § 2006년 7월 16일

지은이 § 김하영
펴낸이 § 서경석

편집장 § 문혜영
편집책임 § 이종민
편집 § 한지윤

펴낸곳 § 도서출판 청어람
등록번호 § 제1081-1-89호
등록일자 § 1999. 5. 31
어람번호 § 제5-0099호

주소 § 경기도 부천시 원미구 심곡1동 350-1 남성B/D 3F (우) 420-011
전화 § 032-656-4452 팩스 § 032-656-4453
http://www.chungeoram.com
E-mail § eoram99@chollian.net

ⓒ 김하영, 2006

ISBN 89-251-0206-4 03810

※ 파본은 본사나 구입하신 서점에서 교환하여 드립니다.
※ 저자와 협의하여 인지를 붙이지 않습니다.

프롤로그 7 · D-day가 시작되는 날 17 · 진영 on the Box 61 · 나쁜 남자 신드롬 105 · 위험한 남자 135 · 널 주고 싶은 사람이 있어 160 · 스캔들 186 · 어긋남 220 · 잊을 수 있는 것과 없는 것 253 · 너에게 주고 싶은 것 285 · 시작과 끝 324 · 에빌로그 369 · 작가후기 379

프롤로그

"**와**아아아아아아—!!"

귀를 찌르는 함성 소리가 등 뒤에서 들려온다. '꺄아아아' 하는 날카로운 비명 소리 비슷한 것도 섞여 있다. 소리를 내지르는 사람들의 열에 아홉은 여성. 나이는 십대 초반부터 이십대를 넘어 삼십대, 군데군데 굵은 보석 반지를 낀 나이 든 아줌마도 심심찮게 눈에 띈다. 그들의 공통점은 거의 모두가 여성이라는 것, 그리고 또 하나는 모두 같은 마음이라는 것이리라.

오륙십대의 남자들이 본다면 '저런 미친 것들'이라고 혀를 찰 광경이지만 때와 장소, 그리고 그것을 보는 사람에 따라서 '아니, 저런 노다지가! 금광일세!'라고 희희낙락할 수도 있다.

다만, 저렇게 소리를 지르는 대상이 무대 위의 뮤지션이라는 가정하에서다.

만일 그 기본 가정이 없다면 정말이지 글자 그대로 '어딘가 좀 모자른 미친 여자들의 집단'이라고 부를 수밖에 없다. 특히 지금처럼 집단 흥분 상태에 빠진 여자들이 일치단결해서 움직이고 있을 때에는 더 더욱.

아우성치는 여자들이 우르르 한쪽으로 달려가고 있다. 그 앞에는 생머리를 길게 늘어뜨린 젊은 여자 하나가 미친 듯이 뛰어가고 있었다. 뒤를 따라오는 여자들의 얼굴은 새빨갛고 앞에서 도망치는 여자의 얼굴은 그녀가 입고 있는 옷과 정반대로 새하얗다. 지금 그녀가 입고 있는 것은 깔끔한 차이나 칼라의 검은 정장, 신고 있는 것은 7cm가 넘는 하이힐. 아무리 보이도 도주하는 사람의 차림새로는 보이지 않는다. 하지만 지금 그녀는 필사적인 도주를 하고 있었다.

바닥에는 종이 부채, 찢어진 플래카드, 음료수 병, 그 이외에도 걷는 것조차 힘들게 만드는 장애물들이 바닥에 한가득이건만 하이힐을 신은 여성은 휘청거리지도, 넘어지지도 않고 쏜살같이 어디론가를 향해 뛰고 또 뛰고 있었다.

뛰어야 했다. 뛰고 또 뛰어서 안전지대가 나올 때까지. 제발, 넘어지면 안 돼! 진영은 기원 아닌 기원을 마구 중얼거리며 미친 듯이 뛰었다. 그리고 드디어 눈앞에 STEP ONLY 팻말이 걸려진 엘리베이터가 보였다.

'천국의 문이야!'

다른 이에겐 평범한 엘리베이터 문에 지나지 않겠지만 진영에겐 이 세상에서 가장 아름답다는 이탈리아의 천국의 문[1]보다 더욱더 아름답고 웅장해 보인다.

'저 안으로 들어가기만 하면!!'

아우성치는 여자들의 소녀들의 손이 지영의 새카만 정장의 끝자락에 닿으려는 찰나, 진영의 앞에서 천국의 문이 열렸다. 진영은 뒤도 돌아보지 않고 안으로 달려들어 가 전광석화와 같은 빠르기로 닫힘 버튼을 눌렀다.

콰아앙—!!

수십수백 명이 굳게 닫혀진 천국의 문에 부딪쳐 오는 순간 진영의 몸도 함께 쿠웅 울렸다. 그 순간, 진영은 천국의 문으로 들어서는 순간 지옥의 문으로 뒤바뀌어 버리는 것이 아닌가 하는 착각이 들었다.

쿠우웅—!!

다시 한 번 울리는 엘리베이터 문소리. 움직이기 시작한 엘리베이터 아래에서 여자들의 아우성 소리가 환청처럼 들려온다.

"환불하란 말야! 사기꾼들!"

"이따위로 공연을 하다니! 오빠들 등치려고 하는 거지!"

---

[1] 피렌체의 수호성인 싼 조바니에게 바친 세례당의 동쪽 문으로 로렌쪼 기베르띠(Lorenzo Ghiberti)가 1424년부터 28년 간 만든 문. 미켈란젤로가 보고 감탄해 마지않았다고 하는 성서의 창세기 이야기를 10개의 부조로 표현한 작품

"환불해!"

"환불, 환불!"

구호가 되어가는 여자들의, 아니, 속칭 빠순이들의 아우성 소리에 진영은 진절머리를 쳤다. 정말 빠순이라면 오빠들이 나올 때까지 죽치고 기다려야 할 거 아냐! 라고 소리치고 싶다. 진짜 진정 빠순이라면 지금 당신들의 행동에 그 '오빠'들이 괴로워할지도 모른다고! 누군가 다치기라도 하면 그 오빠들이 어쩌고저쩌고하면서 구설수에 오르게 된다고!

투덜투덜, 하지만 진영은 소리없이 머릿속으로만 고함을 질렀다. 그럴 수밖에 없는 것이 진영은 절대 그런 소리를 입에 담을 수 없는 입장이기 때문이다. 진영은 바로 이 콘서트의 중심 스태프였다.

'이래서야······.'

진영에겐 천국의 문이고 그들에겐 지옥의 문일 수밖에 없는 엘리베이터 문밖의 빠순이들에게 있어 그녀는 틀림없이 사상 최악의 공공의 적이 될 수밖에 없다.

'어떻게, 어떻게 해야 하는 거야.'

160㎝밖에 안 되는 작은 키를 커버하기 위해 7㎝ 이상의 힐을 고수하는 그녀의 몸이 다시 한 번 쿠웅 울린다. 아무래도 이번 일은 사고다. 그것도 너무나도 커다란 사고다.

'도대체 나더러 어떻게 하라고!!'

정말로 비명이라도 꽤액 지르고 싶은 심정이다. 역시 애초에 이런 공연은 맡는 게 아니었다. 물론 그녀의 입장에서는 주어진 일을 하는 수밖에 없지만 조금이라도 반대해 볼 걸 하는 후회가 저 한여름의 쓰나미처럼 밀려온다.

'그래, 쓰나미지. 게다가 동남아시아를 강타하는 게 아니라 공연장 전체를 초토화시켜 버릴지도 몰라.'

너무나 황망한 마음에 농담이라도 하고 싶어진다.

쿠우웅—

수차례 울리는 금속 소리가 조금씩 멀어지고 있다. 그리고 이어 칭— 하는 소리와 함께 엘리베이터 문이 열렸다. 막막한 심정으로 엘리베이터 밖으로 한 발짝 발을 내디디던 그녀는 저벅저벅하고 들려오는 구둣발 소리에 고개를 들었다. 앞쪽에서 섬은 양복을 빼입은 남자들이 우르르 다가오고 있었다.

"……에?"

혹시 경호업체에서 불러온 보디가드들인가 했지만 아무래도 분위기가 심상치 않다. 경호업체의 보디가드들은 조금 더 단순한 라인의 양복을 입고, 귀에는 무전기를 장착하고 있을 터였다. 진영 받은 경찰일 리도 없다. 그들은 모두 정복을 입고 있을 테니까.

'그렇다면 이 사람들은…….'

깍둑깍둑, 머리가 네모반듯—은 조금 과장되긴 했지만—깍뚝썰기라도 한 듯 보인다. 하나같이 비슷한 디자인의 신발들도 눈에 띈다. 순간 쭈뼛하고 한기가 느껴졌다. 아래층에서 아우성치는 빠순이들의 원념도, 그들이 내뿜는 엄청난 압박감도, 머리를 하얗게 만들어 버리던 공포감도 게 눈 감추듯 어디론가 사라져 버렸다.

척척척 줄을 서는 그들은 그야말로 조폭 '깍두기' 그 자체! 그들의 목에는 진영처럼 스태프 패스가 걸려 있었다. 오른쪽 1.8 왼쪽 2.0의 시력을 자랑하는 진영의 눈이 순식간에 패스에 걸린 작은 글자를 읽어 내렸다.

"……실버 엔터테인먼트?"

어딘가 모르게 얼빠진 진영의 목소리가 좁은 공간에 울려 퍼지는 순간, 그녀의 앞에 180㎝가 훨씬 넘어 보이는 장신의 남자가 뚜벅뚜벅 구두 뒤축을 울리며 나타났다.

"한진영 씨?"

그녀의 이름을 부르는 남자는 스태프 패스도 없이 '보디가드'들로 보이는 깍두기들 사이를 당당한 걸음으로 나섰다. 그녀와의 거리는 약 3m.

"한진영 씨?"

그가 재차 그녀의 이름을 불렀다. 그런 그의 얼굴에는 뭔가 즐겁다는 듯한 미소가 떠올라 있다. 아니, 즐거운 게 아니라 어딘가 모르게 한기가 느껴지는 미소였다. 게다가 그 미소에는 누군가의 위에 선 자만이 가질 수 있는 당당함과 자신감이 한가득 덮여 있었다.

'뭘 믿고 저렇게 자신만만하게 웃고 있는 거야?'

이 공연의 관계자라면, 게다가 출자사인 실버 엔터테인먼트 쪽 사람이라면, 지금 벌어진 상황이 정말 심상치 않음을 알고 있을 것이다. 그런데도 눈앞의 남자는 너무나 여유롭다. 너무 여유로워 보여서 귀싸대기라도 한 대 쳐주고 싶을 정도다. 하지만 그에게서 풍겨 나오고 있는 묘한 박력 때문에 진영은 움직이지도 못하고 그저 멍하니 그를 바라만 보고 있다.

이미 제대로 된 생각 같은 걸 할 수 있을 만한 정신 상태가 아니다. 뛰어오느라 머리는 헝클어지고, 이마에는 땀방울이 송골송골 맺혀 있는 것은 둘째 치고 삼 일이나 잠을 자지 못해 머리가 멍한 데다가 난장판이 된 공연 때문에 정신도 없다. 게다가 뒤에서는 제시간에 시작되지 않은 공연 때문에 아우성치는 팬들과 환불을 요구하는 일부 팬들의 원념이 계속해서 뿜어져 나오고 있다.

"한진영 씨?"

남자가 다시 한 번 그녀의 이름을 불렀다. '네'라는 대답 대신 엉뚱한 생각들이 머리를 점령해 버렸다. 어째서 나를 알고 있는 거지? 아니, 어째서 내 이름을 정확하게 알고 있는 거야? 그러는 당신은 도대체 누군데 그렇게 뺀질거리면서 웃고 있는 거냐고. 내가 그렇게 우습게 보여? 응?

오만 가지 생각이 진영의 머릿속을 스쳐 지나가는데 남자가 빙긋 웃으며 입을 열었다.

"상황이 급박하긴 하군요."

"……."

"해결 방법이 필요하시겠죠?"

"예?"

진영의 목에서 조금 히스테릭하게 위로 쭈욱 올라가 째지고 갈라진 목소리가 흘러나왔다.

"해결 방법 말입니다."

시원스러운 목소리로 말한 그가 손가락을 딱 소리 나게 울렸다. 순간 뒤에 목석처럼 서 있던 남자들이 우르르 진영 쪽으로 몰려왔다.

"……!!"

190㎝쯤 되어 보이는 남자들이 진영의 팔을 잡고 번쩍 들어 올렸다.

'나, 납치되는 거야?'

엉뚱맞은 생각이 진영의 머리를 스치고 지나간다. 들어올려진 몸은 허공을 주욱 날아가 톡 하는 하이힐 굽 소리와 함께 남자의 바로 앞에 내려졌다.

"뭐, 일이 좀 복잡하겠지만 너무 걱정 마십시오. 이 사태는 곧 해결해 드리겠습니다."

"누…… 누구세요?"

해결해 주겠다는 소리가 가뭄의 단비처럼 들리긴 하지만, 그에 대한 대답보다 먼저 엉뚱한 질문이 입에서 튀어나왔다. 질문을 들은 그의 표정이 묘하게 변했다.

"한진영 씨와는 초면이 되는 셈이군요. 실례했습니다. 실버 엔터테인먼트의 이은성입니다."

"에에엑—!"

자신도 모르게 터져 나온 비명 소리가 귀를 찌르는 순간, 진영은 거세게 뒤통수를 맞은 기분이 되어버렸다.

"읍!"

진영은 순간적으로 두 손을 올려 입을 막고 눈앞의 남자를 바라, 아니, 정확하게는 올려다보았다.

'뭐라고 했어, 이 남자? 실버 엔터테인먼트의 이은성? 그 이은성 대표?'

실버 엔터테인먼트, 그 이름은 이 공연의 출자자, 즉 대스폰서다. 그리고 눈앞에 있는 사람은 말로만 듣던 실버 엔터테인먼트의 대표이사. 소문에 의하면 조폭이 틀림없다고 하는, 이 공연을 준비하는 내내 진영을 덜덜 떨게 만들었던 바로 그 남자였다. 일의 진행 중간중간 얼마나 곤란했는지 모른다. 게다가 자신이 조폭이라는 것을 확인이라도 시켜주고 싶은지 공연장에 깍두기 아저씨들까지 잔뜩 거느리고 왔다.

'조폭이 확실했어…….'

그리고 다음에 들려온 목소리를 들은 진영은 온몸이 꽁꽁 얼어붙어 버렸다. 누군가 그의 뒤쪽에서 핸드폰을 내밀며 이렇게 말했기 때문이다.

"행님, 쌍치 큰행님께서 전화를 하셨는데요."

"이런, 누가 연락한 거야?"

아무렇지도 않게 '큰형님'의 전화를 받는 남자를 보니 정말이지 제발 누가 나 좀 구해줘! 하고 소리를 치고 싶어진다.

'형님? 지금 쌍치 큰형님이라고 한 거 맞지?!'

나는 조폭이오~ 하고 선언하면서 도장까지 쾅쾅 찍어버린 셈이다. 형님이란 이름의 도장, 그리고 쌍치 큰형님이라는 도장에 얻어맞아 꽁꽁 얼어붙은 진영은 마음속으로 속삭였다.

'삼만 년이 흘러도 제발 녹지 말아줘~!'

1

D-day가 시작되는 날

인생은 D-day의 연속이다. 어떤 날에 대한 D-day인지는 각각 사람마다 다를 것이다. 정해진 어느 하루, 또는 며칠을 기다리며 준비하고, 일하고, 그리고 두근거리며 맞이하고. 그것이 삶의 연속일 거라고 생각한다. 길게는 한두 달, 반년, 혹은 일년 이상. 짧게는 열흘 또는 하루. 그리고 그 과정을 중요시 여기는 사람이 있는가 하면 목적, 또는 성과를 중요시 여기는 사람도 있을 것이다.

"아아, 드디어 끝나는구나."

웅성거리며 모여 있는 사람들을 보고 있노라면 언제나 기분이 좋다. 물론 진영이 일하는 이곳엔 언제나 사람들이 가득

하다.

 그녀가 일하는 곳은 이른바 Clex라 불리는 국내 최대의 컨벤션 센터로 605,221m²의 공간에 55층의 트레이드 타워와 41층의 아셈 타워, 전시 컨벤션 시설, 두 개의 호텔, 도심 공항 터미널, 대규모 쇼핑몰과 오락 공간을 갖추고 있어 비즈니스를 위해 방문하는 외국인이 숙박, 상담 및 오락과 휴식까지 취할 수 있는 곳으로 한낮은 물론이요, 한밤중까지 사람들의 발길이 끊이지 않는다.

 그 거대한 Clex센터에서 그녀가 일하는 곳은 공연 기획팀으로 Clex의 전시장과 공연, 이벤트 홀에서 열리는 각종 공연을 맡아 기획하고 진행하는 곳이다. 매일같이 바쁜 일과를 보내야 하는 일이지만, 오늘은 특히 바쁜 날이다. 그녀가 맡아 기획하고 진행한 모 가수의 개인 콘서트가 열리는 날이기 때문이다. 말하자면 D-day!

 오늘의 콘서트는 생일 기념으로 열리는 것이라 단 일 회뿐이다. 그러다 보니 팬클럽 사람들이 일찍부터 줄을 서서 기다리고 있다. 조금은 이른 시간이라 그런지 통제 요원이 필요할 정도로 많이 모인 것은 아니었다.

 "흐음, 티켓 발권기는 이상없고······."

 행사 준비는 완벽하게 진행되고 있다. 오전에 티켓 발권기의 렌션에 문제가 생겨 머리가 아찔했지만 호출을 받고 달려온 전문가가 조금 전 문제를 해결했다는 보고가 들어온 참이다.

"경호업체 미팅은 끝났고, 이제 진행 요원들 미팅만 남은 건가."

문득 출출해지는 것을 느낀 진영이 손목의 시계를 확인했다. 점심시간을 조금 넘긴 시간이었다.

"하아, 역시 배꼽시계는 정확하구나."

그녀가 주위를 둘러보았다. 그녀와 함께 일하는 또 한 명의 스태프인 수아가 어딘가에 있을 것이다. 진행 요원들과의 미팅 전에 가볍게라도 식사를 해두는 것이 좋을 것이라 생각했다.

"지금이 아니면 식사할 시간도 없을 텐데."

준비가 완벽하다고 해도 언제 어디서 문제가 생길지 모른다. 게다가 오후엔 자잘하게 체크해야 할 것들이 줄줄이 그녀를 기다리고 있다. 일단 공연이 시작되면 끝날 때까지 한순간도 눈을 뗄 수 없을 것이다.

주변을 둘러보며 민수아를 찾던 진영은 이내 포기하고 문명의 이기를 이용하기로 마음먹었다. 진행 요원들과의 미팅이 끝나면 무전기를 소지하게 되지만 지금 이용할 수 있는 것은 목에 걸린 핸드폰뿐이다.

"핸드폰을 작은 걸로 바꿔야겠어. 목에 걸고 있기엔 역시 무겁단 말이야."

은색의 두툼한 핸드폰을 들고 슬라이드를 막 밀어 올리려는데 그녀의 뒤에서 수아의 목소리가 들려왔다. 아마 수아도 식사

할 시간이 지금밖에 없다는 것을 알고 진영을 찾아오던 중이었으리라. 반가운 마음에 뒤돌아 막 그녀의 이름을 부르려는데 핸드폰이 울렸다. 수아의 핸드폰이었다. 눈으로 먼저 진영에게 인사를 하며 그녀는 핸드폰을 얼른 손에 들었다.

"예, 민수아입니다. 예? 아니…… 그게, 예. 네. 네. 그, 그런가요?"

처음에는 엄청 밝은 목소리였는데 점점 묘하게 톤이 바뀐다.

"예. 네에, 그렇군요. 시간이 조금 걸릴지도 모르겠습니다만 괜찮으시겠습니까?"

톤이 좀 바뀌긴 했어도 목소리는 여전히 엄청 상큼하고 부드럽고 싹싹하다. 하지만 표정이 영 아니다. 눈썹이 휘어진 데다가 입술이 살짝 경련하고 있는 것으로 보아 뭔가 문제가 생긴 모양이다. 수아가 전화를 끊었다. 걱정이 된 진영은 얼른 수아의 옆으로 바짝 다가갔다.

"무슨 일이야, 수아 씨? 문제라도 생……."

질문이 다 끝나기도 전에 수아는 두 주먹을 불끈 쥐고 부르르 떨었다. 당장에라도 비명을 질러 버릴 것 같은 표정이었다. 160㎝가 될까 말까 한 자그마한 키의 진영과는 달리 수아는 170㎝의 키에 완벽한 나이스 바디를 자랑하는 터라 부르르 떠는 것도 진영과는 달리 박력있어 보인다.

"정.말.이.지."

전화 건 상대가 눈앞에 있다면 뺨이라도 쳐버릴 것 같은 기세다.

"저기, 수아 씨?"

고개를 숙이고 어깨까지 떨고 있던 수아가 고개를 번쩍 들었다.

"선배!"

"응?"

"저 이제 김세경 노래는 두 번 다시 안 들을 거예요!"

김세경은 바로 오늘 열리는 콘서트의 주인공이다. 독특한 목소리와 풍부한 가창력으로 수많은 여성 팬을 거느린 명실상부한 국내 최고의 발라드 가수 중 하나다.

"절대! 절대! 두 번 다시 안 들을 거예요. 집에 돌아가면 쌓아둔 CD 전부 꺼내서 케이스부터 다 밟아서 쪼개 버릴 거라구요."

"수, 수아 씨, 진정해, 진정."

수아는 김세경의 광팬이었다. 그의 생일 기념 콘서트를 열게 되었다는 팀장의 말을 듣는 순간 기뻐서 비명을 지를 정도였으니까.

"정말이지 두 번 다시 듣나 봐! 성을 갈아버리겠어! 아악!!"

그런데 지금은 두 번 다시 안 듣겠단다. 틀림없이 뭔가 짜증이 잔뜩 치밀어 오를 만한 일이 생긴 모양이다.

"그러니까 내가 뭐랬어. 가수 담당은 직접 하지 말라고 그렇게 말했잖아."

파르르 입술을 떠는 수아를 보며 진영은 한숨을 푹 내쉬었다. 어차피 예상했던 일이다. 이른바 쇼 비지니스계의 일을 하다 보면 이런 일이 종종 벌어진다.

겉에서 보면 화려하다 못해서 번쩍번쩍 빛이 날 것만 같은 세계지만 일단 안에 들어와서 보면 예상과는 180도 다른 곳이기 때문이다. 좋아하는 뮤지션이나 배우라는 것은 어디까지나 멀리 있어야 그 가치를 가지는 것이라는 것을 이 업계에 들어오기 전까지는 절대 알 수가 없다. 지금의 수아가 처한 상황이 딱 그런 것이다. 너무너무 좋아하던 가수의 공연을 직접 기획하게 되어 그렇게나 들떠 있었는데, 결국엔 그들이 가진 이른바 어둠의 일면을 보고 만 것이다. 본색을 알게 되는 순간, 그것은 그야말로 천지가 뒤바뀌는 충격과도 같다.

"들어보세요, 선배. 정말이지 해도해도 너무 했다구요. 지금 누가 전화 건 줄 아세요? 김세경의 매니저라구요, 매니저. 본인도 아니고 그 매니저가 전화 걸어서 뭐라고 하는지 아세요?"

수아의 입에서 하소연이 줄줄 쏟아져 나오기 시작했다.

"세상에! 난 김세경한테 뭔가 탈이라도 난 줄 알고 얼마나 놀랐는데요. 갑자기 전화를 걸어서 도대체 어떻게 할 거냐고 버럭 소리부터 질렀다구요! 그것도 반말로!"

진영은 고개를 설레설레 저으며 이마를 짚었다.

"그러더니 한다는 말이 '우리 세경이가 지금 목이 막 갈라지는데 물이 없어. 도대체 준비를 어떻게 하는 거지?' 라는 거예요! 그것도 왕 거만한 목소리로요!"

"알았어. 알았으니까 일단 자리 좀 바꾸자. 지나가다가 팬들이 듣기라도 하면 어쩌려구 그래."

"들으라고 해요! 아악—!"

"수아 씨."

슬슬 짜증이 치밀어 오른다. 어차피 예상한 것이긴 하지만 반응이 너무 크다. 이러다가 이번 공연이 끝나자마자 일을 그만두겠다고 하면 어쩌나 하는 생각도 들었다.

"리허설을 해야 하는데 목이 갈라지네 어쩌고저쩌고하더니 한다는 소리가……."

"뭐라고 했는데?"

진영은 적당히 맞장구를 쳐주면서 수아의 팔을 잡고 끌어당겼다. 어차피 뭔가 사소한 것으로 꼬장을 부렸음에 틀림이 없다.

"세상에!! '우리 세경이는 제주 오다수밖에 안 마시는데 그것도 몰랐어?' 래요! 제주 오다수만 마신대요, 못 먹는 것도 아니고 안 마신다는 건 다른 것도 마실 수 있다는 소리잖아요! 그런데도 제주 오다수를 마셔야 한대요. 자기가 무슨 제주도 사람도 아닌데 왜 제주 오다수만 마시겠다는 거냐구요! 그러면서 당장 제주 오다수를 대령하래요! 물이 다 똑같지 뭐 다르다고 까탈스럽게 가리냐구요!"

수아의 절규에 순간 진영도 휘청했다. 멀쩡한 복도를 걸어가는데 어딘가 요철이라도 있었는지 하이힐이 춤을 췄다.

"오다수?"

"그렇다니까요!"

"하아~"

단지 생수 한 병 때문에 꼭 그래야 하나 싶긴 하지만 수아가 짜증을 내고 절규하는 것도 이해되고 매니저가 불만을 내뱉은 것도 어느 정도 이해가 간다. 생수 한 병 정도 가지고 사람을 오라 가라 하며 반말을 찍찍 해대니 기분이 나쁠 수밖에 없다. 게다가 그것이 그렇게 중요한 것이었으면 사전에 미리 언질을 줄 수도 있었을 것이다. 그랬다면 완벽하게 준비를 해놨을 텐데 이제 와서 찾으니 화가 난다.

"그렇죠? 진짜 물 하나로 이럴 수 있냐구요! 진짜 정나미가 다 떨어져요. 진짜 눈코 뜰 새도 없이 바쁜데 자기는 손이 없어요, 발이 없어요? 알아서 사다 먹으면 될 걸 가지고는!"

"그래, 화나는 건 나도 이해된다. 우리 바쁜 거 뻔히 알면서 손가락 하나로 부려 먹으려 드니까. 하지만 좀 유별나긴 해도 이해가 안 가는 것도 아니야. 다른 것도 아니고 목을 쓰는 가수니까 마시는 거나 먹는 것에 민감할 수도 있겠지."

"선배! 그건 선배가 너무 무른 거예요. 그렇게 오냐오냐하고 주변에서 다 이해해 주면서 떠받드니까 연예인들이 그런 거라구요! 게다가 선배는 그 매니저 말투를 못 들어서 그래요! 얼마나 아니꼬운지!"

아아, 정말이지 곁에 연예인이 있다 들었으면 무지 기분 나쁘겠다는 생각이 든다. 진영은 얼른 수아의 주의를 돌리기 위해서 제안했다.

"자자, 알았으니까 일단 그 문제의 제주 오다수부터 해결하자. 느긋하게 점심 식사하긴 애초에 그른 것 같고, 편의점에 가서 제주 오다순지 뭔지도 사고 우리 점심도 가볍게 해결하는 게 어때?"

"아아, 정말!"

여전히 분을 참지 못하고 두 손을 부르르 떨고 있긴 하지만 잔뜩 투덜거리고 하소연한 것이 효과가 있었는지 수아는 얌전히 진영을 따라오기 시작했다.

편의점에서 생수를 사고 삼각김밥과 음료수를 사서 가볍게 먹는 정도라면 시간도 얼마 걸리지 않을 테니 김세경의 대기실에 생수를 전해주러 갈 정도의 시간은 충분할 것이다. 그러고 나서 바로 진행 요원들과의 미팅을 하면 시간 배분도 딱 맞는다.

"이런 일 하다 보면 별의별 일 다 생겨. 그러니까 그렇게 너무 흥분하지 마."

잔뜩 흥분해서 씩씩거리긴 하지만 일을 때려치우겠다고 하지 않는 것을 보니 근성은 있는 모양이다. 진영이야 이 일을 시작한 지 이제 일 년을 넘겼지만 수아는 입사한 지 삼 개월밖에 되지 않는다. 말하자면 지금이 가장 힘들 때인 셈이다.

"원래 이 업계 일이 좀 쪼잔하고 그런 게 의외로 많아. 모르는 사람들이야 뮤지션들 상대하고 그러니까 화려하고 멋진 일만 있을 줄 아는데 사실은 그렇지 않다는 거 수아 씨도 이제 알 만 할 텐데."

"네, 선배."

"가끔은 정말 저 사람들 머리에 생각이라는 게 든 거 맞아? 하고 확 뒤집어보고 싶을 때도 있다니까. 생수 한 병이면 귀여운 거지."

그래도 명색이 가장 좋아한다는 가수였으니 화난 것이 조금 식으면 다시 꺄악꺄악하면서 공연을 보겠다고 할지도 모른다.

"그런 걸까요?"

수아도 일단 흥분이 가라앉자 자신의 말이 조금 심했다 싶은지 순순히 고개를 끄덕였다. 진영은 수아를 향해 방긋 웃어 보였다. 속 깊고 넓은 인격자인 척 연기할 생각은 없다. 하지만 그래도 선배는 선배라고 저런 소리가 사심없이 흘러나온다. 역시 힘든 경험이란 건 사람을 인격자로 만드는가 보다.

그러나, 그렇게 스스로에게 감탄한 것을 전력으로 후회하기까지는 단 한 시간도 걸리지 않았다.

"인격자는 뭐가 인격자야."

활기차게 제주 오다수를 사러 갔던 두 사람은 한 시간에서 조금 모자란 시간을 보낸 후 완전 탈진된 상태가 되어 있었다. 사자라면 이럴 때 크르릉 하고 음산하게 목을 울릴 것이다. 누군가 시비를 걸어주길 기다리면서 이를 박박 갈고 벼르는 기분이랄까. 누구라도 좋으니 제발 나에게 딴지 좀 걸어줘! 그러면 너 오늘 잘 만났다 아주 장례를 치러줄 테니까! 하고 덤벼들고 싶은 심정이다.

"선배, 우리 이러고도 살아야 해요?"

"팔자니까."

멀쩡한 두 여자가 걸어가면서 한다는 소리가 심상치 않다 보니 바로 곁에서 걸어가던 사람들이 슬금슬금 피한다. 사실 말소리보다는 기세가 심상치 않아서겠지만 두 사람은 전혀 눈치 채지 못하고 있다. 두 사람은 지금 신행 요원들과의 미팅 장소를 향해 가는 중이다. 그때 진영의 핸드폰이 요란스럽게 울리기 시작했다.

"네, 팀장님."

핸드폰 너머의 팀장은 잘되어가고 있냐고 묻는다. 생각해 보면 이 공연을 물어와서 진영과 수아에게 던진 인물이 바로 팀장이다. 그리고 문제의 제주 오다수는 팀장이 언제나 들고 다니는 생수병의 이름이다. 진영은 싸늘한 미소를 지으며 대답했다.

"팀장님, 앞으로 제 눈앞에 제주 오다수가 보이기라도 하면 그 자리에서 사표 쓸 테니까 알아서 하세요."

어리둥절해하는 팀장의 목소리에 진영은 한마디를 덧붙였다.

"목이 말라서 죽는 한이 있어도 절대 제주 오다수는 안 마시겠다는 소립니다!!"

진지하고 강력하게 주장하는 진영의 옆에서는 수아가 팔짱을 끼고 고개를 끄덕이고 있었다.

"아하하하하하—"
"그만 좀 웃어. 사람들 쳐다봐."
"아, 아하하하하하."
"그렇게 웃고 싶으면 입 좀 가리고 좀 작은 소리로 웃든지."
"크흑. 어, 어떻게 그럴 수 있냐. 우리 세경이는 제주 오다수밖에 안 마시는데 그것도 몰랐어라니. 나 웃겨서 미칠 것 같아. 정말 깬다, 깨."

건너편 소파의 친구 하영이는 웃음을 참지 못해 호흡곤란 상태에 빠져들고 있다. 진영은 한숨을 팍 쉬면서 얼음물을 들이켰다.

"그, 그래서? 결국 제주 오다수는 사다 준 거야?"
"쉽게 살 수 있었으면 너한테 이렇게 말도 안 해! 세상에 Clex 안에 있는 편의점이란 편의점은 다 뒤지고 음료수 자판기도 다 챙겨보고 심지어는 옆의 백화점에까지 갔다고! 그런데 단 한 군데서도 안 파는 거 알아?"
"설마~ 제주 오다수가 없을라구."

미친 듯이 웃어대던 하영이 간신히 웃음을 멈추고 눈을 동그랗게 뜬다. 그래, 바로 그 반응이 필요했어. 진영은 유리잔에 남은 얼음물을 남김없이 마신 후 말했다.

"없었다니까. 다음날 알아보니까 이래저래 계약이 있어서 안으로 반입되는 생수 종류는 세 종류뿐이더라고. 사무실 쪽으로 올라가는 큰 통은 또 따로 업자가 있고 제주 오다수는 어디서도 취급을 안 하는 거야. 백화점 쪽도 마찬가지 상태고."

"세상에~ 와, 그거 진짜 맹점이다. 하기야 이해도 되네. 거기서 하루에 소비되는 물도 만만치 않을 테니까. 경쟁사라든지 뭐 그런 것도 있을 테고. 그래서 어떻게 했어?"

"어쩌긴. 찾고 찾다 안 돼서 수아 씨가 밖에 나가서 지하철 매점이랑 길 건너 편의점까지 가서 간신히 사다 바쳤지."

"저런, 저런."

벌써 일주일이나 지났건만 생각만 해도 머리끝까지 화가 치밀어 오른다. 이렇게 누군가에게 이야기하면 배꼽 잡고 웃을 에피소드가 되어버리지만 그땐 진짜 제주 오다수의 '오'자만 떠올려도 머리에서 모락모락 스팀이 피어올랐었다.

"콘서트 하는 내내 그놈에게 오다수를 확 끼얹어 버리고 싶은 걸 내내 참았어."

"하하. 나야 듣는 입장이니까 웃었지만 정말 난감했겠다. 가수들은 왜 그렇게 별나대?"

"내가 어떻게 알겠어. 가수들이 전부 그런 게 아니라는 게 그나마 다행이지. 드물게 착한 사람도 있거든."

"……드물게?"

그리고 하영은 다시 미친 듯이 웃음을 터뜨린다.

"아하하, 드물게래. 드물게. 너 진짜 고생하는구나. 아하하."

"알면 제발 그만 웃어."

"하지만 웃긴걸."

그래, 웃기긴 하지. TV에서는 그렇게 오만 진지 다 떠는 발라드 가수가 제주 오다수가 아니면 마실 수 없다고 어린애처럼 투정을 부린다니 안 웃길 수가 없다. 거기에 그 매니저의 행동까지 더해지니 가관 중의 가관이다.

"자기가 무슨 루치아노 파바로티인 줄 아나 보네."

하영이 불쑥 세계적으로 유명한 성악가의 이름을 끄집어냈다.

"응?"

"왜, 유명했잖아. '하루에 한 번은 꼭 파스타를 먹어야 하니 호텔방에서 직접 해먹을 수 있게 해주시오'."

유명세는 까다로움과도 일맥상통하는 것인가.

"콜라는 반드시 코카콜라로! 닭고기는 가슴살로! 생수는 에비앙!"

하영은 콧소리까지 섞어가며 말을 이었다. 완벽하게 빈정대는 투다. 그것이 너무나 웃겨서 진영은 그만 웃음을 터뜨리고 말았다.

"그래. 파바로티는 유명해서 그런 것까지 매스컴을 탔지. 어쩌나 김세경, 매스컴 못 타서."

"그러게나 말야. 매스컴 타려면 더 노력해야겠어."

"자, 마셔! 그런 건 마시면서 푸는 거야. 그리고 불만이 있으면 다~아 나한테 이야기하라고, 들어줄 테니까."

"그래. 너라도 있으니 내가 살지."

반쯤 빈 맥주병을 들어 건배를 하자 쨍 하는 소리가 난다. 진영은 밝게 웃었다. 임금님 귀는 당나귀 귀 놀이, 일명 뒷담화는 역시 재미있다. 진영이 알고 있는 뮤지션들의 사사로운 이야기들은 스포츠 신문기자의 귀에라도 들어가면 대서특필까진 못 가더라도 가벼운 가십 거리 정도는 충분히 될 것이다. 그것을 들어주는 친구가 바로 고등학교 때부터 절친하게 지내온 하영이다. 물론 그녀 역시 모 출판사의 기자라는 것을 생각하면 위험할지도 모르지만 이 친구는 공과 사를 확실히 구분해 주는 데다가 출판 분야도 아예 다르다. 그러니까 이렇게 마음 편히 뒷담화를 할 수 있는 것이다.

"여하튼 수아 씬 이번에 김세경한테 아주 학을 뗐나 봐."

"그래도 좀 불쌍하긴 하다. 일 저지른 건 매니저인데 애꿎은 김세경이 욕를 뒤집어썼으니까."

"알 게 뭐니. 팬 하나쯤 줄어든다고 뭔 일 나는 것도 아니고."

"너 그러다가 네가 담당한 공연의 가수는 전부 싫어하게 되는 거 아니야?"

하영의 말을 들은 진영은 씁쓸하게 웃어버렸다. 생각해 보니 그녀도 공연을 한 다음 진절머리 치며 싫어하게 된 뮤지션들이 몇 명 있었다.

"어쩔 수 없지. 일을 하기 전까지는 팬의 입장으로 있을 수 있지만 일단 일을 같이 하게 되면 가수라기보다는 동료라고 해야 할까, 뭐 그런 것이 되어버리니까. 결국엔 자기들의 본얼굴까지 보이게 되는 거고."

"그래도 좋아서 하는 일이지?"

"응."

그 질문만큼은 진영도 망설이지 않고 대답했다. 어릴 적 부모님과 함께 갔던 뮤지컬을 본 순간부터 꿈꿔왔던 일이다. 가수나 뮤지컬 배우가 되는 게 아니라 이렇게 많은 사람들이 함께하고 감동을 느낄 수 있는 그런 공연을 여는 사람이 되고 싶었다. 그리고 그녀는 꿈을 이루었다.

"아아, 하지만 역시, 공연 기획한다고 하니 사람들이 오해하는 건 너무 싫어."

"뭐, 겉에서 보면 역시나 화려한 쇼 비즈니스의 세계잖아. 아아~ 이름은 들어보셨나, 쇼 비즈니스의 세계!"

"실제로 들어가 보면 완전 먼지투성이 개 노가다 투성인데."

"하하. 설마 이번에도 구석에 쓰러져서 잤어?"

"응. 박스가 쌓여 있어서 잠깐 쉬려고 앉았는데 어느새 잠이 들었지."

"풋—"

웃음소리가 끊이지 않는다. 공연이 없는 주말은 드물지만 그래도 큰 공연 하나가 끝나면 이렇게 쉴 수 있다는 것이 고마울 뿐이다. 오늘도 어디선가 보내온 초대권을 가지고 우아하게 클래식 공연을 즐기고 나와 소란스럽던 마음을 추스르고 이렇게 마주 앉아서 수다를 떨고 있는 참이다.

한창 시원한 맥주를 마시며 오랜만에 회포를 풀고 있는데 진영의 핸드폰이 뾰로로롱 소리를 내며 울리기 시작했다.

"윽— 팀장님이다."

진영은 자신도 모르게 얼굴을 구겼다. 벽의 시계를 보니 새벽 한 시가 다 된 시간이다. 이런 시간에 걸려오는 팀장의 전화는 언제나 공포 그 자체다. 왜냐고?

"네, 팀장님. 한진영입니다."

핸드폰 너머에서 왁자지껄하는 소리가 들린다. 공연이 끝난 지 이제 간신히 일주일밖에 안 됐는데 한숨이 절로 흘러나온다. 일 년 동안 경험한 바대로라면 이 팀장이 어디서 뭘 하고 있을지 눈을 감아도 선하게 떠오른다. 그리고 무슨 말을 하려고 하는 건지도 100%, 아니, 200% 확신할 수 있다.

김세중 팀장. Clex 공연 기획팀의 카리스마. 그리고 사고뭉치 넘버원. 언제 자는지 알 수 없고, 얼마나 술을 마시는지도 알 수 없고, 그의 인맥이 어디까지 퍼져 있는지 도저히 측정 불가능한 엄청난 사람. 그의 특기는 이렇게 새벽에 전화를 걸어서…….

D-day가 시작되는 날

[아아, 우리 진영 씨. 일이 생겼어요.]

역시나 술에 취해서 약간 텐션이 올라간 목소리다.

"예, 팀장님. 이번엔 누군가요?"

일 년쯤 같은 전화를 받다 보니 이젠 자동 반응이다.

[오우, 진영 씨. 센스가 굳인데.]

"됐거든요. 누구 공연인지 말씀이나 하세요."

그의 특기는 바로 이렇게 새벽에 누군가와 술을 마시다가 전화를 걸어서 툭 하고 마치 장난감이라도 던지듯 '누구누구의 공연 좀 기획해 봐'라고 말하는 것이다. 어쩔 땐 듣기만 하는데도 각오를 해야 할 정도다.

진영이 누구 공연인지 말하라고 하는 순간 건너편의 친구 하영이 눈을 반짝인다. 혹 그녀가 좋아하는 뮤지션의 공연이 아닐까 하는 기대의 눈빛이다. 진영이 공연을 맡아 기획, 진행하면 공연 준비 스태프의 무한 권력으로 비표, 이른바 스태프 패스를 받아 좋아하는 뮤지션의 공연을 바로 눈앞에서 볼 수 있기 때문이다.

진영은 하영의 반짝이는 눈빛을 받으며 핸드폰에 귀를 더욱 가까이 댔다. 술에 취해 약간 발음이 새는 팀장의 목소리가 흘러나온다. 하지만 그의 말을 듣는 순간 얼굴이 딱딱하게 굳어버리고 말았다.

"……."

"누구야? 누구 공연인데?"

하영이 눈치도 없이 누구의 공연인지 물어왔다.

"진심이세요? 두 달도 안 남았잖아요."

그렇다는 대답이 재차 들려오고 부탁해요, 라는 팀장 특유의 말버릇과 함께 통화가 끊어졌다. 진영은 묵묵히 통화가 끊어진 핸드폰을 내려다보았다.

"왜? 싫어하는 사람이야? 아니면 까다로운 가수?"

"하영아."

"응?"

진영의 딱딱하게 굳은 얼굴을 보고 하영도 얼굴에서 웃음기를 거두어들였다.

"나 그냥 회사 그만두면 안 될까?"

"왜? 그렇게 싫어하는 가수야?"

도리도리. 진영은 묵묵히 고개를 저었다.

"싫어하지는 않아. 아니, 오히려 좋아하는 편이지."

"그런데 왜 그래?"

"공포거든."

"에?"

이럴 때는 정말 그 끝을 알 수 없는 팀장의 인맥이 두려워진다. 어디까지 뻗어 있는지 아무도 알 수 없다는 엄청난 인맥. 저주를 퍼붓고 싶어도 팀장의 그 '인맥'으로 인해 공연 기획팀의 거의 모든 공연이 성사된다는 것을 알기에 그럴 수도 없다.

"누군데? 말 좀 해봐. 왜 사람을 궁금하게 만들고 그러니, 기집애."

"넌 좋겠다."

"응?"

"네가 좋아하는 동원이 사인 받게 해줄 수 있겠어."

순간 하영이 어리둥절한 표정을 지었다. 하지만 그녀의 그런 표정은 아주 잠시 잠깐뿐, 곧이어 늦은 시간의 술집 안에 찢어질 듯한 비명 소리가 울려 퍼졌다. 구석에 있던 사람들이 무슨 일인가 해서 얼굴을 빼고 힐끔힐끔 쳐다본다.

"얘, 좀 조용히 해! 다 쳐다보잖아!"

하지만 하영이는 완전히 흥분해 버렸는지 진영의 말은 제대로 듣지도 않는다.

"꺄악— 픽스(Fix)인 거야? 정말? 진짜 픽스 콘서트야?"

"응."

남성 사 인조 그룹 픽스. 그들은 현재 명실상부한 국내 최고의 남자 가수들이다. 노래는 물론이요, 멤버 개개인이 드라마, 쇼프로, 영화 쪽으로 진출해 만능 엔터테이너로서 활동 중이기에 그들의 일거수일투족은 언제나 연예면의 한쪽을 차지하고 있었다. 게다가 팬층도 무시무시하게 두텁다. 콘서트 성공은 100% 예약되어 있다.

"멋지다! 꺄악— 너무 좋아. 동원이 사인이라니! 티셔츠에도 해줄 수 있겠지? 와아, 평생 가보로 간직할래."

전형적인 빠순이 기질을 유감없이 드러내는 친구의 앞에서 진영은 막막한 마음에 한숨을 연거푸 쉬었다.

최고 인기 가수의 대형 콘서트. 그야말로 진영이 꿈꾸어오던 대형 공연이다. 동원되는 인원은 물론 최대가 될 테고 소요되는 비용도 올해 최고를 기록할 것이다. 그야말로 올해 최대 이슈가 될 것임에 틀림이 없다. 그러나 모든 일에는 빛과 그림자가 있기 마련이다. 최대, 최고의 대형 콘서트 뒤에는 콘서트 기획자들의 무시무시한 수고가 촘촘한 그물처럼 엮어 들어가 있기 때문이다. 워커홀릭 상태가 되어 개인 시간이라고는 손톱만큼도 쓸 수 없는 지옥의 일정이 진영을 기다리고 있다.

"이제 난 연말까지 죽었어."

맥 빠진 듯한 진영의 목소리와는 상관없이 하영은 언제 하는 거냐며 다이어리까지 꺼내 들고 그녀를 초롱초롱한 눈으로 바라본다.

"아아, 정말 싫어."

벌써부터 귀를 찢는 비명, 아니, 환호성 소리가 들려오는 듯한 기분이다.

"왜 우리 팀장은 꼭 이럴 때 한 건씩 터뜨리는 거냐구. 으아아앙—"

울고 싶은 진영, 그리고 희희낙락하고 있는 하영. 두 사람의 희비는 그렇게 교차하고 있었다.

＊

〈FIX WINTER ACT 20OX.〉

새파란 화면 위에 떠올라 있는 글자. 그 글자를 보고 있는 진영의 입에서 이제는 몇 번째인지도 셀 수 없는 한숨이 새어나왔다. 그와 동시에 그녀와 나란히 앉아 있는 수아의 입에서도, 등지고 앉아 있는 박영헌 PD의 입에서도 똑같은 한숨이 터져 나왔다.

"아, 죽겠다. 진영 씨, 기획서는 완성됐어?"

"네. 기획서랑 예산 책정표, 출연진 계약서는 기본 폼을 이용했구요. 좌석 배치도는 아직 안 끝났는데 어쩔까요?"

"좌석 수 잡았으면 됐어. 그건 내일까지 해도 되고 일단 완성된 것은 이쪽으로 넘겨줘."

"예, 그쪽으로 보내 드릴게요."

바로 등을 대고 앉아 있지만 문서는 모두 컴퓨터로 보낸다. 어쩔 때는 등을 대고 앉아서 메신저로 대화를 할 때도 있다. 띠링— 하는 소리와 함께 문서들이 전송된다.

국내 최대의 공연 시설을 가지고 있는 Clex지만 그 공연을 기획하는 실제 인원이 달랑 네 명이라고 하면 누가 믿을까. 하지만 그것은 사실이고 Clex에서 이루어지는 대부분의 공연은 바로 이 작은 사무실에서 기획되고 진행된다. 사실 말이 팀장까지

해서 네 명이지 실제 일을 하는 것은 결국 박영헌 PD와 입사 일 년 차인 한진영, 그리고 이제 경력 삼 개월의 민수아, 이렇게 세 명뿐이다.

"팀장님은 언제 온다고 했어?"

"글쎄요. 팀장님 출근 시간을 누가 아나요."

"설마 팀장님, 또 어디서 술판 벌이고 계신 거 아닐까?"

음산한 박 PD의 말에 진영과 수아는 동시에 어깨를 떨었다.

"설마요. 이런 낮에."

"설마가 사람 잡는다구."

"윽."

그 말이 맞는 말이긴 하다.

"아아, 정말 아무도 모를 거예요. 국대 최대 인기 그룹 픽스의 초대형 콘서트가 한밤중에 술 마시다가 후다닥 구렁이 담 넘어가듯 결정됐다는 사실을 누가 믿겠어요?"

"하지만 대부분 그런 데서 결정되지."

이쪽 업계에 들어와서 알게 된 충격적인 사실 중의 하나가 바로 이것이다. 대부분 사람들은 가수들의 콘서트는 치밀하게 계획되고—물론 기획은 치밀하게 한다—년간 스케줄을 짜서 만반의 준비를 거쳐 결정되는 거라고 생각할 것이다. 물론 앨범 발표와 함께 자주 이루어지는 쇼케이스라든지 해외 아티스트들의 소규모 콘서트성 쇼케이스라면 그럴 수도 있다. 하지만 대부분의 공연은 정말로 '술자리'에서 결정되어 버린다.

오랜만에 만난 이른바 아티스트들과 그들의 소속사 사장이라든지 그에 준하는 멤버, 음반사 사장, 그리고 김세중 팀장 같은 사람들이 진짜 '우연치 않게' 만나서 술을 마시다가 누군가 툭 하고 꺼리를 던지는 것이다.
　'어이, 자네 소속사의 그 녀석 콘서트 한 지 꽤 되지 않았어? 어때, 올해 좀 근사하게 한번 해보는 건?' 이라든지 '아, 나는 역시 TV보다는 라이브가 좋아. 팬들하고 혼연일치! 얼마나 좋아?' 라는 밑밥을 누군가 툭 하고 던지면 김세중 팀장 같은 사람이 덥석 낚싯대를 만들어 들이댄다. '오! 마침 Clex의 무슨 무슨 홀이 몇 월 며칠쯤에 비는데 그때 하면 어때? 후원사나 협찬사는 내가 알아봐 주지' 라고 매우 호쾌하게 웃으며 말이다. 그러면 술에 취해 판단력도 조금 흐려지고 멍한 상태가 된 아티스트들과 기타 등등의 사람들은 팀장이 드리운 낚싯대를 덥석 물어버린다. 아주 덥석! 하지만 그런 김세중 팀장도 이번만큼 엄청난 대어를 물어온 적은 처음이라고 한다.
　"우리 팀장님은 정말 문어발인가 봐요."
　"그러게. 모르는 사람이 없고 전혀 생면부지의 사람도 곧장 친구가 되어버리니. 그놈의 술이 뭔지."
　"남자들이란 다 그런 모양이죠?"
　진영의 말에 수아가 맞장구를 친다.
　"그럼 대서양 홀로 결정된 거죠."
　"응. 세 시랑 일곱 시 반 2회로 대략 만이천 석 정도려나."

"스탠딩은 없는 거 맞죠?"

"응, 전량 좌석제로 해야지. 스탠딩까지 있으면 감당 안 되니까. 수아 씨한테도 계약서 초본 줄 테니까 보도자료에 참고해 줘."

진영과 수아가 작은 목소리로 픽스의 콘서트에 대한 세부 사항을 이야기하는 동안 박영헌 PD는 어느새 걸려온 팀장의 전화를 받으며 옷을 입고 있었다.

"나가세요?"

"응. 팀장님하고 같이 계약서 검토하고 올게."

"다녀오세요."

"다녀오세요."

"맞다. 진영 씨."

"네."

"내일까지 좌석 배치도 확실히 완성해서 예매 사이트 수배해 줘. 마지막 결정은 내일 하자고. 아참, 보도자료 샘플도 부탁해."

그와 동시에 박영헌 PD는 해야 할 일을 줄줄 소시지처럼 읊은 다음 쏜살같이 사무실을 빠져나갔다. 남은 것은 역시나 진영과 수아 단 두 명뿐이다. 단 한 사람이 빠져나갔을 뿐인데 사무실은 마치 썰물이라도 빠진 듯 썰렁해져 버린다.

"한 달 반밖에 안 남았는데 정말 괜찮은 건가요?"

"그런 건 묻지 말아줘. 나도 골치가 아프니까."

이번만큼은 정말 한숨이 나온다. 준비에 두 달 반, 아니, 두 달만 여유가 있어도 이렇게 암담한 기분이 들지는 않을 것이다. 단 일주일 사이에 해야 할 일들이 너무나 많다.

"픽스 소속사인 윤 엔터테인먼트에서 온 자료들은 어때?"

"픽스가 소속사를 옮긴 지 얼마 안 돼서 그런지 좀 어수선해요."

"어쩔 수 없지 뭐. 잘 추스려서 1차 보도자료 좀 만들어줄래? 그리고 이쪽 리스트 보고 주간지랑 월간지 구분해서 발송 날짜 리스트 좀 맞춰놓고."

"네, 선배."

이제 겨우 기획서가 완성된 참이지만 천하의 김세중 팀장이 누군가. 그가 한 말은 100% 진실이 되며 그가 기획한 공연은 절대로 이루어지는 것이 정석이다. 그러니까 계약이 언제 되든지 간에 진영과 수아는 부족한 삼 주 정도의 시간을 미리미리 일해서 보충해 놓아야 한다.

작은 사무실 안에서 들리는 것은 타다닥 하는 컴퓨터 자판 소리뿐이다. 잠시 후 수아가 벌떡 일어나더니 구석에 산더미처럼 쌓여 있는 CD 더미를 뒤지기 시작하더니 곧장 CD 한 장을 찾아내 음악을 틀었다. 이 상황에 어울리는 BGM은 역시 픽스의 앨범이다. 상큼한 가사가 매력적인 픽스의 노래가 울려 퍼진다.

연인과 헤어졌지만 희망찬 내일을 바라보는 픽스의 노래. 하지만 그녀들의 오늘은 바쁘고 바빠서 내일의 희망 같은 것은 떠올릴 틈도 없다.

"정말 찜찜하기 그지없네요."
"그런 소리 하지 말라고. 실버 엔터테인먼트를 잡은 덕에 예산 하나는 빵빵하단 말이야."
"바로 그게 문제예요, 팀장님! 가뜩이나 윤 엔터테인먼트가 조폭 계열이라고 해서 찜찜한데 실버 엔터테인먼트라니."
파아— 하는 웃음소리 섞인 숨소리가 세중의 입에서 터져 나온다.
"뭐, 그런 걸 신경 쓰고 그래, 진영이는. 이 업계가 다 거기서 거긴 거야. 정말로 관계없어 보이는 데가 완전히 조폭 소굴인 데도 있고 소문은 그래도 알고 보면 실속있는 회사도 있는 법인걸."
Clex 공연 기획팀의 회의는 매우 부정기적으로 이루어진다. 바로 오늘처럼 말이다. 어차피 규정 퇴근 시간 따위는 없는 직장이지만, 지하철 막차를 타기 위해 서둘러 옷을 입는데 헐레벌떡 사무실로 돌아온 김세중 팀장과 박영헌 PD가 대뜸 회의를 하자고 나섰다. 자신이 언제 자는지 스스로도 모르고, 부인도 모르고, 직원도 모르는 사무실의 카리스마. 때로는 짐승이라고 불리는 김세중 팀장에겐 밤낮의 구분도 없는 모양이다.

그는 한 손에 달랑달랑 계약서를 들고 나타났다. 물론 이미 계약이 완료된 것으로 도장까지 깔끔하게 찍혀 있었다. 공연 기획을 담당하는 Clex 공연 기획팀. 출연진인 픽스와 소속사 윤 엔터테인먼트, 총 주최사인 실버 엔터테인먼트의 대표자 이름이 나란히 늘어서 있는 것을 보니 김세중 팀장의 능력이 어떤지 다시 한 번 눈으로 확인하게 된다.

문제는 그렇게 죽 늘어서 있는 두 파트너 회사가 상당히 찜찜하다는 것이다. 이 업계에서 일 년이나 굴러먹다 보면 영헌의 말에도 나름 일리가 있다는 것을 금방 깨닫게 된다. 연예계엔 알게 모르게 조폭들의 입김이 닿아 있다. 일반인들도 다 아는 멀쩡해 보이는 기획사가 사실은 알고 보면 완전 조폭들인가 하면, 조폭이 뒤에 있는 것이 아니냐 라는 소문이 있는 기획사가 사실은 그 기획사에 속한 어느 연예인의 부모라든지 친척이라든지가 자금을 대주고 있는 경우도 있다. 그러니까 애초에 어느 회사가 조폭이니 아니니 하는 것도 크게 의미가 없다. 일은 일이니까 말이다.

하지만 역시 같이 일하는 회사들이 이른바 조폭 계열이면 상당히 곤란한 문제들이 발생할 수도 있다는 것도 익히 알려진 바다. 무턱대고 자신들이 원하는 것만 마구 주장해서 관철하려고 하는 경우가 종종 일어나기 때문이다. 그나마 픽스의 소속사인 윤 엔터테인먼트는 출연진 쪽이니까 괜찮다. 결국 얼굴을 맞대고 이야기하게 되는 것은 파릇파릇하고 멋진 가수들이니까. 문제는 주최사, 즉 출자자인 실버 엔터테인먼트다. 실질적으로 공연 기획에 참여하진 않겠지만 주요 출자자이니 마음에 들지 않는 것에 대해 사사건건 브레이크를 걸어올지도 모른다. 보통의 회사면 괜찮지만 역시 조폭은 무섭다.

"모두 주목!"

역시나 술 한 잔을 걸치고 왔는지 김세중 팀장은 술냄새를 솔솔 풍기면서 말했다. 술 냄새는 나지만 눈은 맑고 또렷또렷하고 목소리도 멀쩡해서 과연 술 냄새가 나도록 술을 마시긴 했는지 의심스러울 정도다.

"누가 뭐라든 실버 엔터테인먼트는 상당히 탄탄한 회사야. 자금도 여유있고 말이지. 이번 공연에선 확실하게 출자를 해주겠다고 했어. 우리가 제시한 예산에 호쾌하게 도장을 찍어줬다고. 예산이 빵빵하다는 게 우리한테 얼마나 유리한 조건인지 잘 알고 있잖아? 시간이 촉박한 건 정말 미안하게 생각해. 하지만 잘 해보자고. 우리 팀은 막강무적! 멋진 공연을 만들어보자. 다들 힘내!"

"야근하라는 말씀으로 들려요, 팀장니임."

그나마 막내인 수아가 투정에 애교를 섞어 반항을 해본다. 그러자 김세중 팀장이 싱긋 웃으며 말했다.

"설마 내가 벌써부터 야근을 시킬 리가 있나. 어차피 전철도 끊어졌고 하니 우리 오늘 단합대회나 하는 게 어때? 내가 낼 테니까."

술 냄새를 풍기는 주제에 또 술을 마시러 가잔다. 팀장의 이런 패턴을 훤히 꿰고 있는 진영은 고개를 획 돌리며 자기 자리 쪽으로 의자를 끌어당겼다.

"PD님하고 가세요. 저는 '매우 부족한 시간'을 좀 메워야 할 것 같네요."

"어이, 진영 씨. 우리 팀의 호프가 그럼 안 되지."

"어머나, 호프라는 단어의 뜻이 과로사로 죽기 일보 직전의 저를 의미하는 건진 몰랐네요."

"쌀쌀맞게 굴기는. 자자, 가자고. 영헌이도 일어서고."

스태미너가 펄펄 넘치는 김세중 팀장과는 달리 박영헌 PD는 슬슬 넋다운이 되어가는 모양이다. 그러나 술이 뭔지 어느새 그의 눈은 아직 먹지도 않은 술기운을 빌어 번쩍임을 되살리기 시작했다.

"그럼 갑시다!"

결국 진영의 반항은 무위로 끝나고 그날은 새벽 차가 다닐 때까지 팀장의 단골 술집에서 밤을 새고 말았다. 그 단합대회가 바로 픽스의 겨울 콘서트를 알리는 신호탄이었다.

✱

계절은 단 몇 주 만에 초겨울에서 한겨울이 되어버렸다. 올해는 유난히 추워서 사람들은 옷깃을 꼭꼭 세우고 목도리를 두르고 두터운 가죽장갑을 낀 채 몸을 움츠리고 다닌다.

"어떻게 보면 제일 추운 시간에 사무실에 앉아서 따뜻한 히터 바람 쐬고 있는 이 팔자가 좋은 건지도 모르겠어요."

영하 십 도 이하의 날씨가 계속되건만 그렇게 말하는 수아의 옷은 반팔의 포근한 스웨터다. 그야말로 히터가 들어오는 사무실이 아니면 버틸 수 없는 차림이다.

"좋긴 뭐가 좋아. 매일 새벽 네 시까지 야근에 또 야근. 정말 좋다고 생각해, 수아 씨?"

피곤함에 뻑뻑해진 눈을 비비며 진영은 하품을 했다. 스트레칭을 하기 위해 의자를 조금 뒤로 빼고 몸을 쭈욱 폈다. 천장의 형광등 불빛에 눈이 부신다. 정말이지 조금이라도 눈을 붙이지 않으면 못 견디겠어.

"하기야 벌써 세 시네요."

귓가에 들려오는 수아의 목소리를 뒤로한 채 진영은 살짝 눈을 감았다. 피곤하긴 하지만 오늘도 집에 돌아가는 것은 아무래도 포기해야 할 듯싶다. 머리가 어지럽고 두통이 살짝 날 듯 말 듯하는 것이 왠지 안 좋은 일이 생길 것만 같은 기분이 들었기 때문이다. 게다가 오늘은 티켓 예매가 시작되는 날이다. 그렇지 않아도 티켓 인터넷 예매가 하루 미루어지는 바람에 자잘한 사고가 생겼었다. 그걸 간신히 수습해서 오늘 밤 아홉 시부터 티켓 예매가 진행되도록 조정하는데도 무척 힘이 들었다.

'왜 이렇게 어지럽지. 뭔가 잊은 게 있나.'

진영이 이렇게 머리가 어지럽고 정리가 안 될 때는 크든 작든 문제가 한두 개 발생하곤 했다. 징크스라고 할 정도는 아니지만 역시 불안했다.

머리가 어지럽다는 건 확실히 해야 할 무엇인가를 놓쳤을 때 흔히 일어나는 현상이라는 것 정도는 경험을 통해 이미 알고 있다. 하지만 무엇을 잊어버리고 무엇을 놓쳤는지 아무래도 생각이 나지 않는다.

그래, 아주 잠깐만 있다가 체크리스트를 보고 확인해 보자. 어지러우니까 더 생각이 안 나는 거야.

"선배? 선……."

흐려지는 의식과 함께 수아의 목소리도 멀어져 버렸다. 아주 잠깐 눈을 감고 쉬자. 아주 조금만, 피곤이 풀어질 정도로 아주 조금만 쉬는 거야.

"으, 으음?"

뭔가 퍼뜩하고 머릿속을 스쳐 지나가는 감각에 진영이 눈을 번쩍 떴다. 자다가 놀라기라도 한 건지 마구 몰려왔던 잠이 어디론가 후딱 달아나 버렸다.

"깜박 잠들었던 건가?"

놀라서 고개를 들어 벽시계를 확인한 진영은 자신도 모르게 신음 소리를 흘려버렸다. 수아가 대충 세 시라고 말했던 것 같은데 시계는 벌써 아침 일곱 시를 가리키고 있었다. 거의 혼절하듯 의자에서 잠들어 버린 모양이다.

얼마나 달게 잤는지 온몸이 개운할 정도다. 문제가 있다면 의자에서 잔 탓에 다리가 퉁퉁 부어서 저려오기 시작했다는 것이다.

"세상에, 네 시간이나 자버렸네. 수아 씨, 일어나. 일곱 시야."

진영처럼 수아도 일하다 잠든 모양인지 책상 위에 팔을 괴고 얼굴을 푹 묻고 있다.

"수아 씨, 일어나. 팔 안 저려?"

"예? 아, 선배. 아야야얏—"

그제야 팔이 저린 것을 깨달은 수아가 엄살 아닌 엄살을 떨었다.

"아으— 잘 잤다."

"수아 씨, 얼른 정신 차리고 세수하고 식사하러 가자."

"잠깐…… 요, 선배. 아직 잠이 좀…….."

저혈압기가 살짝 있는 수아는 잠에서 깨는 것을 조금 힘들어 한다. 그것을 알고 있는 진영은 일어나서 스트레칭을 하며 수아가 잠에서 깨길 기다렸다. 하지만 아무래도 피곤함이 쌓여 있는 탓인지 수아는 좀처럼 정신을 차리지 못했다. 놀라서 깨버린 진영은 이미 완전 부활 상태인데 말이다.

재빨리 내린 커피 한 잔을 수아의 머리맡에 내려놓고 진영은 다시 의자에 앉았다. 아무래도 이삼십 분 정도는 더 걸릴 듯하니 그 사이 미리 작성해 둔 체크리스트를 보고 자신이 무슨 일을 빠뜨렸는지, 무엇을 확인하지 않고 넘어갔는지 하나하나 차근차근 살펴볼 요량이었다.

"2차 이슈 자료 배포도 확실히 끝났고, 1차 라디오 프로모션도 문제없고."

확인을 위해 일부러 하나하나 항목까지 읽어가며 프린팅해 놓은 리스트에 V 표로 마친 일을 표시해 간다.

"음, 포스터는 됐는데. 어머?"

빠짐없이 이어가던 V 자의 행렬이 우뚝하고 멈추었다.

"그렇구나! 티켓 인쇄 교정지! 세상에, 이걸 잊으면 어쩌자는 거야. 수아 씨! 일어나 봐!"

진영은 화들짝 놀라 수아의 어깨를 흔들었다.

"수아 씨, 2차 티켓 교정지 어제 도착했지? 그거 확인했어?"

"예?"

"티켓 교정지 말야. 특히 초대권들은 오늘 밤까진 받아야 하잖아. 어떻게 했어? 확인 마쳤어?"

"에……."

아직도 잠에 취한 상태인 수아가 고개를 갸우뚱하다 말고 괴성을 지르며 벌떡 일어섰다.

"으악! 티켓 교정지!"

"수아 씨!"

"죄, 죄송해요. 어제 점심 식사 전에 도착해서 점심 먹고 확인

후 선배 드려야지 생각해 놓고 그만 깜박했어요. 죄송합니다. 죄송합니다."

"죄송하다고 할 새 없어. 어디 있어?"

"그러니까……."

덕택에 잠이 확 달아나 버린 수아가 황급히 자신의 책상 위에 수북하게 쌓인 프린트 물들을 뒤지기 시작했다. 낮에 퀵으로 도착했으니 어딘가 봉투에 담겨 있을 것이 틀림없다.

"앗, 이거예요! 죄송합니다, 선배."

"찾았으니까 됐어. 얼른 꺼내봐. 별문제는 없겠지만 확인은 해야지. 철자 하나라도 틀리면 곤란하다고. 어휴, 인쇄소에서는 왜 연락을 안 한 거지. 어제저녁 때까지는 교정지 확인을 하기로 했었는데."

잠시 열을 냈던 탓인지 오른쪽 관자놀이가 지끈지끈 아파오기 시작한다. 손가락에 힘을 주어 꾹꾹 누르면서 진영은 수아와 함께 티켓의 인쇄 교정지를 꺼내 들여다보았다.

"픽스 윈터 액트 200X 우리는 픽스입니다. 공연 일시 이상없고, 공연 시간 이상없고."

철자까지 하나하나 확인해 가면서 교정지를 살핀다. 특별히 문제가 있을 게 아니기에 아침에나마 확인하고 바로 연락을 넣으면 된다고, 그렇게 안심을 하려고 했다. 그렇다. 분명 아주 사소한 오타 이외엔 문제가 없어야 한다.

그런데…….

"뭐…… 뭐야, 이게."

"서, 선배."

진영과 동시에 수아도 이상한 것을 발견하고 얼굴을 들었다. 두 사람의 시선이 허공에서 맞부딪쳤다.

"왜 주최사가 실버 엔터테인먼트뿐이지?"

"그러게요. 도대체 어떻게 된 거지?"

"시간은? 7시 20분. 디자인 회사에서 전화 받으려나?"

너무나 황당해서 도대체 어떻게 된 것인지 이해가 안 갔다. 이번 공연의 주최자는 총 세 개사. 그녀들이 속한 Clex의 공연 기획팀과 픽스의 소속사인 윤 엔터테인먼트, 그리고 마지막으로 출자사인 실버 엔터테인먼트 이렇게 삼 개 사가 모두 티켓에 인쇄되어 있어야 한다. 예매 홍보용 1차 포스터엔 이상없이 나와 있는데 왜 티켓에만 이런 문제가 생긴 걸까. 그것도 다른 데도 아니고 Clex와 윤은 빠지고 실버만 나와 있다. 아무래도 불안하다.

황당함의 극치에 빠져 있는 터라 전화번호를 누르는 손이 덜덜 떨리기까지 했다. 제발 사소한 미스이길 바랄 뿐이다. 하지만 아무래도 불길한 예감이 들었다. 주최사가 모조리 빠진 거면 정말 사소한 미스겠지만 하나 남아 있는 것이 실버 엔터테인먼트라는 게 아무래도 이상하다. 뚜르르 하는 소리가 수화기에서 들려온다. 몇 번이나 더 울리고 나서야 간신히 누군가 전화를 받았다.

"Clex 공연 기획팀 한진영입니다. 에스타죠? 어제 보내신 티켓 교정지를 확인하고 전화드립니다. 네. 너무 이른 시간이라 죄송합니다. 저희들이 바쁜 탓에 어제 연락을 못 드렸어요."

숨도 안 쉬고 주루룩 하고 싶은 말들을 쏟아냈다. 왜 이런 일이 벌어졌는지 너무나 이상했다. 그리고 잠시 후 진영은 불안불안하던 이유를 확실히 듣고야 말았다.

"예? 그게…… 정말인가요?"

기획사와 주최사가 빠진 이유를 설마 설마 했던 그녀는 디자인 회사 직원의 말로 자신의 짐작이 거의 완벽하게 들어맞았음을 확인했다. 황당하다 못해서 기운까지 쭉 빠져 버린 진영은 전화통화를 마치고 자리에 털썩 주저앉았다.

"선배, 왜 그러세요. 인쇄소에서 뭐라고 그래요?"

"나 정말 미치겠어, 수아 씨."

"예?"

"실버에서 클레임 걸었대. 말이 클레임이지 거의 협박을 했나 봐."

"예?"

"일단 규칙이 있으니까 우리한테 첫 번째 교정지를 보내면서 윤이랑 실버에도 보냈는데, 퀵으로 도착하자마자 전화가 왔다는 거야. 왜 실버를 맨 아래 넣었냐구. 그렇지 않아도 포스터 때문에 불만이었는데 그땐 연락을 못해서 그냥 넘어갔지만 티켓까진 못 봐준다고. 위에 있는 거 싹 빼버리고 실버만 대문짝만

하게 박으라고 했대. 안 그러면 재미없을 거라고……."

진영은 머리를 감싸 안고 책상 위로 침몰해 버렸다. 그래, 조폭이었어. 확실히 조폭이었다고. 왜 이놈의 업계는 조폭이 손을 떡 벌리고 있냔 말야. 너무 싫어~ 나도 무섭단 말이야! 아니, 무서운 게 문제가 아니야. 무서워도 나는 일을 해야 한다고오!

진영은 울고 싶은 심정으로 책상에 쿵쿵 머리를 박았다. 사소하다면 사소한 사건이지만 때에 따라서는 엄청 곤란한 문제로 발전될 소지가 있다. 그럼 도대체 뭘 어떻게 해야 하는 걸까. 진영은 필사적으로 머리를 굴렸다. 실버 엔터테인먼트 사무실 전화번호야 알고 있지만 도대체 누구를 찾아서 이 문제에 대해 물어보고 양해를 구해야 하는 건지 정말 머리가 아팠다. 아니, 애초에 이런 사.소.한 문제로 이렇게 골머리를 썩어야 하는 것 자체가 열받고, 화나고, 또 무섭다! 문득 이 문제의 해결을 김세중 팀장이나 박영헌 PD한테 던져 버리면 어떨까 하는 생각이 들었다. 하지만 결국 마음을 돌렸다. 아니, 이건 내 책임인걸.

"생각 좀 해보자."

박영헌 PD는 기본적으로 무대 장치, 즉 하드웨어 쪽을 담당하는 사람이다. 이런 문제는 어디까지나 진영 자신의 힘으로 해결을 해야 하는 것이다. 하지만 용기가 안 난다. 아니, 아예 전화를 걸고 싶지도 않다. 그냥 실버에서 모르게 교정지를 바꿔

치운 다음 모른 척하고 '1차 교정지로 나갔네요~ 죄송해서 어쩌죠?'라고 배를 째버리면 어떨까 하는 묘안이 생각났다. 하지만 그 뒤를 감당하는 건? 역시 나잖아~ 새우잡이 배. 아니, 벽돌 무인도로 팔려가면 어떻게 하냐고. 설마 그렇게까지 할까 싶은 마음도 없지 않아 있지만 이미 인쇄소 측에 전화를 걸어서 '협박'을 가볍게 해치운 사람들이다. 진영의 마음대로 일을 벌였다가 어떤 보복이 올지 정말 상상도 안 간다.

결심을 해야 했다. 각오를 해야 했다. 최대한 고민을 하고 또 해서 실버에서 기분 나빠하지 않을 정도의 대안책을 제시해야 했다.

그래, 일단은 전화를 걸자! 이렇게 된 거 그쪽 대표한테 전화를 걸어서 정중하게 인사를 하고 아예 대놓고 부탁을 하자고. 뭐가 되든 정공법이 최고야!

그렇게 불끈! 주먹까지 쥐면서 결심하고 각오했지만 실제 그것을 행동으로 옮기는 데는 의외로 시간이 많이 걸렸다. 먼저 에스타에 전화를 걸어 인쇄 시간을 최대한으로 미루어 잡아놓고 세수도 하고 가볍게 화장도 하고 밥도 먹어서 힘도 내고 암튼 하기 싫은 숙제를 해야 하는 초등학생처럼 최대한 미룰 수 있는 데까지 미루다가 아슬아슬한 시간에 전화기를 들었다.

"안녕하세요. 저는 픽스의 공연 기획을 담당하고 있는 Clex 공연 기획팀의 한진영이라고 합니다. 이은성 대표님과 통화가 가능할는지요."

 전화를 받은 사람은 걸죽한 경상도 사투리를 구사하는 엄청나게 무서운 아저씨인 듯했다. 그는 떨떠름하게 내 인사를 받더니 잠시 기다리라고 한 다음 어디론가 전화를 연결해 주었다.

 [전화 바꼈데이. 누군교?]

 윽— 대박으로 반말로 시작한다. 진영은 앞서 말한 자기 소개를 다시 한 번 되풀이한 다음 물었다.

 "이은성 대표님이십니까?"

 [아, 우리 행님은 좀 바빠서 고 아래 있는 사람인데.]

 "아, 예에. 저기, 실은 티켓에 조금 문제가 있어서요."

 전화를 받은 사람이 누군진 모르겠지만 암튼 위쪽의 인물인 듯했다. 진영은 목소리가 떨리지 않도록 최대한 신경을 쓰면서 티켓의 문제에 대해서 이야기했다. 그러자 대뜸 불만 가득한 대답이 돌아왔다.

 [아, 그걸 그래 하믄 되나?]

 "예?"

 [우리 행님이 앵꼽아한다.]

 뭐, 뭔소리래. 누가 제발 통역 좀 해줘요. 네?

 "아니, 그래도, 이번 공연은 저희 Clex와 윤 엔터테인먼트, 그리고 귀사 이렇게 삼 사가 합작해서 하는 행사인……."

 어떻게든 조용조용 설명을 하고 양해를 구하려는데 상대는 버럭 화를 냈다.

[그래도 우리가 젤로 큰 회산데 어케 우리가 젤 밑에 처박혀 있노. 존심이 있제이. 우리는 이래가 일 모한다.]

상대방이 하는 말은, 그러니까 자기네가 젤 큰 회사인데 왜 마지막에 자리를 차지하고 있냐 이거나. 기분 나빠서 싫다. 말하자면 그거다.

"예예. 저도 충분히 이해는 합니다. 하지만 기본적으로 함께 하는 행사라서요."

[……지금 뭐라카노?]

순간 식은땀이 주르륵 등골을 흘러내렸다. 설마 우리 몬한다! 이러면서 때려치우는 게 아닐까? 아니면 너는 도대체 누군데 이리 버르장머리없이 말하냐며 당장 달려오라고 한다거나……. 그래도 어떻게든 해결은 해야 한다. 진영은 있는 용기 없는 용기를 다 끌어 모아서 말을 이었다.

"저기, 이렇게 하면 어떠실지요. 저희는 일단 기획과 진행을 담당하고, 윤 엔터테인먼트에서는 가수 분들이 나오시지 않습니까. 그리고 실버 엔터테인먼트에서 가장 큰 역할을 담당하시니까 티켓에 넣는 회사 이름을 일단 제일 위로 올린 다음 글자를 크게 해서 넣어보겠습니다. 그리고 저희랑 윤은 조금 작은 글자로 아래쪽에 작게 넣고요."

수화기 너머에서는 아무 말도 들려오지 않는다. 음음— 하고 생각하는 소리가 잠시 들려오더니 좀 더 시간을 끌고서야 대답이 들려왔다.

[……흠. 꼭 그래 해야겠나?]

"실버 엔터테인먼트는 특별히 눈에 잘 띄도록 배치하겠습니다."

어떻게든 허락을 받아야 했다. 아니, 애초에 이런 건으로 허락을 받아야 한다는 것이 총 중량 백 톤은 넘는 돌덩이가 되어 강렬하게 뒤통수를 후려치고 있지만 어쩌란 말인가.

[……그라모. 아라따.]

간신히 허락이 떨어졌다. 하지만 허락을 내주는 것으로 통화가 끊어지지 않는다.

[앞으로 조심해라이. 우리 큰 행님 성격에 걸리믄 디진다.]

디진다? 죽는다고? 진짜? 정말? 머리는 벌벌 떨지만 경험에 익숙해진 입은 잘도 대답을 했다.

"예. 죄송합니다. 그리고 감사합니다. 정말 감사합니다."

[그래. 수고해라. 난주에 보자이.]

뚝— 뚜 뚜 뚜.

그리고 끊어진 전화. 순간 전화기를 잡고 있던 손과 팔, 그리고 얼굴에 피가 확— 통하면서 쩌릿한 감각이 느껴졌다. 그 감각을 이기지 못하고 진영은 들고 있던 수화기를 쾅 소리가 나게 내려놓았다.

"선배님, 괜찮으세요?"

전화 내용을 옆에서 들어 급한 불은 껐다는 것은 알지만 진영의 얼굴이 심상치 않은 것을 보고 수아가 걱정스러운 얼굴로 물었다.

"나, 죽을지도 모르겠어."

"선배!"

"아아, 정말 싫어. 조폭은 싫다구우우."

이른 아침부터 등골을 오싹하게 했던 티켓 교정지 사건은 그렇게 마무리되었다. 하지만 언제나 사건은 겹쳐서 일어나 설상가상의 상태가 되어버리는 법이다. 왠지 공연 날이 되면 사면초가에 처해 버릴 것만 같은 강렬한 예감이 온몸을 사로잡는다.

진영은 온몸을 부르르 떨었다. 진영의 예감은 언제나! 거의 99.9%의 확률로—공연 관계쪽으로만—맞아떨어진다.

그날 저녁 아홉 시 픽스의 겨울 콘서트 티켓 예매가 시작되었다. 그리고 한 시간이 되기도 전에 그대로 서버가 주저앉아 버렸다.

간신히 세 시간 후 복구된 서버를 확인하고 안내문과 사과문을 미리 작성해서 윤 쪽에도, 실버 쪽에도 넘기고 모든 사건을 수습하고 나니 또 새벽이 되어버렸다. 그야말로 질풍노도, 아니, 폭풍 속에서 조난을 당했다가 살아남은 기분이었다.

그나마 다행인 것은 장시간의 서버 마비에도 불구하고 콘서트의 티켓이 예매 하루 만에 전체 2회 공연 만이천 석 중 80%의 예매율로 호조를 보였다는 점이다. 나머지 좌석도 곧 매진될 것이다.

 하지만 과연 정말 이 콘서트가 무사히 끝날지, 진영은 확신할 수가 없었다.

2

진영 on the Box

"선배, 괜찮으세요?"

"괜찮을 리가 없지."

지끈지끈하고 관자놀이가 아프다. 두통으로 흐릿해진 눈으로 창밖을 바라본다. 컴컴해진 서울의 밤하늘이 눈에 들어왔다.

"지긋지긋해. 난 도대체 이 일을 왜 하고 있나 몰라."

"좋아하시잖아요."

"……."

인간이란 참 간사하다. 정말로 간사하다. 투덜투덜 불평의 말을 입에 담아보지만 그러는 진영 스스로도 공연이 다 끝나면 뿌듯하게 벅차오르는 가슴을 부여잡고 감동에 젖을 거란 걸 잘 알고 있다. 이 일을 선택하길 잘했다고, 힘든 일을 견디고 꿋꿋하게 해낸 자신을 칭찬해 주며 행복해할 것이다. 틀림없이 그럴 것이다.

"아아, 그래도 지금은 정말 딱 세 시간만 죽어 있으면 소원이 없을 것 같아."

"세 시간만 자면 소원이 없을 것 같다가 맞는 거 아닌가요?"

"그거나 그거나."

완벽한 수면 부족 상태의 머리는 아무리 카페인이 듬뿍 든 커피와 드링크를 마셔도 회복되지 않는다. 몸도 너덜너덜, 머리도 너덜너덜 완전히 그로기 상태다.

"선배, 당일 식사랑 주차권이랑 인터넷 신청은 다 끝났고요. 공연장 도면 컨펌도 되었으니 이제 확정된 거죠?"

"그쪽엔 특별히 문제없었지?"

"네, 선배."

공연 날짜가 정해진 그날부터 진영을 비롯해 기획팀은 전부 단 하루도 쉬지 못하고 격무에 시달려 왔다. 이제 D-day 삼 일 전, 아니, 열두 시가 지났으니 이제 이틀 전이다.

"삭신이 쑤셔. 삭신이."

욱신거리는 어깨를 두들기고 있다 보니 예전 생각이 떠올랐다. 바로 어제처럼 눈만 감으면 선하게 떠오른다. 대학교 2학년 때, 아무것도 모르던 무대포 정신 하나로 무장하고 진영은 전국을 떠돌았었다.

'그러고 보니 오빠는 잘 지내실까.'

따지고 보면 결국 이 바닥에 발을 디디게 된 것도 다 그때 모기와 더위에 시달리고 눅눅한 박스 위에서 새우잠을 자며 고생했던 덕이다. 그땐 쇼 비지니스계가 이렇게 힘들고 살벌하다라는 생각을 하지 않았었다. 어딘가 가야 하면 무작정 따라가고, 무엇인가 필요하다고 하면 젊음 하나를 무기로 닥치는 대로 억지까지 부려가며 해치웠다. 경험이라고는 전무했던 그녀가 이런 자리에 서게 된 것은 모두 그 사람 덕이다.

생활이 너무나 바빠서 잠시 잊고 있었다. 한때 너무나도 좋아하고 존경해서 학업까지 내팽기치고 졸졸 따라다녔던, 결국엔 은인이 되어버린 사람을 말이다. 그래, 이번 공연이 끝나면 전화라도 드리자. 언제라도 연락하라고 하셨는데 올해는 생일 선물도 못 보내 드렸고.

"수아 씨, 우리 사우나 하러 가자. 이제 공연이 끝날 때까진 변변하게 쉬지도 못할 테니까."

"그거 좋은 생각이네요."

수아가 반색을 하며 얼른 코트를 집어 든다.

"아, PD님은 어디 계실까요? PD님 차 타고 가면 좋은데."

"아아, 내년엔 차라도 한 대 뽑을까 봐."

"우와! 진짜요?"

한때는 열심히 운전을 하고 다녔었지만 취직한 이후로는 내내 장롱면허 상태다. 자신이 하고 있는 일을 생각해 봐도 슬슬 작은 소형차 한 대는 필요하겠구나 싶었다.

묵직한 코트에 팔을 꿰고 폭신한 목도리를 손에 든 두 사람은 또각또각 신발 굽소리를 울리며 작은 사무실을 빠져나갔다. 그녀들이 빠져나간 사무실 창밖으로는 하얀 눈송이가 하나둘씩 떨어져 내리기 시작하고 있었다.

✱

"그쪽에 검은색 표시가 된 상자는 사무실로 올려주세요. 그리고 빨간 별표 세 개가 붙은 상자도 같이요."

공연 이틀 전부터는 정말로 눈코 뜰 새 없이 바빠진다. 전날에 아아, 이젠 죽고 싶어 라고 생각했던 것의 열 배, 아니, 백 배로 일이 늘어나서 진영의 머리와 어깨를 사정없이 내리누른다. 솔직히 말하자면 그런 생각을 할 겨를조차 없다고 하는 것이 맞을 것이다. 사무실과 창고를 몇 번이나 왕복해야 하는 것은 기본이다.

정신없이 사방을 뛰어다니고 있는 사람들에게 일일이 할 일을 알려주고 진행 상황을 체크하고 감독하느라 혼이 빠진다. 그런 과정을 통해 그녀가 기획하고 만들어온 '공연'이라는 이름의 괴물이 실체를 드러내게 된다. 기획팀에서 그 괴물의 전체 윤곽을 만들었다면 그 윤곽의 안을 차곡차곡 쌓아올려 완벽한 실물을 만들어내는 사람들은 지금 그녀의 앞에서 왔다 갔다 하는 사람들이다.

이른바 잡일을 하는 사람들만 해도 스무 명이 넘는다. 그들은 이미 일주일 전부터 넓은 Clex 곳곳에 수많은 광고물들을 설치하고 점검하고 훼손된 POP물을 보완, 재설치한다. 조금 전에 기자재들이 실린 차량들이 도착했다고 하니 공연장에는 더욱더 많은 사람들이 우글댈 것이다.

"선배, Fix가 도착했대요."

"생각보다 일찍 왔네. 최종 연습 시간은 두 시부턴데."

"식사가 일찍 끝났나 보네요. 제가 나가볼까요?"

"그렇게 해줘. 공연장 안내랑 대기실 쪽도 안내해 주고 특별히 필요로 하는 것 없는지 꼭 물어봐."

진영이 그 말을 하는 순간 수아가 손에 들고 있던 종이 한 장을 와작 하고 우그러뜨렸다. 두 사람의 시선이 허공에서 마주친다. 동시에 두 사람은 푸훗 하고 웃음을 터뜨렸다. 두 사람의 머리에 떠오른 생각이 무엇일지 완벽하게 파악할 수 있었기 때문이다.

"그렇죠. 혹시나 제주 오다수~밖에 안 마신다고 떼쓰면 안 되니까요."

"맞아, 게다가 누가 알아? 화장실엔 새하얀 타월, 비누는 어느 어느 회사의 무슨 비누. 기타 등등. 기타 등등."

"맞아요. 후훗."

체크리스트를 한 손에 든 수아가 바쁜 걸음으로 사라진다. 그녀의 뒷모습을 바라보다 고개를 돌린 진영의 눈에 어떤 사람이 묵직한 금속제 박스를 혼자 내리려는 모습이 비추어졌다.

"앗! 그거 조심하세요."

그 안엔 이제부터 공연이 끝날 때까지 손에서 뗄 수 없는 무전기가 들어 있다. 그 무전기를 손에 잡는 순간, 공연이 시작되는 것이나 다름없다.

"그쪽 쓰레기 좀 치워봐! 위험하잖아!"
"아, 좀 천천히 합시다."

Fix의 연습은 아직 만들어지지도 않은 무대에서 무사히, 그리고 간단히 끝났다. 그리고 그들이 철수한 그 직후부터, 그때까지 어디를 어떻게 돌아다니고 있었는지 코빼기도 보이지 않던 박영헌 PD가 나타나 고함을 버럭버럭 질러가며 무대감독과 함께 열심히 사람들을 부리고 있었다.

바닥에는 유도 동선을 표시한 형광색 테이프가 번쩍이고 있고 무대를 밝힐 조명 기자재들이 제자리를 찾기 전 차곡차곡 자리를 잡고 앉아 순서를 기다리고 있다. 수억을 호가하는 음향기기들도 등과 등을 맞대고 언제쯤 자신들의 자리를 찾아줄지 기대하고 있는 듯하다. 누군가 들고 가던 부자재들을 떨어뜨렸는지 호통 소리와 죄송하다는 소리가 연달아 들려온다. 이번 같은 대형 공연엔 자연스럽게 하드웨어 스태프들도 많아진다.

이삼십 명이나 되는 사람들이 각종 기자재와 함께 북적북적한 시장 바닥을 연출하고 있는 홀 한가운데에 머리를 하나로 질끈 동여맨 작은 여자 하나가 열심히 종종걸음을 치며 자신보다 머리 두 개쯤은 큰 남자들을 뚫어져라 쳐다보며 '감시'를 하고 있다. 그녀는 물론 이 공연의 기획자인 한진영이다. 무대 설치는 기본적으로 박영헌 PD의 일이고 기획자인 그녀가 이 현장에서 할 일은 따로 없는 셈이지만 안전 문제도 있기에 일단은 계속 긴장을 늦추지 않은 채 현장을 지켜보고 있다. 날이 새기 전에 무대 설치를 마쳐야 내일 있을 조명, 음향, 악기 등의 최종 리허설을 순조롭게 치를 수 있다.

한참을 바쁘게 움직이던 그녀는 목에 걸린 핸드폰이 부르르 떨리는 것을 느끼고 왼손으로 핸드폰 슬라이드를 밀어 올렸다.

"무슨 일이야?"

들려오는 목소리는 이미 번호로도 확인된 친구인 하영이다. 하영의 용건은 내일의 공연 관람에 대한 것이다.

"내일? 올려면 일찍 와. 음, 한 아침 열 시쯤?"

바쁘고 지친 그녀의 목소리엔 약간의 짜증이 묻어 있다. 그 목소리를 들은 하영이 조금 찔렸는지 바쁘면 전화를 끊겠다고 했다.

"아니야. 오늘 조금 신경이 날카로운가 봐. 미안해. 괜찮으니까 내일 보자."

며칠 전에 통화할 땐 초대권을 서너 장 주마 하고 말했었지만 워낙 바쁜 탓에 그 약속을 지키지 못했다는 것을 떠올렸기 때문이다. 심지어는 전화통화조차 하지 못했다.

다른 사람은 몰라도 하영만큼은 챙겨줘야 한다. 진영의 바닥을 드러내지 않은 우물처럼 터져 나오는 각종 푸념을 언제나 웃는 얼굴로 들어주는 친구다. 잠시나마 그녀에게 짜증을 냈다는 게 정말로 미안해졌다.

"좀 피곤해서. 아니야. 잠은 두 시간 정도 잤어."

누군가 자신을 부르는 소리가 들려왔지만 진영은 눈을 꽉 감고 하영과의 통화에 집중했다. 하영은 연신 미안하다며 전화를 끊으려 했지만 정말로 미안해진 진영은 열심히 그녀에게 말을 했다.

"공연이 세 시잖아. 점심시간부터는 많이 붐비고 나도 연락 못 받을 수도 있으니까 아예 일찍 와. 비표 따로 준비해 둘 테니까 받고서 영화라도 한 편 보면서 기다리면 되잖아. 아, 기왕이면 검은색 정장을 입고 올래? 세미 정장도 괜찮고. 그럼 무대 바로 앞에 있어도 될 거야."

미안한 마음에 기왕 쓰는 인심과 스태프의 무한 특권으로 진영은 하영을 슬그머니 공연 관계자로 둔갑시키로 마음먹었다. 대신 하영이외의 다른 친구들에겐 원래 예정했던 대로 살짝 꼬불쳐 놓았던 초대권을 주겠다고 약속했다.

"그래. 내일 보자. 응."

통화를 마친 그녀는 다시 무전기를 들고 자신이 필요한 장소가 어딘지 확인한다. 높이 올려 묶었던 머리카락이 무게를 견디지 못하고 슬그머니 흘러내린다. 하지만 흐트러진 머리를 추스를 사이도 없이 진영은 걸음을 옮겼다. 그런 그녀의 뒷모습을 조금 멀리 떨어진 곳에서 물끄러미 쳐다보고 있는 남자가 있었다.

흰색의 야구 모자를 푹 눌러쓴 남자의 눈은 약간 구부러져 있는 모자의 챙 때문에 다른 이들에게 보이지 않았다. 하얀 모자와 대조되는 검은색의 바지에 연한 크림 색의 셔츠를 입은 그는 홀을 가득 메우고 있는 기자재와 사람들 사이에서도 묘하게 눈에 띄는 존재였다. 몇 안 되는 여성 스태프들이 힐끔힐끔 그를 뒤돌아볼 정도다.

바쁘게 움직이는 사람들 사이에 그는 석상처럼 우뚝 서 있었다. 차림새로 봐서는 하드웨어팀 같지만 무슨 일을 하는 사람인지 영 알 수가 없다. 수억을 호가하는 음향기기들을 설치하는 하드웨어팀은 전부는 아니지만 유니폼 비슷한 로고가 박힌 오렌지색 셔츠를 입고 있어 대략 구분이 간다.

그 이외의 사람들은 대부분 무대 설치를 맡은 기술자들이다. 하지만 그들은 그들 나름대로 작업복이랄까? 비슷해 보이는 옷을 입고 있었기에 의외로 한눈에 분류가 된다. 문제는 그 스태프들 사이에서 그 남자가 너무나도 눈에 띈다는 것이었다. 복장으로 봐서는 다른 사람들과 크게 다른 부분이 없는데도 눈길을 모았다. 그러나 그는 사람들이 자신을 쳐다보든 말든 전혀 신경을 쓰지 않는 듯했다.

진영 on the Box

한참을 우두커니 서 있던 그녀는 진영이 움직이는 것을 보고 천천히 발걸음을 움직였다. 진행 방향은 바로 진영이 열심히 종종걸음으로 걸어가던 그 방향이다.

다리를 움직일 때마다 팽팽하게 당겨진 검은색 진에 감싸인 엉덩이와 탄력있는 허벅지가 그 윤곽을 드러낸다. 뒷주머니에 들어 있는 핸드폰의 불룩 튀어나온 부분마저 오점이라기보다는 그의 스타일의 한 부분인 듯 느껴진다. 진영이 서너 번 걸음을 놀려야 이동할 수 있는 거리를 남자는 한두 번에 따라잡는다.

덕택에 그의 걸음은 상당히 느릿느릿 이어진다. 모두들 기자재 사이를 미친 듯이 걷고 뛰고 하는데 오직 그만이 물 흐르듯 유유히 걸음을 옮긴다. 바로 옆을 지나던 한 여성 스태프가 모자에 가려진 그의 얼굴을 옆에서 힐끗 보고 숨을 멈춘다. 그는 놀랄 만큼 단정한 미모의 소유자였다.

여유있게 진영을 지켜보던 남자는 진영이 어디선가 걸려온 전화를 받고 홀을 빠져나가자 이번엔 공연 준비가 한창인 홀 전체를 다시 한 번 꼼꼼히 살펴보기 시작했다. 모두들 바쁘니 '당신은 왜 그러고 있냐'라고 말을 걸 만도 하지만, 음향팀은 음향팀대로, 조명팀은 조명팀대로, 나머지 사람들도 저 사람은 다른 팀이겠거니 하며 말 한마디 걸지 않았다. 하지만 그에게 아무도 말 한마디 걸지 않은 진짜 이유는 조금 다른 것이었다. 너무나 평범한 차림을 하고 있음에도 불구하고 그에게선 근접하는 것조차 어려운 기운이 감돌고 있었다. 일체의 대화도, 간섭도 불허하는 그런 느낌이 그의 몸 전체를 감싸고 있었다.

그렇게 한참 홀 전체의 상황을 지켜보고 있던 남자가 천천히 발걸음을 옮긴다. 저 앞쪽에서 도시락이 든 바구니를 낑낑대며 들고 오는 진영이 보였다. 순간 그는 웃음이 나왔지만 어금니를 꽉 깨무는 것으로 웃음을 참는다. 도와달라고 할 만도 하건만, 그녀는 열심히 앞만 보며 부지런히 종종걸음을 친다.

결국 그녀가 다시 안으로 들어가는 것을 확인하고 나서야 남자는 푸욱 하고 웃음 섞인 공기를 복도 안에 내뱉었다. 그리고는 유쾌한 얼굴로 핸드폰을 들었다. 부지런히 주차장을 향해 걸어가며 통화 버튼을 누르자 얼마 되지 않아 연결이 되었다. 의례적인 인사말 대신 그는 통화 상대와 방금 전 보고 나온 공연 준비 상황에 대한 이야기를 하기 시작했다. 그리고 마지막엔 잘 봤다는 말과 함께 수고하라는 말도 했다. 막 통화를 끊으려던 남자가 문득 뭔가 생각났다는 듯이 물었다.

"한 가지만 묻자. 방금 전에 도시락을 잔뜩 들고 간 아가씨는 어디 소속이지?"

계속 이동하다가 마침내 자신의 차를 발견한 남자는 가볍게 키를 눌러 도어락을 푼다. 차 문을 열고 한 손으로 모자를 벗어 차 안으로 던져 넣은 남자는 조금 눌린 앞 머리카락 속으로 손가락을 찔러 넣어 흐트러뜨렸다.

"뭘 새삼스럽게 그런 걸 물어? ······귀여워서 그런다, 왜? 비싸게 굴지 말고 소속이랑 이름이나 불어봐. 진영도 빵빵하게 해줬는데 내부 정보 하나 서비스로 받아야겠어."

 상대는 이리저리 빼며 그가 원하는 정보를 주는 것을 망설이는 눈치였지만 남자는 끈질기게 물고 늘어져 결국 목적 달성을 이뤘다. 그는 가볍게 차의 시동을 걸었다.

 그렇게 자리를 떴던 남자는 새벽녘쯤에 다시 공연 준비장을 찾았다. 그는 여전히 흰색 모자를 쓰고 있었다. 시간의 흐름과 함께 조금 달라진 게 있다면 아까는 셔츠 한 장 차림이던 그의 팔에 겉옷이 걸려 있다는 점이었다. 하루 종일 히터가 나오는 건물이라지만 역시 새벽녘이 되니 싸늘했기 때문이다. 그는 손목을 들어 시계의 초침을 확인했다.

 손목시계가 가리키고 있는 시간은 아침 여섯 시. 그는 조금 뜻밖이라는 얼굴로 여전히 막마지 무대 세팅에 여념이 없는 사람들을 바라보았다. 저녁 무렵에만 해도 여기에서 과연 공연이 열릴 수 있을까 의심했던 빈 공간이 어느새 진짜 콘서트가 벌어질 공간으로 변해 있었다. 마법의 지팡이 하나가 아닌, 이 시간에도 쉬지 않고 일하고 있는 서른 명 남짓한 사람이 밤새 이 감탄할 만한 무대를 만들어낸 것이다. 그들의 손이야말로 진짜 마법의 지팡이일 것이다.

 모습을 드러낸 진짜 무대를 잠시 감상하던 남자의 눈이 어느덧 사람들을 훑으며 지나간다. 마치 누군가를 찾고 있는 듯하다. 휘익 하고 주변을 둘러보던 남자의 눈이 순간 커다랗게 확대되었다. 다만 모자에 가려져 있어 아무도 눈치 채지 못할 뿐이다. 그는 천천히 그가 발견한 '정체불명의 덩어리'를 향해 걸어갔다.

길다면 길고 짧다면 짧은 '정체불명의 덩어리'가 현수막 아래에 자리잡고 있다. 덩어리 아래엔 두툼한 박스가 깔려 있었다. 가까이 가서 그 정체불명의 덩어리가 무엇인지 확인한 그의 입에서 풋 하는 웃음소리가 흘러나왔다.

"이런, 이런."

아까보다 인원이 줄었다 했더니 줄은 원인이 바로 이것인 모양이다. 현수막 아래의 정체불명의 덩어리는 바로 사람들이었다. 밤새 일하던 사람들 중 몇몇이 피곤을 못 이기고 쌓아놓은 박스 위에서 현수막 이불을 덮고 지쳐 잠든 것이다. 그중에서도 특히 그의 눈길을 끄는 것은 작은 몸집으로 누구보다 활발하게 거친 남자들 사이를 뛰어다니던 바로 '그녀' 한진영이었다. 넓은 홀은 생각보다는 춥지 않지만 그래도 가만히 서 있으면 한기가 느껴질 정도다. 잠들어 있는 그녀를 깨울까 하던 그는 이내 마음을 고쳐 먹었다.

"Jack in the box[2]가 아니라 Cat on the box인가."

커다란 현수막을 들어올리면 잭 인형 대신 새카만 머리의 활발한 고양이 아가씨가 쌔근거리며 잠들어 있는 것이다.

"으응."

잠들어 있던 진영이 살짝 눈살을 찌푸리며 몸을 웅크린다. 현

[2) Jack in the box: 뚜껑을 열면 인형이 튀어나오는 장난감

수막으로는 온기를 유지할 수 없는 모양이다. 잠시 더 그녀를 내려다보던 남자는 다시 한 번 웃음을 흘리며 손에 들고 있던 겉옷을 그녀의 몸을 덮고 있는 현수막 위로 살포시 펼쳐 얹어주었다.

 현장을 찾았던 이유는 단순한 것이었다. 금전이라는, 단순한 재료가 사람들의 손에 전해지면 어떻게 변하는지 그 모습을 직접 눈으로 보고 싶었다. 단지 그뿐이었다. 그런데 이곳에서 조그마한 여자를 발견했다. 커다란 남자들 사이에서 힘차게 움직이는, 생명력으로 가득찬 조그마한 여자. 일분일초도 멈추지 않고 생기가 그녀의 몸에서 뿜어져 나오고 있었다. 친구에게는 '서비스' 운운했지만 과연 이 여자는 서비스 차원에 멈출 것인가, 아니면 그것을 넘어서서 자신의 앞에 서게 될 것인가 매우 궁금하다.

 "시작은 이 정도로 합시다, 한진영 씨."

 문을 두드리는 것은 이제부터, 은성은 조용히 미소를 지었다.

 때르르르르르—

 시끄럽게 울리는 자명종 소리에 진영은 스프링이 튕겨 올라오듯 벌떡 상체를 일으켰다.

 퍼억—

 거의 전자동에 가까운 움직임으로 시끄럽게 울리고 있는 자명종을 끈다. 일단 깨면 잠에 취해 흐물거리는 일이 절대없는 진영에게 있어 자명종은 소음 제조기에 불과하다.

"아—"

다만, 주위 상황을 인지하는 데는 조금 시간이 걸린다. 밤새 출연자 대기실을 준비하고 정리하고 무대 세팅하는 것을 지켜보다가 피곤이 몰려오는 바람에 구석에서 현수막을 덮고 잠든 것까지는 확실히 기억한다. 하지만 지금 눈에 보이는 것은 익숙한 자신의 방 창문과 벽, 누워 있는 곳은 자신의 침대 위다.

"어?"

순간 얼빠진 얼굴이 되어버린다. 그리고 다음 순간, 잠들어 있는 자신을 누군가 깨워서 준비는 거의 끝났으니 집에 가서 잠시 눈을 붙이고 오라고 말한 것이 생각났다. 하지만 상황이 어찌 되었는지 되새김질을 하고 있을 만한 시간은 없다. 자명종을 아홉 시에 맞춰놓았기 때문이다. 진행 요원 미팅은 열한 시. 그리고 하영과 만나기로 한 시간은 열 시다. 진영은 메이크업 타임 신기록 십이 분을 일 분 단축한 새로운 자기 신기록을 세우며 집을 나섰다.

오늘이야말로 진정한 D-day다.

묵직한 무전기가 피곤이 덜 풀린 목을 무겁게 끌어내린다. 삑삑— 칙칙 소리가 연달아 나면서 준비 상황들이 무전기를 통해 전해진다. 하영을 만나 비표를 전해주고 크로아상과 수프로 가벼운 아침을 끝내기 무섭게 진행 요원 미팅에 들어갔다 간신히 풀려난 진영은 잰걸음으로 대서양 홀을 향해 가고 있었다. 계속 이어지는 일 때문에 아직 공연장에는 발도 디디지 못했다. 무전 내용에서는 특별한 이상은 없는 듯했지만 묘하게 가슴이 두근거렸다. 아마도 무대감독의 어조 때문이리라. 평소엔 아무리 바빠도 장난기를 살짝 섞어서 말하던 무대감독의 목소리가 매우 딱딱했다. 뭔가 일이 있는 거야. 틀림없이!

앞으로 한 시간 후면 Dress 리허설이 시작되는데 도대체 무슨 문제가 있는 걸까? 남에게는 말할 수 없는, 또는 보통 스태프들은 눈치 채지 못한 무엇인가가 그녀를 기다리고 있는 듯한 기분이다. 마치 닫혀진 문을 벌컥 하고 열면 그곳엔 공연장 대신 우주 공간이 펼쳐져 있지 않을까 하는 그 기묘한 불안감. 아니면 혹 극성 팬이라도 난입해서 무대장치에 살짝 문제라도 생긴 걸까? 하지만 이른 시간부터 경호업체에서 파견된 스태프들이 이미 진을 치고 있는 터라 절대 그럴 리는 없다.

"PD님."

마침 공연장 바로 앞에서 누군가와 대화를 하고 있는 박영헌 PD가 보였다. 그런데 그는 진영의 목소리도 들리지 않는지 앞에 있는 사람과 상당히 격렬한 대화를 계속하고 있었다. 그가 내뿜는 '나 건들지 마'의 오로라를 피해 진영은 살그머니 안으로 들어갔다. 무대는 멀쩡해 보인다. 후우— 하고 한숨을 쉰 진영은 쓰레기 하나 없이 깨끗하게 정리된 공연장을 둘러보았다. 이동 의자에는 좌석표가 붙어 있고 반듯반듯 줄도 잘 맞추어져 있다. 이동 의자들을 배치하는 업체에서 일을 상당히 깔끔하게 마친 듯했다.

"······잖아. 그래서······ 윤 엔터······ 했대."

"정말? 너무······ 다."

마악 스쳐 지나가던 음향팀의 스태프 둘이 소곤거리는 말이 귀를 스친다. 그와 동시에 무대감독의 얼굴이 보였다.

"감독니······."

환한 얼굴로 그를 부르려다 말고 진영은 멈칫했다. 무대감독의 얼굴이 하얗게 질려 있다. 아무리 혼이 빠지고 넋이 나가도 이렇게 공기방울 세탁기에 스팀을 더해주고 옥시X린에 락스까지 부어 표백시킨 것마냥 새하얄 수는 없다.

"······."

표정에 생기라고는 고양이 발톱에 묻은 모래알만큼도 없다. 정말로 무슨 일이 생긴 것이다. 무대감독이 혼이 빠지고 넋이 빠져 사용불가 판정이 내려질 정도로.

"무슨 일이 있는 건가요? 음향에 문제가 있나요? 아님 조명? 무대가 내려앉기라도 했어요?"

"진영 씨······."

섬섬옥수가 아니라 강가의 새하얀 돌덩이 같은 얼굴이 진영을 바라본다.

"윤에서······."

띄엄띄엄 이어지는 무대감독의 말을 한 마디 들으면 들을수록 진영의 얼굴에서도 싸악하고 빠른 속도로 핏기가 빠져나갔다. 누군가 옆에서 보았다면 '진짜 피가 빠져나가는 소리가 들렸어!! 들렸다고! 환청이 아니야!' 라고 주장할 만큼 격렬한 변화였다.

"윤에서 좌석 배치를 멋대로 했다구요?"

부외자가 들었다면 잠시 고개를 갸웃거렸을 일이다. 좌석 배치가 잘못됐으면 다시 바꾸면 그만이다. 그런데 그게 아니다.

"그뿐만이 아니에요, 진영 씨. 윤에서 초대장을 천이백 장을 더 뿌렸답니다. 그 문제로 지금 영헌 씨가 싸우는 중인데 당최 말이 안 통해요. 막무가내야."

두우웅 하고 머리가 울린다. 일 회 육천 석의 공연이다. 초대장의 비율은 보통 티켓 판매수를 보고 5~10%에서 결정된다. 티켓이 잘 팔릴 땐 그 이하가 되기도 한다. 이번의 초대장 비율은 4%. 그런데 천이백 장이라니 말도 안 된다. 육천 석으로 준비된 공연장에 최소 칠천 명이 몰려오게 된다는 소리다. 딱딱하게 굳어 강가의 하얀 돌덩이가 된 무대감독이 더욱더 딱딱하게 굳어간다.

"서, 설마 그 초대장을 받은 사람들이 다 오겠어요?"

똑같이 하얀 석상이 되어가는 진영의 입에서 힘빠진 목소리가 나온다. 초대권을 받은 사람들이 전부 오는 것은 아니다. 반은 오고 반은 안 오는 것이 정석. 하지만 Fix는 Fix만큼은 다르다.

"그렇지. 다 올 리가 없지. 하지만…… 윤에서 선수를 쳐서 의자를 적당히 더 깔아놨다구. 아무래도 예감이 나빠."

초대권 천이백 장. 그 이외에 처음부터 정해져 있던 4%의 초대장. 생각하면 생각할수록 머리가 울리고 뇌가 두개골에 부딪혀 짓이겨지고 녹아내려 생각이라는 것을 할 수 없어진 듯하다. 설마, 설마 초대장 받은 사람들이 다 올 리가 없다. 하지만…… 역시 오늘의 공연은 보통 가수가 아니라 거의 국민가수화되어 버린 전 국민의 아이돌 그룹이다.

툭 하고 치면 하얀 돌가루가 사방으로 흩어져 버릴 것 같은 두 남녀.

보통 공연이라면 제발 많이 와줘, 라는 기원을 해줘야 하건만 오늘만큼은 제말 많이 오지 마, 라고 기원을 해야 할 판이다. 하지만 언제나 말하듯이 사고라는 것은 단발로 끝나지 않는 법. 특히 이 업계에서는 사고가 났다 하면 다중 연쇄 추돌사고로 이어진다.

삐익—

하얗게 부서져 돌가루가 되어가고 있던 진영의 무전기가 울린다.

"네, 한진영입니다."

[Fix 측에서 연락이 왔습니다. 교통 체증 때문에 도착이 늦어진다고 합니다.]

누가 말릴 사이도 없이 진영은 무전기의 버튼을 누르고 빽 고함을 질렀다.

"그따위 교통 체증 내가 알 게 뭐예요! 안 되면 퀵 오토바이 뒤에라도 실어서 보내라고 해욧! 그것도 안 되면 발로 뛰어서라도 오라고 하라구요!!"

도착하지 않은 출연자들을 향한 무시무시한 원념이 그녀의 머리 위에서 모락모락 피어오른다. 끊어질 듯 끊어지지 않고 계속 이어지는 어둠의 그림자는 그렇게 그녀와 공연장 주변을 꾸역꾸역 메우고 있었다.

"저기! 저 사람 스태프야!"
"정말? 이봐요. 도대체 어떻게 된 거예요? 좌석이 없다니? 난 부산에서 왔다구요! 어떻게 할 겁니까? 네?"

공연 예정 시간 삼십 분을 넘겨 도착한 출연진들이 겨우겨우 짧디짧은 리허설을 마친 후 관객 입장이 시작되었다. 제발, 제발, 제발이라고 모든 스태프들이 숨을 죽여가며 간절히 바랐건만 그들의 바람은 잠시 후 완전히 물거품이 되어버렸다. 평균 50%라는 숫자가 무색하게 초대권을 가진 사람들이 몰려왔기 때문이다. 입장하지 못한 사람들의 항의가 조금씩 들려오는 것을 보고 상황을 정확하게 파악하기 위해 잠깐 밖으로 나왔던 진영은 그녀의 목에 걸린 스태프 비표를 발견한 누군가가 소리를 치는 바람에 삼십 초도 되지 않아서 오륙십 명의 사람들에게 둘러싸여 버렸다.

"죄송합니다. 죄송합니다. 곧 조치를……."

다른 말을 할 수 없기에 수없이 죄송하다는 말과 사죄를 되풀이했지만 사람들은 진영을 놓아주지 않았다. 결국 진영은 삼 분도 되지 않아서 이 자리에서 도망을 쳐야겠다는 생각을 했다. 때마침 그녀를 도와주듯이 삐—익 하고 무전기가 울렸다. 진영은 기회를 놓치지 않겠다는 일념으로 무전기를 들고 대답을 하며 주변 사람들 사이를 파고 나왔다. 흥분한 사람들이긴 하지만 일단 무전기와 스태프라는 효과는 상당히 커서 잠시나마 주춤거린다.

"네. 알겠습니다. 홀 매니저님."

자신이 뭐라고 대답하고 있는지도 머리에 인지되지 않았지만 기계처럼 해야 할 말이 입에서 마구 흘러나온다. 그리고 다음 순간…….

"저, 저 사람!"

"도망간다!!"

7㎝ 힐을 신은 진영은 무작정 달렸다.

우와— 하는 소리가 뒤에서 들려왔다. 냉정한 이성은 여기서 도망쳐 봐야 아무것도 해결되지 않는 것은 물론이요, 뭔가 더 큰일이 벌어질 것만 같지만 도저히 멈추어 설 용기가 나지 않았다. 왠지 잡히면 오늘이 바로 이 세상에서 하직하는 날이라고 기록될 것 같다. 달리고 달리고 또 달렸다. 어디로 가야 할지도 모르겠다. 고함을 지르며 쫓아오는 일명 빠순이 여러분들을 피

진영 on the Box

해서 누구에게 어떻게 말을 해야 이 상황을 타계할 수 있는 걸까?

'아아, 제발 나 좀 여기서 구해줘어어!'

혼신을 다한 간절한 외침. 그리고 그녀는 구원받았다.

조용하고 고요한 실내. 조금 전과는 전혀 다른 상황이다. 제발 여기서 좀 구해줘— 하고 소리친 것이 바로 조금 전이고 엘리베이터가 부서져라 쿵쿵거리며 아우성치던 팬들의 함성이 여전히 그녀의 심장에 잔상으로 남아 균열을 만들고 있는 듯하다. 하지만 지금은 그때 이상으로 심장이 오그라들고 있었다. 귓가에 들려오는 소리라고는 자신의 미친 듯이 요동치는 심장 소리뿐이다.

"상황을 일단 정리해 볼까요, 한진영 씨?"

방글— 눈앞의 남자가 웃으며 말한다. 그 미소에 진영의 신경줄 하나가 툭 하고 끊어졌다. 무섭게 쫓아오는 팬들을 피해 구원의 방주에라도 올랐던 엘리베이터는 팬들보다 더 무서운 사람 앞에 진영을 내려놓았다. 그리고 그는 너무나도 가볍게 말했다. 마치 오늘 점심은 뭘로 할까? 라고 말하는 것처럼 '해결해 드리겠습니다' 라고 말이다.

'웃지 마!! 웃지 말라고!'

할 수만 있다면, 그럴 용기만 있다면 그렇게 말하고 싶지만 무섭다. 아무리 생각해도 무섭다. 어떻게든 그 자리를 빠져나오고 싶었고 누군가 도움의 손길을 내밀어주었으면 했지만 이건 아니다. 이 상황은, 이 자리는 절대 그녀가 바란 것이 아니었다. 세상에 그 많고 많은 사람 중에서 하필이면! 이 공연의 주최사인 실버 엔터테인먼트의 대표를 만나게 되다니! 진영은 신을 원망하고 싶었다.

그렇지 않아도 베일에 싸인 신비의 조폭 두목 이은성 대표를 생각하기만 해도 무서워서 벌벌 떨던 그녀였다. 박영헌 PD라든지 이 공연을 물어온 김세중 팀장은 조폭은 무슨 조폭 그렇게 무서워하지 마라고 말했다. 하지만 그들 역시 이런 상황에 처하게 된다면 자신과 똑같이 독사 앞의 개구리가 되어서 벌벌 떨었을 것이 틀림없다!

진영은 살그머니 고개를 들었다. 빙긋 웃고 있는 이은성 대표의 얼굴이 테이블 건너편 바로 정면에 있다. 덜컹하고 심장이 내려앉는 느낌에 진영은 황급히 다시 고개를 숙였다.

"공연 시간이 늦어진 것은 Fix의 책임이라고 합시다. 그런데 좌석이 모자르게 된 이유는 정확하게 뭡니까? 그리고 대강의 숫자는 파악하고 있겠지요?"

"……."

나도 몰라. 말도 하기 싫어. 체감온도 마이너스 273도. 제발 나 좀 여기서 꺼내줘! 이 남자랑 단둘이 두지 말아달라고!

웃고 있는 얼굴이 이렇게나 공포스러울 수 있다는 것을 진영은 다시 한 번 온몸으로 느꼈다. 차라리 거친 경상도 사투리를 써가며 버럭버럭 화를 내주었으면 좋겠다. 하지만 그는, 이은성 대표는 절대 그러지 않았다. 화를 내기는커녕 뭐가 그렇게 즐거운지 방글방글 웃어가며 말을 한다. 그냥 웃는 얼굴 정도가 아니다. 그림으로 표현할 수 있다면 뒤에다가 시커먼 우주, 아니, 지옥 배경을 넣은 다음 한기가 풀풀 풍겨 나오는 효과선을 쳐주고 그 앞에는 머리부터 발끝까지 꽁꽁 얼어붙은 자신을 그려 넣으면 딱 맞을 것 같다. 정말이지 너무나 무섭다.

'이대로 콘크리트가 잔뜩 든 드럼통에 넣어서 한강에 수장시켜 버리는 건 아니겠지?'

"한진영 씨?"

"……윤 엔터테인먼트에서."

어디서 그런 용기가 스며 나왔는지는 모르겠지만, 진영은 자신도 모르게 입을 열고 있었다. 하늘이 무너져도 정신만 차리면 살 수 있다는 속담이 눈앞에 떠오르고 있다.

"예정된 초대장 이외에 약 1200장 정도의 초대권을 뿌렸다고 합니다. 그래서 예상했던 수보다 훨씬 많은 수의 관객들이 오는 바람에 자리가 모자르게 되었습니다."

"흐음, 예상 이상의 초대권자가 참석하는 것은 충분히 일어날 수 있는 일 아닙니까?"

설사 잠시 후 한강에 수장된다고 해도 억울하고, 억울하고, 또 억울해서 혼자 죽을 수는 없다는 생각마저 든다. 그래, 기왕 죽을 거 물귀신처럼 이 사태의 진짜 책임자들을 물고늘어져 주겠어! 반드시! 그런 마음을 먹고 진영은 얼굴을 들었다.

"물론 그렇습니다. 하지만 이 사태는 결단코 저희 Clex 기획팀의 오산 때문이 아닙니다. 저희는 예정된 숫자의 초대권만을 배부했습니다. 적어도 저흰 그렇게 알고 있었습니다. 무단으로 초대권을 더 배부한 것은 윤 엔터테인먼트의 명백한 책임입니다. 오늘 공연장의 자리 배치를 윤 엔터테인먼트에서 일방적으로 주도했다는 것만을 보아도 그 책임 소지는 확실히 증명할 수 있습니다."

"호오."

웃고 있는 얼굴에서 무시무시한 박력이 흘러나온다. 우락부락한 얼굴이면 또 모른다. 문제는 눈앞에 있는 남자는 너무나 어마무지하게 단정하고 날카롭게 생겼다는 것이다. 이런 장소가 아니라면 한 번쯤은 뒤돌아볼 만큼 멋진 스타일의 미남. 그 미형의 입술이 얇게 옆으로 끌어당겨지며 다시 웃는 얼굴을 만든다. 그 바람에 진영의 부풀어올랐던 간이 쩌저적 소리를 내며 얼어버렸다. 내가 미쳤지. 제대로 미쳤지. 윤 엔터테인먼트는 업계에도 알려진 조폭계 소속사인데 조폭끼리 싸움을 붙이겠다는 거야, 뭐야.

공포에 질린 진영의 눈과 머리는 이제 제멋대로 움직인다. 얼마나 제멋대로냐 하면 이은성 대표의 방긋거리는 얼굴 밑의 깔끔한 수트와 어딘가 모르게 엄청 고급스런 명품으로 보이는 넥타이, 그리고 테이블 위에서 깍지를 끼고 있는 손 뒤로 보이는 피아제 시계가 똑똑하게 눈에 들어오고 있는 것이다. 아니, 조폭들은 겉멋만 있지 실제로는 열나 구질구질하게 가난하다더니! 다 거짓말이잖아. 저 사람이 걸치고 차고 신은 것만 해도 내일 년 연봉하고 맞먹을 거야!

"그렇군요. 잘 알겠습니다. 윤 엔터테인먼트와는 일단 이 사태를 해결한 이후 조만간 자리를 정식으로 가져야 할 것 같습니다. 가능하면 그때 함께 자리하셔서 증언을 해주시면 좋겠군요."

누군가 효과음을 틀어준다면…….

쿠구궁— 콰광! 우르릉 쾅쾅!

예상되는 사태는 신문의 헤드라인마저 장식해 버릴 조폭단 간의 무력 항쟁! 사상자 몇 명 발생! 엄청난 사태에 빌미를 제공한 것을 보이는 한XX(가명, 26세) 씨 한강에 수장된 채로 발견. 으흑, 엄마 미안해요. 지지난 달에 선보라고 한 거 바쁘다고 싫다고 히스테리 부려서 정말 미안해요. 그때 선봐서 얼른 시집이나 가서 이 일을 때려치울걸.

"일단, 사태는 알았습니다. 그럼 시작할까요? 먼저 사무실과 책상, 가능하다면 컴퓨터를 사용하도록 배려해 주셨으면 합니다."

"네?"

나 홀로 상상 속에서 자신의 유언장을 열심히 적고 있던 진영은 순간 얼빠진 대답을 하고 말았다.

"현장에서 환불을 받을 사람과 차후 온라인으로 환불받을 사람을 구분해서 받아야겠지요. 환불 금액은 일단 티켓 값의 110% 정도면 되겠죠?"

당장 환불을 하겠다는 것도 대단하지만, 환불로 소요되는 현금을 어디서 조달해 오려 하는 것인지 그게 더 대단하다. 솔직히 말해서 무섭다. 조폭들은 차 트렁크에 007백에다가 현금을 항상 구비하고 다니는 걸까?

"아, 공연이 시작되었군요."

그의 말대로 쿵쿵— 하고 바닥이 강렬한 사운드로 인해 울리고 있었다. 이 남자에게 잡혀 있느라 밖의 상황이 어찌 되었는지 잘은 모르겠지만 어쨌든 공연을 강행한 모양이다. 그럼 도대체 죽치고 있는 그 남은 사람들은 어떻게 처리한 걸까?

"일단 준비해 주십시오, 한진영 씨."

"예. 예!"

이은성 대표가 일어나는 것을 따라 진영도 엉거주춤 일어서며 허리를 폈다. 그렇다. 내일 죽더라도 지금은 일단 일을 해야 했다. 공연은 1회가 아니라 2회이고, 이 상황이라면 2회에서도 분명히 좌석을 받지 못한 사람들이 생겨날 것이다. 눈앞은 캄캄하지만 어쨌든 구원의 동아줄이 그녀의 앞에 내려졌다. 그녀는 그것을 잡아야 했다.

✳

"그래서? 그래서 어떻게 됐는데?"

초롱초롱한 눈을 한 하영이 너무나 궁금하다는 얼굴로 진영을 바라본다. 진영은 손에 들고 있던 캔맥주를 단숨에 비우고 한숨을 파악 쉬었다.

"뭐가 그렇게 궁금해? 어떻게 되긴, 일했지. 난리도 아니었어. 너도 신문이랑 뉴스 정도는 봤을 거 아냐."

일요일의 공연은 그렇게 완전히 아수라장 속에서 시작되고 끝이 났다. 화난 팬들의 아우성은 깍둑깍둑 머리를 깎은 조폭 계열 아저씨들이 멀리서 '조용해 해!' 빔을 날려주는 가운데 업체에서 파견한 경호원들, 그리고 스태프들을 총동원해서 어찌어찌 넘어갈 수 있었다. 공연 후 밤늦도록 이루어진 미팅에서는 그날 벌어졌던 각종 사태에 대한 보고와 해결 방법을 논의했고 Fix의 소속사는 당장 인터넷 홈페이지에 사과문과 그 해결 방안을 올려야 했다. 뒤처리만으로도 근 삼 일을 잠도 제대로 자지 못하고 격무에 시달렸다.

"물론 봤지. 하지만 기둥 때문에 좌석을 이동하다니 뭔가 이상하잖아. 설마 네가 그런 실수를 했으려구."

역시 Fix의 광팬인 그녀답게 모든 신문과 방송, 그리고 인터넷까지 두루 섭렵한 하영은 진영에게 꼬치꼬치 진상을 물었다. 하지만 진영은 그것만은 업계 비밀이니 말해줄 수 없다고 선을 그었다.

"흐음, 그럼 그 이은성 대표라는 사람은?"

"몰라. 그 이후로는 소식없어."

심장도, 간도 용기도 모조리 꽁꽁 얼어붙어 있지만 진영은 기계처럼 은성이 시킨 것을 준비하고 일이 수습되어 가는 것을 지켜보았다. 그사이 은성는 소리도 없이 사라져 버렸다. 매스컴에서는 실버 엔터테인먼트가 정식으로 윤 엔터테인먼트에 항의의 뜻을 전달하고 소송을 준비 중이라는 이야기도 흘러나오고 있다. 하지만 닥친 일만으로도 힘겨웠던 그녀는 그런 것까지 신경 쓸 겨를이 없었다.

"엄청 괜찮은 남자던데?

"……생긴 것만으로는."

하지만 그 잘생긴 얼굴의 방글방글 공격만큼은 맹세코 두 번 다시 당하고 싶지 않다. 그날의 경험으로 명줄이 한 십 년쯤은 줄어든 기분이다.

"생긴 것만이라니! 인터넷에서 찾아봤어. 약관 삼십이 세. 아, 기사에서는 만 나이를 쓰니까 서른셋이려나? 외국에서 대학 졸업하고 그 젊은 나이에 CEO!!"

"CEO 좋아하네."

그래, CEO는 무슨 CEO야. 조폭인데.

"가능하다면 두 번 다시 마주치고 싶지 않은 사람이야. 앞으로 내 앞에서 그 사람 이야기는 꺼내지도 마."

"하지만 일 수습하려면 만나야 하지 않아?"

"그런 건 팀장님이 알아서 하시겠지. 오늘도 윤 엔터테인먼트랑 미팅있다고 나가셨으니까. 그 잘난 술판에서 어떻게든 하실 거라고 생각해. 알았지? 앞으로 절대로 내 앞에서 실버의 실 자도 꺼내지 마!"

라고 하영의 앞에서 떵떵 큰소리를 친 것이 바로 삼 일 전의 일이다. 지금 그녀는 문제의 그 실버 엔터테인먼트의 대표이사, 이은성의 전화를 받고 있다. 공연 뒷정리라는, 간만의 여유로운 작업을 마치고 느긋하게 퇴근 준비를 하던 한가한 오후. 그런 일만은 절대 일어나서는 안 되는데…… 일어나고 말았다.

"예?"

[시간 괜찮으시면 저와 식사 한 끼 하시죠.]

나즉한 저음에 가슴 부근이 징 하고 울린다. 세 달 전 쇼케이스를 기획했던 어느 외국 가수의 목소리를 들었을 때를 제외한다면 이렇게나 낮은 저음은 처음이다. 공연 날에는 너무 흥분하기도 했고 워낙 공포에 질려 있어 이은성 대표의 목소리가 어떤지 제대로 인식하지 못했던 것 같다.

"대표님……."

오우, 노오오— 절대로 싫어. 누가 당신 같은 사람하고 저녁을 먹어.

[김세중 씨 말로는 이 시간이 퇴근 시간이라고 하더군요. 괜찮은 레스토랑에 예약을 해두었습니다.]

왜, 도대체 왜 식사를 하자는 걸까? 설마 그대로 잡아가서 윤

하고 대질심문이라도 시키려는 걸까? 그나마 조금 잊으려던 공포심이 다시 부글부글 끓어올라서 그녀의 온몸을 꽁꽁 얼린다.

"저어, 저, 정말 감사합니다. 그런데 어쩌죠. 호호. 제가 오늘은 업무상의 중—요한 약속이 있어서요."

[아, 그렇군요. 바쁘신 분이라는 것을 깜박했습니다. 그럼 내일은 어떠십니까?]

"아, 죄송합니다. 저도 시간을 내고 싶은데 맡은 공연 기획이 있어서요. 앞으로 한동안은 시간을 내기 힘들 것 같아요."

간덩이가 부어도 단단히 부었다. 하지만 일 때문에 못 나가겠다는데 설마 납치라도 하겠어? 이은성 대표의 전화는 아쉽다며 그럼 다시 전화를 하겠다는 말과 함께 끊어졌다. 동화가 끊어지기 무섭게 진영은 콰앙— 하고 수화기를 내려놓았다. 덕분에 간만에 자리를 지키고 있던 사무실 사람들이 화들짝 놀랐다.

"팀장님! 이은성 대표님께 이 시간이 퇴근 시간이라고 말하셨나요?"

날카로워진 그녀의 목소리에 김세중 팀장이 어깨를 으쓱하며 대답했다.

"퇴근 시간 맞잖아. 왜? 야근하고 싶어?"

"야근은 지긋지긋해요! 저도 좀 쉬고 싶다구요! 이러다가는 온몸이 거덜나서 병원에 입원해 버릴 지경인걸요."

아차, 야근이라는 말에 너무 반응해 버렸다. 바글바글 끓어오르는 속을 진정시키며 진영은 말을 이었다. 물론 팀장을 노려보면서 말이다.

"앞으로 실버 엔터테인먼트랑은 절대로 얽히지 말아줬으면 좋겠어요. 팀장님, 혹 그쪽하고 일을 할 거면 제발 저는 빼주세요!"

"왜 그래? 무슨 일인데 그렇게 흥분해? 이은성 씨가 뭐라고 했어?"

"네! 저더러 식사 좀 같이 하재요!"

"오~ 그거 멋진데. 그 남자 내가 보증하지만 괜찮은 사람이야, 성격도 화끈하고. 하하하."

"팀장님껜 좋겠지요. 하지만 조폭이잖아요!"

순간 사무실 안이 썰렁해진다. 찬바람이 휘이이잉.

"무서워 죽겠단 말이에요!"

그 말을 마치고 진영은 이미 다 챙겨두었던 백을 들고 황급히 사무실을 뛰쳐나갔다. 그래, 이것으로 끝이다라고 그녀는 생각했다. 그렇게 노골적으로 거절을 했는데 설마 앞으로 무슨 일이 생길까 싶기도 했다. 걱정했던 Fix 콘서트의 불상사는 어떻게 해결 방안을 찾아 매듭이 지어지고 있다. 그러니까 그녀는 이제 떨지 않아도 된다. 적어도 그럴 것이라고 생각했다. 그러나 세상은 언제나 마음 먹은 대로 흘러가지 않는다.

"죄송합니다. 모레는 공연이 잡혀 있어서요. 예, 죄송합니다. 매번 이래서 뭐라 말씀드릴 수가 없네요, 대표님."

전화를 받으며 진영은 컴퓨터 모니터 옆에 놓여 있는 탁상용

달력에 빨간 색으로 X를 그려 넣었다.

"정말 죄송합니다. 오늘 다음 달에 있을 출연자 분과 미팅이 있어서요. 예, 점심 약속입니다."

달력 위에 늘어나는 빨간 X가 또 하나. 전화를 마치면 그 옆에 11이라는 숫자를 적게 될 것이다. 그리고 예상컨대 내일이 되면 열두 번째 X를 달력 위에 써넣겠지.

바람과는 달리 진영은 다음날도 똑같이 이은성 대표의 전화를 받아야 했다. 물론 진영은 적당한 핑계 거리를 늘어놓으면서 피하려고 했다. 하지만······.

[한진영 씨는 상당히 바쁘시군요.]

여느 때는 바쁘다고 약속이 있다고 하면 얌전히 전화를 끊던 사람이 오늘은 한 마디를 더 했다. 물론 진영은 바쁘다고 대답했다. 이 업계가 그런 거 아니냐고 대꾸하면서 말이다. 그녀의 대답을 사무실의 모든 사람이 귀를 쫑긋한 채 듣고 있다.

[하지만 설마 가볍게 차 한 잔 하실 시간이 없으시겠습니까?]

흠칫— 부르르르. 어깨가 떨린다.

"아, 호호. 그게 말이죠, 대표님."

[조금 전에 김세중 씨와 통화를 했는데 오늘은 무척 바쁘셔서 식사도 제대로 못하셨다고 들었습니다.]

그의 말에 진영은 수화기를 든 채 팀장을 노려보았다. 왜 자신을 노려보는지 팀장도 눈치를 챘는지 얼른 시선을 피한다.

왜! 쓸데없는 소리를 한 거냐구요! 도대체 언제 통화했죠?

진영 on the Box

[아침도 못 드시고 출근을 하셨다고 하는데 잠시 시간을 내주십시오. 가까운 곳에 자리를 잡아두었습니다.]

나 어떡해. 나 어떻게 해야 해. 어떻게 해야 하냐구!

[김세중 씨께 미리 시간을 받아두었으니 나와주십시오. 몰 입구에 패밀리 레스토랑이 있죠? 그곳 앞에서 기다리겠습니다.]

뚜욱— 하고 통화가 끊어졌다. 울고 싶다. 정말로 울고 싶다.

"아아, 우리 진영 씨 어떻게 하나."

눈을 피했던 팀장이 장난기를 가득 담아 말했다.

"그렇게 피하지 말고 가서 그냥 식사 한 끼 해주지 그래. 그쪽에서는 나름 호감이 있어서 그렇게 전화하는데. 이은성 씨, 아주 끈질겨."

"팀장님!!"

발끈해서 팀장에게 한소리 하려는데 옆에서 박영헌 PD가 능글거리며 말했다.

"너무 피해도 안 좋아. 그거 몰라? 조폭들은 맘에 드는 여자가 있으면 데려다가 발목을 쓱싹 잘라서 골방에 가두어둔다고, 못 나가게."

"……."

"그냥 적당히 만나주고 맛있는 식사도 하고 좋잖아. 시간이 좀 지나면 흥미를 잃게 될 거야."

"그걸 말이라고 하세요!"

"맞아요. 너무하세요, PD님."

진영이 그를 얼마나 두려워하는지 익히 알고 있는 수아가 얼른 진영의 편을 들었다. 하지만 김세중 팀장과 박영헌 PD의 놀림은 끝나지 않는다.

"그런 사람들 어떻게 대해야 하는지 진영 씨 잘 알면서 그래. 적당히 만나고 적당히 친해지면 오히려 이쪽 일하는 데 좋을 거야."

"맞아, 맞아. 베테랑이잖아. 내가 알지, Jony 코리아 사장도 진영 씨라면 껌벅 죽잖아. 응응?"

그래, 나도 잘 알아. 하지만 그 사장하고 이은성 대표라는 사람은 출신이 다르다고, 출신이. 나 잘못되면 당신들이 책임질 거야!

쏘아붙이고 싶지만 차마 입에서 말이 안 나온다. 겁나서가 아니라 이제는 반쯤 질려서이기도 했다. 결국 진영은 포기해 버렸다. 그야말로 될 대로 되라다. 즐겁지는 않으니 케세라세라 우울 버전.

"잘 다녀와. 내친김에 오늘은 그대로 퇴근해도 좋아. 다음 주부턴 정말로 바빠질 테니까."

남자들의 능글맞은 시선과 수아의 안됐다는 시선을 뒤로하고 진영은 사무실을 나왔다.

진영이 사무실을 나가기 무섭게 팀장의 핸드폰이 울렸다. 그는 액정에 뜬 번호를 보고 빙긋 웃으며 전화를 받았다.

"어이, 너무 놀리지 말라고. 우리 진영 씨 벌벌 떨잖아. 설마

자네 사디스트야?"

킬킬 웃으며 전화 끊는 것을 사무실에 남은 수아가 어리둥절한 표정으로 쳐다봤다. 하지만 그는 신경 쓰지 말라는 듯 손을 휘휘 내젓고 모니터 쪽으로 눈을 돌려 버렸다.

뚝― 하고 끊어진 핸드폰을 들고 은성은 피식 소리 내어 웃어 버렸다. 최근 웃는 일이 많이늘어나고 있다. 손에 든 핸드폰을 위로 던졌다 잡길 여러 차례, 손가락 끝이 조금 차가워지기 시작했다.

"놀린 게 아니라 엄연한 데이트 신청인데 말이야. 핸드폰 번호도 안 가르쳐 주는 주제에 시아버지 노릇하기는."

전화 걸기를 열 몇 차례, 간신히 받아낸 게 데이트도 아닌 단순한 식사 약속이라는 것이 못내 아쉬운 참이다. 평소의 자신이라면 서너 번 전화를 걸고 포기해 버렸을 것이다. 그런데도 이번엔 왠지 오기가 나서 더 열심히 전화를 걸었다. 어딘가 모르게 자신을 꺼려하고 무서워하는 듯한 그녀의 목소리가 더 애달프게 느껴졌다고 해야 하나.

"데이트가 아니라면 데이트로 만들면 되는 거야."

차가운 공기에 얼어붙는 손가락 끝을 코트 주머니에 넣어 덥히며 사람들이 끊임없이 오가는 출구 쪽을 지켜본다. 사람이 하도 많아 키가 작은 그녀가 인파에 휩싸여 버릴까 그는 눈을 부릅뜬 채다. 그런 수고가 아깝지 않게 조금 떨어진 곳에 고개를 숙이고 천천히 걸어오는 진영이 보였다. 피식하고 또 웃음이 터져 나왔다.

이은성이 자신을 발견한 것도 모르고 진영은 속으로 온갖 상상을 하면서, 그리고 그녀가 아는 모든 욕을 사무실에 있을 두 남자를 향해 퍼부으며 걸어나오고 있었다. 그런 진영을 누군가 불러세웠다.

"한진영 씨."

"……아, 안녕하세요."

얼결에 영업 미소를 지으며 인사해 버렸다. 바보. 바보. 한진영 바보!

멋진 검은색 코트를 걸친 남자가 그녀를 기다리고 있었다. 그를 보자마자 진영은 그의 코트가 며칠 전 하영과 백화점 아이쇼핑을 하며 봤던 프X다의 신상품이라는 것을 눈치 챘다. 그래, 안 봐도 저 속은 삐까리 번쩍한 명품 수트겠지. 부하(?)들한테 돈 박박 긁어서 저런 데 쓰나 보지? 감정이 좋지 않다 보니 뭐든지 삐딱하게 보인다.

"가실까요?"

뻔뻔한 남자는 팔까지 내민다. 저걸 잡아야 말아야 하나 갈등을 때리기 무섭게 이은성이 먼저 옆으로 다가와 그녀의 손을 자신의 팔에 얹어버린다. 그리곤 흠칫하고 어깨를 떠는 그녀를 이은성은 본체만체한다. 진영의 키가 작은 탓에 남자의 어깨 부근에 머리가 걸린다. 그에게 질질 끌려가는데 지나가던 여자들이 힐끔힐끔 그들을 바라본다. 그래, 쳐다볼 만큼 잘생기긴 했어.

진영 on the Box

하지만, 역시 싫어.

안내된 곳은 정말로 멀지 않은 위치에 있는 곳이었다. 올 5월에 오픈한 육성호텔 일층에 있는 레스토랑. 간간이 브런치가 괜찮다고 하는 평을 들었던 곳이다. 다만 가격이 만만치 않아서 내심 오는 것을 망설였던 곳이다.

은성은 아무렇지도 않게 안으로 그녀를 끌고 들어갔다. 서버들이 얼른 나와서 그들을 맞는다. 예약석에 안내되어 앉자마자 깔끔한 회색 유니폼을 입은 직원이 메뉴판을 가져왔다. 얼어서 아무 말도 안 하는 진영 대신 그가 식사를 주문하고 진영에게 물었다.

"낮이니 가볍게 샴페인으로 할까요? 알코올 괜찮으십니까?"

그래, 네 맘대로 하세요.

끌려오긴 했지만 와보고 싶었던 곳이라 진영은 은근히 여기저기 눈길이 갔다. 그런 그녀를 이은성은 미소를 띤 얼굴로 지켜보았다.

"어렵네요."

"예?"

놀란 토끼마냥 어깨를 움츠리는 그녀에게 그는 다시 웃으며 말했다.

"매주 예약을 잡아놨었는데 간신히 오게 되었으니까요."

"예."

대답이라고는 예, 네, 밖에 못하는 걸로 생각할 것 같다.

"아, 이건 제 명함입니다."

무슨 업무 미팅도 아니고 웬 명함을 주나 싶지만 직장인답게, 그리고 인맥 넓히는 게 장땡인 이 업계의 슬픈 습성상 진영도 자동적으로 자신의 명함을 꺼내 교환했다. 그리고 바로 정신을 차리고 후회했다. 이 식사를 마치고 헤어지면 반드시 가서 핸드폰 번호부터 바꾸리라.

"앞으로는 이쪽으로 연락을 드려야겠군요. 김세중 씨가 다른 것은 몰라도 개인적인 연락처는 직접 받으라고 하더군요. 깐깐하신 분이던데요."

"예. 그, 그런데 어떻게 하죠. 제가 핸드폰을 어제 분실했거든요."

멀쩡한 핸드폰이 핸드백 속에 있다. 제발 이 순간만큼은 울리지 말아줘. 부탁이야, 핸드폰아. 벽돌같이 무겁다고 해서 미안해. 그러니까 울리면 안 돼.

"그렇습니까?"

빙긋 하고 또 남자가 웃는다. 낮게 울리는 목소리와 그의 웃는 얼굴이 진영의 심장을 직격한다. 아아, 정말 이 남자를 다른 장소에서, 그리고 그 뒷배경이 없는 채로 만났다면 홀딱 반해버렸을지도 몰라.

"이쪽 일을 시작한 지 얼마 안 되었지만 진영 씨, 아! 진영 씨라고 불러도 되겠죠?"

"예, 말씀 편하게 하세요."

"그래요? 고맙군요."

뭐가!! 뭐가 고마운데! 아무래도 이 남자 내 말을 요상하게 곡해한 거 아니야?

브런치 뷔페라고 듣긴 했지만 자리에서 일어나기가 애매해서 앉아 있자니 서버들이 일일이 음식을 날라주기 시작했다. 작은 그릇에 담긴 샐러드 한두 종류를 골라놓고 긴장해서 잘 움직이지 않는 손으로 포크를 집었다.

"여기 음식 괜찮죠?"

"예."

확실히 다른 건 몰라도 음식은 깔끔하고 소스도 진하지 않게 알맞아서 정말로 입에 잘 맞았다. 신선한 샐러드 두 종류를 먹고 있자니 수프가 날라져 오고 그야말로 풀코스라고 부를 수 있을 정도로 자잘한 음식들이 계속 서빙된다.

어느새 진영은 긴장을 풀고 정말로 음식을 즐기고 있었다. 사업상이든 뭐든 역시 어색한 자리는 술자리든 식사든 함께 뭔가를 먹는 게 최고라는 김세중 팀장의 주장이 머리에 떠오른다. 음식은 맛있고 샴페인 한 잔으로 살짝 알코올기가 들자 긴장감도 풀어지고 있다. 그 바람에 진영은 의도하지는 않았지만 이은성 대표가 간간이 물어오는 질문에 제법 긴 문장으로 대답을 하고 있었다.

"보통 쇼케이스는 두 달 정도 시간을 가지고 준비하죠. 물론 시간이 박하게 주어지는 경우도 얼마든지 있고요."

배경만 빼면 괜찮은 남자일지도 모른다. 일단은 기본적으로 눈이 참 즐겁다. 긴장감이 조금 사라지고 맛을 느낄 수 있을 정도가 되자 다른 감각들도 덩달아 살아난 모양이다. 햇빛을 받아도 다크 브라운이 되지 않는 어두운 눈동자와 식기가 반사하는 햇빛을 받아 반짝이고 시원스러운 콧날은 전체적으로 선이 좋은 얼굴선에 멋들어지게 매치가 되고 있다. 곱슬기 하나 없는 직모는 최신 유행의 라인을 벗어나지 않으면서도 경박하지 않은 선에서 시원스럽게 커트되어 있어 깔끔한 얼굴 라인을 돋보이게 하고 있다.

입고 있는 수트는 몸에 꼭 맞는 듯하면서도 약간 말라 보이게 한다. 하지만 아까 엉겁결에 붙잡고 온 코트 밑의 감촉을 생각해 보면 운동을 꽤나 하고 있는 게 아닌가 싶다. 신장이야 7cm 힐을 신은 진영보다 머리 하나는 큰 것 같으니 180cm 근처일 것이다.

굳이 흠을 찾는다면 너무 반듯반듯하게 생겨서 조금 차가워 보이는 점이리라. 하지만 그 차가워 보이는 외모를 낮은 중저음의 목소리가 훌륭하게 커버하고 있다. 살짝 목 안쪽이 울리는 그의 목소리는 얼굴만 봐서는 전혀 어울릴 것 같지 않지만 그야말로 입에서 흘러내려 낮게 깔려 번지는 파문 같아서 듣고만 있어도 가슴이 울린다.

물론 목소리만 좋고 대화 내용 자체가 꽝이었다면 그래, 어차피 이런 남자야라고 해버렸을 것이다. 하지만 그는 식사를 하며

진영 on the Box

하는 대화도 끊어지지 않도록 배려를 해주고 대화도 적당히 수위를 조절하며 할 줄 알았다. 많은 이야기를 한 것은 아니라고 해도 박식하고 화제도 풍부한 편이다. 이쪽이 잘 모르거나 관심이 없어 보이는 것도 금방 금방 눈치 채고 말을 돌려준다. 그리고 무엇보다 식사 예절도 반듯하다. 정말 배경만 빼면 꽤나 마음에 드는 남자다.

그래, 겁먹지 말고 이 순간을 즐기자. 음식도 괜찮고 맛있는 디저트도 기다리고 있는걸. 그렇게 생각하면서 열심히 먹고 있는데 이은성이 툭 하고 말을 던졌다.

"다음엔 어디서 만날까요?"

순간 지금까지 먹은 음식들이 모조리 자기 주장을 하면서 속에서 아우성을 친다.

"예?"

다시 얼어붙어 버린 진영을 보고 은성이 피식 웃었다. 그 웃음에 진영은 그야말로 독사 앞의 개구리가 돼서 다시 벌벌 떨기 시작했다. 다음? 또 만나자고?

"스테이크 좋아하세요? 진영 씨 일하시는 곳 근처에 괜찮은 곳이 있다고 들었습니다. 어떠세요?"

"그게…… 다음 주부터는 조금…… 바빠질 듯하네요."

목소리는 조금 작지만 어쨌든 떳떳하게 대답했다. 다음 주부터는 바빠질 것이라고 그 일 물어오는 귀신인 팀장이 말했으니까 거짓말하는 게 아니다. 물론 조금 켕기는 기분이 들긴 하지만.

"물론 바쁘시겠지만 식사는 하셔야죠."

명백히 진영이 긴장하고 있다는 것을 알면서도 은성은 뻔뻔하게 말을 이었다.

"다행히 저도 이 근처에 사무실이 있어서요."

그리고 또 빙긋. 웃지 마, 웃지 말라고. 웃으니까 더 무서워!

"점심 식사든 저녁이든 가볍게 함께할 시간은 충분합니다."

울고 싶다. 정말로 울고 싶다.

"바, 바쁘신 분께서 제게 이리 시간을 내주신 것만으로도 충분합니다."

말하자면 앞으로는 괜찮습니다라고 완곡하게 거절의 말을 해보지만 그는 막강했다.

"뭘요. 아무리 바빠도 호감있는 여성 분께 내드릴 시간은 얼마든지 있습니다. 그것도 능력이지요."

더불어 자화자찬까지! 그래, 너 잘났다, 잘났어. 하지만 당신 호감 따윈 필요없어. 제발 신경 좀 끊어주세요.

"하아, 최근에 윤 엔터테인먼트와의 관계가 험악해져서 말입니다. 걱정거리가 늘어나고 있죠."

흠칫—

"아무래도 소송을 준비해야 할 것 같습니다."

잘되고 있었던 거 아니었어? 분명히 팀장님이 그렇게 말했는데. 살짝 그의 얼굴을 올려다보는데 그가 씨익 웃으며 말했다.

"손해가 이만저만이 아니라 큰.형.님께서 상당히 역정을 내셨죠. 그 때문에 바빠지더라도 제가 진영 씨를 위해 시간을 내지 못하는 경우는 절대 없을 겁니다. 맹세하죠."

큰형님에 악센트까지 콱콱 넣어 말하는 그의 웃는 얼굴 뒤로 시퍼런 일본도를 든 조폭 깍두기 아저씨들이 눈을 부라리며 자신을 쳐다보는 환상이 보였다. 협박이다. 이건 협박이고말고. 이 남자 지금 윤 엔터테인먼트 일을 가지고 날 협박하는 거야.

"디저트는 저 타르트가 괜찮겠군요. 단것 좋아하십니까?"

달디단 타르트와 커피. 평소라면 꺄악꺄악거리며 먹었을 맛있는 디저트는 독약처럼 쓴맛이었다.

3

나쁜 남자 신드롬

"미, 미쳤어! 정말 그 사람이랑 계속 만나는 거야?"
"만난다기보다는 식사만 몇 번 했어."
"너 돌았어? 그 사람 조폭이라며."
하영이 걱정된다는 얼굴로 물었다.
"이 업계에 그런 사람 한둘 아니야. 괜찮아."
"야!"
조용한 식당에 하영의 목소리가 울려 퍼진다. 그나마 사람이 별로 없었기에 그렇게까지 눈길을 모으진 않았지만 몇몇 테이블에서 못마땅하다는 시선을 보내는 게 보였다. 왠지 요즘 비슷한 장면이 많이 연출되는 것 같다.

"소리치지 마. 나도 잘 알아."

"아는 애가 그래? 아는 애가?"

"그럼 어떻게 해?"

협박까지 하는 사람이야. 정말 무서운걸. 뒷말은 하영이 뭐라고 말을 할지 몰라 생략해 버렸다. 정말로 방법이 없다는 건 이런 상황을 말하는 것이다. 애초에 거절을 하다 못해서 식사를 함께한 것이 문제였다. 물론 그 이상 거절할 수도 없었지만 말이다.

"아무리 잘생겨도 그렇지. 너 설마 나쁜 남자 신드롬인 거 아냐? 다른 사람한텐 다 나쁘게 굴어도 너 하나에게만은 잘해줄 것 같아? 웃기지 마! 나쁘고도 착한 조폭 남자는 만화나 소설에서나 나오는 거지, 실제론 절대 안 그렇다고."

그래, 물론 알고 있다.

"전에 너도 동의하지 않았어? 너무 착한 남자도 안 되지만 너무 나쁜 남자도 안 된다. 골라야 할 남자는 적당하게 성격있는 괜찮은 보통 남자!"

하영이 마구 열변을 토하는데 마침 핸드폰이 울렸다. 뽀로로롱 하는 기본벨 음이다. 그 소리를 들으니 또 한숨이 나온다. 그리고 액정에 뜬 번호가 한숨 2호를 만들어낸다.

"그 남자니?"

응 하고 고개를 끄덕이며 진영은 전화를 받았다. 사실 이 핸드폰은 이은성 대표와 식사를 빙자한 협박 데이트를 한 다음 월

요일 아침에 사무실로 배달된 물건이다. 핸드폰을 분실했다는 말을 정말로 믿은 모양이다. 돌려보내려고 했지만 불가능했다. 퀵 서비스를 빙자해서 그 물건을 배달한 사람이 진짜 퀵 서비스가 아니라 깍둑 아저씨였으니까. 쓰고 싶은 마음도 없었지만 어쩔 수 없이 쓰고 있다. 무서우니까.

[이은성입니다.]

이제는 익숙해진 목소리가 핸드폰에서 들려온다. 큰 용건이 있는 것은 아니지만 이 남자는 매번 이 시간, 즉 저녁 아홉 시에서 열 시 무렵이면 전화를 했다. 식사 약속이 없는 날엔 반드시 저녁은 먹었는지, 바쁘진 않은지, 그리고 일이 없으면 얼른 들어가라든지의 대화를 건넸다.

"네, 대표님. 친구랑 저녁 먹는 중이에요. 예? 네팔 음식 전문점이에요. 예, 알겠습니다."

용건만 간단히. 그는 매번 전화를 하면 정중하게 몇 마디만 물은 후 전화를 끊는다.

"체크하냐?"

"……"

대뜸 하영이 묻는다. 사실은 하영이 또 소리를 칠까 봐 이 핸드폰이 그에게 받은 거라는 말도 하지 못했다. 그냥 핸드폰이 조금 무거워서 바꿨다고 했을 뿐이다.

"괜찮아. 몇 번 만나주면 지레 지겨워서 그만 보자고 할 거야."

"지겨워져서라. 그건 너한테 필요한 것을 얻어내면이라는 의미니?"

하영의 표정이 뭔가 좀 수상해진다.

"진영이 너, 항상 묻기가 뭐해서 모른 척했는데, 더 이상은 못 참겠다. 설마 거래처 사람들하고 다 그런 관계는 아니겠지?"

그 질문에 순간 속에서 울컥하고 뜨거운 게 올라온다. 그래도 하영이만은 나를 믿어주길 바랐는데 왜 이런 타이밍에서 저런 질문을 하는 걸까. 물론 정말 그렇게 생각해서가 아닐 것이다. 혹시나 싶어 쐐기를 박고 싶은 거겠지. 하지만 그 혹시나가 너무나 싫다.

"무슨 말을 하고 싶어서 그래?"

그녀도 모르게 말에 가시가 돋쳤는지 하영이 얼른 손을 내저으며 표정을 바꿨다. 의심한 게 아니라 걱정하는 거라고, 널 정말 걱정해서 그러는 거라고 말이다.

"그런 관계? 그런 관계가 뭔데? 그리고 만약 내가 그렇다고 하면 뭐라고 하려고?"

"그게 아니라 진영아, 나는……."

물론 걱정해서 그런 것이겠지. 하영의 말을 못 믿는 것은 아니다. 하지만 이 업계에 뛰어들고 나서 몇 번이나 비슷한 질문을 받았다. 만나는 사람들이 화려하니까 혹시나 그런 거 아니냐고. 모르는 사람이면 이렇게 기분이 상하진 않는다. 묻는 사람들은 반드시 친구들이다. 조금 멀리 가면 이렇게 저렇게 아는 사람들까지, 열의 아홉은 혹시~ 하는 눈치를 보이며 하영의 반응을 살핀다. 말을 똑바로 하지 않고 혹시나 하면서 뒤끝을 흐리는 게 더 기분이 나쁘다.

화려한 쇼 비즈니스 세계. 그리고 인맥과 연줄로 이루어지는 각종 계약들. 그런 일들을 하다 보면 정말 많은 사람들을 만난다. 연예인들은 물론이요, 크고 작은 음반사와 기획사 사장들, 그리고 나아가서는 해외 아티스트들과 그들과 함께 내한하는 각종 분야에서 최고로 이름을 날리는 사람들까지. 그런 사람들 사이에 있다 보면 마음이 흔들릴 수도 있다.

"솔직히 말해서 가끔 마음이 동하지 않는 건 아니야. 글자 그대로 괜찮은 사람도 있고, 내가 좋아하는 아티스트들고 많고, 정말 까놓고 말해서 대놓고 유혹해 오는 사람도 있어. 해외 아티스트들은 더 쉽지. 공연하고 가면 그만이고 아무도 의심하지 않으니까."

"진영아……."

"하지만 맹세코 난 그런 것으로 관계를 유지하거나 그런 걸로 일을 쉽게 하겠다는 생각 같은 거 안 해봤어."

"미안, 내가 잘못했어."

하영이 정색을 하고 사과한다. 그걸로 일단 마음은 풀렸지만 억울한 기분은 잔상처럼 남아 목소리를 떨리게 한다.

"그래. 사실은 만나서 식사도 하고 가끔은 원하는 대로 춤도 좀 추고 술도 따라주고 손 잡고 노래도 불러. 그게 뭐 어때서?"

"내가 잘못했다니까."

"손 잡고 노래 좀 부르면 안 돼? 남자들도 접대 정도는 하잖아. 술이 떡이 돼서 굴러다니는 것도 아니고 내가 몸이라도 파는 것 같아?"

"정말 잘못했어. 미안해."

"……."

열이 받으니 차라리 이은성 대표랑 밤에 만나자고 해서 술이나 마셔 버릴까 하는 생각도 들었다. 그렇게나 나한테 호기심이 있으면 술에 잔뜩 취해서 술기운을 빌어 일을 쳐버리고 말까 하는 생각마저 들었다. 일단 노리던 것을 손에 넣으면 그걸로 흥미가 떨어져서 그녀를 놔줄지도 모른다. 순간 그런 생각을 하는 자신이 너무나 싫고 또 싫어서 혐오감이 치밀어 올랐다.

진영은 잔에 남아 있던 차가운 생맥주를 벌컥벌컥 들이키고는 자리에서 일어났다.

"진영아!"

"미안. 나도 좀 흥분한 것 같아. 네 마음도 알고 걱정해 주는 것도 알아. 오늘은 이만 가자."

사과도 받았고, 하영이를 믿으니 그녀의 사과가 진심이라는 것도 안다. 하지만 그래도 분은 풀리지 않는다. 이럴 땐 무슨 말을 들어도 마음이 돌아서지 않는다. 스스로 난 꽁한 성격이 아니라고 자부하지만, 그래도 화가 안 풀리는 건 안 풀리는 거다. 그나마 하영이가 '하지만 이래서 저래서 그랬다'라고 변명이나

부가 설명을 붙이지 않아서 다행이었다. 아무리 알고 있는 거라고 해도 계속 들으면 정말로 기분이 나빠지니까.

마지막에 들이킨 맥주의 알코올 기운이 순간 화악— 하고 얼굴로 치밀어 올랐다. 답답했다. 연말도 됐고 서로 직장에서 쌓인 스트레스나 적당히 해소하자고 만났는데 오히려 쌓여 있던 스트레스가 배가돼서 팍 터져 버린 것 같다.

'나쁜 남자 신드롬이라고?'

차라리 그래! 그런 거야! 라고 말하고 싶은 심정이기도 하다. 은근히 싫은 내색을 비추어도 이은성은 절대 연락하는 것을 멈추지 않았다. 사근사근한 어조로 아주 정중하게, 언제나 최고급 레스토랑이나 맛집만, 그것도 바쁜 진영의 스케줄에 맞추어 직장 근처에서 찾아 약속을 잡고 진영에게 연락해 온다. 물론 그에게서 느껴지던 공포감이 다 사라진 건 아니다.

'하지만 나도…… 그냥 보통 여자라고.'

이은성과 약속을 잡아 나갈 때마다 조폭인데 무서워서 어째~라고 하며 은근하게 자신을 놀리는 팀장이나 PD가 너무나 밉살스러워서 당장에라도 파투를 내고 싶지만 그래도 그는 그녀에게 자상했다. 정말로 나쁜 남자면 어때? 얼굴도 잘생기고, 키도 크고, 조폭이래도 CEO는 CEO라고! 그만하면 괜찮은 남자 아냐? 라는 생각마저 조금씩 들고 있다.

매서운 찬바람이 마구 그녀의 옷깃 사이를 파고든다. 코끝부터 얼굴 전체, 그리고 몸까지 순식간에 꽁꽁 얼어간다. 그와 함께 미친 듯이 피어오르던 화도 조금씩 가라앉고 머리가 차가워진다.

'정말로 내가 미쳤지.'

후욱— 하고 내쉬는 한숨이 차가운 공기에 하얗게 얼어붙는다. 이미 꽁꽁 얼어버린 손을 코트 주머니에서 꺼낸 진영은 조금은 차분해진 마음으로 핸드폰 슬라이드를 밀어 올렸다. 그렇게 화를 내고 나왔으니 하영도 기분이 언짢을 것이다. 적어도 가장 친한 친구에게만은 연말을 우울하게 보내게 하고 싶지 않았다. 그렇지 않아도 바쁜 스케줄을 쪼개 만나러 나왔던 참이다.

〈미안. 조금 스트레스가 쌓였나 봐. 이은성 대표님에 대한 것은 알아서 잘할 테니까.〉

언 손가락으로 작은 버튼을 누르려니 또 스트레스가 쌓인다. 그래도 진영은 묵묵히 문자를 보냈다.

〈걱정시켜서, 화내서 미안. 주말에 시간 괜찮으면 우리 집에서 보자.〉

적어도 그녀라면 이 문자로 조금은 우울함을 덜어내리라. 이제 문제는······.

"춥다. 집엔 언제 가지."

아침에 나올 때 일기예보로는 영하 13도라고 했다. 체감온도는 그것보다 훨씬 낮아서 남극 어딘가에서 헤매고 있는 게 아닌가 하는 착각마저 불러일으킨다. 열 시 십 분 전인데 거리는 마치 자정을 넘긴 것처럼 인적이 드물다. 집 근처 어딘가에서 만났으면 좋았을 텐데 괜히 연말이라고 맛집 찾아 멀리 나온 게 후회되는 순간이었다.

지하철을 타러 가기 위해 부지런히 걸음을 옮겼지만 올 때와는 달리 아무리 걸어가도 지하철 역은 보이지 않았다. 너무 추워서 그런 건지, 괜히 화풀이를 하고 나온 게 속상해서 그런지 눈가에 눈물이 스며 나왔다. 영하의 추위에 아주 조금 흘러나온 눈물이 얼어붙어 쓰라렸다.

'뭐 하는 거야. 난 정말이지……'

택시라도 타야겠다 싶어 휑한 길가 쪽으로 한 걸음 걸어가려는데 코트 속의 핸드폰이 울린 것 같은 기분이 들었다. 아마도 하영이의 답문자일 거라 생각하고 무시하려는데 핸드폰이 계속 울렸다. 차가운 밤바람에 소리가 희미하게 들려왔다.

"네."

추운 바람에 눈을 꾹 감고 핸드폰을 받았다. 너무 추워서 핸드폰 받는 것도 싫을 지경이지만 지은 죄가 있으니 하영에게 미안하다고 직접 말을 해야 할 것 같았기 때문이다. 하지만 귓가에 들려온 목소리는 하영이가 아니었다.

나쁜 남자 신드롬　113

"대표…… 님?"

핸드폰을 은은하게 울게 만드는 낮은 저음 소리가 온기를 가지고 귓가로 파고들었다.

"아, 아니요. 이제 집에 들어가려구요. 택시 탈까 해요."

하루에 한 번 이상은 통화해 본 적이 없는 터라 왠지 어색했다. 그런데 그는 뜻밖에도 진영을 데리러 오겠다는 말을 했다. 당황한 진영은 마치 그가 앞에 있는 것처럼 손을 저었다.

"아니에요. 괜찮아요, 정말요. 택시 금방 잡을 수 있을 거예요."

그렇게 말하며 고개를 들었지만 아뿔싸, 이게 웬일인가. 추운 날씨에 택시 운전사들이 단체파업이라도 했는지 버스만 간간이 보일 뿐 택시의 ㅌ 자도 볼 수가 없다. 하지만 진영은 열심히 그럴 필요 없다고, 택시를 타고 가겠다고 연거푸 말했다.

"예? 동대문역 근처인데요. 아, 아니 괜찮아요. 정말로…… 아니, 그게……."

만난 지 얼마나 되었다고, 게다가 이 업계 사람에게 사는 집까지 가르쳐 줄 생각은 추호에도 없다. 하지만 바람은 점점 거세게 불어왔고, 온몸은 얼다 못해서 그대로 빙산의 한 자락이 되어버릴 것 같다. 그 찬바람이 진영의 몸을 얼리고 이성까지도 얼리기 시작했다.

[근처 아무 곳이라도 좋으니까 잠깐 들어가 있어요. 말 들어요. 시내에 차가 별로 없어서 이십 분 정도면 도착할 겁니다.]

낮은 목소리에 아주 조금 귓가가 녹아내린다. 결국 진영은 그의 권유를 받아들이며 항복 선언을 했다.

"예. 알겠습니다, 대표님."

전화를 끊고 주변을 둘러보니 막 테이블 정리를 시작한 작은 커피 전문점이 보였다. 워낙 날씨도 춥고 손님도 없다 보니 열 시도 안 되었는데 정리를 시작한 듯했다. 진영은 염치 불구하고 그 가게 안으로 뛰어들었다.

"손님 영업 끝났는데요."

"죄송해요. 차를 기다리는데 너무 추워서 그러거든요. 한 이십 분 정도면 되는데, 안에 있으면 안 될까요? 커피도 마실게요."

보통 때라면 안 된다며 내쫓을 만도 하건만 날씨가 춥긴 추운지 이십대 중반쯤으로 보이는 청년이 선선히 고개를 끄덕였다. 감사의 마음을 담아 곱은 손으로 꺼낸 지폐를 건네고 아메리칸 커피 한 잔도 구입했다. 뜨거운 커피 한 잔에 손이 조금 따스해졌으나 몸은 여전히 차갑다. 정리하느라 난방도 일찌감치 껐는지 찬바람만 없을 뿐, 실내인데도 춥게만 느껴졌다.

그렇게 기다린 지 얼마 되지 않아 핸드폰이 다시 울렸다. 이은성이었다.

"예, 대표님. 역 근처에 있는 작은 커피숍 안에 있어요. 근처에 오시면 다시 전화 주세요. 제가 나갈게요."

왠지 벌을 받고 있다는 생각도 들었다. 그렇게 화내지 말고 하영이와 같이 나올 걸 그랬나 싶다. 주말에 만나면 하영이에게 무슨 말을 할까, 무엇을 준비할까 곰곰이 생각을 하고 있는데 코트 주머니 속의 핸드폰이 문자가 온 것을 알렸다. 얼른 열어 보니 괜찮으니 조심해서 들어가란 하영의 문자가 들어와 있었다. 답이 오는데 시간이 걸린 걸 보니 그녀도 가히 기분이 좋지는 않았던 것 같다. 다시 한 번 미안하다는 답문자를 꾹꾹 눌러 보낸 후 한숨을 포옥 내쉬며 핸드폰 슬라이드를 내린 진영은 조그맣게 중얼거렸다.

"정말 미안해, 하영아."

화를 내고 나와서 결국엔 이은성의 차를 기다리고 있으니 참 팔자도 기구하다. 신세한탄을 하며 다시 남은 커피를 마시려는데 커피 전문점의 유리문에 달린 종이 딸랑 하고 소리를 냈다. 아르바이트 청년이 뒤도 돌아보지 않고 영업 끝났습니다라고 큰 소리로 말을 했다. 하지만 그 손님은 커피를 사러 온 사람이 아니었다.

"진영 씨."

"에?"

놀란 진영은 그만 손에 들고 있던 종이컵을 놓칠 뻔했다. 이은성이 얼른 그녀의 손을 받쳐 들었다. 조금 녹긴 했지만 여전히 차가운 그녀의 손을 잡은 은성이 눈살을 찌푸렸다.

"많이 기다렸죠?"

"아, 아니에요. 그런데 어떻게 여기 있는 줄 아셨어요?"

"제가 좀 강력한 자석이거든요. 진영 씨가 있는 곳은 어디든 알 수 있습니다."

순간 쪽팔림의 오한이 진영의 어깨를 부르르 떨게 했다. 그것을 추워서 그런 것이라고 착각을 한 듯, 은성이 얼른 자신의 코트를 벗어 진영의 어깨를 푸욱 감쌌다.

"괘, 괜찮습니다, 대표님."

픽 하고 뒤에서 아르바이트 총각이 웃는 것 같다. 아아, 쪽팔려. 얼굴 빨개지진 않았으려나.

"괜찮아요. 입고 있어요. 차에서 내리면서 혹시나 하고 입고 나왔던 거니까. 갑시다."

"네에. 가, 감사합니다."

감사의 인사는 이은성을 향한 것이 아닌 가게의 점원하게 한 말이었지만 그 인사를 다 마치기도 전에 진영은 은성의 손에 끌려 가게 문을 나와야 했다. 그의 차는 가게 바로 앞이 아닌 조금 떨어진 골목 입구에 주차되어 있었다. 그 차를 본 순간 진영은 자신도 모르게 잠시 걸음을 멈추었다. 생각해 보면 이 남자가 차를 끌고 온 건 처음 본다. 항상 직장 근처 어딘가에서 만나서 식사를 했으니까.

'왜…… 에쿠스가 아닌 거야.'

조폭이면 조폭답게 조폭 전용차 검은색 에쿠스를 몰아야 하는 게 아닌가. 하지만 그의 차는 에쿠스도 아니고 검은색은 더더욱 아니었다. 그녀를 기다리고 있는 조폭 대표님의 차는 중후

함과 날렵함을 자랑하는 은회색의 렉서스 LS430였다.

훤칠한 키에 긴 다리를 자랑하는 조폭 대표님이 성큼성큼 걸어가 조수석을 열어준다. 마치 공주님이라도 된 기분으로 진영은 차에 올랐다. 그가 프런트를 돌아 운전석에 타는 것을 기다려 감사하다는 말을 건넸다. 그러자 그가 빙긋하고 진영을 향해 웃었다.

"안전벨트 매요."

"예, 대표님."

조용한 밤거리에 신형 엔진음이 은은하게 울려 퍼졌다. 어딘가 모르게 꼴랑한 냄새가 나는 택시에 비한다면 아직도 시트의 가죽 냄새가 은은하게 배어 있는 이 차는 그야말로 최상급의 운전사도 딸린 자가용인 셈이다.

"앞으로 좀 멀리 가게 되거든 미리 연락해요. 시간이 되면 데리러 올 테니까."

"아, 아니요. 오늘도 신세를 지게 되어 정말 죄송해요, 대표님."

"정말로 죄송한 겁니까?"

"예?"

역시나 놀란 토끼마냥 눈을 크게 뜨는 진영을 보고 그가 웃으며 말했다.

"그럼 그 대표님이라는 호칭 좀 집어치웁시다. 내 이름은 대표님이 아니라 이은성이니까."

"하지만……."

"그렇게 신호를 보내는데 진영 씨는 둔감한가 보군요. 아니, 이참에 정말 편하게 말합시다."

그는 솜씨 좋게 핸들을 돌리며 액셀을 밟았다.

"이름은 이은성. 전주 이 씨 효령대군파 18대손. 장손도, 외아들도 아닌 둘째이자 막내. 부모님 다 살아 계시고, 현재 하는 일은 실버 엔터테인먼트 대표이사. 나이는 서른둘. 신체 건강하고, 해외여행 결격 사유없는 대한민국 남자."

자신의 이름과 이력 아닌 이력을 줄줄 읊어대는 남자 옆에서 진영은 살짝 머리가 돌기 직전이다.

"그쪽은?"

"예?"

"말해봐."

잠깐. 이 남자 지금 나한테 은근슬쩍 말 놓고 있는 거야? 하지만 일단 좀 겁나니까 말은 하고 보자.

"한진영. 청주 한 씨예요. 파는 잘 모르고 33대손이라는 말만 들었어요."

말을 하다 보니 왠지 조금 한심해졌다. 의기소침해질 것까진 없지만 무슨 파니 몇 대손이니 하는 걸 척척 말하는 사람을 만나면 이런 기분이 된다.

"이 남매 중에 장녀예요. 물론 부모님은 다 계시고, Clex 공연 기획팀에서 일하고 있어요. 나이는 스물여섯이에요."

결국 신체 건강 어쩌고저쩌고하는 건 슬그머니 생략했다. 지금 뭐 하나 하는 심정이기도 했고 진지하게 대꾸하는 게 귀찮아졌기 때문이다. 시트는 편안하고 히터는 따스해서 졸음마저 밀려온다.

"좋아. 사귀고 있는 남자는?"

"없······ 는데요."

"마침 딱이야. 나도 없는데."

점점 불안해진다. 다음엔 도대체 무슨 말을 하려는 건지 정말 무섭다. 이 남자가 조폭이라서 무서운 것과는 다른 차원의 공포다.

"열심히 일하는 진영 씨를 보고 호감이 생겼고, 몇 번 보면서 호감도 상승 중. 그러니까 한번 사귀어보자고. 12월 22일 오늘을 기념일 제1일째로 하고."

"······."

무슨 기념일? 응? 무슨 기념일이냐구. 잠깐! 지금 정말 사귀기로 결정? 연인 제1일?

"이의없지?"

있다고 하면 이대로 어디론가 끌려가서 발목 잘려서 골방에 갇히는 겁니까? 진영은 대꾸도 못하고 시트에 푹 파묻혀 이 사태를 어떻게 해결해야 할지 머리를 핑핑 굴리고 있는데 은성은 신이 났는지 콧노래를 살짝살짝 흘리고 있다.

이 남자 B형이다. 절대로 B형이야. 자기 멋대로 결정하고는 상대방도 그럴 거라고 밀어붙이고 있어. 아니라고 해도 절대 받아들이지 않을걸? 그럴 생각 없다고 진심으로 말해도 틀림없이 앞으로 그렇게 될 거니까 아무튼 오늘은 기념일 1일이라고 할 사람이다. 설마 10일째, 100일째, 300일째 이런 거 챙기는 사람인 걸까? 정말로?

"이거."

한 손으로 핸들을 잡고 주머니에서 뭔가를 꺼내 툭 하고 진영에게 건넨다. 뭔가 해서 보니 핸드폰이다. 그것도 진영에게 선물한 것과 동일한 기종에다가 아무리 봐도 새것인 걸로 봐서는 진영에게 핸드폰을 사 보내면서 자신도 같은 기종으로 바꾼 게 아닌가 의심스럽다.

"거기 날짜 설정하는 거 있지?"

"무슨…… 날짜를 말씀하시는 건지…….'

"기념일 설정. 요즘은 핸드폰으로 기념일 설정도 하고 며칠 지났는지도 알려주던데. 설정해 줘."

엄마야, 이 남자 왜 이러세요! 은성의 우격다짐으로 핸드폰 슬라이드를 밀어 올리다 말고 진영은 그만 얼어붙었다. 얼어붙고야 말았다. 바로 은성의 핸드폰 액정화면 때문이었다. 언제 어디서 찍었는지 그녀의 얼굴이 액정화면으로 설정되어 있었다. 압권은 사진 위의 '진영♡'이라는 글자. 많이 양보해서 정말 백 보도 아니고 천 보 양보해서 도촬까지는 어떻게든 견뎌주겠지만 무지막지한 하트가 주는 강렬한 충격에 뒷골이 지잉 하고 울릴 지경이었다. 히터 덕에 차 안은 따듯하기만 한데 진영은 난데없는 한기를 느끼고 있었다. 울고 싶다. 정말로 울고 싶다.

"기왕이면 얼짱 각도로 한번 찍어봐. 내 핸드폰으로."

가만히 있었더니 별걸 다 시킨다.

"차…… 안이라서 그건 좀."

"아, 그건 그렇군. 그럼 날짜 입력하고 앞에 열어봐."

"네?"

"시트 앞쪽."

이제는 거의 포기 상태가 돼서 진영은 고분고분 그가 시키는 대로 했다. 안에서 조그마한 남색 쇼핑백이 나왔다. 로고는 스왈롭스키.

"안에 상자가 두 개 들었는데 핸드폰 스트립이야. 둘 다 열어보고 맘에 드는 걸로 달아. 남은 한 개는 내 것에 달고. 언제 줄 수 있을까 싶어서 계속 가지고 다녔는데 차에 두길 정말 잘했어."

정말 이런 걸 커플로 달고 싶으세요? 꼭 이렇게 해야겠어요? 네? 이 남자 정말 왜 이래! 아아, 할 수만 있다면 무릎을 당기고 고개를 푹 숙인 다음 엉엉 울고 싶다.

진영이 망연자실해서 거의 기계적인 손놀림으로 두 개의 핸드폰에 색깔도 보지 않고 크리스털로 장식된 스트립을 달고 D—day 설정까지 마치자 그가 문득 생각났다는 듯이 물었다.

"아참, 그런데 집이 어디지?"

하나님, 부처님, 공자님, 모하메드 알리, 아니, 이건 아니고 누구든 좋아요. 제발 이 남자 뒤통수 좀 세게 때려주시면 안 되나요?

※

"아아~ 이건 쇼케이스야, 콘서트야? 쇼케이스 하자면서 왜 일정은 콘서트인 거냐고."
"그러게요."
역시나 오늘도 진영이 일하는 작은 사무실엔 불평불만이 가득하다. 불볕 일을 붙어온 팀장은 싱글벙글하며 이렇게 말한다.
"뭐, 너무 걱정 말고 적당히 잘 조절해서 한 시간짜리로 만들어봐."
말은 쉽다. 언제나 그렇다. 말은 쉽고 그 말에 따른 책임은 엄청 어렵고 무겁다. 하지만 어쩌랴. 일은 일이고 이 일을 선택한 것은 그들이다. 야근은 이미 몸에 뺐고 이틀 밤샘을 하느냐 삼일 밤샘을 하느냐는 선택이 된 지 오래다.
"자, 열심히 해봅시다. 새해가 된 지 벌써 한 달하고 반이 다 되어갑니다!"
그렇다. 연말연시가 어떻게 지나갔는지도 모르게 훌쩍 지나가 버렸다. 원래 이 일이 그렇다. 12월엔 크리스마스 기념 무슨 무슨 공연이 있었고, 31일엔 굿바이 콘서트, 새해 1월 1일엔 신년 콘서트를 열어야 했다. 그 다음엔 설 기념, 다음에는 어느 가수의 생일 기념, 그리고 지금은 밸런타인데이 공연 준비로 한창. 기획팀의 일 년이란 달로 쪼개서 쑥쑥— 구렁이 담 넘어가듯 지나가 버린다.

"아참, 진영 씨."

"네, 팀장님."

"황신영 쇼케이스는 가닥 잡으면 수아 씨한테 넘겨요. 수아 씨도 슬슬 제대로 일을 맡아 해야 할 테니까."

일을 덜어준다는 건 언제나 귀에 보약이요, 몸에도 보약이다. 하지만 저 팀장이 말하면 좀 다르다. 분명 넘긴 일보다 열 배는 어렵고 힘들고 귀찮고 바쁜 일을 줄 테니까.

"화이트데이 기념으로 팝페라 가수 에디슨…… 뭐더라. 아 정말 한국인이 왜 외국 이름을 쓰고 그러나. 암튼 그 아가씨 쇼케이스를 하기로 했으니까 기획서 좀 만들어봐요."

"팀장님."

어딘가 모르게 전투적이 된 진영을 보고 팀장이 얼른 고개를 돌리고 대답한다.

"으흠……."

뭔가 회피하고 싶을 때 하는 행동이다. 그도 그럴 것이 밸런타인이 이제 며칠 남았는가. 이제 겨우 한 달이다. 해 지나서 스물여섯에서 스물일곱이 된 것도 조금 서러운데 왜 한 달 남짓밖에 준비할 시간을 안 주는 걸까. 게다가 낼모레엔 밸런타인 기념 누구누구의 콘서트가 있고, 그리고 또……. 아, 생각하기 무서우니까 하지 말자.

"지금 화이트데이라고 하셨나요?"

"아아, 그거 화이트데이 기념 한정 앨범이고 한 시간 정도 하면서 팬미팅 시간도 좀 가지고 해서 곡은 서너 곡 정도 부를 거야. 귀엽게 발랄하게 해달라고 하니까 어렵지 않을 거야. 진영 씨 특기잖아."

이 정도 되면 벌써 대충 말은 다 오갔다는 의미다. 계약서는 거의 확인 작업용이라고 해야 하나. 화를 낼까 말까 하다가 만사가 다 귀찮아진 진영은 좋게 생각하기로 했다. 작년만 해도 애인이 있든 없든 뭔가 특별한 날에 일을 해야 한다는 것이 이 직업의 최대 난점이라고 생각했다. 하지만 막상 애인을 자청하는 사람이 생기고 보니 얼씨구나 지화자 좋다가 되어버렸다. 진영은 작년 12월 22일. 그리고 곧바로 이어진 크리스마스이브와 크리스마스 날, 연말 연초의 말도 안 되는 이벤트에 완전히 녹다운 되어 있었다.

'무슨 이벤트 회사 사장도 아니고.'

콘서트 준비와 콘서트 당일 일정으로 바쁜 진영에게 시간이 날 리가 없다. 그래도 이은성은 부득부득 우기며 그녀를 맞으러 왔다. 크리스마스이브 날 공연이 끝나고 다음날 공연을 위해 서둘러 귀가하는 그녀를 이은성이 떡하니 기다리고 있었다. 그것도 새빨간 장미 꽃다발을 들고. 바쁘니까, 힘드니까 오늘은 이만. 이러면서 가버린 남자는 다음날에도 나타났다. 그것도 뒤풀이까지 다 하고 새벽에 택시를 타고 귀가한 진영의 원룸 건물 앞에 떡하니 차를 세워놓고 말이다.

지금 진영의 목에는 그때 선물 받은 심플한 라인의 목걸이가 있다. 차고 있으면 목이 똑—하고 부러질 것 같지만 역시나 '무서워서&귀찮으니까&기왕 받은 비싸 보이는 목걸이인데'라는 이유로 그대로 걸고 있다. 그때를 생각하니 새삼 이틀 뒤의 밸런타인데이가 두려워졌다. 이미 선물 공세로 짜부라져 죽을 지경인데 뭔가 보답을 하긴 해야 할 것 같다. 그런데 도대체 뭘 줘야 한단 말이다. 곧 죽어도 초컬릿을 줄 생각은 들지 않는다. 그런 걸 줘버리면 진짜로 빼도 박도 못하는 상태가 되어버릴 것 같으니까. 하지만 역시 초컬릿을 바랄 텐데.

원하는 것도, 그리고 부족한 것도 없는 남자란 정말 어려운 생물이다. 지금 진영은 그것을 뼈저리게 느끼고 있었다. CEO라는 직함으로 보나, 몰고 다니는 차로 보나, 차고 다니는 시계며 옷을 봐도 이은성은 절대 '서민'의 분류에는 죽었다 깨어나도 들어갈 수 없는 남자였다. 게다가 제멋대로였다.

그녀와 저녁 식사를 하러 가다가 꽃집을 발견하면 성큼성큼 걸어가 대뜸 장미며 프리지아며 내키는 대로 꽃을 사 품에 안겨주기가 일쑤고 진영이 걸어가다가 조그마한 장식품이나 소품에 눈을 주면 세 번에 한 번은 그걸 사줘야 직성이 풀리는 사람이었다. 괜찮다고 말해도 소용이 없었다. 금액도 한 번에 천 원부터 만 원까지 거절하기엔 애매한 액수의 물건들이다 보니 결국엔 두 손에 받아 들게 되고 만다. 며칠 전엔 가판대에서 대추나무 액세서리를 파는 것을 보고 잠깐 들여다봤더니 띠를 묻고 얼른 이천 원을 내고 그걸 사서 진영의 손에 쥐어주기도 했었다.

그런 그가 바라는 것이 도대체 무엇일까? 아니, 실제 한두 번 그가 원하는 것을 말한 적이 있었다. 그게 또 가관이었다. 진영의 핸드폰을 달라고 해서 이리저리 만지더니 진영이 이른바 '자기 학대' 사진이 유행할 때 찍은 찡그린 표정의 사진을 보고 파안대소를 하고는 그 사진을 자기 핸드폰으로 보내달라고 떼를 썼다.

사실 그건 약과다. 어떤 날은 식사를 하다 말고 냅킨을 하나 내밀며 거기에 키스 마크를 찍어달라는 말도 안 되는 요구를 해왔다. 물론 장장 이십 분에 걸친 사투 끝에 찍어주고 말았다. 하지만 과연 무엇을 가지고 싶어하고 필요로 할지 알 수가 없다. 울고 싶다, 정말.

"한가하시네요."
"뭐, CEO라는 게 그렇지. 게다가 난 지금……."
나직하게 들려오던 말이 빼곡하게 앉아 있는 여성들의 귀를 찢는 고함 소리에 가려 사라졌다. 밸런타인데이 기념 연인들을 위한 콘서트가 한창 진행 중인 가운데 오늘의 메인 출연진인 모 가수가 무대에 올랐기 때문이다.

"뭐라고 하셨어요?"

"별거 아냐."

싱글거리고 있는 남자는 역시나 실버 엔터테인먼트의 이은성 대표. 그는 뭐가 그리 좋은지 연신 웃고 있다. 그녀가 알고 있는 한 이은성의 표정은 저 싱글거리는 표정 하나뿐이다. 그것도 매우 질이 나쁜 그런 표정이다. 자신의 회사가 출자한 공연도 아니건만 그녀에게 당당하게 비표를 요구하기에 안 된다고 딱지를 놔버렸더니 결국엔 콘서트 중반쯤에 무단출입을 강행해서 그녀의 옆에 서 있다. 이은성은 여전히 웃으며 말을 던지고 그녀는 탁탁 내뱉듯이 대답한다.

이 패턴은 올해 들어 천천히 굳어진 것이다. 일방적으로 몰아붙여지다시피 하니 아무리 곱게 말해주려고 해도 하는 말에 감정이 실려 버렸다. 그러다 보니 언제나 대화는 이런 식. 아무리 봐도 연인으로는 보이지 않을 대화다. 하지만 그는 자칭 진영의 연인이었고, 그의 핸드폰엔 진영이 살짝 눈살을 찌푸린 이른바 얼짱 각도의 사진이 평상시 화면으로 설정되어 있다.

태도는 상당히 불량하지만 진영은 내심 쫄아들어 있었다. 그가 핸드폰에 기념할 제1일로 선포한 그날부터 오늘까지 진영은 계속 고민해 왔다. 이 남자의 진심은 무엇일까 하고. 대놓고 물어봐야 네가 좋아, 라고 말해 버릴 게 뻔하다. 하지만 왠지 믿을 수가 없었다. 그것은 아마도 그녀 자신이 아직 그에게 아무런 말도 하지 않았기 때문일 것이다. 마음도 아직 단단하게 닫아걸은 상태다.

'하지만 데이트 상대로는 나쁘지 않지.'

상황이 어찌 되고 그의 배경이 어떤 것이든 간에 지금 진영의 사무실 사람들은 모두 그녀가 이은성과 진지하게 사귀고 있는 줄 알고 있다. 하루에 한 번씩 걸려오는 전화에다가 진영이 밤샘을 하지 않는 날, 그리고 그가 스케줄이 비어 있는 날이면 어김없이 은회색의 렉서스 LS430을 몰고와 진영을 기다려 그녀를 집까지 데려다 주거나 저녁을 먹고 마찬가지로 집에 바래다 준다. 크리스마스이브와 크리스마스에도 찾아왔고, 설 공연이 한창이던 와중에도 찾아왔다. 누가 그들이 사귀지 않는다고 말할 수 있을까.

마음은 닫아걸었다고 해도 보이지 않는 빈틈으로 그가 조금씩 스며들고 있다는 것은 진영도 깨닫고 있었다. 그는 당최 속을 알 수 없는 성격만 빼면 완벽한 남자였다. 유학 경험이 있다는 것을 듣기 전부터 그의 에티켓이 꽤나 서양적인 취향으로 가다듬어져 있다는 것을 일찌감치 깨달았다.

그는 배려할 줄 안다. 연인다운 행동이라고는 하나도 해주지 않는데 아무것도 원하지 않는다. 열정적인 키스는커녕 작별의 키스조차도 해주지 않는데도 너무나 신사적으로 나와서 정말 이 남자가 조폭인가를 때때로 의심하게 된다. 나직하다 못해 허리가 울리는 섹시한 목소리로 가까이 다가와 말을 할 때면 진영도 순간순간 흔들린다.

'문제는 흔들리는 게 마음이 아니라 몸 쪽이라는 거겠지.'

자신이 이렇게 속물적인 인간이었나 하고 자책도 해본다. 겨우 두 번밖에 안 되는 경험만으로도 이 남자가 밤에는 어떤 얼굴을 할지 상상하고 기대하는 자신을 발견한다. 어쩔 땐 바늘로 허벅지를 찌르며 한밤에 냉수 샤워라도 해야 하나 진지하게 고민까지 했다.

처음 상대는 그저 어리고 순수한 마음에서 받아들였었다. 자유연애주의자도, 프리섹스주의자도 아니지만 혼전 순결을 꿋꿋하게 지킬 정도로 고리타분하지도 않았다. 하지만 그뿐이었다. 아픔 속을 달리는 미묘한 쾌감에 눈물도 흘려보았다. 그때 느꼈던 감각이 이렇게 자신의 안에 살아 있었나 하는 신기한 감각에 고개를 갸웃해 보기를 여러 번. 그래서 이 남자를 거절하는 게 묘하게 힘들어져 가고 있다.

'나도 나이가 들었어.'

그래도 정말로 좋아하는 사람이 아니라면 함께 자고 싶은 생각은 없다. 이 남자는 아직 좋아하는 남자가 아니다. 그러니까 그런 충동은 그저 어른이 된 통과의례로 생각하자.

사실 걱정하는 것은, 가장 고민하는 것은 바로 그 부분일지도 모른다는 생각도 들었다. 정말 이 이은성이라는 남자가 자신을 좋아하는 걸까 하는. 사실은 그저 가볍게 사귈 수 있는 여자로 생각하고 있는 것은 아닌지. 한두 번, 또는 서너 번 함께 잠자리를 가지면 킬링 마크에 한 사람 더 추가, 이런 식으로 버려지는 것은 아닐까 두려웠다.

  조폭이라는 것 이외에도 이 업계에선 믿을 수 없는 사람이 너무나 많다. 처자식이 버젓하게 있는 남자들도 가볍게 접근해서 유혹을 해온다. 그야말로 원나잇 스텐드를 원하는 사람들, 그런 관계를 즐기는 사람들이 손가락 열 개에 백을 곱해도 모자랄 만큼 많다. 물론 그렇지 않은 사람도 있지만 그래도 믿음을 가지기엔 부족했다. 그리고 이은성이라는 남자는 바로 그런 사람들의 화신처럼 자신의 앞에 서 있다.

  '믿지 마. 믿어선 안 돼. 이 사람은 믿을 수 있는 남자가 아니야. 나쁜 남자니까.'

  마음에 가드 라인을 만들고 그 위에 선다. 하지만 그 가드가 조금씩 허물어지고 있는 것이 눈에 보인다. 나쁜 남자라고 가드 라인 위에 커다랗게 써놓았지만 그가 어디가 나쁜 건지, 그의 배경이 조폭이라는 것 이외에는 찾지 못했다. 오히려 그는 너무나 괜찮은 남자였으니까.

  "알았어? 약속이야. 업계에선 좋아하는 사람을 절대 만들지 말 것!"

  취직이 결정되었을 때 하영이 새끼손가락을 내밀며 약속하라고 했다. 그 약속은 작년 12월 21일까지 그대로 지켜졌다. 단순히 약속 때문만은 아니었다. 쇼 비즈니스계에 투신한 후 그 실체를 낱낱이 알게 되면서 스스로도 다짐에 다짐을 했었다, 죽어도 업계 사람하고는 사귀지 않겠다고. 그런데 지금 그녀는 이은성이라는 남자와 어쨌든 간에 사귀고 있다. 바쁜 시간을 쪼개서 자신에게 시간과 열성과 정성을 다해서 퍼부으며 열심히.

'이게 더 안 좋은 것이라는 것은 알지만……'

냉정하고 야멸차게, 그것이 마음에 없는 누군가를 거절하는 방법이라는 것을 알면서도 결국 이렇게 행동하게 된다.

"은성 씨."

"응?"

"손 좀 내밀어보세요."

물끄러미 공연을 바라보고 있던 그가 어리둥절한 표정으로 손을 내밀었다. 그 위에 진영은 정장의 포켓 실밥까지 뜯어가며 넣어왔던 작은 꾸러미를 올려놓았다.

"밸런타인 선물이에요. 단 거 싫어하는 것 같아서 다른 걸로 준비했어요."

마치 두 번 다시 손에 대고 싶지 않은 것처럼 얼른 꾸러미에서 손을 떼고 아무렇지도 않은 듯 다시 무대 쪽으로 고개를 돌렸다. 옆에서 부스럭거리며 포장을 푸는 소리가 들려왔다. 지금 그녀의 얼굴은 어떨까 걱정이 된다. 혹시 빨갛게 달아오르진 않았을지, 아니면 그녀가 원하는 대로 완전한 무표정일지.

"이런저런 선물을 많이 받았는데 작은 거라도 드리는 게 예의인 것 같아서요."

그래, 예의다. 저건 어디까지나 예의다. 그 예의 때문에 얼마나 고민을 했는지 모를 것이다. 너무 깊은 의미가 담기지 않으면서도 그의 취향에 맞고, 또 받았을 때 실망하지 않을 만한 것으로 또한 너무 비싸지도, 그렇다고 싸지도 않은 것. 그렇게 고민에 고민을 거듭한 끝에 고른 게 너무나 평범한 타이 핀이라는 것이 스스로도 괴로웠지만 여하튼 어찌할 수 없는 선택이었다. 결정을 하고 나서도 고민했다. 어떤 것이 그에게 어울릴지. 그렇게 고뇌한 끝에 그녀는 화이트 골드의 심플한 디자인을 선택했다. 은성에게서 느껴지는 색이랄까? 이름에도 은(銀) 자가 들어 있어서 그럴지 모르지만 그의 컬러는 은색이었다. 시리도록 차가운 은색. 하지만 실버는 아니다. 은성은 절대 무르지 않으니까. 그래서 화이트 골드.

"어떤 걸 좋아할지 몰라서 마음대로 골랐어요. 마음에 안 들면 가서 교환해도 괜찮아요."

뭔가 리액션이 있을 만도 하건만 아무런 반응이 없다. 왠지 점점 더 불안해진다. 고개를 돌려 그의 표정을 확인하고 싶지만 겁이 났다. 아무래도 선택이 실패였나 보다. 두려움을 꾹꾹 내리누르며 그녀는 살며시 고개를 돌리고 또 올렸다. 그와 그녀의 키 차이는 대략 플러스 마이너스 20㎝.

"……!"

저 표정은 대체 뭐라고 이름 붙여야 좋을까. 어두운 콘서트장에서 사방으로 흐트러지는 조명을 받아 반짝이는 어두운 눈동자와 입가가 살짝 올라간, 뭔가 성공했다라는 듯한 자신만만함이 가득한 표정. 마치 오랫동안 수풀 속에서 먹잇감을 기다리고 노려보다가 이제 포착했다, 또는 앞발을 내밀어 발톱을 찍었다! 하는 그런 얼굴이었다. 순간 아차 싶었다. 이 남자에겐 차라리 오백 원짜리 판 초코를 사서 적당히 의리예요 하고 주는 쪽이 나았을 것이다. 아니, 그게 무엇이 되든지 선물을 줘서는 안 되는 거였다. 너무 고민을 하다가 지뢰를 밟아버렸다. 어떤 선물을 하든지 그는 진영이 자신의 공세에 넘어갔다고 생각해 버릴 것이 틀림없기 때문이다. 바로 지금처럼!

훤칠한 그의 키가 진영 쪽으로 기울어진다.

"고마워."

말소리가 들린 곳은 귓가가 아니라 분홍빛 립글로스를 바른 진영의 입술 근처. 그리고 그의 입술이 살짝 내려앉았다. 입술 위가 아니라 입술 끝에 아슬아슬하게 걸쳐서 쪽 하고 베이비 키스를 했다. 순간 진영의 심장은 두근 하고 크게 울렸다. 그리고 덜컹하고 떨어져 버렸다.

'이 남자는 위험해······.'

진영의 본능이 그녀의 머릿속에서 속삭이고 있었다.

4

위험한 남자

늦은 밤, 조그마한 바 한쪽에 수트를 입은 두 남자가 술잔을 기울이고 있다. 한쪽은 모델이라고 해도 과언이 아닐 정도의 장신에 반듯한 외모를 갖추고 있었고, 다른 한쪽은 키는 조금 작지만 주변의 공기마저 숨을 죽일 것 같은 기묘한 존재감을 가지고 있는 남자였다. 그들의 대화 소리는 음악 소리에 묻혀 들리지 않는다. 잠시 후 바의 입구에서 또 다른 남자가 나타났다. 이미 술 한 잔을 걸친 듯한 그는 어두운 바의 조명 밑에서도 확연히 알 수 있을 정도로 얼굴이 달아올라 있었다. 반갑게 또 한 명의 친구를 맞은 남자들은 서로 잔을 부딪치며 건배했다.

"만나기 힘드네."

"그야, 너희들하고 달리 내가 좀 바쁘시거든. 하하하."

술에 취해 실없이 마구 웃어대는 남자는 다름 아닌 진영의 상사 김세중 팀장이다. 그런 그에게 술잔을 기울이던 친구가 묻는다.

"그러고 보니 너희 쪽엔 문제없어?"

"응? 무슨 문제?"

"윤 녀석들이 뭐 시부렁거리지 않냐는 소리다."

"아, 그거야 네가 있는데 무슨 걱정이야. 괜찮아. 그보다는 난 이 녀석이 걱정이다. 재헌이 너, 이 녀석 자르지 말고 막 바빠지게 팍팍 굴려 버려."

"무슨 소리야? 내가 뭘 어쨌다고?"

기분 좋게 술을 마시던 은성이 미간을 찌푸린다. 말을 하는 사람이나 대답을 하는 사람이나 농담의 범주에서 벗어나지는 않고 있지만 자신을 콕 집어 말하는 것이 뭔가 걸리는 게 있는 모양이다.

"이 자식 때문에 우리 아가씨 하나가 아주 고역이라고. 크흐흐, 은성이 너 알기는 하냐? 네 전화 오면 오만상을 찌푸리면서 날 노려본다고."

"풋. 세중아, 넌 세상의 진리를 좀 더 깨달아야겠다. 옛 성현의 말씀에 남의 집 가정사와 남의 연애사엔 발을 디뎌선 안 된다고 하잖냐."

진중하게 듣고 있던 남자가 은성의 편을 들어준다. 이때다 싶은 은성이 얼른 투정을 했다.

"그렇지! 재헌이 너 말 잘했다. 세중이 너야말로 진영 씨 좀 괴롭히지 말고 밥이라도 좀 먹여가며 일시켜. 데이트 시간 한번 잡으려면 전화를 몇 번 해야 하는지 알고는 있어?"

그 말에 결정적으로 재헌이라 불린 남자가 놀랍다는 표정을 했다.

"전화를 몇 번이나? 웬일이냐, 네가?"

"그렇지? 놀랍지? 아주 끈질기다니까, 저 녀석. 나라면 애 저녁에 두손두발 다 들고 도망치거나 항복했을 거다."

"그 진영이란 아가씨도 상당하네. 너 꽤 맘에 들었나 보다? 예뻐? 착해?"

은성은 대답 대신 웃음을 지어 대화를 피해 버렸다.

"얼씨구, 웃는 거 봐라. 잘하면 국수 먹겠다. 어라? 가만 보니 내가 중매를 서게 된 건가? 이 녀석 고용해서 그 아가씨랑 만나게 해준 건 나잖냐."

"Oh~ No. 그건 아직 모르지. 우리 진영 씨가 얼마나 인기가 좋은데. 이 업계가 좀 그렇잖냐. 언제더라, 지난번에 제리 뭐시기라는 아~띠스트가 왔는데 거기 매니저가 영화배우처럼 생긴 녀석이었거든? 그 녀석이 어찌나 우리 진영 씨한테 추파를 던지는지 그거 막아주느라 아주 고생했다. 그뿐인 줄 아냐? 진영 씨랑 식사 한 번 하고 싶어하는 사람이 아주 줄을 선다, 서."

대화는 어느덧 상사의 부하 자랑 자리가 되어가고 있다. 문제는 그 대화를 들으면서 점점 더 기분이 가라앉고 있는 남자가 약 한 명 생겼다는 것이리라. 그는 애써 얼굴 표정을 감추고 가볍게 웃으며 친구들과의 대화에 몰두했다. 아니, 몰두하는 척했다.

*

"네. 알겠습니다, 부장님. 그럼 오후에 뵙지요."

전화를 끊자마자 진영은 후욱— 하고 숨을 고르며 핸드폰을 들고 복도로 나왔다. 사적인 전화를 걸기 위해서다.

이번에는 뭐라고 말을 해야 하나 싶은 마음으로 가슴을 졸이며 단축번호를 누르자 은성의 핸드폰 번호가 액정에 뜨며 통화 연결음이 들려온다. 바로 오 분 전에 오늘 저녁은 어디서 먹자라는 전화가 걸려왔고 오케이를 한 참이다. 그런데 그 전화를 끊자마자 일종의 거래처인 모 음반사의 부장이 식사나 한 끼 하자면서 전화를 걸어왔던 것이다.

선약이 있긴 했지만 다른 사람도 아니고 평소 진영의 기획팀 쪽에 거의 일을 몰아주다시피 하는 사람이기에 거절도 하지 못하고 그러마 하고 대답하고 말았다. 결국 은성과의 약속을 파기해야 하는 입장이 된 것이다. 통화 연결음이 뚝 끊어지며 이제는 익숙해져 버린 남자의 목소리가 들려왔다. 너무나 반가워하는 은성에게 진영은 머뭇거리며 약속이 생겼다는 말을 했다.

"예. 도저히 거절할 분이 아니어서요. 죄송합니다."

긴장한 바람에 하마터면 죄송합니다, 대표님이라고 말을 할 뻔했다. 그가 뭐라 할까 가슴을 졸이며 핸드폰에 귀를 기울이고 있던 그녀는 괜찮다고 말하는 은성의 말에 가슴을 쓸어내렸다. 하지만 그는 전화를 끊지는 않았다. 대신 누구와 만나냐고 물었다.

"아, XX음반의 부장님이세요. 화이트데이 기념 공연을 여는 가수가 그쪽 소속이라서요."

일에 대한 것을 가끔 물어오긴 하지만 왠지 추궁받는 느낌이 들어 기분이 묘했다. 그는 한술 더 떠 어디서 만나는지도 물었다. 전화를 끊고 나니 새삼스럽게 울컥하고 화가 났다.

"별걸 다 묻고 그래."

마치 바람피우려는 부인을 추궁하는 듯한 말투다.

"정말 어떻게든 해야지."

차라리 그때 누군가와 사귀고 있다고 거짓말을 할 걸 그랬다는 뒤늦은 후회마저 몰려온다. 하지만 김세중 팀장과 모종의 관계가 있는 듯한 은성이니 그런 거짓말은 통하지 않았을지도 모른다. 결국 찜찜한 기분인 채로 진영은 XX음반의 강태원 부장과 만났다. 예전에도 가끔 강태원 부장은 이렇게 진영을 불러냈었다. 때로는 공연을 열어주고픈 가수들을 약속도 하지 않고 데리고 나오기도 했고 이번처럼 자사 소속의 가수가 공연을 하게 되면 수고한다면서 식사를 사기도 했다.

위험한 남자 139

만난 시간이 조금 일러 차를 먼저 한 후 좋은 맛집을 알아났다는 그의 권유에 따라 찻집을 나섰다. 근처인가 했는데 주말이고 하니 여유를 갖자며 차를 타고 좀 나가잔다. 그다지 거부할 이유도 없기에 진영은 가벼운 마음으로 차를 탔다. 한 시간 넘게 차를 타고 도착한 한적한 시외의 맛집은 최근 데이트 장소로 유행하는 타입으로 커다란 가마솥에 끓인 닭죽이 일품인 소박하면서도 깔끔한 곳이었다.

'은성 씨도 좋아하겠네.'

그동안 함께 식사를 하며 느낀 것은 그가 서양식보다는 의외로 전통 음식이라고 해야 할까 좀 더 소박하고 한국적인 맛을 느낄 수 있는 음식들을 좋아한다는 것이었다. 그 생각을 하다 말고 진영은 혼자 소스라치게 놀랐다. 무슨 생각을 하는 거니, 정말. 언제부터 그 사람을 챙겼다고. 결국 진영은 차가 있는 하영을 졸라서 다시 한 번 와야겠다고 마음먹었다.

식후엔 가마솥 밑의 재 속에서 구어낸 감자와 고구마가 디저트로 나왔다. 배가 부르긴 했지만 노릇하게 구어진 고구마가 너무 먹음직스러워 반 개나 먹어버렸다. 마지막으로 전통차까지 마시고 진영은 강태원 부장의 차에 다시 올라탔다.

문제는 그때부터 삼십 분 후에 발생했다.

'도대체 어딜 가는 거야.'

밥을 먹을 때부터 완연히 어두워져 있던 하늘이 새까매져 있다. 문자라도 확인하는 것처럼 슬그머니 핸드폰의 시계를 확인해 보자 아홉 시를 훌쩍 넘기고 있다. 그런데도 차는 여기저기 잔설이 남아 있는 논과 밭 사이를 마구 달려가는 중이다. 서울로 돌아가는 중이라면 이쯤 해서 대충 여기저기 건물이 보여야 한다. 길눈이 어두운 편이라면 어련히 알아서 시내로 가겠지 하고 편하게 마음먹고 있었겠지만 불행히도 진영은 길눈이 매우 밝은 편이다. 헤드라이트에 언뜻 비치는 표지판만 봐도 서울로 가는 길이 아니라는 것이 확실했다. 불현듯 두려움이 몰려오기 시작했다.

'내가 내 무덤을 판 건가……'

이 업계가 아무리 그렇고 그렇다고 하지만, 저녁 무렵에 초대받은 식사에 넙죽 그러겠다고 하고 나와서 시외로 가는데도 아무 말 없이 따라왔으니 상대방이 오해 아닌 오해를 해도 할 말이 없다. 그야말로 자업자득인 셈.

"저어, 부장님, 많이 피곤하시죠? 죄송하네요. 이렇게 운전까지 하시게 해서."

해석하자면 피곤하니 이제 그만 돌아갑시다. 하지만 강태원 부장은 아예 반대 의사로 해석해 버린 모양이다.

"그러네 진영 씨도 피곤하지? 조금 더 가면 괜찮은 곳이 있어."

하나님, 부처님, 공자님, 한 번만 더 부탁드립니다. 저는 이럴 때 뭐라고 대답을 해야 하나요.

"오랜만에 만나니 진영 씨 아주 예뻐졌어. 연애라도 해?"

이것도 해석하자면 아직 사귀는 남자 없지? 내가 잘해줄 테니 한동안 자리잡는 거 어때? 또는 내 애인이나 하지 그래.

"오호호호호. 부장님도 참."

겉으로는 아무렇지도 않은 평범한 대화지만 물밑에선 필사적으로 서로 반대 방향으로 가려고 물갈퀴질을 하는 백조의 기분이다. 순간 응. 나 조폭계라고 소문난 실버 엔터테인먼트 이은성이랑 사귀는 중이야. 라고 말을 하려다가 웃어버렸다. 왠지 그렇게 말해 버리면 오히려 옳다고나 하고 덤빌 것 같았기 때문이다.

차라리 보통의 남자라면 어? 그래? 하고 조금 주춤해 줄 것도 같지만, 상대가 조폭(?)이라면 나도 한번, 이런 생각을 할지도 모른다는 걱정이 들었다.

살짝 눈치로 운전에 열심인 강태원 부장의 분위기를 살폈다. 얼굴이 약간 굳어 있기도 하고 아니기도 하다. 앞의 대화도 그렇고 아무래도 무덤을 판 다음 드러누워서 포크레인 기사 불러 흙을 덮어주세요 하기 직전인 것 같다.

진영은 속으로 한숨을 쉬었다. 슬슬 편안하기만 한 시트가 바늘방석이 되어가는 것 같다. 걱정되는 마음과 무서움으로 좌불안석이다. 물론 겉으론 드러내지 못한다. 어떻게 말을 해야 하는 걸까. 어떻게 말을 하면 이대로 얌전히 서울로 돌아갈 수 있을까. 이보세요, 아저씨. 아저씬 부인도 있고 토끼 같은 딸도 둘이나 있다면서요. 네? 살짝 마음 돌려주심 안 되나요? 기왕이면

이 텔레파시 좀 수신해 달라구요.

이럴 때 누군가에게 전화라도 와주면 얼마나 좋을지. 시도 때도 없이 울리는 핸드폰이 왜 이때만큼은 침묵을 지키고 있는 건지 답답하다. 하다못해 하영이라도, 아니면 전화 귀신인 은성이라도 전화를 걸어주면 어떻게든 거짓말이라도 해서 서울로 돌아가자고 할 텐데. 그런 생각을 하고 있는 동안에도 차는 점점 어딘지 모를 곳으로 나아가고 있다.

"많이 어두워졌네요."

돌아가면 제일 먼저 자동차 영업을 하는 친구 남편에게 전화를 걸자. 그래서 일 년 할부든 삼 년 할부든 뭐라도 좋으니 차라도 한 대 뽑아버리자.

"아, 조금만 더 가면 돼."

평소에는 점잖고 사람 좋아 보이는 강태원 부장의 미소가 너무나도 징그럽고 무섭게 느껴진다. 애초에 그가 몇 번이나 차를 사고 식사를 산 것도 이런 기회를 만들기 위해서였을지도 모른다. 사실 아예 몰랐다고 말할 수는 없다. 하영이 언제나 말하듯, 남자는 여자에게 아무런 이유 없이 돈을 쓰지 않는 법이다. 다 이유가 있어 갯밥을 뿌리는 법. 알면서도 적당히 넘어가는 척해주고, 기회를 잘 잡아 빠져나오는 것도 기술이다. 하지만 오늘은 빠져나올 기회를 처음부터 놓쳐 버렸다.

'누구라도 좋아! 제발 전화 한 통만 걸어줘!!'

비명이라도 지르고 싶은 심정으로 간절한 기원을 하는 순간,

마치 기적처럼 핸드폰이 울렸다. 당장에라도 받고 싶은 것을 동요하지 않는 척하느라 두세 번 더 울린 후에야 간신히 받았다. 혹 손이라도 떨리지 않을까 싶어 더 천천히 받았다. 마음은 이미 한 번이 아니라 세 번쯤은 받은 기분이었다.

"네, 한진영입니다."

너무 반갑고 눈물이 날 것 같아 액정 확인도 못했다. 대뜸 핸드폰에서 진영아, 지금 어디야? 하는 질문이 튀어나왔다. 이은성이었다. 그 나직한 목소리에 눈물이 왈칵 쏟아져 나올 것 같았다.

"어머나, 이은성 대표님. 안녕하세요."

일부러 은성 씨라는 말 대신 대표님이라는 말을 사용했다. 나중에 뭐라고 하든 상관없었다. 약속이라도 한 듯이, 그리고 그녀의 바람을 듣기라도 한 듯이 너무나 때를 맞추어 전화를 걸어준 것이 고맙고 또 고마웠다.

"예. 일 관계로 잠시 나와 있습니다, 이 대표님."

보란 듯이 대표님이라는 단어에 악센트를 주었다. 그도 이 업계인이니 이은성의 이름 석 자 정돈 들어봤을지도? 과연 운전대를 잡고 있는 손에 힘줄이 툭 하고 올라오는 것이 보인다. 그가 이은성을 알고 있다면 특히 머리를 굴려야 한다. 대화를 듣고 아무래도 돌려보내야겠다 하고 생각할 정도의 사건이 필요하다. 당장에라도 자신이 회사로 불려가야만 하는 일이 뭐가 없을까 하고 필사적으로 기억을 더듬었다. 때 아니게 진영이 일 관계라고 말을 하는 것에 은성도 뭔가 이상하다는 것을 눈치 챈 듯 어디냐고 재차 물었다.

"이런. 어쩌죠, 대표님? 제가 조금 멀리 나와 있어서요. 사무실까지 들어가려면 조금 시간이 걸릴 듯하네요."

진영의 말에 그는 도대체 어디까지 간 거냐고 조금 화가 난 듯한 목소리로 말했다.

"아닙니다. 들어갈 수 있습니다. 삼십 분, 아니, 사십 분 정도 걸릴 듯한데 괜찮을까요? 예. 아마 수아 씨는 현장에 있을 텐데요. 전화가 안 되신다니 정말 죄송합니다. 제가 얼른 들어가서 조정을 해보겠습니다. 일에 차질을 빚게 되어 정말 죄송합니다. 최대한 빨리 들어갈 터이니 조금만 기다려 주세요."

차라리 주말이라는 것이 다행이었다. 다른 일은 몰라도 이 업계에서 주말과 휴일은 최대로 바쁜 날들이니까. 은성은 어딘지 얼른 말하라고 데리러 가겠다고 화가 섞인 목소리로 말했지만 진영은 최대한 침착한 목소리로 말했다.

"차가 막히면 조금 더 걸릴지도 모르겠습니다만 최대한 빨리 들어가겠습니다. 심려를 끼쳐 죄송합니다, 대표님."

뭐라고 더 말을 하려는 것을 다시 한 번 최대한 빨리 들어가겠다는 말로 막고 재빨리 통화를 끊었다. 그리고 아주 난처한 목소리로 강태원 부장을 향해 말했다.

"어쩌죠, 부장님? 현장에 조금 문제가 생겼나 봐요. 수아 씨한테 맡긴 공연이었는데 출연자들하고 문제가 생긴 것 같습니다. 아무래도 제가 들어가 봐야 할 것 같은데. 죄송하지만 가까운 역에라도 내려주시면……."

"그참……."

아쉽다는 듯이, 그리고 난처하다는 듯한 대답. 진영은 지지 않고 말을 이었다.

"길이 많이 막히지 말아야 할 텐데. 수아 씨가 혼자 일을 진행하는 게 처음이라 수습을 못하나 봐요. PD님이야 워낙 정신이 없으시고."

강태원 부장에게 내일의 스케줄 이야기를 아무것도 하지 않은 것이 다행이다. 내일 아무 일정도 없다고 말했다면 이 거짓말 자체가 통하지 않을 테니까. 차의 속도는 조금 느려졌지만 그는 여전히 방향을 바꾸지 않는다. 그때 또 다른 핸드폰 음이 울렸다. 이번에는 진영이 아닌 강태원 부장의 핸드폰이었다. 그는 느릿느릿한 손길로 핸드폰을 집어 들었다.

"아아, 사업상의 미팅 중이야. 그래, 늦지 않게 들어갈게."

집에서 온 전화인 듯했다. 진영은 속으로 만세 만세 만만세를 불렀다. 얼굴도 본 적 없는 사람이지만 사모님, 나이스 타이밍! 이라고 소리를 쳐주고 싶었다.

결국 강태원 부장은 어쩔 수 없다는 듯이 핸들을 돌렸다. 이십 분도 지나지 않아서 다시 은성에게 전화가 왔다. 그리고 이후로도 십 분 간격으로 전화가 계속 울리고 전화에 질려 버린 강태원 부장은 시내로 들어오자마자 제일 먼저 발견한 2호선 전철역 앞에 그녀를 내려줄 수밖에 없었다. 마침 은성에게서 온 전화를 받고 있었던 진영은 강태원 부장에게 거듭 죄송하다는 말을 하면서 차에서 내렸다.

[지금 어디야?]

"잠실역 근처예요. 차에서 내렸으니까 이제 괜찮아요. 죄송합니다."

[죄송이고 뭐고 거기서 꼼짝 말고 있어. 지금 갈 테니까.]

강압적인 은성의 말에 그때까지만 해도 너무나 고마워서 감격하고 있던 진영이 쏘아붙였다.

"왜 그렇게 말을 하세요? 내렸다니까요. 잘 돌아왔어요."

[기다려.]

휘이잉 하는 찬바람이 뚝 끊어진 통화만큼이나 차갑게 그녀의 귀를 때렸다. 울컥하고 화가 치밀어 올라서 이대로 전철을 타고 집에 가버릴까 하는 마음도 생겼다. 시간도 벌써 열 시가 다 되어간다. 시내로 들어오는 길이 생각보다 밀렸기 때문이다.

"2월도 중반을 넘어섰는데 왜 이렇게 추운 거야."

애꿎은 날씨 탓도 해보지만 화는 잘 풀리지 않는다. 하지만 그 찬바람을 맞고 있다 보니 서서히 머리가 식기 시작했다. 꼬치꼬치 캐묻고 나무라는 듯이 말하긴 했지만 결국 오늘은 그의 전화에 결정적인 도움을 받은 셈이었기 때문이다. 그가 전화를 걸어주지 않았다면, 그리고 그 후에도 정확히 십 분마다 신경질적으로 전화를 걸어주지 않았다면 어쩌면 지금쯤엔 시내에서 멀리 떨어진 외곽의 러브호텔에서 이러지도 저러지도 못한 채 마음을 졸여야 했을 것이다. 그래, 어쩌면 회사 앞에까지 바래다준다고 해서 아직도 차에 탄 채 좌불안석이었을지도 몰라. 고마운 거야. 그를 만나면 제일 먼저 고맙다고 해야지.

찬바람을 맞으며 삼십여 분을 기다린 끝에 은성의 렉서스가 진영이 서 있는 지하철 출구 앞에 멈추었다. 차마 차 문을 열고 보란 듯이 탈 수가 없어 망설이자 은성이 차 문을 열고 나와 신경질적으로 앞문을 열고 아무 말 없이 진영을 끌어당겼다.

액셀을 밟아 차를 출발시킨 후에도 그는 아무 말 없이 앞만을 노려보고 있다. 주말을 맞아 자가용을 몰고 나온 사람들이 많은지 차는 좀처럼 속도를 내지 못하고 꼬리에 꼬리를 문 교통 체증 한가운데에 걸려 있다.

"앞으로 그런 자리에 절대 가지 마."

무슨 말을 하려는 건지 뻔히 알고 있지만 진영은 대답을 하지 않았다. 그도 이 업계에서 일을 하는 사람이라면 그 말이 억지라는 것을 알고 있을 테니까.

"내 말 듣고 있어?"

대답을 하지 않자 은성이 짜증을 억누르며 재차 말했다. 결국 진영은 어쩔 수 없이 입을 열었다.

"어쩔 수 없는 일인 거 아시잖아요. 접대도 비즈니스……."

진영이 채 말을 다 마치기도 전에 은성이 쏘아붙였다.

"그래서 지금 앞으로도 계속 그렇게 함부로 몸을 굴리겠단 소리야?"

"……무, 무슨 말을 그렇게 하세요?! 제가 언제……."

순간 뒤통수를 세게 얻어맞은 것처럼 눈앞이 빨개졌다. 눈물이 흘러나올 것 같은 것을 있는 힘을 다해 참았다. 눈을 깜박이지도 않고, 감지도 않았다.

"식사니 술이니 사준다고 하면 그렇게 넙죽넙죽 따라가고 있잖아!"

"남자들은 그런 경우 없나요? 다른 일도 마찬가지겠지만 이 업계는 특히 그런 일들이 더 많아요. 아시면서 왜 그러세요?!"

"술 처먹고 이리저리 정신없이 다니는 건 세중이 하나면 돼! 왜 네가 나서서 그러고 다녀? 그런 일들은 남자들한테 맡겨! 얌전히 사무실에 처박혀서 할 일이나 하라고! 쓸데없이 여기저기 웃고 다니면서 꼬리치지 말고!"

화가 나고 또 화가 나서 말이 나오지 않는다. 억울해서 숨이 턱턱 막힌다. 얼토당토않는 말은 하지도 말라고 하고 싶지만 그럴 수 없는 입장이기에 더 더욱 입이 떨어지지 않는다.

"앞으로 이런 일 또 생기면……."

"또 생기면 어쩌시게요? 일거수일투족 제가 은성 씨 허락받고 다녀야 하나요? 은성 씨랑 사귀고 있는 건 맞지만 일 관계까지 간섭받고 싶은 생각은 없어요."

기껏 나온 말이 이런 거다.

"쓸데없는 말대답하지 마!"

도망칠 곳도 없는 차 안이라는 건 역시 불리하다.

"말대답이라고 하셨어요? 전 말도 못해요? 저도 일을 해요. 일하다 보면 이런 일도 생겨요. 그동안 나름대로 잘 처신해 왔다고 생각하고 있어요. 제가 그렇게 속도 없는 사람인 줄 아세요? 지조도 없는 사람인 줄 아세요? 그래요, 제가 오늘은 실수를 했어요. 하지만 이렇게 추궁받을 만큼 잘못한 것도 없어요."

숨도 안 쉬고 마구 하고 싶은 말을 쏟아내고 보니 차 안이 정말로 썰렁해져 버렸다. 고맙다고 말하려 했다. 전화를 해줘서 고마웠고 덕분에 안심이 되었다고 말하고 싶었다. 오른쪽 눈가에서 결국 또르륵 눈물이 흘러내렸다. 얼른 고개를 돌려 흐리는 눈물을 감추는 것도 억울할 정도였다.

"평소엔 그렇게 멀리 나가는 법도 없었어요. 언제나 조심해 왔고 앞으로도 그럴 거예요. 저는 이 일을 하는 데 자부심을 가지고 있고, 공과 사를 지킬 줄도 알아요."

애초에 업계 사람과 어떤 형태로든 사귀지 말았어야 했다.

"지킬 줄 아는 사람이 이 모양이야?"

"그렇게 마음에 안 드시다면 어쩔 수 없죠."

그러니까 이제 헤어지자, 라고 말을 하려는데 이상하게 막상 그 말을 하려니 아까보다도 더 더욱 입이 안 떨어진다.

서로 한마디도 하지 않고 그렇게 썰렁하게 시간이 흐른다. 헤어지자고 말해, 한진영! 뭘 망설여! 이런 말 듣고도 왜 그 말을 못해서 울어! 울지 마, 한진영!

그렇게 썰렁하게 교통 체증을 견디며 얼음덩이처럼 앉아 있던 진영은 차창 밖으로 익숙한 역 이름이 새겨진 지하철 입구가 보이자마자 잘 움직이지 않는 손으로 핸드폰을 집어 들었다.

"하영이니? 응. 자는 중 아니었지? 혹시 지금 너희 집 가도 돼?"

옆에서 운전을 하는 은성을 무시하는 처사라는 걸 알지만 지금은 어쩔 수가 없었다. 이 자리를 피하고 싶었다. 도망가고 싶었다. 목소리가 조금 떨리려는 것을 참는 것만으로도 진영의 인내심은 바닥이 나버렸다. 뭔가 수상함을 느낀 하영이 선선히 그러라고 하면서 올 때 잊지 말고 맥주라도 사 오라는 말과 함께 전화를 끊었다.

"죄송하지만 저 앞에서 내려주시겠어요? 친구 집에 좀 가려구요."

차가워진 분위기만큼이나 딱딱해진 은성은 아무 말도 하지 않고 신호등을 켰다. 그로서도 더 이상 말다툼을 하는 것이 달갑지 많은 않은 듯했다.

"집 앞까지 데려다 줄게."

"괜찮아요. 그냥 앞에 내려주세요. 역에서 가까워요."

그리고 두 사람은 내리는 지점을 가지고 또 투닥이며 말싸움을 했다. 결국은 맥주를 사야 한다는 진영의 말에 진 은성이 아직도 문을 열고 있는 조금 큰 수퍼 앞에서 내려주는 것으로 두 사람의 싸움은 일단락되었다.

그날 밤 진영은 하영에게 같은 푸념을 하고 또 하며 그녀가 사 온 맥주캔의 대부분을 마셔 버렸다. 억울하고 또 억울해서, 너무나 화가 나고 또 화가 나서 울면서 술을 마셨다. 위로해 주고 역성도 들어주는 하영에게 미안할 정도로 소리 내어 엉엉 울었다.

전화가 걸려오지 않는다. 아니, 두 번 걸려오긴 했지만 받지 않았다. 전화를 받지 않으면 끈질기게 걸어오던 사람이었으니 두 번의 전화통화 정돈 아예 걸려오지 않은 것과 맞먹는 셈이다.
전화가 걸려오지 않으면 반가울 것 같은데 왠지 더 불안한 것이 기분 나쁘다. 마치 은성의 전화를 기다리기라도 했나 하는 생각이 들었기 때문이다. 사무실 사람들도 은근슬쩍 진영의 눈치를 살핀다. 김세중 팀장은 싸웠어? 라며 농담조로 물었지만 진영이 노려보는 바람에 어깨를 으쓱할 수밖에 없었다. 그래. 언제 알콩달콩하게 사귀었나. 이참에 헤어지지 뭐, 하고 가볍게 생각하려 했지만 이렇게 흐지부지 끝내려니 짜증이 치밀어 올랐다. 원래 뭐든지 맺고 끊는 것이 확실해야 마음이 놓이는 진영은 공연 준비를 하다 말고 비품실에서 비어 있는 박스에 화를 퍼부었다.
"남자가 말야, 뭐 그렇게 속이 좁아? 여자들 속은 접싯물이라지만 남자들 속은 병뚜껑이잖아!"

안정이 안 되고 끊임없이 화가 나는 자신에게 또 화가 난다. 애정이 없으면 화도 나지 않는다는 말이 귓가를 맴돈다. 그 말은 결국 자신이 그에게 어떤 형태로든 조금이나마 애정을 가지고 있었다는 말도 된다. 무섭긴 했지만 그렇다고 해서 그렇게 싫지는 않았다. 그건 사실이다. 냉정하게 자신을 돌아보고 그와 보냈던 시간을 몇 번씩 떠올려 봐도 결론은 같았다. 흔들리던 마음이 어느새 그에게 기울어 버린 걸까. 인정하고 싶지 않다. 하지만 반대로 인정해 버리고 말았다.

"아악―!"

오늘 공연은 조그마한 규모지만 빠순이들을 잔뜩 거느린 어느 남자 가수의 공연이다. 보통 때는 공연이 시작하면 완전히 뒤로 빠지지만 오늘은 거기 어울려서 소리라도 질러볼까 싶다.

은성의 전화가 뚝 끊어진 게 벌써 이 주일째다. 화이트데이가 다음 주로 쑥 다가와 버렸는데 무슨 남자가 그렇게 속이 좁은지 모르겠다. 하소연에 하소연을 거듭 들어준 하영은 이 기회에 가볍게 차버리라고 했지만 차는 것도 얼굴을 보고 머리 위에다가 차가운 콜라라도 부어주며 차야 속이 시원할 것 같은데 나타나기는커녕 연락도 안 되니 답답하다. 그럼에도 불구하고 먼저 전화를 걸 생각이 나질 않으니 또 답답. 그러면서 동시에 그의 전화를 기다리고 있는 자신이 너무나 한심하다. 한심해서 억울하고 화가 날 정도로 또 한심하다.

삐익―

[진영 씨, 관객 입장 준비해 주세요.]

어느새 시간이 확 흘러가 버렸나 보다. 진영은 황급히 무전기를 들고 밖으로 뛰어나가며 플로어 매니저에게 무전을 보냈다.

"매니저님, 하우스 조명 꺼주세요."

그리고 오늘도 또 하나의 공연이 시작되었다.

공연 뒤풀이도 없이 하루 스케줄이 마감된다. 뒤풀이를 강행하려던 김세중 팀장은 이틀 밤을 샌 팀원들의 거센 항의에 알아서 꼬리를 말고 일찌감치 돌아가 버렸다. 언제나 그렇지만 파김치가 되어버린 진영은 피곤함으로 부풀어 오른 다리를 두드리며 책상에 머리를 기울였다.

"선배, 퇴근하시죠."

"으응."

"선배, 차 아직도 고르세요?"

진영이 머리를 대고 있는 곳에는 각종 소형차 카달로그가 잔뜩 쌓여 있었다. 차를 구입할까 한다고 하니 친구의 남편이 그녀의 사무실 앞까지 자동차 카달로그와 이런저런 견적서까지 포함해 잔뜩 가져왔던 것이다.

"글쎄."

문제는 막상 카탈로그를 받고 보니 엄두가 안 난다고 해야 할까. 할부 구입까지는 각오했지만 나날이 오르는 유가를 어떻게 감당해야 할지 막막했던 것이다. 게다가 지금의 집은 지하철 두

정거장밖에 안 되는 거리에 있는 원룸이다 보니 주차도 주차고 굳이 차를 사야 하나 하는 회의의 마음까지 생겨 버렸다.

"결정했냐고 계속 전화를 걸어오니까 오히려 엄두가 안 나."

가만히 둬도 살까 말까 망설이는데 다그치니까 반발심 비슷한 게 생겨 버린 듯하다.

"암튼 퇴근하자. 그래도 공연 있던 날치고는 오늘은 일찍인 셈이네."

벌써 새벽이건만 일찍은 일찍이다. 그래도 네 시는 넘겼으니 택시 할증도 풀렸고 들어가는 데 그리 어렵진 않을 것 같다. 예상대로 택시가 수월히 잡혀 집에 가는 데는 오 분밖에 걸리지 않았다.

차비를 치르고 원룸이 있는 골목으로 들어가는데 눈앞에 이제는 완전히 익숙해진 차가 보였다. 은성의 렉서스였다. 덜컹하고 심장이 또 한 번 내려앉았다.

아직은 어둑어둑한 하늘 아래 있는 은회색의 차는 그날 은성의 표정만큼이나 차갑게 보였다. 차 안에 있는 것은 분명한데 잠시 잠이라도 들었는지 은성은 차에서 나올 줄을 모른다. 그냥 무시하고 들어갈까, 아니면 들어간다는 티를 내기 위해 발소리라도 크게 내야 하나. 이러지도 저러지도 못하고 망설이는 차에 달칵 소리와 함께 문이 열렸다.

"······."

진영과 은성은 잠시 아무 말도 없이 서로를 바라보았다. 밤새 기다렸는지 은성의 얼굴이 피곤에 절어 있다.

"새벽까지 수고했어."

가라앉은 목소리는 평소보다 더 낮게 들려왔다. 뭐라고 대꾸해야 할지 몰라 우물쭈물하자 그가 혼자 혀를 차면서 가뜩이나 흐트러져 있는 머리를 몇 번 더 흐트러뜨렸다.

"새벽에 혼자 택시 타지 말고 조금 더 있다 오지 그랬어."

"……피곤해서요."

아주 단순한 대답을 하는데도 무엇인가를 참느라 힘이 들었다.

"후우."

답답하다는 듯이 한숨을 내쉬는 그를 보자니 그녀도 가슴이 답답해진다. 몸은 점점 무거워지고 피곤함도 몰려왔다.

"들어가 봐. 피곤한데 많이 붙잡았다."

"네. 들어가세요."

조용한 새벽녘의 골목에 또각또각 하는 구두 소리가 울려 퍼진다. 이게 끝이야? 이걸로 끝인 거야? 뭔가 더 말을 해야 해. 그게 아니면…….

유리문에 막 손을 대려는데 그녀의 발소리보다 훨씬 큰 구둣발 소리가 들리더니 몸이 휙 뒤로 당겨졌다. 큰 키의 남자에게 완전히 둘러싸인 그녀는 놀라 그대로 굳어버렸다. 머리 위에서 낮은 목소리가 떨어졌다.

"미안."

"……."

"내가 말이 좀 심했어."

옴짝달싹도 할 수 없는 그녀의 귀로 그의 사과가 살며시 파고든다. 순간 눈가가 뜨거워졌다. 내려앉았던 가슴이 다시 제자리를 찾아 흐느끼며 고동치기 시작한다.

"걱정이 되어서……."

깨물어 버린 입술이 바르르 떨렸다.

"미안해."

"……."

울고 싶지 않았다. 눈물이 마지막 무기냐는 말도 듣고 싶지 않다. 이런 때 은성의 목소리로 그런 말을 들어버리면 정말로 상처 입고 두 번 다시 재기할 수 없어질 것이다.

"미안해. 내가 좀…… 말이 험해서."

울지 마, 한진영. 울면 안 돼. 정말로 울면 안 돼.

"진영아."

무엇인가 톡하고 그녀를 뒤에서 안은 은성의 팔 위로 떨어졌다. 어쩔 줄 몰라 하는 은성의 목소리가 귀를 적셨다.

"미안해. 울지 마. 내가 나빴어. 정말로 내가 말을 잘못했어."

걱정했을 것이다. 갑작스럽게 걸려온 전화에 대고 그런 말을 다짜고짜 해버릴 정도로 급박한 상황이라는 것을 단번에 알아챘다. 자신이 마음을 졸인 것 이상으로 걱정을 했을지도 모른다. 아니, 그렇게 화를 낸 것만큼 정말로 걱정을 했음에 틀림이 없다.

"미안해."

몇 번이나 되풀이되는 그 한마디에 꽁꽁 얼어붙었던 마음이 와르르르 무너져 내렸다.

"……미안해요."

꼭 다물고 있던 진영의 입이 간신히 벌어지자 은성이 한 말과 똑같은 단어가 흘러나왔다. 걱정해 주었다는 것을 모를 리 없었다. 몇 번이나 전화를 걸어주고 그것도 모자라 얼굴까지 확인하러 온 사람을 모질게 내쳐 버렸었다. 그리고 이후 내내 후회했다. 그녀가 후회한 이상으로 그도 후회했을 것이다. 이렇게 먼저 고개를 숙이고 찾아올 만큼. 서로의 얼굴을 바라보았을 때 차마 말이 나오지 않을 만큼.

"앞으로 조심할게."

"저도 더 조심…… 할게요."

더할 나위 없이 그녀의 입장을 이해해 주는 말이었다. 앞으로 그러지 말라고 하는 것보다 훨씬 더 가슴이 따뜻해져 온다. 차가워진 귓가가 뜨거운 숨결에 달아오른다. 귓불에 살짝 입술을 맞추고 몇 번이나 미안하다는 말을 속삭인다.

그 말이 진영의 마음을 움직이고 두 사람 사이를 따뜻하게 녹였다. 꼭 안았던 팔이 느슨해지며 자연스럽게 몸이 돌아가고, 다음 순간 그녀의 허리가 강하게 당겨졌다. 어두운 하늘 밑에서 하나로 포개어진 두 사람은 자연스럽게 서로의 입술을 찾았다.

몇 번이나 깨물어 빨개진 입술에 은성의 입술이 부드럽게 겹쳐지고 이어 강하게 안으로 파고들었다. 차가웠던 피가 금세 달아올라 입술에서부터 온몸으로, 그리고 손끝까지 순식간에 퍼져 나갔다. 너무나도 따스했다. 또한 뜨거웠다.

5

널 주고 싶은 사람이 있어

"네. 주차 문제가 있어서 조금 더 생각해 보려고요. 죄송합니다, 제가 먼저 연락을 드려야 했는데."

눈앞에 상대가 있는 것처럼 진영은 자신도 모르게 허리를 살짝 굽혀가며 전화통화를 했다. 미안했기 때문이다. 결국 차 구입 문제는 좀 더 뒤로 미루기로 했다. 사치는 둘째 치고 엄두가 나지 않는다는 게 확실한 이유가 되어버렸다.

쳇바퀴처럼 회사와 집만을 오가는데 택시비라고 해봐야 새벽엔 이천 원, 아침에 아무리 밀려봐야 오천 원을 넘지 않으니 택시를 타는 게 절약이라면 절약이다. 게다가 아침엔 기본적으로 지하철을 이용하고 있으니 굳이 차를 살 필요가 없다는 것이 결론이었다. 그렇게 마이카 붐은 가볍게 진영을 스쳐 지나가 버렸다. 하지만 그것은 단순히 진영의 입장에서였을 뿐, 진정한 의미에서의 마이카 붐 사태는 그 이후에 일어났다.

"이게 뭐예요?"

화이트데이 기념 공연을 몇 시간 앞둔 그날, 은성이 화이트데이니 당연히 만나야 한다면서 전화를 걸어왔다. 어련하시겠어요라는 조금 빈정대는 말에도 그는 끄떡하지 않았다. 밸런타인데이에 선물을 건넸고 지난주에는 사귀기 시작한 이후로 처음 헤어지는 것을 고려했을 정도로 심각하게 싸움도 했다. 물론 그가 먼저 찾아와 사과를 하는 바람에 풀어지고 말았지만, 왠지 진 것 같단 말이야.

Clex몰에도 화이트데이 관련 POP물이 홍수를 이루고 있는 터라 잊을래야 잊을 수도 없다. 아침에 나올 때 화이트데이니까 하는 기분에 자신도 모르게 흰색 옷을 입고 나오고 말았다. 덕택에 하루 종일 흰색 옷을 버릴까 봐 신경을 곤두세우고 있기도 했다.

"뭐긴, 열어봐."

열어보긴 열어보겠는데 이 남자 아무래도 제정신이세요? 하고 물어보고 싶어진다. 포장부터 이미 안에 든 것이 무엇인지 알 수 있었기 때문이다. 은성의 재촉에 포장을 푼 진영은 자신을 보고 반짝거리며 미소짓는 새하얀 초컬릿 폰을 꺼냈다.

"왜 또 새 핸드폰을……."

"화이트데이잖아."

그는 진영의 손에서 핸드폰을 빼앗아 들더니 쪽—하고 키스를 날린 다음 초컬릿 폰을 향해 진지한 목소리로 말했다.

"널 주고 싶은 사람이 있어."

그러더니 빙긋 웃으며 진영에게 내민다. 진지하게 CF 패러디(?)까지 해 보이는 남자를 보자니 어처구니가 없다 못해서 머리가 띵해진다.

"새 핸드폰 받은 것도 솔직히 말해서 조금 부담스러웠는데 왜 또 핸드폰을 줘요? 자꾸 신형 폰으로 바꾸는 것도 낭비라구요."

"아아, 이 여자 참 무드없네. 그럴 땐 네~ 받고 싶었어요, 사랑해요. 정도는 해줘야 하는 거 아냐?"

"하지만……."

"그리고 난 핸드폰 바꾸란 소리 안 했어. 이거는 어디까지나 내 전용."

그러면서 다시 핸드폰을 빼앗아 전원 버튼을 눌러준다. 켜진 액정을 보니 이미 개통까지 한 듯했다.

"이걸로는 꼭 나한테만 전화를 할 것. 아, 그리고……."

이미 어이가 어디론가 출장을 가버린 지 오래건만 또 선물이 남았나 보다. 주머니를 뒤지는 폼이 다른 선물은 핸드폰보다 더 조그마한 모양. 왠지 불안해지는 기분에 진영은 슬그머니 몸을 뒤로 젖혔다. 설마 이참에 반지라도 내미는 건 아니겠지?

나중에 쬐~에금 실수했나 할 정도로 지난 주말 새벽의 그 해프닝 아닌 해프닝은 시간이 시간인 터라 아무에게도 발각되거나 목격당하지 않았다. 하지만 이 남자는 언제나 진영이 생각하는 것보다 한 발은커녕 서너 걸음은 먼저 가버리는 남자다. 다행히 그가 주머니에서 꺼낸 게 조그만 반지 상자 같은 것은 아니었다. 하지만 후우 하고 안도의 한숨을 내쉬는 것도 잠시, 진영은 그가 눈앞에서 달랑달랑 흔들고 있는 물건을 보고 숨이 터억 막혔다.

"……."

"손."

"싫어요."

무드없다고 석 달 열흘 동안 타박 받아도 좋다. 저것만은 받을 수 없다. 백 보 양보해서 이미 개통까지 해버린 이 화이트 초컬릿 폰은 받겠지만 절대로 저건 못 받는다.

"손 내밀라니까."

"싫어요. 다른 건 몰라도 그건 절대 못 받아요. 이 핸드폰은 조금 오버인 것 같지만 이미 산 거고 하니 받을게요."

어쩌면 이 핸드폰을 두말없이 받게 하기 위해서 연막을 치는 것일지도 모른다. 아니라고 해도 그렇다고 우겨 버리고 싶다.

"주는 게 아니라 대여야. 받아."

"싫다니까요!"

대여든 뭐든 싫다. 절대로 싫다. 왜냐고? 지금 은성이 눈앞에서 달랑달랑 흔들고 있는 것은 아무리 봐도 자동차 키였기 때문이다.

"절대로 싫어요. 은성 씨가 재벌 아들이라도 돼요? 왜 그런 걸 대여한다고 해요? 절대로 싫어요. 자동차 정도는 나도 살 수 있어요. 몰기도 귀찮고 주차할 곳도 마땅치 않아서 안 사고 있는 것뿐이에요."

"진영아."

"싫은 건 싫은 거예요."

조금은 괜찮다 싶으면 바로 이렇다. 진영은 얼른 소지품과 그가 선물한 초컬릿 폰의 박스를 챙겨 들고 일어섰다. 그나마 이곳이 화이트데이로 북적북적한 이날에도 한적한 티 카페인 것이 다행일 뿐이다. 정말이지 누가 볼까 무섭다.

"진영아!"

"한 마디라도 더 하면 화낼 거예요."

싸우기 싫어서 진영은 그대로 줄행랑을 쳤다. 뒤에서 재차 그녀의 이름을 부르는 소리가 들려왔지만 돌아보지 않았다. 단단하던 가드를 내리고 그를 한 걸음 안으로 들여놓은 것이 어마무지하게 후회되는 순간이다. 아무리 좋게 생각해 주려고 해도 화를 내게 만든다. 가뜩이나 그날 이후부터 그의 전화를 받는 것도, 만나는 것도 기묘하게 불안해진 차다. 조금이나마 진지한 마음으로 사귀어보겠다고 생각한 순간부터 시작된 불안이다. 그전만 해도 이러다 지치겠지, 혹은 이러다가 헤어지겠지 하는 마음에 가볍게 틱틱거리며 만났는데 진지 모드로 바뀐 순간부터 조금씩 힘들어진다. 그런데 도대체 저 선물은 뭐란 말인가. 성질 같아선 받아 들고 온 핸드폰을 땅바닥에 패대기치고 싶다.

'앞으로 조심하라고? 그래 놓고 하는 행동이 저거야?'

왜 이러냐고 물으면 그가 대답할 말마저 줄줄 떠오르고 있다. 차가 있으면 그런 일이 줄어들지 않겠냐고 그렇게 말할 것임에 틀림없다. 진영이 차를 살까 했던 것도 바로 그 이유에서였으니까. 그녀가 차를 몰고 누군가와 단둘이 식사나 조금 멀리 나가게 되더라도 운전대를 잡게 되면 일단 그녀가 상황을 주도할 수 있게 된다. 그걸 알고 있기에 더욱 화가 났다. 조심하라고 한 건 그녀를 믿겠다는 말도 된다고 생각했다. 그녀가 잘 처신할 것이라는 사실을 믿어주길 바랐다. 믿고 있을 거라고 생각했다. 그런데 하나도 믿어주지 않은 모양이다.

'내가 그렇게 쉽게 보여? 응? 정말이지!'

기껏 사람이 마음 잡고 잘 사귀어보겠다고 마음먹자마자 화를 불러일으킨다.

진영은 들고 있던 무전기를 눌러 공연 준비 진행 상황을 확인했다. 시간이 조금 여유가 되면 당장에라도 돌아가서 핸드폰 박스를 은성의 머리 위에 내려쳐 줄까 했지만 역시나 시간이 없었다.

"화나, 화나! 화난다구!!"

결국 그녀는 그날 연인들이 가득 들어차 있는 한가운데 껴서 대략 이십 분을 목청껏 소리치고 비명을 질러 버렸다. 하지만 싸움의 시작은 그때부터였다. 누가 말했던가, 부부 싸움은, 아니, 사랑 싸움은 제발 좀 단둘이서 하라고 말이다.

"받으라니까!"
"싫어요!"
"왜 못 받겠다는 건데? 누가 계속 가지고 있으래? 받아서 한 두 달만 시범적으로 몰고 다니라는데 왜 싫다는 거야?"
"은성 씨 차잖아요. 은성 씬 일 안 하세요? 차 없으면 어쩌시려구요?"
"차 없다고 일 못할 만큼 바쁘지도 않아!"
뿌득—하고 이마에서 실핏줄이 터지는 기분이다. 그래, 안 바빠서 좋겠수다! CEO라서 팔자가 펴셨어요!
"됐거든요?"
"되긴 뭐가 돼!"
이런 대화를 벌써 몇 번째 주고받는지 모르겠다. 끈질기게 자신의 차를 쓰라고 권하는 은성이나 싫다고 계속 난리를 치는 그녀나 주변에서 보면 아무리 봐도 사랑 싸움 이상으로는 보이지 않을 것이다. 정말 내가 미쳤지. 왜 이 남자를 그때 안 챘을까요, 네?
담배 재떨이를 갈아주러 온 티 카페의 직원이 입을 한일 자로 다물고 재빨리 새 재떨이를 놓고 간다. 그래, 당신이 들어도 웃길 거야. 똑같은 대화를 근 한 시간째 하고 있으니 안 웃길 수가 없지. 하지만 난 속이 터진다구.

진영과 은성이 앉아 있는 카페는 진영의 단골인 Clex몰의 작은 티 카페. 바로 앞쪽으로 벽 하나 두고 커피콩 지점이 위치하고 있는 탓에 아는 사람만 오는 작은 가게다. 그 덕에 카페의 주인이나 몇몇 아르바이트의 얼굴도 다 알고 주인 역시 진영이 상당한 단골이라는 것도 알고 있다.

그렇다 보니 완전 우리는 지금 사랑 싸움 중입니다를 선전하고 있는 꼴이라는 게 문제라면 문제. 그렇다고 다른 곳에 갈 만큼 강심장도 아니다. 이미 팔린 얼굴 한곳에서만 팔리는 쪽이 낫다.

"저도 차 없다고 일 못할 만큼 바쁜 사람 아니에요. 오히려 차가 거추장스럽다구요. 지하철로 두 정거장밖에 안 되는 거리를 뭐 하러 차를 몰고 다녀요."

"평소에는 회사 주차장에 두다가 일 생기면 그때만 몰면 되는 걸 가지고 왜 그렇게 까탈스럽게 굴어!"

진영도, 은성도 서로 한 발자국도 양보할 생각이 없는 터라 다툼이 끝나질 않는다. 양보하는 데도 한계가 있다. 남자들 속은 병뚜껑. 남자들 속은 병뚜껑. 병뚜껑! 병뚜껑!! 병뚜꺼어어엉!! 병뚜껑 중에서도 제일 낮은 콜라 병두꺼어어엉!!

"까탈스럽게 구는 게 아니잖아요. 다른 사람들한테 물어보세요. 누가 자기가 모는 차를 여자 친구한테 빌려줘요? 그것도 하루도 아니고 한두 달씩이나."

일단은 설득을 하기 위해 나오는 대로 열심히 말을 하다 말고 진영은 입을 다물어 버렸다. 은성이 진영이 하는 말을 듣자마자 씨익 하고 성격 나빠 보이는 웃음을 지어버렸기 때문이다.

"왜 웃어요?"

나는 화나 죽겠는데.

"여자 친구라, 좋은데?"

"……!"

정말 일일이 열받게 만드는 남자. 그 이름은 이은성. 들어는 보셨나.

"좋다, 여자 친구. 기왕이면 애인이라고 해주면 좋았을 걸. 아니면 여친♡이라고 귀엽게 해도 좋고."

그 하트 떼! 당장 떼!

"누가요!"

그렇다. 화난 여자 친구 앞에서 저렇게 뺀질뺀질 웃는 남자. 보는 여자 친구로선 더 화가 치밀어 오른다는 사실을 알까 모르겠다.

"좋아, 좋아. 이번엔 내가 양보하지."

항복했다는 듯 두 손을 들어 보인 이은성 때문에 머리끝까지 치밀어 올랐던 화가 갈 곳을 잊고 피시식 식어버린다. 정말 끝까지 어이없게 만드는 남자다. 참자. 참을인 자 셋이면 살인도 면한단다.

"정말 은성 씨는……."

때르르르르.

한 마디 더 쏘아붙여 주려고 하는데 핸드폰 벨소리가 두 사람 사이를 가른다. 은성은 한 손을 살짝 내밀어 그녀를 진정시키며 핸드폰을 받았다. 통화가 끝나기만을 기다리며 진영이 씩씩대고 있는데 왠지 통화 내용이 심상치가 않다. 정말? 이라든지 진짜 그렇게 하겠다는 건가? 라며 대답하는 은성의 목소리가 점점 낮아지면서 심각함을 띠기 시작한다. 진영과 있을 때는 전화통화조차 간단하게 끝내는 남자가 무려 오 분이 넘어가는데도 여전히 통화 중이다.

결국 십여 분을 다 채우고 나서야 전화를 끊은 은성은 근래 화낼 때를 제외하고는 진영조차 보기 힘든 굳은 얼굴이 되어버렸다.

"미안하지만 오늘은 여기서 헤어져야겠어. 일이 좀 생겼다."

"윤에서 맞고소라도 한대요?"

통화 내용으로 미루어보아 작년의 Fix 콘서트 문제가 아직도 미해결인 모양이다. 진영도 관계있는 일이다 보니 유심히 들어버렸다.

"그건 아닌데, 일단은 정말로 실버에서 진지하게 고소를 해야 할 것 같다. 너희 사무실엔 피해없도록 조심하라고 해둘게. 좀 손을 떼고 싶은데 자꾸 귀찮게 한다니까, 정말이지."

"관계가 있는데 저희만 피해가 없을 순 없겠죠. 무슨 일이 생기면 팀장님께 연락하세요. 제가 도와드릴 수 있는 일이 없어서 죄송하네요."

"아니, 괜찮아. 미안하다, 오늘은 못 바래다줄 것 같다."

"저야말로 괜찮아요. 가깝잖아요."

"그러니까 내 차를 쓰면 얼마나 좋아."

양보한다고 해놓고 결국엔 한마디 붙이는 은성에게 진영은 차마 화를 낼 수도 없었다. 입술을 조금 삐죽거리는 진영을 보고 그가 조금 피곤하다는 듯 말했다.

"알았어. 그 문제는 다시 꺼내지 않도록 할게."

말은 그렇게 하지만 언제든 다시 생각하면 한 마디씩 던질 게 뻔하다. 조금 더 확실히 못을 박아두는 게 좋겠다고 생각했지만 은성은 급한 듯이 자리를 툴툴 털고 일어났다.

진영은 주차장으로 향하는 그를 배웅하고 여느 때에 비하면 굉장히 이른 시간에 귀가했다. 속도 답답하니 차가운 맥주라도 사갈까 하며 가게에 들른 그녀의 눈에 평소엔 전혀 눈여겨보지 않았던 상품 하나가 눈에 띄었다.

"……"

웃음이 마구 터져 나올 것 같다. 한밤중에 웬 여자가 씩씩대며 가게를 들어오더니 음료수가 들어 있는 냉장고 앞에 가서는 갑자기 혼자 웃기 시작한다. 가게 주인의 입장에선 무척 웃길지도 모른다. 미친 여자로 볼지도 모르지. 뭔 상관이야.

진영은 본래의 목적은 포기하고 발견한 묵직한 유리병을 들어 카운터에 내려놓았다. 아니나 다를까, 가게 주인이 요상하다는 눈으로 쳐다본다. 보통은 페트병이나 캔을 사갈 텐데 군데군데 닳은 흔적마저 있는 콜라병을 내려놓았으니 그럴 만도 하다. 계산을 하고 거스름을 받고 검은 비닐봉지에 담긴 콜라병 하나를 달랑달랑 흔들며 집으로 돌아온 진영은 옷을 갈아입자마자 병따개를 찾았다.

"왜 없는 거야!"

보통 땐 찾지 않아도 방바닥을 굴러 다닐 만한 병따개가 아무리 찾아도 보이지 않았다. 한참을 부엌 선반이며 서랍을 찾던 진영은 그 바람에 더 열이 끓어올라 냉수라도 마시자고 생각하고 냉장고 앞으로 갔다.

"풋. 아하하하하."

결국 진영은 웃음을 터뜨리고야 말았다. 그렇게나 찾던 병따개가 떡하니 냉장고에 붙어 있는 것을 발견했기 때문이다.

"아아, 인간 한진영. 갈 데까지 가는구나. 이젠 건망증이니."

목표로 하던 병따개도 찾았으니 유리컵 하나 가져와 티비를 켠 다음 콜라 뚜껑을 땄다. 살짝 접혀진 상태로 따진 병뚜껑을 내려놓고 콜라 반 잔을 따른 후 허리에다 손을 올리고 벌컥벌컥 단숨에 마셨다.

"콜록. 콜록. 콜록."

목은 따끔거리고 기침이 멈추질 않는다. 사레가 들린 건 아니지만 아픈 건 아픈 거다. 괜스레 병뚜껑에 눈이 가서 콜라를 사 온 것을 후회해 보지만 이미 일은 벌어진 뒤다.

"이봐요, 병뚜껑 아저씨."

바닥에 펼쳐 둔 작은 밥상 겸 테이블 위에 병뚜껑을 던져 놓고 말을 걸었다.

"그러게 왜 그렇게 고집을 부려서 사람을 힘들게 하냐구요. 말이 되는 소리를 해야지."

톡톡—

병뚜껑을 치고 있다 보니 좋은 생각이 떠올랐다. 그래, 앞으로 성질나면 이거나 툭툭 쳐가며 잔뜩 굴리며 스트레스 해소를 해야겠다. 그리고 기왕이면 필요할 때 아무 데서나 들고 구박할 수 있게 줄을 달아 열쇠고리로 만들자.

생각한 것은 얼른 행동에 옮겨야 직성이 풀리는 진영은 열심히 송곳을 찾았다. 직업이 직업이다 보니 자잘한 공구상자가 집에도 있다. 우아해 보이는 공연 기획자지만 실제로는 대기실을 꾸미느라 천막도 치고 못도 박고 각종 공구를 들고 뛰어다녀야 한다. 그러다 보니 공구상자는 필수불가결한 도구가 되어버렸다. 공구상자가 없으면 왠지 불안한 것이다. 결국 진영은 공구상자에서 송곳에 망치까지 꺼내 들고 바닥이 행여나 깨질까 스패너를 꺼내 받침으로 사용했다.

잠시 후, 조금 찌그러진 병뚜껑 열쇠고리 하나가 탄생했다. 그런데 그렇게 열심히 만들고 보니 불현듯 무서운 생각이 하나 떠올라 버렸다.

"빌려주겠다는 것도 죽어라 싫다고 했는데 설마 새 차 하나

뽑아주며 타고 다니라고 하진 않겠…… 지?"

부르르 하고 온몸이 떨렸다. 아이고, 재벌 애인 둬서 좋겠네~ 하는 빈정거림과 함께 너 미쳤니? 라고 묻는 하영의 목소리가 동시에 양쪽 귀에서 울려 퍼졌다.

"아니, 그 남자라면 하고도 남지."

다른 사람이라면 몰라도 그는 충분히 해낼 수 있다. 해치워 버릴 것이다. 돈 문제가 아니다. 그는 자신의 차가 털털거리는 똥차라고 해도 같은 말을 할 남자고 막노동을 해서 차 할부금을 갚아야 하는 처지더라도 진영이 받겠다고만 하면 그렇게 할 남자다. 그런 점이 제일 무서운 남자인 것이다. 그 막무가내에 아무도 못 말리는 제멋대로 성격. 게다가 어딘가 보드레 악실석인 면도 있어서 대드는 쪽의 기를 쫙쫙 빼버린다. 그런 남자가 주변에 열 명만 더 있으면 진영은 남자 불신증에 걸려 버릴지도 모른다.

"악질 중의 변태 순 악질! 병뚜껑 같은 자식!!"

이미 재빠르게 열쇠 뭉치에다 달아버린 병뚜껑. 진영은 그걸 아무것도 없는 침대 위에 있는 힘껏 내동댕이쳤다.

"병뚜껑! 병뚜껑!"

머리에 꽃 달면 미친년이라지만 병뚜껑 던져 놓고 자지러지게 웃으며 방바닥을 구르는 자신도 매한가지다. 연애를 하면 눈에 콩깍지가 쓰인다더니 딱 그 꼴이다. 병뚜껑만큼 속 좁은 남자라고 마구 험담을 해대면서도 결국 헤어질 생각도 안 하고 사귀고 있으니까.

*

 "정말이라니까요. 속고만 살았어요?"
 "말도 안 돼. 그 김세중이 휴가를 써도 좋다고 했다고?"
 역시 언뜻 지나가는 말도 흘려 들어선 안 된다. 김세중 팀장도 아니고 그 김세중이라는 표현으로 봐서 역시 은성은 김세중 팀장과 모종의 관계가 있다. 그러니까 이렇게 진심으로 놀랄 수 있는 것이다.
 "그건 결국 취소되긴 했어요."
 "왜?"
 "무섭거든요. 전에도 이번과 비슷한 일이 두세 번 있었는데, 결국엔 누군가 한두 사람 휴가 간 사이에 꼭 사고를 쳐서 돌아오자마자 한 달 기한 가지고 콘서트 준비를 해야 했거든요. 우리 팀장님이 좀 술고래, 술벌레, 사고유발다발대발비불발필폭발탄이셔서 말이죠."
 "푸핫— 그건 또 무슨 소리야."
 문제의 길고 긴 별명은 바로 박영헌 PD가 만들어낸 것이다. 발음을 하다 혀를 깨물 것 같은 별명이지만 팀원들 중 어느 누구도 그 별명을 부르다 틀리는 법이 없다.
 "딱이잖아요. 우리 팀장님을 이 별명보다 더 잘 설명할 수 있는 말은 없어요. 술고래. 술벌레. 사고유발(事故誘發)다발(多發)대발(大發)비(非)불발(不發)필(必)폭발탄(爆發彈)."

"푸하하하하."

"자매품으로 비수면노수면언제자이제자저제자기절일보직전이란 말도 있죠."

웃기는커녕 너무나 진지한 얼굴로 자칫 잘못하면 틀릴 수 있는 길고 긴 별명을 하나도 틀리지 않는 데다가 다, 대, 비, 필 자 등에는 엑센트까지 탁탁 넣어 발음하는 진영을 보고 은성은 그야말로 미친 듯이 폭소해 버렸다.

"아무튼 그래서 이번 주랑 다음 주 초까진 좀 많이 여유가 있을 것 같아요."

그 말에 담겨 있는 뜻은 그동안 미안했으니 적어도 여유가 있는 동안은 제가 시간을 낼게요라는 의미다. 솔직히 말해 그동안 조금도 아니고 많이 미안했었다. 자신처럼 일이 시작되면 눈코 뜰 새 없이 바빠지는 사람은 아니지만 그래도 한 회사의 대표인 은성이 일방적으로 시간을 내서 진영을 만나러 왔었다. 당연하다는 듯이 먼저 전화를 걸고 당연하다는 듯이 일이 늦게 끝나는 진영을 기다려 줬다.

그러니까 적어도 시간이 있는 동안은 진영 쪽에서 시간을 맞춰주고 싶었다. 그것은 다분히 오기심 때문이기도 했고 조금은 그와 동등한 입장이 되어보고 싶다는 마음 때문이기도 했다. 연애란 건 아무리 생각해도 이상한 것이다. 그건 마치 살아 있는 생물 같아서 싫다고 할 땐 마구 달려들다가 제대로 사귀어볼까 마음먹은 순간부터는 태도가 돌변해 버린다.

'하지만…… 질려 버릴지도 모르잖아.'

기다리는 데 질리고, 매번 급한 일이 생겨 사무실로 종종걸음 치며 뛰어올라 가는 진영에게 싫증을 내고 짜증을 내버릴지도 모른다. 한밤중이 되어 화장기조차 사라져 버려 푸석푸석해진 얼굴을 계속 보다 보면 그동안 열심히 쌓아왔던 호감도 사라질지 모른다는 두려움도 생기기 시작한다.

너무 소심한 건가 싶어 좀 대범하게 나가야지라고 생각하다가도 지금까지 그가 자신을 만나기 위해 써온 정신적, 물질적인 이런저런 것들을 생각하면 금세 어깨가 축 내려앉아 버린다.

오늘도 그와 만난다는 생각에 이른 아침에 십오 분이나 되는 수면 시간을 줄이고 일어나 팩도 하고 평소 때보다 더 공들여서 기초화장을 해주고 색조화장도 최대한 자연스럽게 하지만 꼼꼼하게 있는 정성 없는 정성을 다 들여 했다.

꾹꾹 파우더를 눌러 바르며 내가 지금 뭐 하는 건가 하는 생각도 했지만 손이 멈추지는 않았다. 연애를 하면 여자들이 예뻐진다는 건 이런 행동을 자신도 모르게 계속하게 되기 때문일지도 모른다.

사랑은 움직이는 거라는 유명한 카피 문구가 있다. 사랑이 움직인다는 건 결국 마음이 움직인다는 이야기. 조금 진지해져 보자라고 생각한 순간 그 오래된 카피 문구가 진영의 마음을 무겁게 내리누르기 시작했다.

"흐음, 그럼 내일은 좀 멀리 나가볼래?"
"……."
"어허. 멀리 나간다니까 대뜸 도끼눈 뜨는 거 봐라. 뭘 상상하는 거야?"
"저…… 저는 그냥……."
 순식간에 얼굴이 빨갛게 되어버렸다. 당장이라도 화장품 파우치를 들고 화장실로 뛰어가 버리고 싶다.
"말이지, 매번 데이트한 장소가 이 건물 식당에서 길 건너 식당, 길 옆 식당, 지하 식당. 다 그랬잖아. 한 번쯤은 우리도 한강 다리 좀 넘어가 보자. 하이고, 미간에 주름이 다 생겼네에~"
"은성 씨!!"
 역시나 놀리는 거였다. 그래, 이 남잔 내가 뭘 걱정하는지 다 알 거야. 모르는 게 더 이상하지. 무엇을 생각하는지 다 알겠다는 그의 표정에 부아가 났다. 그리고 또 하나 정말로 화장실에 가고 싶어졌다. 미간에 주름이란다. 설마 화장이 너무 짙게 된 건가? 아니면 피부가 건조해서 정말로 주름이 생긴 걸까? 역시 확인하고 싶다. 하지만 어떤 핑계를 대고 화장실을 가야 의심을 안 할까? 어떻게 화장을 고쳐야 고친 티 안 나게 예쁘게 보일 수 있을까?
 화장실 가는 것도 문제다. 화장품 파우치만 달랑 들고 가면 화장 고치러 간다는 게 티가 나고 그렇다고 가방을 통째로 들고 가자니 자리에서 일어나는 것도 아닌데 은성만 멀뚱히 앉아 있게 하기도 뭐하다. 정말 세상 여자들은 연애를 어떻게 하나 싶다. 화장실 하나 가는 걸로도 이토록 고민을 하게 만드니, 고민하다가 늙어버릴 거야.

"그럼 오늘은 이대로 퇴근해도 되는 거야?"

"네. 어제 한 말씀이시니 적어도 삼 일은 가겠죠."

헤퍼 보이지 않게 적당히 예쁘게 웃어 보이기. 흑. 정말 힘들다.

"오오, 정말 좋네. 김세중이가 오랜만에 제대로 된 일 한번 했어. 그럼 일어날까?"

네 하고 대답을 하고 일어나면서 혹여 치마 뒷자락이 구겨지진 않았을까 얼른 손을 뒤로 돌려 치맛자락을 톡톡 쳐본다. 은성이 아무렇지도 않게 옆 자리에 있던 진영의 백을 집어 들었다. 화들짝 놀란 진영은 얼른 백에 달려들었다.

"괜찮아요. 제가 들게요."

"무겁잖아. 들어줄게."

"아니에요. 하나도 안 무거워요."

"안 무겁긴. 도대체 여자들은 조막만한 백에 뭘 그렇게 많이 넣어가지고 다녀? 이건 뭐 완전 벽돌이야. 치한이 나타나도 이걸로 한 대 확 때려 버리면 다 도망가겠어."

"……."

실랑이를 너무 하면 짜증을 낼지도 모른다는 생각에 결국 진영은 백에서 손을 놓았다. 길거리를 지나며 여자 친구의 조막만한 백을 어깨에 멘 남자들을 보고 얼마나 흉을 봤는지 모른다. 저게 뭐가 그렇게 무겁다고 양복 쫙 빼입고, 혹은 아래위로 캐주얼하게 잘 빼입은 남자들 간지를 이리저리 박살 내버리냐구.

그런데 막상 당하고 보니 그 여자들 기분이 이런 거였구나 싶다. 물론 아닌 사람도 있겠지만, 그래도 자신과 같은 입장에 처한 사람도 분명 있을 것이다. 그리고 또 한 가지, 별로 무겁지도 않은 작은 백마저 여자 친구가 무거워할까 봐, 그렇게 걱정해 주는 건가 싶어서 어깨가 우쭐해지는 기분도 든다. 역시 연애란 세상진리를 너무 많이 깨닫게 만들었다. 세상만고 진리란 게 다 연애로 통할지니. 누가 말했더라, 하영이?

"몇 시쯤 됐어요? 지금 나가면 차 막힐 시간 아닌가요?"

"아? 하긴 한 시라서 점심 먹고 이동하는 사람들이 좀 있겠네. 차 빼기도 성가시고. 잠깐 옆에 가서 시간 좀 때울까? 나야 아침 자체를 느긋하게 먹었으니 아직 배도 안 고프고. 넌 어때?"

반짝이는 피아제 시계를 확인한 은성은 진영의 팔을 자연스럽게 잡아 팔짱을 낀다. 진영도 늦은 아침으로 샌드위치를 먹은 터라 아직 배가 고프진 않았다. 한두 시간 정도 걸으며 시간을 보내다 보면 차도 좀 빠지고 사람들도 줄어들 것이다. 문득, 꽤나 괜찮은 전시 하나가 열리고 있다는 것이 생각났다.

"전시관 쪽 가보실래요? 무슨 유물 전시전이 있던데."

"그런 건 너 기다리면서 다 봤어. 위에 올라가서 쇼핑 좀 해보자고."

"예?"

"너 깜박 있고 있었지?"

뭘요, 라고 되묻기도 전에 은성이 핸드폰을 쑥 내밀어 진영에게 보여주었다. D-day+100일이라는 글자가 자신을 물끄러미 바라보고 있다.

"아아, 서러워라. 이벤트 성 성격이 아닌 거야 원래 그렇다고 치지만 백 일 정도는 알고 있어야 하는 거 아냐? 으흑. 매번 나만."

"그, 그럴 수도 있죠. 바쁘다 보면."

그래. 바쁘다 보면 까먹을 수도 있다. 싸우다 보면 까먹을 수도 있다. 잠깐. 결국엔 차 문제 가지고 싸우다가 까먹은 거잖아. 이 남자 뻔히 알면서 이러는 거지? 내가 아무 말 못하게 하려고!!

"자자, 가자!!"

아니나 다를까, 금방 표정을 바꾼 은성은 팔에 진영을 매미처럼 매달고 백화점 일층으로 끌고 갔다. 거기서 진영은 그야말로 전 세계의 유부녀들이 바라 마지않는 '쇼핑 같이 해주는 남자', 아니, '쇼핑을 주도하는 남자'의 표본을 몸소 체험할 수 있었다. 도대체 남자들은 절대 쇼핑 같은 것에 재주가 없다고 누가 말했단 말인가! 다만 그런 것치고는 생각만큼 귀금속을 사는 데는 그리 경험이 없었다는 게 놀라운 점이라면 놀라운 점이었다.

진영은 영수증을 받아 든 채 망연자실해 있는 은성을 보며 소리 내어 웃지는 못하고 고개를 돌리고 어깨를 떨고 있었다. 백화점 일층 귀금속 코너를 모조리 돌고, 명품매장을 두 바퀴나 돈 끝에 그가 선택한 곳은 까르띠에. 커플링을 꼭 명품으로 해야 하냐고 반대하는 그녀를 '네 이미지는 까르띠에라니까' 라는 말로 일축시킨 뒤 질질 끌고 가서 한참을 고르고 골라서 받아 든 것이 저 영수증이었다. 게다가 더 웃긴 것은 그가 생각했던 것과는 달리 원스탑 쇼핑이 불가능했다는 점이다. 지금 그의 손가락에는 결국 진영이 우기고 또 우겨서 각자의 링을 사준다는 형식으로 지불한 반지가 끼워져 있다. 물론 끼워준 사람은 진영이다. 하지만 진영의 손가락에는 아무것도 없었다. 매장에 비치되어 있는 반지 중엔 진영의 사이즈가 없었던 탓이다.

"뭐가 이러냐?"

"풋. 원래 그런 거예요. 오히려 맞는 사이즈가 딱 있는 게 행운인 거죠. 괜찮아요. 다행히 다른 매장에 제 사이즈가 있다고 하니까 내일 오후엔 받을 수 있다고 하잖아요."

"야, 그래도 그렇지. 그러니까 그냥 그 다이아 박힌 걸로 하지 왜 이걸로 해서. 젠장. 이렇게 된 거 기분전환이라도 해야겠어."

"예?"

"너 만날 시계 없어서 핸드폰 들여다보잖아. 시계 사줄게. 봐

둔 거 있다."

"괜찮아요. 저 시계 잘 못 차요. 알면서 그러세요. 일이 생각보다 힘해서 시계 같은 거 차면 금방 기스 나고 그래서 안 된다구요."

그와 장장 두 시간 가까이 매장을 돌며 깨달은 것은 역시나 취향이 상당히 고급스럽다는 점이었다. 괜찮다, 그렇지 않다 하고 까르띠에 매장 앞에서 실랑이를 벌였지만 아니나 다를까, 은성의 승리로 끝이 나버렸다. 난 반지라도 꼈는데 넌 아무것도 없지 않냐. 이대로는 왠지 불안해서 싫다! 라고 북북 우겨대는 것에 뭐라고 할 말이 없었기 때문이다.

"심플하고 괜찮지?"

"손님께서는 손목이 가늘어서 정말 잘 어울리시겠네요. 한번 착용해 보시겠어요?"

매장의 직원이 옳다구나, 오늘 손님 하나 잡았구나! 하는 태도로 얼른 쇼윈도에서 시계를 꺼내왔다. 진영이 봐도 정말 깔끔하고 예쁘장한 시계였다. 게다가 심플해서 명품 하면 떠올릴 수 있는 번쩍번쩍 휘황찬란함과는 거리가 멀다는 것도 멋진 점이었다.

"지금 저희 매장에도 두 개밖에 안 남은 신상품 켈리 2입니다. 지금 색은 이 흰색하고 하늘색만 있습니다만, 가죽 줄은 닳기가 쉬우니 나중에 다른 색으로 주문하시면 얼마든지 교환도 가능해요."

에러인 것은 역시나 명품 매장, 그것도 왠지 가격이 어마어마 무시무시할 것 같은 에르메스라는 점이다. 진영은 그녀가 말하는 대로 얌전히 팔을 내밀고 시계를 차버렸다. 차버리고 말았다. 사실은 지난번에 하영과 함께 와서 쇼윈도에 찰싹 달라붙어 한참을 바라보던 시계다. 자신보다는 하영이 보너스랑 야근 수당 올인해서 적당히 할부로 그으면 되지 않을까 하며 연신 군침을 흘렸던 모델이다.

진영 역시 마음에 쏙 들었다. 보석이라도 주렁주렁 박혔으면 손목에 차고 다니는 것도 왠지 무서웠겠지만 조금 과하게 돈을 쓰면 이 정도 사치는 괜찮지 않을까 하는 정도의 가격이라는 것도 진영의 마음을 흔드는 한 요인이 되었다. 문제는 그걸 자신의 돈으로 사느냐, 남이 사주느냐다.

"어때, 마음에 들어?"

시계를 찬 진영이 얼른 빼달라는 소리를 하지 않는 것을 눈치 챈 은성이 능글맞게 웃으며 말했다.

"커플링 하려고 예산도 세웠는데 결국 네가 반을 냈잖아. 예산의 반도 안 썼다고. 그 예산 고대로 남았으니까 부담 가지지 마."

"하지만 그 반지도 비싼 거였어요. 그리고 커플링은 서로 해주는게 더 좋다고 생각하구요!"

생각해 보면 취향이 고급이라 해도 반드시 명품에 국한될 필요는 없다. 취향이 조금 까다로울 뿐이지 가만히 보면 명품 마니아는 아닌 것 같으니까. 그렇다면 결국 명품매장 앞에만 가면 팔딱 뛰는 자신을 보는 게 재미있어서 이러는 걸지도 모른다. 이 묘하게 성격 나쁜 구석이 있는 남자는 정말로 그 이유 하나만으로 명품 시계를 권하는 걸지도 모른다.

"게다가 이런 거 차고 있으면 기스라도 날까 봐 안절부절못하게 된다구요!"

"뭐 어때. 그런데 말이지, 너 그거 아냐? 따지고 보면 내가 많이 양보했다. 일하는 것도 뭐라고 안 하죠, 시간 맞춰줬죠, 열심히 먹여줬죠, 차도 양보했죠, 게다가 반지 사는 것도 네 취향대로 플래티넘인지 뭔지로 했잖아. 너도 좀 양보 좀 해봐. 가는 게 있고 오는 게 있어야 내 마음도 흡족해지지."

혹시나 해서 반항을 해봤지만 결국 진영은 앞뒤 딱딱 맞춰 설명하는 은성에게 판정패 하고 말았다. 하지만 역시 이 남자의 가는 것과 오는 것에 가치판단 기준은 아무래도 진영과는 차이가 있는 것 같다. 물질 대 물질이고 마음 대 마음인 거지! 댁은 화성에서 온 사람이세요?

이렇든 저렇든 간에 아무래도 화성 또는 외계에서 온 은성은 하루에 X백만 원을 쓰는, 진영으로서는 절대 할 수 없는 짓을 너무나 기뻐하며 저질러 버리고 말았다. 가치 기준이 다른 것은 어쩔 수 없다. 진영에겐 과하지만 그는 기분 좋게 쓸 수 있는 것이고, 단순히 비싼 시계를 사주고 그 반응을 즐기는 걸지도 모른다 해도 너무 거절만 하다가는 그의 마음을 상하게 할까 봐

겁이 났다. 그것이 사실 시계를 받아들게 된 진짜 이유지만 과연 이 남자가 그런 자신의 마음을 알게 되는 날이 올지 정말로 아득했다.

자꾸만 겁쟁이가 되어가는 것 같다. 그의 일거수일투족, 말한 마디 두 마디, 시선과 표정. 그런 것을 계속 조심스럽게 살피고 있는 자신을 발견한다. 인상을 찌푸릴까 봐, 이런 저런 점은 싫다고 말할까 봐 가슴을 졸이게 된다.

'무서워. 정말로 무서워.'

처음 은성을 만났을 때 느꼈던 무서움과는 전혀 다른 종류의 무서움이 그녀의 피부 위로, 마음 안으로 파고든다. 그리고 그 무서움이 커져 나가는 만큼, 새하얗던 그녀의 마음속을 이은성이라는 이름의 얼룩이 물들여간다. 손목에 채워진 시계가 마치 족쇄처럼 그녀의 마음을 사로잡아 한번 물든 얼룩이 절대 빠져나가 흐르지 못하도록 단단히 죄어가고 있었다.

6

스캔들

"**아,** 배고프다. 뭔가 먹을 것을 줘—!"

"나는 아침부터 내리 콜라가 밥이었다. 내 다크서클은 다 콜라의 검은 색소다으다으!!"

무대감독인 김운형은 시커먼 다크서클이 돋보이는 눈을 부라리며 푸념을 했다.

"계속 이러다간 다크서클이 무릎 아래까지 내려갈지도 몰라. 어이, 거기가 아니야!"

콜라가 밥이었다고 말하는 것치고는 자재를 옮기거나 버럭버럭 소리 지르는 것을 보면 콜라도 꽤나 양분(?)이 많은가 보다. 진영은 주변 상황을 조금 살펴보고는 자신은 살짝 빠져도 되겠다고 생각했다. 생각해 보면 꽤 정도가 아니라 상당히 바쁘고 힘들었던 한 달이었다. 소강 상태에 접어들어 무려 휴가를 써도 좋다는 말이 나왔던 게 엄청 힘들고 하드한 5월을 예상했기 때문일지도 모른다. 주말마다 공연이 있고 중간중간 작은 쇼케이스까지 끼워넣다 보니 지금이 4월인지 5월인지, 날짜는 며칠인지 정신이 없다. 그나마 공연이 보통 주말에 잡히기 때문에 요일 감각만 남은 상태였다.

"수아 씨, 우린 슬슬 빠져도 될 것 같으니까 어디서 좀 쉬다 와요."

"앗. 그래도 돼요?"

"예전에는 일 돌아가는 상황을 익혀야 하니까 계속 자리를 지키라고 했지만 이젠 수아 씨도 많이 배웠잖아요. 사실 여기까지 오면 내일 아침까지 우리가 할 일은 없어요."

손목에 감겨 있는 에르메스 켈리 2 손목시계를 확인하니 벌써 밤 열 시다. 집에 가기 전에 몰 안의 베이커리에 가서 타임세일하는 걸 쫘악 쓸어다가 일하는 스태프들에게 안겨주고 집으로 돌아가면 열한 시쯤. 그럼 그럭저럭 괜찮은 시간에 퇴근하는 셈이 될 것이다.

'음, 그러고 보니 은성 씨 전화가 없네.'

바빠진 진영만큼 은성도 일이 많아졌는지 만나지 않는 날엔 매일같이 걸려오던 전화가 최근엔 상당히 뜸해졌다. 먼저 전화를 걸어볼까 몇 번이나 망설였지만 안 하던 짓을 하려니 왠지 얼굴이 간질간질해져서 결국엔 불발로 끝나 버렸다.

'불타오르는 연애도 삼 개월이라고들 하니까. 그럴 수도 있지 뭐. 설마 벌써 권태기인가.'

그와 사귀기로 한 날을 따지고 보니 대충 오 개월 정도가 되어간다. 밤낮을 못 가리고 열을 올리기엔 역시 조금은 시간이 흐른 걸지도 모르겠다. 흐음, 역시 나도 전화를 한 번쯤은 하는 게 예의겠지.

결심은 했지만 역시 핸드폰 자체를 손에 드는 게 쉽지만은 않다. 전화를 할까 말까 망설이면서도 몸은 부지런히 움직였다. 제과점에서 남은 도너츠와 빵을 사다가 스태프들에게 가져다주자 완전히 영웅 취급. 잠시 쉬다 오겠다고 하자 마음껏 쉬고 오라고 등도 떠밀어준다. 결국엔 전화를 해보자 결심한 것도 어디론가 사라지고 진영은 집에 도착하자마자 화장만 간신히 지우고 그대로 침대에 쓰러져 버렸다. 곯아떨어져 세상모르고 자던 진영은 알람시계 소리에 눈을 떴다.

"아아, 결국 날이 밝는구나."

일상이 된 지 오래지만 역시 아침에 일어나는 게 제일 힘들다. 특히 공연이 있는 날의 아침은 더 더욱 그렇다. 푸석푸석한 얼굴을 비비며 일어나자 침대가에 던져 놓았던 새하얀 초컬릿폰에 문자가 들어와 있는 게 보였다.

〈피곤한데 잘 쉬고 잘 먹고 있어? 바빠지는 통에 만나기도 쉽지

않다.〉

문자는 하나가 아니었다.

〈나도 일이 좀 생겨서 당분간은 전화조차 제대로 못할지도 모른다. 양해를.〉

문자를 보고서야 아아, 그랬구나 하고 진영은 고개를 끄덕였다. 그래도 역시 이 남자는 자신보다는 확실히 부지런하고 세심하다. 전화도 안 걸어주는 여자 친구에게 문자라도 꼭꼭 보내고 있으니까.
이렇게 세심한 부분을 발견하게 될 때마다 조금씩 의아함이 더해지는 부분도 있다. 은성이 정말 조폭이 맞는 걸까 하는 것이다. 원래 그런 종류의 사람들이 더 착하고 부드럽다는 만화 같은 이야기가 없는 것은 아니지만 아무리 생각해 봐도 그는 착하고 부드럽다라는 말로 끝내거나 국한시킬 수가 없다. 부드러운가 하면 날카롭고.
"착하다고 하기엔 어패가 있지."
게다가 이건 삼 일 만에 처음 온 문자라고. 역시 애정이 식었어.
"조폭이 아니면 조폭 끄나풀? 아니면 미스터 소크라테스에 나오는 것처럼 조폭이 키운 CEO쯤 되는 건가?"

스캔들

한 번 의심하기 시작하니까 별의별 생각이 다 든다. 하지만 생각에 빠져 있을 시간이 없다.

아침까지 챙겨 먹고 부지런히 서둘러 나가야 하기에 진영은 부산을 떨며 샤워를 하고 화장을 했다. 립스틱만은 간단한 식사 후에 바르기로 하고 토스트를 굽고 보통 때처럼 현관 쪽으로 가서 우유와 신문 세 개를 집어 들고 왔다. 두 개는 시사 일간지, 하나는 스포츠 신문이다.

아침이니까 하는 생각에 잼을 잔뜩 바른 토스트를 우유와 함께 먹으며 신문을 뒤적였다. 세세히 읽는 건 아니지만 헤드라인 정도는 파악해 두는 것이 그녀의 습관이다. 버릇처럼 커다란 글자만 읽으며 휙휙 신문을 넘기던 그녀의 손이 어느 한순간 멈추었다.

"어…… 결국 소송을 하는 건가? 괜찮다고 그렇게 말했는데 왜 아직도 해결이 안 난 거지?"

그녀의 시선이 머문 곳은 연애면. 작년에 있었던 Fix 콘서트 때 발생한 각종 손해 때문에 Fix의 소속사와 주최사가 소송을 한다 만다 말이 많았었다. 신문엔 실버 엔터테인먼트에서 법적인 대응 준비를 마쳤다는 기사가 콘서트 때의 사진과 함께 실려 있었다.

"실버 엔터테인먼트 대표이사 이은성, 삼십삼 세라."

사귀고 있는 사이인데도 신문에서 이름을 보니 뭔가 기분이 묘했다. 그와 동시에 그의 일이 걱정되기 시작했다. 무슨 일이 있으면 말을 해달라고 했지만 그는 자신의 일에 대해서는 이상하리만치 입이 무겁다. 결국 상사인 김세중 팀장에게 일이 어떻게 되어가고 있는지 물어야 할 듯싶다.

이를 닦고, 색이 있는 립글로스를 바르고, 두 개의 핸드폰을 백에 던져 넣은 뒤 진영은 집을 나섰다. 전철에 탄 후 은성에게 짧게 메시지도 보냈다. 잘 지내고 있으니 일 열심히 하라고. 하지만 진영은 시사 일간지에서 발견한 기사를 보느라 스포츠 신문을 보지 못했다. 거기엔 진영이 보았으면 하루 종일 안절부절 못했을 기사가 실려 있었다.

"이은성 씨, 오자마자 고생 좀 하셨어?"
"네?"
오랜만의 데스크 업무에 온 신경을 집중시키고 있던 은성은 누군가 어깨 너머로 툭 던지고 간 말에 고개를 들었다. 말을 던진 사람은 이미 사라지고 없다. 고개를 들고 도대체 무슨 소린가 어리둥절해했더니 사무실의 직원 하나가 웃으면서 스포츠 신문 사이트를 가보란다.

"무슨 뜻이야, 도대체."
느긋하고 여유롭던 임시 CEO 자리에서 벗어나 '진짜 자신의 일'에 뛰어든 은성은 눈코 뜰 새 없는 하루를 보내고 있는 중이다. 업무 파악이 끝나면 조금 나아지겠지 싶어 일부러 더 시간을 쓰고 있는 것도 사실이다. 그런데 고생이라니?

딸깍 딸깍 하는 마우스 소리가 귀에 거슬린다 생각하며 은성은 스포츠 신문 사이트를 열었다. 헤드라인 뉴스는 아니지만 굵고 커다란 글자로 된 표제가 하나 보인다.

"젠장."

제목을 클릭해서 기사를 읽기 전부터 그는 혀를 찼다. 어떤 고생을 하게 될지 짐작이 갔기 때문이다. 가끔 이런 경우가 없진 않다는 것을 알고는 있지만 설마 일을 시작한 지 얼마 되지도 않아서 스캔들에 휘말리게 될 줄은 몰랐다.

"봤으려나."

대뜸 떠오르는 것은 진영의 얼굴이다. 분명 보면 화를 내겠지. 아니, 어쩌면 가볍게 이해해 줄지도 몰라. 이 업계라는 곳이 그러니까.

은성은 전화를 거는 대신 문자를 보냈다. 지금은 아마, 이 정도면 충분할 것이다.

"으으, 지옥의 열흘이었어."

발로 뛰고 또 뛰어서 해결될 일이라면 좋겠지만 이 바닥은 그것만으론 해결되지 않는 일이 너무나 많다. 특히 어제 있었던 쇼케이스만큼 지긋지긋한 일도 없었다. 줄줄이 꿰어진 사탕처럼 4월 말부터 5월 초순의 살인적인 스케줄이 일단락된 것이 어제, 오늘은 늘어지게 잠을 자고 일어나 오후에 하영과 만날 약속을 해두었다.

일이 많을 때면 의례 그렇듯이 집안 꼴은 엉망이었다. 결국 하영과 만나기 전까진 밀린 집안일을 해야 하나 보다. 이젠 습관이 되어버린 은성에게 하루 한 번 문자 메시지 보내기를 먼저 마친 후 진영은 팔을 걷어붙이고 집안일에 몰두했다.

"진영아."
"응?"
하영의 원룸 한복판에서 늘어난 하영의 트레이닝복으로 갈아입고 시원한 맥주를 꿀꺽꿀꺽 마시던 진영에게 하영이 갑작스레 진지한 목소리로 말했다.

"너네 요즘 어때? 자주 만나? 혹시 만나는 거 막 피하고 연락도 안 하고 그러진 않니?"

진영이 결국 은성과 조금 진지하게 사귀고 있다고 털어놓았을 때 하영의 반응은 그야말로 장난이 아니었다. 그만두라느니, 얼른 차버리라느니, 여차하면 딴 남자랑 사귄다고 하라느니 별의별 소리를 다 했었다. 하지만 진영이 그래도 나름 괜찮은 남자라고, 조폭이라는 것만 빼면 꽤나 괜찮은 남자라며 항변을 하자 마지못해 잘해보라고 고개를 끄덕였었다.

"왜? 뭐, 최근엔 나도 바쁘고 그 사람도 바빠서 많이 못 봤지만 연락은 계속하고 있어."

생각해 보니 그와 제대로 된 데이트를 한 지 이삼 주쯤 지난 듯하다. 어라? 그러고 보니 전화통화를 제대로 해본 것도 꽤 되었네?

"진영아."

"왜 그래, 무섭게. 또 헤어지라고 하려고 그래?"

"그게 아니야. 이거 좀 봐."

쾅 소리와 함께 하영이 스포츠 신문 몇 개를 진영의 앞에 내밀었다.

"말을 할까 말까 했는데 아무래도 좀 수상해서. 빨리 봐봐."

도대체 왜 그러나 싶어서 진영은 하영이 내민 스포츠 신문들을 살폈다. 스포츠 신문들이 의례 그렇듯 맨 앞면은 야구나 축구 등 스포츠 관련으로 꽉 채워져 있고 나머지는 허접떼기 같은 각종 추측성 기사와 연예인 가십이 잔뜩 실려 있었다.

"거기 말고 여기랑 여기랑 여기."

"어, 장유현이네. 스캔들났나? 어디 보자, 최근 주가 상승 중인 인기 여배우 장유현 이십삼 세 비밀 데이트 발각. 상대는……."

장유현이 커다란 잠자리 선글라스를 쓴 사진 뒤에 뒷모습만 찍힌 남자가 있다. 진영은 열심히 하영이 가리키는 다음 기사를 보았다. 조금 다른 각도에서 찍힌 듯한 사진이었다.

"인기 여배우 장유현의 상대가 밝혀졌다. 행운의 주인공은 (주)KG 엔터테인먼트의 이은성 실장……."

아무렇지도 않게 읽던 진영의 목소리가 뚝 끊어져 버린다.

"사진 잘 봐봐. 맞니?"

"아니…… 맞지만…… 하지만 은성 씬 실버 엔터테인먼트인데……."

그러나 사진 속에 장유현 뒤로 반쯤 고개를 돌린 옆모습의 남자는 틀림없는 이은성이다. 심장이 두근두근 쾅쾅 소리를 내며 뛰기 시작한다.

"나야 핸드폰 사진으로만 봐서 설마하고 생각했는데 이름이랑 나이도 맞지?"

"아, 아닐 거야. 회사도 다르고, 회사 옮겼다는 말 한 적 없는 걸. 게다가 실버의 대표이사였는데 그걸 때려치우고 다른 데 실장으로 간다는 게 말이 되니?"

"하지만 실버는 그냥 조그만 연예기획사 아냐? KG 엔터테인먼트는 대기업이라고."

확실히 말이 아주 안 되는 것은 아니다. 실버 엔터테인먼트는 직원도 그리 많지 않은 '돈'만 있는 연예기획사고, KG 엔터테인먼트는 대기업 멀티미디어 사업부에서 출발해 주식회사로 독립한 후 영화관 설립에 영화 제작, 음반 제작, 영화 배급까지 하고 있는 큰 회사다.

"아닐 거야. 설사 그 사람이 맞다고 해도 뭔가 잘못된 거겠지. 그리고 이런 기사는 원래 여러 사람 모인 데서 일부러 두 사람만 딱 찍어서 싣고 그래. 너도 알잖아. 아마도 장유현이 그쪽에서 영화를 찍나 보다. 일부러 스캔들처럼 기사 실어서 홍보하는 거겠지. 조금 있으면 장유현이 메인 캐스팅으로 나오는 영화 제작 기사가 실릴걸?"

아무렇지도 않은 듯 진영은 입에서 나오는 대로 줄줄 이야기를 했다. 틀림없이 그럴 것이다. KG 이야기는 잘못된 것이고 분명 그의 회사가 저 여배우가 출연하는 영화에 출자를 하느라 만나면서 사진이 찍혔을 것이다.

'다른 건 몰라도 회사를 옮겼다면, 그런 큰일을 이야기 안 했을 리가 없어.'

시원하게 목을 넘어가던 맥주가 쓰디쓰게 느껴진다. 별거 아닐 거라고 말하고 불타올랐던 하영도 진영이 시큰둥하게 반응하자 그런 걸까? 하고 이내 다시 맥주와 안주에 시선을 돌렸다.

"아, 어제 공연은 정말 괜찮았어. 다만 꼭 그렇게 둘이 같이해야 했나? 아무리 음반 작업을 같이 했다지만 솔직히 말해서 그 목소린 색소폰에는 안 맞는다고."

어제 보았던 공연에 대해서 줄줄 평을 하는 하영의 말에 맞추어 그 공연 전에 출연진과 얼마나 실랑이를 했는지, 그리고 가수의 어머니가 얼마나 난리를 떨어서 진영을 곤란하게 만들었는지 이야기를 했다. 자지러지는 하영의 웃음소리가 원룸 전체를 울린다. 하지만 하영과 함께 웃고 있는 진영의 마음은 어지러웠다. 분명 추측성 기사임에는 틀림없을 것이다. 보통 저런 기사들은 다 그러니까. 진짜인 경우엔 당사자들이 아예 제대로 밝히고 앞으로 이러저러하다, 라고 하면서 먼저 확실히 밝히는 사례가 많다. 특히 기사에 당사자인 여배우의 코멘트가 실리지 않은 것으로 보아 100% 추측 날조 기사일 것이다. 하지만 쓰디쓴 맥주를 마시는 진영의 눈이 슬금슬금 신문의 사진으로 향한다. 한 장도 아니라 무려 세 장. 모두 장소가 다르고 옷도 다른 것으로 보아 하루에 찍힌 사진일 리가 없다.

'당신 조폭이잖아. 조폭이 자기가 하던 사업 때려치우고 다른 회사 가는 법이 어디 있어! 조폭이 아니라 조폭이 키운 CEO라도 그럴 순 없는 거라고!'

잘못된 기사임에 틀림없다. KG 엔터테인먼트에 아마도 이름이 비슷한 사람이 있었을 것이다. 그러니까 이런 기사가 났을 것이다.

결국 오랜만에 만난 하영과 자신이 무슨 이야기를 했는지 기억도 못 할 정도로 진영은 망연자실한 상태로 집에 돌아왔다. 기껏 자신의 휴일에 하영의 생리휴가를 힘들게 맞추어 놀자고 한 건데 신문 기사 하나로 하루를 완전히 망쳐 버렸다.

집에 돌아온 진영은 궁금증, 그리고 걱정을 참지 못하고 핸드폰을 손에 들었다. 신호는 한참 가는데 은성은 전화를 받지 않는다. 보통 때의 그녀라면 무슨 일이 있나 보다 하고 문자를 보내고 말았을 테지만 이번만큼은 그럴 수가 없었다. 몇 번이나 통화 시도를 하자 은성이 간신히 전화를 받았다.

[진영이? 무슨 일이야?]

잔뜩 내리누른, 그러나 묘하게 울리는 목소리.

"아. 그냥…… 목소리가 듣고 싶어서요."

[오, 살다 보니 이런 날도 있네. 잘 지냈지? 내가 좀 정신이 없어서.]

"예. 일이 많이 바쁘신가 봐요. 그런데……."

막상 물으려고 하니까 무엇부터, 어떻게 물어야 할지 모르겠다.

[아, 예. 금방 들어가죠. 진영아, 내가 좀 바쁜데 나중에 통화하자.]

"자, 잠깐만요. 저기 혹시 회사 옮기셨어요?"

[어? 내가 말 안 했나? 미안하네. 옮긴 지 얼마 안 됐어. 업무 파악도 다 못한 상태로 프로젝트가 시작되어서 많이 바빴거든.]

설마설마했던 것이 사실로 드러나자 심장이 덜컥 내려앉는다. 진영은 저리는 가슴에 손을 올리고 통화를 끊으려는 은성에게 매달렸다.

"하지만 얼마 전에 신문에……."

신문엔 분명 실버 엔터테인먼트의 대표이사 이은성이라고 실려 있었다. 비록 며칠 전의 신문이지만.

[아, 그거 때문에 그러는구나. 그거 다 날조 기사야. 그 여배우가 이번에 이쪽에서 제작하는 영화 주연을 맡게 되거든. 미팅으로 몇 번 만났을 때 찍힌 거지. 너라면 사정 다 알 텐데 그런 거 걱정했어? 야아~ 진영이가 질투도 해주고 좋네. 자, 그럼 나

중에 보자.]

 하려던 말은 그게 아니었는데, 듣고 싶은 것은 여배우와의 스캔들에 대한 진상이 아니었는데 그는 진영이 원하는 대답을 하지 않은 채 그대로 매정하게 전화를 끊어버렸다. 진영은 원하던 정보는 아니라고 해도 결국엔 궁금하던 실상에 대해 알게 되었다는 것에 안도할 수밖에 없었다. 그런데 반대로 그의 입에서 날조 기사라는 말을 듣자마자 사실은 그 기사가 진짜가 아니었을까 하는 의심이 생기기 시작했다. 그가 신경을 쓰지 않았다면 굳이 신문이라는 말만 듣고 스캔들 이야기를 꺼낼 리가 없지 않는가.

 "은성 씨…… 설마 진짜인가요?"

 사귀고 말고를 떠나서 결국 그가 옮긴 직장도 이 업계 카테고리 안에 들어가는 곳이다. 가수들과 배우들이라는 것이 차이점이긴 해도 결국엔 거기서 거기다. 눈앞에 있는 손쉬운 먹이. 혹은 상대. 좋은 배역을 얻기 위해 몸을 던지는 여자들, 혹은 가볍게 하루를 즐기고자 유혹하는 아름다운 여자들. 키스조차 많이 해주지 않는 연인, 아니, 아직 사귀고 있을 뿐인 여자 친구 대신 매력적인 외모와 몸매를 가지고 유혹해 오는 여자들에게 한순간 마음이 설레 그녀들의 유혹을 받아들였을지도 모른다. 또는 앞으로 그럴 수도 있다.

 "은성 씨."

 사귀고 나서 처음으로 그가 보고 싶어졌다. 눈앞에서 그를 보고 진지하게 묻고 싶어졌다. 진영은 고개를 가로저었다.

"아니야, 묻고 싶지 않아. 얼굴도 보고 싶지 않아."

울지도 못하고 핸드폰만 부여안은 채 몸을 움츠린다.

"뭐야. 바보 같잖아, 한진영."

사귀고 있다, 라는 말에 한계가 있을 수도 있다는 사실을 불현듯 깨달아 버린다. 사귄다는 말에는 맹점이 숨어 있다는 것을 정말로 새삼스럽게 느껴 버렸다. 사귀고 있다. 그 말은 서로를 알기 위해, 그리고 정말로 사랑할 수 있는지 아닌지 서로를 알아 나가는 과정에 있다는 말로도 해석할 수 있다. 사랑하기에 사귀며 열애 중이라는 말과는 분명 차이가 있다. 그는 자신과 사귀자고 말할 때 호감이 있다고 말했다. 호감 지수는 상승 중이겠지? 그렇겠지? 하지만 그뿐이잖아.

"사랑한다고 말해주지 않았어."

사귀고 있고, 커플링을 하고, 지나쳐 버린 백 일 기념 이벤트를 즐기고, 때로는 감미로운 키스를 즐기고 있지만 그는 진지하게 사랑한다는 말 한마디를 아직 해주지 않았다. 그가 보내오는 문자엔 가끔씩 하트 모양과 함께 사랑해라는 세 글자가 더해지곤 하지만 그건 마치 메일 끝에 친애하는 누군가에게, 사랑하는 친구 누군가에게라고 의례 덧붙이는 의미없는 단어로밖엔 느껴지지 않았다.

어쩌면 나는 아직 진실로 사랑받고 있는 것이 아닐지도 모른다. 그렇게 생각하자 가슴이 정말로 쓰려온다. 그녀는 이미 언제부터인지도 모르게 그를 사랑하고 있었나 보다.

"화나……."

이런 식으로 깨닫는 것이 화가 날 만큼, 그를 사랑하는 마음이 가슴을 물들이고 있다. 그녀의 마음은 이미 그의 것인데, 그의 마음은 그렇지 않을 수도, 다른 어느 누군가의 사랑으로 물들어 버릴 수도 있다는 가능성을 생각하기만 해도 질투심에 온몸이 조여오는 것 같다. 질투라는 단어가 이렇게나 무서운 감정이었다는 사실에 새삼 온몸이 오싹하도록 떨렸다.

"은성 씨."

신이 있다면 자신의 바람을 들어주었으면 한다. 흔들리지 않기를, 그리고 연약해지지 않기를. 신에게 매달리고 싶을 만큼 그녀의 마음은 약해져 있었다.

진영이 마음의 불안 속에서 헤매는 것도 모르고 은성은 눈앞에 벌어진 일에 신경을 쏟고 있었다.

"스캔들이 났다고 해도 가벼운 것이니 오히려 홍보하기엔 좋겠죠. 프로모션 작업을 서둘러 주십시오. 최대한 빨리, 스캔들의 여운이 남아 있을 때 바로 뒤를 치는 겁니다."

홍보팀의 직원이 고개를 끄덕였다. 은성은 계속해서 자신이 직접 손을 대야 할 일, 그리고 다른 팀에 맡겨야 할 일을 분류해 냈다. 진영의 일이 하루 만에 끝나는 것이라면 그의 일은 앞으로 짧게는 석 달, 길게는 일 년도 넘게 진행되는 거대한 프로젝트다. 낭비할 시간 따위는 없다.

*

"아, 진짜 기자들이란 인종은 상대하기 싫다니까. 많이 기다렸지?"

"아니요. 조금 전에 도착했어요."

오랜만에 본 그는 더욱더 핸섬해 보였다. 조금 흐트러진 앞머리에 가슴이 두근거릴 정도였다. 역시 여자는 착한 남자 신드롬에 걸린 남자보다는 위험한 남자에게 끌린다는 말이 맞을지도 모른다. 착한 남자는 재미없다. 게다가 은성은 단순하게 위험한 남자가 아니다. 위험하면서도 부드럽고, 세심하다. 살짝 드러나지만, 안에 숨은 것이 많아 만날 때마다 하나씩 하나씩 발견하게 되는 것이 기쁘다.

"많이 피곤해 보여요."

"출퇴근 시작한 지 꽤 되는데 아직 적응이 안 되네."

"어떻게 된 거예요?"

자연스럽게 팔짱을 끼고 그의 옆에 딱 붙어서 걸어간다. 그도 자연스럽게 진영의 손에서 조금은 무거운 커다란 백을 받아 어깨에 멘다. 그런 자연스러운 행동이 진영의 마음을 조금이나마 붙들어준다.

"아, 그게 말이지. 말한 줄 알았는데 하하하."

"한 마디도 안 했어요."

아이, 왜 말도 안 해줬어요, 하고 애교 부리며 말하려던 것이 본심이 나왔는지 자신의 귀로 들어도 상당히 퉁명스럽게 툭하고 튀어나왔다.

"귀국한 후 좀 쉬면서 이리저리 일을 찾다가 말이 나온 거라서 말이지. 미국 있었을 때 우연치 않게 KG 쪽 영화 배급사에서 잠시 일했던 경험이 있었거든. 사실 원래 내가 원하던 건 영화 쪽보다는 진영이가 지금 하고 있는 그런 타입의 일이라서 망설이고 있었는데 언제까지 망설일 수도 없고, 이리저리 생각해 보고 재보고 하다가 괜찮은 일인 것 같아서 수락한 거지."

"그럼…… 실버 엔터테인먼트는요?"

"그쪽이야 재헌이가 잘하겠지. 난 그냥 임시 대표를 맡았던 것뿐이야."

"……."

왠지 더 캐묻는 것이 곤란해져 버렸다. 당신 조폭 아니었어요? 라는 질문이 목구멍까지 올라왔는데도 말이다. 그리고 그의 말속에 등장한 재헌이라는 남자에 대한 궁금증이 생긴다. 단순히 아는 사람? 아니면 친구?

"뭐, 일은 나름대로 재미있을 것 같은데 초판부터 귀찮게 기사들까지 들러붙어서 아주 귀찮아. 아, 그러고 보니 다음달 XX 잡지에 내 인터뷰 기사도 하나 실린다. 사실 조금 전까지 그 인터뷰 하고 왔어."

"인기인 되시겠어요."

"카아, 하여튼 반응 한번 쿨해요. 그럴 땐 어머나~ 정말이요? 보고 싶어요, 정돈 해줘야지."

"어머나, 정말이요. 보고 싶어요."

국어책이라도 읽는 듯 그가 하는 말을 고대로 따라 하자 쿡쿡 웃는 소리가 들렸다. 밉살스럽다. 정말로 밉살스럽다.

"봐라. 사진 찍는다고 뭔가 두들겨 놔서 얼굴이 근질근질하다."

큰 키를 구부려 얼굴을 내민다. 과연 그의 말대로 얼굴에 화장기가 살짝 남아 있다. 진영은 자신도 모르게 손을 올려서 그의 얼굴에 남아 있는 가루를 떨어냈다.

"배고프다. 뭔가 근사한 거라도 먹자. 오랜만인데."

"예."

오랜만에 만나보고 싶었던 얼굴을 보고, 듣고 싶었던 목소리를 들었는데도 기분이 하나도 좋아지지 않는다. 식사를 하는 내내 그의 얼굴을 보고 또 보는데도 갈증이 채워지지 않는다. 도대체 이런 기분을 언제까지 느껴야 하는 걸까. 어쩌면 이대로 계속 이런 갈증을 느껴야 하는 걸지도 모른다는 생각에 오한이 든다. 단순한 불안증이라고 하기엔 부족한 점이 있다. 만나고 싶었던 것은 사실이다. 얼굴을 보고 목소리를 듣고 싶었던 것도 사실이다. 하지만 그녀가 원한 건 그런 비주얼적인 측면뿐이 아니었던 것이다. 알고 싶었다. 그에 대한 모든 것을. 지금은 뭘 하는지, 무슨 생각을 하고 있는지, 그리고 사실은 그가 어떤 사람인지를…….

하나하나 알아나가는 것도 좋은 것이라고 생각했었다. 그런데 그게 아니었나 보다. 그녀는 욕심쟁이였다. 그에 대한 모든 것을 알고 싶은 욕심쟁이였다.

그리고…… 갈증은 끊임없이 지속되었다.

집으로 또 한 종류의 스포츠 신문 구독 신청을 했다. 아침에 시사 일간지를 훑어보는 대신 가십 기사가 가득한 알록달록한 스포츠 신문을 정독하는 것이 버릇이 되어버렸다. 그를 정말로 못 믿어서가 아니라고 자신에게 몇 번이나 되풀이해서 세뇌시켜야만 했다.

"후우."

오늘 신문엔 은성이 말한 대로 지난번에 스캔들이 났던 그 여배우가 멜로 영화의 주연으로 발탁되어 제작발표회를 열었다는 기사가 실려 있었다. 그의 말은 틀림이 없다. 얼마 전까지만 해도 섣부른 결혼설까지 떠돌았지만 어느새 그런 기사는 사라지고 감성적인 멜로 영화의 주연으로 발탁된 그녀의 얼굴만이 커다랗게 신문을 장식하고 있다.

아마 은성은 이 여배우에 대한 것을 잊어버렸을 것이다. 하지만 진영은 잊을 수가 없다. 계속해서 신경이 쓰였다. 차라리 바쁘기라도 하면 일에 치여 정신없이 보내느라 신경을 덜 쓰겠건만 6월엔 이렇다 할 일이 없다. 물론 어느 가수의 콘서트가 있긴 했지만 그쪽은 수아가 전담해서 진행 중이기에 진영은 그녀를 서포트하는 정도였다. 그러다 보니 쓸데없이 혼자 있는 시간이 많아져 버렸다. 사무실에서도, 집에서도 이렇게 스포츠 기사나 보면서 한숨을 쉰다.

"왜 그렇게 쓸데없이 잘생겨서 사람을 불안하게 만드는 거예요, 정말."

진영은 그가 바로 눈앞에 있는 것처럼 불만을 토로한다. 지금 그녀의 앞에 있는 것은 스크랩한 은성의 인터뷰 기사다. 이 남자를 주목하라, 라는 한 남성 잡지에 실린 인터뷰 기사다. 그것도 무려 세 페이지짜리.

그녀가 가지고 있는 은성의 사진이라고 해봐야 핸드폰으로 찍은 조막만한 것이 전부인데 기사에 실린 그의 얼굴은 너무나도 멋지고 잘생기고 샤프했다. 기사를 본 하영이 정말로 잘생겼다며 입에 침이 마르도록 떠들어댈 정도로 매력적인 모습이었다. 클로즈업된 얼굴 사진과 깔끔한 수트를 입은 전신 사진까지. 무슨 화보 촬영이라도 한 것 같다.

"이러다가 모델 되는 거 아닌가 몰라."

제 눈에 안경에 콩깍지라고 치부해 버리기엔 미남도가 좀 많이 높다. 처음으로 못생긴 남자 친구의 팔을 좋아라 끼고 다니는 여자들이 부러워졌다. 은성이 못생기고 뚱뚱하고 매력이 없었으면 좋겠다. 그가 들으면 배꼽을 잡고 웃을지도 모르지만 정말로 그랬으면 좋겠다.

"한진영, 이젠 별 고민을 다 하는구나."

혼잣말도 부쩍 늘었다. 멍청하게 그렇게 그의 사진을 보다 말고 진영은 화장대로 갔다. 며칠 전에 사다 둔 팩을 얼굴에 꼼꼼하게 붙이면서 거울을 보니 허연 팩에 뒤덮인 자신의 얼굴이 보인다. 묘하게 퀭해 보이는 눈과 최근 체중이 줄은 탓에 기묘하게 밸런스가 어긋난 목과 어깨선까지 하나같이 마음에 드는 것이 없다.

생각난 김에 냉장고로 달려가 잔뜩 사다 둔 치즈케이크를 꺼냈다. 조각조각 포장된 비닐 캡을 열곤 맛도 모른 채 우물우물 먹기 시작한다. 스트레스를 받으면 당장 살이 빠지는 타입인 게 속상하다. 물만 먹어도 살찐다는 하영에게 매번 타박을 듣지만 진영의 입장에선 글래머인 그녀가 정말로 부럽다. 그리고 이런 사소한 것까지 신경 쓰고 고민하는 자신이 바보 같다. 정말로 바보 같다.

때르르르르—

한밤중에 난데없이 핸드폰이 울렸다. 마지막 조각을 입에 털어 넣던 진영은 목이 메는 바람이 팡팡 가슴을 치며 핸드폰이 있는 침대로 몸을 날렸다. 하얀 핸드폰이 아닌 원래 쓰던 검은색의 핸드폰이다. 누군가 해서 액정을 봤지만 번호가 이상했다. 한밤중인데다가 번호도 이상해서 받을까 말까 하던 진영은 혹시나 하고 핸드폰 슬라이드를 올렸다.

─『진영! 너무 늦은 시간이라 걱정했는데. 다행이다.』

낯선 언어가 들려왔다. 북경어었다.

『예? 어. 설마 유준 오빠세요?』

받을까 말까 망설였던 것이 미안해지는 순간이다. 안 받았다면 두고두고 후회했을 전화였다. 진영도 자연스럽게 북경어로 전화를 받았다. 한동안 쓰지 않았던 말인데도 귀로 들려오니 금세 막히지도 않고 술술 잘도 나온다.

─『잘 들리니? 이쪽은 조금 잡음이 있는데.』

정말로 오랜만의 전화였다. 작년 그의 생일 즈음에 통화를 한 것이 마지막이었는데 너무나 미안하고 또 반가웠다. 그는 진영이 쇼 비지니스계에 뛰어들게 한 장본인이자 은인이었다. 경극 배우 출신의 무용수이자 영화배우인 그는 한국에는 잘 알려지지 않았지만 중국에서는 꽤 인지도있는 인물이다.

대학 초년생 시절, 그의 한국 팬클럽 회원이었던 진영은 유준의 한국 방문 팬클럽 행사에 나갔다가 북경어를 능숙하게 하는 팬으로 그의 눈에 들어 그의 한국 체류 내내 반은 로드 매니저로, 반은 그의 통역사로 학업도 내팽개친 채 그를 도왔었다.

조선족 출신이기에 어느 정도 한국말을 할 줄 아는 그였지만 한국에서 계속 체류하며 영화까지 출연하며 지내는 바람에 한국 사정도 잘 알며, 그에 대해서도 잘 아는 진영을 친동생처럼 아끼며 데리고 다녔다. 스캔들이 날 만한 일이었지만 희한하게도 그런 일이 없었다. 일단 무엇보다 나이 차가 꽤 났기 때문일지도 모르고 그의 스타일리스트인 여성 스태프와 함께 다녔기 때문일 수도 있다.

그를 도와 통역을 하며 여러 자리에 동석하면서 이 업계 쪽에서 은근하게 발을 넓히고 안면을 익힐 수가 있었다. 결국엔 학교를 마치고 혹시나 하면서 이력서를 넣었는데 당시 만났던 사람 중 하나인 김세중이 그녀를 알아보고 그의 팀에 그녀를 받아들였던 것이다.

『죄송해요, 최근 일이 좀 많아서 연락도 못 드리고. 잘 지내셨죠?』

생각해 보니 유준의 나이도 벌써 마흔이다. 그는 물론 잘 지냈다고 하면서 진영의 안부를 물었다. 이런저런 이야기를 하다 그는 마침내 전화를 건 본래 목적을 이야기했다. 다음달에 있을 어떤 국제 교류 행사 대표가 돼서 한국을 방문하게 되었다는 것이다.

『오랜만에 뵙겠네요.』

그녀도 일이 있으니 그때처럼 일일이 따라다니며 통역 일을 다 할 수는 없겠지만 적어도 몇 차례 정도는 만날 기회는 있을 것이다. 어차피 한가한 기간이니 이참에 쓰지 못한 휴가를 받아 마음껏 은혜(?)를 갚아볼 수도 있을 것이다.

우울했던 기분이 그와의 통화로 인해 어디론가 사라져 버렸다. 실제로는 차곡차곡 접어서 가슴 한구석에 밀어놓은 것이지만, 그저 잠시 은성에 대한 우울함을 잊을 수 있다는 것만으로도 좋았다.

『예. 그럼 기다릴게요. 입국 날짜 확정되면 연락 주세요. 시간 되면 공항에 마중하러 가겠습니다.』

진영의 말에 그는 기분이 좋은지 얼마든지 부탁하겠다며 웃으며 전화를 끊었다. 진영도 유준을 오랜만에 만난다는 사실에 기분이 좋았다. 역시 뭔가 일이 있는 편이 좋다. 그래야 그에 대해 끊임없이 생각하는 것도, 혼자 우울해하며 땅 파는 것도 잊을 수 있다.

*

공들여 화장을 하고, 매장 직원들을 삼십 분씩이나 시중들게 하면서 고른 로맨틱한 원피스에 카디건을 입고, 그와의 차이를 조금이라도 좁히기 위해 7㎝의 힐을 신고, 조그마한 백에는 언제나처럼 두 개의 핸드폰을 넣고 그를 만나러 나갔다. 약속 장소에 조금 먼저 도착한 은성이 진영을 보고 의외라는 듯 휘익— 하고 휘파람을 불었다.

"웬일이야. 오늘은 차림새가 꽤……."

"어울려요? 이런 타입은 안 입어봐서 조금 어색한데."

"어울려, 어울려. 최고로 귀여워."

섹시해…… 는 역시 안 되는 건가? 진영은 자신의 원피스를 내려다보았다. 로맨틱풍의 옷을 사는 게 아니라 좀 더 섹시한 타입을 살 걸 그랬다.

"진짜 귀엽다. 스물일곱으로 절대 안 보여."

"은성 씨!"

항의하는 진영의 목소리에 하하하 하고 크게 웃어버리는 남자. 7㎝ 힐로 콱 밟아버렸으면 좋겠다.

"곰인형 큰 거 하나 사서 안기면 곰이 걸어가는지 사람이 걸어가는지 모르겠다."

"정말 자꾸 그럴래요?"

"크. 귀여워서 안고 다녀도 되겠다. 진영아, 너 그냥 나한테 시집와라."

구웅— 하고 뭔가 부거운 것이 진영의 심장 위에, 그리고 머리 위에 떨어졌다. 지금 이건…… 프러포즈?

"아참, 오늘은 식당 예약을 안 했는데 어디로 갈래? 배고프다. 이놈의 회사는 여유가 많은 것 같으면서도 은근히 바빠서 밥 먹기가 힘들단 말이야."

"그래도 꽤 즐기고 있는 것 같은데요?"

말은 그렇게 하지만 사실은 조금 불만이다. 아니, 많이많이 불만이다. 둘 중 하나만 바쁘면 데이트하느라 스케줄을 쪼개고 맞추느라 고생하지 않아도 되는데 둘 다 바쁘고 스케줄이 애매한 직장이다 보니 일주일에 한 번 보기가 어렵다. 오늘 만나는 것도 꽤나 힘들었다. 게다가 식사를 하고는 다시 회사에 들어가봐야 한다고 해서 느긋하게 차라도 한 잔 마시고 싶었던 진영은 볼이 퉁퉁 나와 버렸다. 왠지 의무감에서 만나주는 게 아닐까 싶을 정도다. 게다가 자신은 시집오라는 말에 심장이 멈출 것 같은 충격을 받아버렸는데 그는 시집오라고 한 말은 이미 뇌리 속에서 지워 버린 듯하다. 글자 그대로 그냥 농담이었을 뿐이다.

"그러고 보니 또 신문 한 귀퉁이를 장식하셨던데요?"

"그놈의 인터뷰 괜히 했어. 그것 때문에 신상 다 밝혀져서 귀찮아. 그 신문 기사도 그냥 옆 부서 실장한테 끌려 나갔던 것뿐인데 귀신같이 찍어갔던 거라고. 넌 또 그런 걸 잘도 찾는다. 난 몰랐는데."

"어련하시겠어요."

그는 변명도, 그 이상의 설명도 하지 않는다. 그것이 자신을 더 불안하게 만든다는 것도 절대 모른다. 은성은 자꾸만 바빠지고 만나는 것도 수월치 않아지는데 정말로 아무렇지도 않은 걸까? 따지고 보면 그가 집까지 데려다 주지 않은 것도 꽤 되었다. 식사를 마치고 서둘러 다시 사무실로 돌아가는 그의 뒷모습을 보고 있자니 쓸쓸해진다. 정말 이걸로 괜찮은 걸까 하는 의문이 생긴다. 잘되어가고 있는 것인지, 잘하고 있는 것인지, 정말로 우린 연인 사이라고 불러도 되는 것인지 점점 더 자신이 없어져 간다는 것을 그는 알고 있을까. 사실 그는 자신을 사랑하지 않는 게 아닐까. 그저 호감만이 계속 쌓여가고 있는 것일지도 모른다. 혹은 밑밥을 다 뿌리고 먹어치우고 버릴 날만 계산하고 있는 걸지도.

"아아, 진짜 차라리 과감하게 유혹해서 자버리는 게 좋을지도 몰라."

투덜대며 집에 돌아온 진영의 입에서 바보 같은 소리가 자신도 모르게 흘러나왔다. 하지만 그 바보 같은 소리를 진짜 시도해 보고 싶을 만큼 진영은 불안했다. 하루하루 눈덩이처럼 커져간다. 그는 아무렇지도 않고 자신에게도 아무런 일도 일어나지 않았는데. 왜 이렇게 불안한 걸까. 너무 아무 일도 일어나지 않아서 불안한 걸지도 모른다. 눈치라면 둘째가 서러울 남자가 자신이 이렇게나 불안해하는데 왜 눈치 채지 못하고 있는 걸까 하는 마음마저 생긴다. 결국 그녀의 이유없는 불안은 또 다른 현실이 되어 나타났다.

그날은 아침부터 묘하게 지겨운 느낌의 하루였다. 날도 이상 기온으로 여름 날씨같이 후텁지근했고 몸은 축축 늘어졌다. 그나마 다행인 것은 오후엔 지루한 사무실 지킴이 대신 외출을 한다는 점이리라.

오늘은 얼마 전 전화를 했던 유준이 입국을 하는 날이라 공항까지 마중을 간다. 담당하는 공연도 없고 새로운 공연 기획이 떨어진 것도 없어서 마음만은 나름 가뿐했다. 진영은 수아와 가볍게 점심을 때운 후 인천 국제 공항으로 향했다. 입국 게이트에 카메라를 든 기자 몇 명이 보였다. 한국에선 그리 인지도가 높지도 않고 입국 소식이 크게 알려진 것도 아니지만 그래도 중국의 유명 배우라고 입국 인터뷰를 따러 온 모양이다.

　비행기는 이미 도착한 상태라 진영은 입국 심사를 마치고 어서 나와주길 기다렸다. 한참을 기다리자 그와 함께 온 일행으로 보이는 몇몇 중국인들이 게이트를 빠져나오기 시작했다. 교류 대표라고 하더니 인원이 꽤 되는 모양이었다. 잠시 후 그녀가 기다리던 사람이 보였다. 진영은 반가운 마음에 얼른 손을 흔들었다. 몇 년 만에 보는 유준은 조금 더 나이가 들어 보였지만 여전히 멋진 모습이었다. 그도 진영을 알아보고 손을 흔들었다. 입국장은 금세 인터뷰장이 되어버렸다. 플래시가 터지고 대표인 유준에게 마이크를 든 기자가 다가갔다. 유준은 한국말로 인터뷰를 하다가 뭔가 답답한지 진영에게 손을 흔들었다. 통역을 해달라고 하는 듯했다. 진영도 거절할 이유도 없기에 담담하게 다가가서 통역을 했다. 마지막에 마이크를 거둔 기자가 진영이 누구냐고 묻자 유준이 웃으면서 자신의 한국 에이전트라고 소개를 했다.

　"아, 아니에요. 그냥 예전에 잠시 로드 매니저를 했을 뿐입니다."

　애교있게 웃으며 말하는 진영을 보고 유준도 빙그레 미소를 지었다. 그것을 끝으로 인터뷰가 끝났다.

　유준의 배려로 진영은 준비된 차량에 동승해서 회포도 풀고 식사 자리에도 참여했다. 끊임없이 쏟아지는 북경어에 너무 정신이 없었지만 꽤 즐거웠다. 유준이 중국에서 가져온 술도 한잔 받아 마시고 진영은 나름 기분 좋게 보람찬 하루를 보냈다고 생각하며 집으로 돌아가는 전철에 몸을 실었다.

그렇다. 그날은 그렇게 기분 좋게 끝나야 했다. 그런데 지하철에서 내려 계단 쪽으로 가던 진영의 눈에 이제 막 정리가 되기 시작한 신문 가판점이 눈에 띄었다. 왜 눈에 그렇게 띄었는지 진영도 알 수가 없었다.

두 개나 되는 스포츠 신문을 구독하고 있으면서 왜 또 스포츠 신문에 눈이 갔는지는 아무도 알 수 없다. 표제도 평범하게 외국에 진출한 한국인 플레이어에 대한 소식으로 장식되어 있어 진영의 눈길을 끌 만한 것도 없었는데 왜 진영은 그 신문을 집어 든 걸까. 아무 생각 없이 집어 든 신문의 값을 치르고 조금은 지친 몸을 이끌고 기계처럼 열쇠를 들어 문을 열고 안으로 들어가 침대에 풀썩 몸을 던졌다. 술기운으로 몸이 노곤한 탓에 금방이라도 잠들어 버릴 것 같다.

"안 돼. 화장은 지워야지."

그의 앞에서 섹시한 매력을 풍기며 지나칠 수많은 여배우들을 생각하면 절대로 그대로 잘 수는 없다. 무거운 몸을 일으켜서 귀걸이도 빼고 클랜징 티슈를 뽑아 입술을 닦아낸다. 보일러의 온수 버튼을 누른 다음 지하철 가판대에서 별생각없이 집어 온 스포츠 신문을 펼쳤다. 한장한장 무심히 헤드라인을 읽으며 신문을 넘긴다. 스포츠 신문답게 온통 야구며 축구 관련 기사들뿐이다. 그렇게 아무 생각 없이 신문을 넘기던 진영이 순간 툭 하고 손에 들고 있던 신문을 떨어뜨렸다.

화사하게 웃는 여배우가 그녀를 바라보고 있었다. 나이 스물여덟의 중견 배우이면서 최근 드라마와 영화에서 눈부신 활약을 하고 있는 인기 절정의 베테랑 여배우였다. TV를 틀면 그녀가 출연한 CF가 서너 개쯤은 줄줄 나오는 우아하고 아름다운 여배우 이주연. 기사는 그녀의 결혼 소식에 대한 것이었다. 문제는 상대였다.

〈상대는 (주)KG 엔터테인먼트의 이은성 실장으로 알려졌다. 이들은 최근······.〉

그냥 평범한 추측성 기사였어야 한다. 하지만 이어진 기사는 절대 추측성 기사가 아니었다. 기자가 여배우를 직접 인터뷰하고 실은 기사였다. 아직 날짜는 정해지지 않았지만 가을쯤엔, 이라는 기사를 보고 진영은 눈을 감아버렸다.

"이건 거짓말이야. 또 홍보성 스캔들일 거야."

분명 그럴 것이다. 그는 분명 아무렇지도 않은 얼굴로 스포츠 신문이 원래 그렇지라고 말할 것이다. 잘도 찾아본다고 오히려 핀잔을 줄 것이다. 틀림없이, 반드시 그럴 것이다. 그를 만나야 했다. 그래서 물어봐야 한다. 이건 틀림없는 추측성 기자겠죠? 설사 진짜라고 해도 그냥 영화를 위해서 잠시 그러는 척하는 거겠죠?

툭툭 신문 위에 눈물방울이 떨어진다. 오늘은 즐거운 날이었다. 지루하면서도 정신없고 그러면서도 기분 좋은 하루로 마감되어야 했다. 불안은 그저 자기 자신의 우울함 때문이어야 한다. 사소한 것에, 아무것도 아닌 신문 기사 하나에 이렇게 무너져서는 안 된다. 그를 믿어야 한다. 자신과 사귀자고 말했을 때의 그를. 짓궂은 말을 해서 자신이 토라지면 하하하 웃어버리던 그를 믿어야 한다. 시집올래 하며 던졌던 말이 사실은 진심이 섞인 농담이기를 바란다. 아니, 진심이었으면 한다.

"여보세요?"

자신도 모르게 손에 든 하얀 핸드폰. CF의 카피대로 사랑하기에 주고 싶은 여자는 자신이어야 한다.

[어? 다 늦은 시간에 웬일이야?]

"바빠요?"

[바쁘다기보다는…….]

말 흐리지 말아요. 난 그것만으로도 불안해져요.

"혹시 만날 수 있어요? 어디든 괜찮아요."

[갑자기 왜 그래? 무슨 일 있었…… 잠깐만. 아닙니다.]

그의 옆에서 누군가 말을 거는 모양이다. 정중한 목소리로 보아 일을 하고 있었던 걸지도 모른다는 생각이 들었다.

"바쁜 거면…… 괜찮, 아니, 괜찮지 않아요. 만나고 싶어요."

[일이 있긴 한데, 좀 늦은 시간도 괜찮으면 가지.]

"네. 기다릴게요. 전화 주세요. 저는 집에 있어요."

[그럼 일 끝나면 집으로 갈게. 일단은 끊는다.]

속절없이 끊어지는 통화. 진영은 핸드폰을 두 손으로 꼭 잡고 고개를 숙였다. 바보 같다고 해도 어쩔 수 없다. 확인하고 싶어. 진심으로.

눈물을 흘리며 바닥의 신문을 치우고 화장을 지웠다. 그러는 와중에도 눈물이 자꾸만 났다. 왜 우는지도 모르니 그치지도 않는다. 우는 얼굴을 식히려 찬물을 틀었다가 결국 샤워까지 해버렸다. 그러고 나서야 머리가 식고 눈물도 말랐다. 불안하게 흔들리던 마음이 조금 가라앉자 자신이 지금 무엇을 하려는지 확실히 깨달았다.

"난 도박을 하려고 하는 거야."

더 이상 불안하지 않게 위해서 도박을 하려고 한다. 판돈은 바로 자신, 그리고 자신의 마음. 그 모든 것을 걸고 위험한 도박을 한다. 모가 아니면 도. 그녀가 하려는 도박은 그녀가 할 수 있는 마지막 시도이자 확인 작업이다.

그는 코웃음을 쳐버릴지도 모르지만 진영은 진지하기만 했다. 시간이 지날 때마다 결심은 더 더욱 굳어져만 갔다. 그를 붙들 수 있다면 그것만으로도 좋다. 만일 이 도박으로 그의 진심을 알게 된다면 그것도 좋다. 어느 쪽이든지 결말이 날 테니까. 결심이 단단해지자 용기마저 생긴다. 만용이라고 해도 상관없다. 냉장고에 넣어두었던 와인을 꺼내 유리잔에 따르며 흔들리는 붉은 액체를 본다. 술에 취하는 쪽이 좋을지도 모른다. 술에 취해서 그런다고 생각해 줄지도 모르니까.

차가운 액체가 그녀의 몸을 조금씩 조금씩 얼려간다. 얼어붙은 몸을 녹여줄 그를 기다리며 진영은 또 한 잔, 붉은 액체로 몸을 적셨다.

은성은 황급히 끊어버린 핸드폰을 손에 들고 물끄러미 내려다보고 있었다. 눈앞의 일이 급해서 일단 끊었건만, 뒤끝이 좋지 않다. 작은 핸드폰에 마치 일 톤쯤 되는 감정이 담겨 있는 것 같다.

달칵—

손가락에 낀 반지에 핸드폰이 닿아 소리가 난다. 그는 몇 번이나 핸드폰을 굴려 달칵거리는 소리를 들었다. 이렇게 핸드폰이 반지와 닿아 소리가 나는 것처럼, 무엇인가가 그녀의 마음을 두들기고 있는 것일 수도 있다는 느낌이 들었다. 무엇인가가 그녀를 불안하게 하고 있는 거다.

"이 실장님, 회의 시작됩니다."

"아아, 곧 들어가겠습니다."

지금 당장 달려갈 수 없는 현실이 안타깝다. 그가 할 수 있는 일은 난감한 사항들이 잔뜩 기다리고 있는 저 회의를 단 십 분이라도 빨리 끝내는 것뿐이었다.

7

어긋남

늦은 밤, 집 앞까지는 수도 없이 왔지만 직접 진영의 원룸에 처음으로 발을 디딘 그는 의외의 광경에 조금 놀라고 있다. 평소 그런 전화를 할 진영이 아니기에 뭔가 일이 있나 싶어 피곤함을 무릅쓰고 차를 몰아 달려온 그다.

차를 몰고 오는 그의 머릿속에선 오만 가지 생각이 다 떠올랐었다. 그녀가 그렇게 간절한 목소리로 전화를 할 정도로 자신이 그녀를 섭섭하게 만들었나 반성도 했다. 하지만 스스로에게 변명을 하자면 정말로 바빴었다. 해외에서의 경험이 있다지만, 그리고 무려 실버 엔터테인먼트의 임시 CEO 직을 맡았었다고 하지만 그가 새롭게 맡은 일은 그렇게 가볍게 손가락 까닥이는 것만으로 끝나는 일이 아니었다. 각오하기도 했었고, 알고 있는 사실이기도 했다. 그래서 더욱 신경을 쏟았다. 그러다 보니 조금, 진영을 만나는 시간이 줄어버렸다. 최대한 시간을 내기 위해서 하루라도 빨리 자신이 처음으로 맡은 프로젝트를 정상 궤도에 올리기 위해 밤낮없이 시간을 보냈다.

바쁜 것은 은성뿐만이 아니다. 진영 역시 그와 만나기 힘들 정도로 바빴다. 그러니까 이해해 줄 것이라 생각했다. 벨을 누르고 문이 열리길 기다릴 때까지만 해도 적당히 이야기를 들어주고 무슨 일인지 모르지만 달래주고 돌아가면 되겠단 생각을 했다. 내친김에 하룻밤 자고 가겠다고 하면 또 펄펄 뛰겠지 하며 미소마서 시었다. 그런데 이게 웬일인가?

"술 마셨어?"

"네, 조금요. 마실래요? 방금 새 병 하나를 오픈했는데."

새하얀 홈드레스를 입고 있는 진영의 얼굴이 발그스름했다. 조금이라고 했는데 벌써 한 병을 다 비웠으니 와인이라고 해도 평소의 그녀라면 취할 만한 양이다. 그가 알기로 진영은 술을 잘 마시는 편이긴 해도 곤드레만드레 취하는 형은 아니었다. 언제나 적당하게 그녀의 신조였으니까.

"왜 그렇게 마셨어."

은성은 목을 조이고 있던 넥타이를 풀어내고 상의를 벗어 내려놓고 진영이 손짓하는 대로 조그마한 테이블 앞에 앉았다. 진영은 그의 앞에 쪼그리고 앉았다.

사실은 은성의 옆에 안고 싶었는데 왠지 그럴 수가 없었다. 평소 여기저기서 보았던 연인들은 언제나 한자리에 꼬옥 몸을 붙이고 앉아 있었다. 그들은 스스럼없이 자연스럽게 몸을 붙이고 앉아 서로에게만 들릴 작은 목소리로 사랑을 속삭이며 뭐가 그렇게 좋은지 연신 웃음을 터뜨린다. 그들은 남의 눈도 상관하지 않고 키스를 나누고 은은한 페팅마저 서슴지 않는다. 그런데 그녀는 어떤가. 집에까지 초대해 놓고도 그의 옆에 앉지를 못한다. 그도 자신의 옆으로 오라는 말 한마디 하지 않는다.

"그냥 이래저래 서러워서요."

술이란 좋은 거다. 평소엔 하지 못하는 말을 조금이나마 겉으로 꺼낼 용기가 생기니까.

"계속 바쁘시네요. 요즘은 무슨 일 해요?"

"언제나 하는 일이지. 그런데 뭐가 그렇게 서러워."

그래, 지금 이럴 때 서러워요. 나는 언제나 나한테 있었던 일들을 이것저것 당신한테 말하는데 당신은 언제나 그냥 아무렇지도 않게 넘기면서 아무 말도 안 해주니까, 중요한 것은 아무것도 말해주지 않는 게 서러워요.

"글쎄요? 마셔요. 꽤 괜찮은 와인이에요."

그가 말하지 않는다면 그녀도 말하지 않을 것이다. 자존심 상하게 당신이 아무 말도 안 해줘서 화가 나고 불안하고 슬프다고 다 말할 수 있을 것 같아?

"좋군."

"그렇죠? 전에 어디선가 마셨던 와인인데 마음에 들어서 종종 사다 놓곤 해요."

"피곤해도 오길 잘했다. 너 술 취해서 해롱거리며 푸념하는 것도 들어보고."

아니야. 그게 아니라고!

"취하지 않았어요. 아니, 조금 취했을까."

그렇게 말하는 지원은 조금 쓸쓸해 보였다. 하지만 이내 고개를 젓더니 몸을 구부려 무릎으로 조금씩 은성의 옆으로 다가갔다. 그 옆에 쪼그리고 앉아서 고개를 기울여 은성의 어깨에 살짝 기댔다. 그가 움찔 몸을 굳히는 게 느껴진다.

"지원아."

"왜요?"

"이러고 있다가 잠드는 건 아니지?"

"……"

그래, 끝까지 장난이야.

"움찔하는 걸 보니 내가 핵심을 찔렀나 보군. 하하하."

웃음이 섞인 낮은 목소리에 몸 깊숙한 곳이 떨린다. 살며시 그의 얼굴이 내려온다. 진영도 거부하지 않고 순순히 그의 입술을 받아들였다. 마주 닿은 그에게서 희미한 코롱 향과 그보다 더 짙은 그의 체취가 풍겨 나온다. 와인의 향보다 훨씬 더 그 향에 취해 버릴 것 같다.

"와인 맛 키스군."

속삭이는 목소리가 피부 위로 퍼지고 스며든다. 가느다란 목에 그의 손가락이 와 닿았다. 드러난 목과 어깨를 손가락으로 천천히 음미하며 은성이 가볍게 신음 소리를 냈다.

"너, 반칙이야."

꿀꺽하고 그가 목을 울렸다. 의아하다는 듯이 살짝 고개를 갸웃하는데 그의 팔이 진영의 목에 감겨왔다. 조금 전의 부드러운 키스와는 다른 격렬한 키스가 그녀의 모든 것을 집어 삼켰다. 그의 부드러운 혀가 강하게 그녀를 휘어잡고 헤집어놓는다. 그것은 치열을 더듬고 민감한 입천장을 안에서부터 핥아 치아와 천장이 맞닿은 부분에 멈추었다. 투명한 타액이 두 사람 사이에 살짝 이어졌다 끊어졌다.

은성은 입술을 떼고 진영의 얼굴을 잠시 아무 말 없이 내려다보았다. 애원하는 듯 두 눈동자가 젖어 있다. 잔잔하게 흔들리는 눈동자에 그야말로 사로잡혀 버린다. 남자는 이런 눈에 약하다. 게다가 지금 진영은 명백히 그를 유혹하고 있다.

"......"

잘 들리지 않는 조그마한 목소리가 그의 목구멍 안을 맴돈다. 그러더니 결심했다는 듯, 잠겨져 있는 셔츠의 단추들을 급하게 풀어내 버렸다. 젖어 있는 진영의 눈을 보고 중얼거린다.

"술 취한 여자를 안는 취미는 없었는데."

아주 잠깐 스쳐 지나가는 말에 진영의 손가락이 꿈틀거렸다. 상처 입었다. 하지만 지금 그는 자신을 내려다보고 있다. 그 어두운 두 눈에 가득 찬 것은 자신을 향한 욕망. 가슴이 작아도 술에 취했어도 아무런 상관이 없다. 그는 지금 그녀를 원하고 있다.

'지금은…… 이것만으로도 좋아.'

안아주길 바라며 어깨를 움츠리는 순간 은성이 그녀의 어깨에 손을 뻗었다. 물이 흐르듯 그녀의 어깨에서 팔로 그의 손이 내려가고 어깨에 걸려 있던 홈드레스의 얇은 끈이 그의 손을 따라 흘러내렸다. 진영이 아주 조금 뒤로 물러서자 그의 팔이 진영의 몸을 안아 침대 쪽으로 밀어붙였다. 주름 하나 없던 침대 시트가 구겨지며 진영의 몸이 그 위로 밀려 올라갔다. 끼익 하는 침대 소리가 그의 몸이 자신의 위로 올라왔다는 것을 알려준다.

바로 위에서 은성의 어두운 눈이 자신을 내려다본다. 탄탄한 팔의 근육을 따라 그를 음미해 보았다. 그는 꼼짝도 안 하고 진영이 하는 행동을 지켜보고 있었다. 손가락 밑으로 긴장하는 근육이 느껴진다. 단단하게 뭉쳐지고 숨을 내쉴 때마다 살짝 풀어진다.

은성의 눈은 술기운에 달아 빨갛게 달아오른 얼굴과 귓가를 지나 가느다란 목선과 부끄러운 듯 떨리고 있는 가슴의 곡선을 훑었다. 눈길로 받는 애무는 너무나도 부끄러웠지만 그 감촉마저도 진영의 가슴을 들뜨게 했다. 미동도 않고 있던 그의 손이 진영의 시야 밖에서 움직였다. 가슴에서부터 치맛자락까지 일

렬로 늘어서 있던 홈드레스의 버튼들이 순식간에 분리되어 버렸다. 순식간에 그의 눈앞에 진영의 가느다란 몸이 드러났다. 은성의 숨이 거칠어졌다. 그녀의 작은 몸이 두터운 은성의 가슴 아래로 사라진다. 진영은 몰랐지만 아무 생각 없이 갈아입은 순백의 속옷이 어두운 불빛 아래서 은은하게 빛을 반사하며 그녀의 몸매를 돋보이게 하여 그를 자극하고 있었다.

떨고 있던 가슴 위에 입술이 내려앉고 그의 손가락이 아직도 그녀의 몸을 살짝 가리고 있는 얇은 드레스의 안쪽으로 파고들어 연한 살을 어루만졌다. 가슴 위에서 작은 목소리가 들려왔다. 거칠게 내뱉는 그의 목소리엔 다급함이 담겨 있었다. 가슴에 닿았던 그의 입술이 갑자기 사라지더니 찰칵거리는 소리가 들리고 무엇인가 바닥에 떨어지는 소리가 이어졌다.

그의 일거수일투족에 마음을 빼앗기고 시선을 빼앗긴다. 그의 모든 것이 진영을 지배하는 것 같다. 지금 이 순간만큼은 그는 자신의 것이었고 진영 역시 그의 것이었다. 나를 보아주었으면 좋겠다. 그를 기다린 자신의 마음을 바라보아 주었으면 좋겠다.

"아……"

희미한 신음 소리가 진영의 귀에 들린다. 그의 것이 아니라 자신의 목에서 나온 작은 신음 소리. 촉촉한 감각이 가슴과 팔이 이어지는 부분에서 느껴진다. 여린 살을 몇 번이나 머금고 새하얀 속옷에 싸여 있는 가슴 위에 그의 손이 얹어졌다가 물

흐르듯이 옆구리를 파고들었다.

톡 하는 소리와 함께 답답하던 가슴이 시원해졌다. 드러난 작은 가슴과 유두에 그의 입술이 미끄러져 왔다. 새카만 그의 머리카락이 시야에 나타났다가 사라지고 또 나타났다 사라진다. 탄탄한 그의 팔에서 가슴으로, 그리고 어깨로, 목으로 진영의 손도 움직인다. 촉촉한 진영의 눈에 그를 향한 열망이 떠오른다. 가슴을 덮는 손의 느낌에 몸이 긴장된다. 떨리는 마음과 기대의 마음이 뒤섞여 그의 손길 하나하나에 반응해 버린다.

온통 곤두선 진영의 감각은 은성의 움직임과 그의 숨소리를 모조리 느끼기 위해 애를 쓰고 있었다. 눈물이 날 것 같았다. 그녀는 은성이 자신의 숨소리에, 자신의 신음 소리에 자신의 몸짓에 가슴을 떨어주었으면 한다.

"진영아, 진영아."

애달픈 듯한 목소리와 함께 그의 시선이 진영과 마주친다. 이마에, 코에, 그리고 눈가에 그의 키스가 떨어진다. 떨리는 입술을 살짝 벌려 키스를 원해보지만 그는 그녀의 바람은 아랑곳하지 않고 귓가로 파고든다. 그의 목에 팔을 감아 힘을 준다. 조금 더 조금 더 이 마음이 흔들리지 않게 붙들어줘요.

피부처럼 얇게 진영의 몸에 붙어 있던 마지막 속옷이 그의 손가락에 밀려 내려가다 멈춘다. 그의 다리가 아직도 몸에 걸려 있는 작은 천 조각을 내리누르자마자 그의 몸이 썰물처럼 위에서 아래로 밀려 내려갔다.

앗 하는 사이에 알몸이 되어버린 진영이 자신도 모르게 다리를 움츠리려 했지만 파고든 그의 몸이 그것을 용납하지 않았다.

긴장된 근육으로 감싸인 다리에 진영의 여린 살이 쓸린다. 아픈인지 쾌감인지 모를 야릇한 감각에 몸이 젖어 들어간다. 커다란 손이 언제나 옷 속에 감추어져 있던 허벅지 안을 쓰다듬어 올렸다. 들썩이며 움직이는 진영의 허리를 그의 손이 지그시 내리눌렀다. 포옥 들어가 있는 배꼽에 그의 엄지손가락이 파고든다. 은근한 감각에 진영이 허리를 뒤틀었고 그와 동시에 뜨끔한 감각이 허벅지에서부터 단숨에 타고 올라왔다. 단단한 은성의 치아가 부드러운 진영의 허벅지에 빨간 자국을 남긴 것이다. 그녀가 자신의 것임을 각인하듯 은성은 하나둘 빨간 자국을 늘려간다.

입술을 깨물고 그의 체취에 점령되어 가는 감각의 끈을 놓치지 않기 위해 애를 썼다. 순간 그녀의 입에서 목구멍 안쪽으로 신음 소리가 넘어간다. 그의 손가락이 얕은 수풀을 헤치고 파고들어 가는 순간 여린 허리가 시트에서 떨어져 들렸다.

그의 손가락이 주는 감각이 전류처럼 진영의 몸 안으로 파고든다. 혈관을 지나 손가락 끝까지 흘러가던 전류가 타다닥 소리를 내며 타올라 피부가 따끔따끔해진다. 그의 손가락이 움직일 때마다 진영의 엉덩이와 허리가 떨렸다. 옴폭 파인 배꼽에 혀를 밀어 넣었다가 흔들리는 허리 쪽으로 넘어가 꼭 깨물어 또 하나의 자국을 남긴다.

수풀 안을 더듬는 손가락은 목적지를 등지고 입구를 동그랗게 맴돌면서 진영의 민감한 감각을 애태우고 또 애태웠다. 흔들리던 다리를 당겨 그의 몸을 감싸 애원해 보지만 그의 손가락은 멈추지도, 그렇다고 진영이 바라는 확실한 쾌감도 주지 않은 채 놀리듯이 움직였다.
　"은성 씨······."
　뜨거운 한숨과 함께 흘러나온 자신의 이름에 그의 움직임이 살짝 멈춘다. 그의 숨소리에 웃음기가 묻어난다 싶은 순간 진영이 날카로운 신음 소리를 냈다. 몸을 내리누른 그의 가슴을 순간적으로 밀어냈지만 그의 탄탄한 몸은 미동도 하지 않았다. 오히려 그의 팔이 진영의 상체를 끌어당겼다.
　"아흑······."
　상체의 무게와 함께 안으로 파고든 그의 손가락이 더욱 깊숙이 들어왔다. 진영은 그의 가슴에 안긴 채 목에 매달린다. 다급한 듯 그의 손 하나가 진영의 팔을 풀어내 자신의 허리 쪽으로 잡아당겼다. 말하지 않아도 그가 무엇을 원하는지 알 수 있다. 진영의 손이 떨린다. 자꾸만 떨린다. 내려간 손가락 사이로 자신을 원하는 그의 남성이 닿았다. 손이 닿자마자 그가 얼마나 자신을 원하는지 깨달았다. 힘이 들어간 그의 남성은 진영의 손길을 원하고 있었다. 진영이 가슴이 두근두근거린다. 뜨거워진 그의 남성에 손가락을 감고 천천히 어루만지며 그를 달랬다. 그와 하나가 되고 싶은 마음은 진영도 은성과 마찬가지다. 불편한 자세인데도 아무런 느낌도 들지 않는다. 아니, 모든 감각은 그와 맞닿아 있는 곳에 쏠려 있다.

시간이 어떻게 흘러가는지도 모른 채 그저 몸으로 느끼는 감각에만 집중하고 있었다. 안을 파고드는 은성의 손가락이 계속 움직이면서 진영의 좁은 입구를 넓힌다. 그 감각에 의지해 점점 대담해진 진영의 손이 그의 남성 끝을 살짝 문지르는 순간 손가락이 촉촉하게 젖어왔다. 그의 허리에 힘이 들어가는 게 느껴진다. 순간 진영의 몸이 그의 손에 밀려 털썩하고 침대에 떨어졌다.

뜨거운 숨이 얼굴에 귀에 목에 쏟아진다.

"무서워하지 마."

"무…… 않아요."

"젠장. 괜찮은 거야?"

그가 걱정하는 것이 무엇을 묻는지 어리둥절했다가 다음 순간 깨닫는다. 그녀의 유혹에 결국 몸을 겹쳤지만 아무런 준비도 하지 않았기에 망설이는 것이다.

"괜찮아…… 요."

"후회 안 해?"

"후회할 것…… 없어요. 정말로 괜찮아요."

잦아드는 목소리에 그의 남성을 애무하던 손을 그가 거칠게 당겨 버린다. 답답하도록 안을 채우고 있던 손가락이 젖은 소리와 함께 살며시 빠져나간다. 형언할 수 없는 허전함에 떠는 그녀의 다리를 더 넓게 벌리며 그의 몸이 바짝 다가온다.

후욱— 하는 숨소리가 들리고 젖은 입술이 그에게 삼켜진다. 촉촉하게 젖은 입구에 뜨거운 그의 남성이 맞닿았다. 아랫도리가 뻐근해지며 아파온다. 재촉하듯 살짝 허리를 비트는데 꾸욱 하고 그가 허리를 올렸다. 가슴과 가슴이 맞닿아 꼿꼿하게 일어선 유두가 그의 가슴에 스치고 지나갔다.

그의 목에 감았던 팔에 조금씩 조금씩 힘이 들어간다. 긴장감이 온몸을 감싸고 놓아주지 않는다. 그의 남성이 좁은 입구를 꽈악 막는 것처럼 다가왔다가 다음 순간 힘차게 파고들었다. 소리가 되지 못한 신음 소리가 목 안으로 사라지고 진영은 아찔한 감각에 몸을 떨었다. 파고든 그의 몸이 움직이지 않는다. 몸을 감쌌던 긴장감이 반짝이는 땀방울이 되어 이마를 적신다.

"아프지 않아?"

진영은 애써 고개를 저었다. 그의 마음과 진영의 마음이 녹아내려 한꺼풀 그들의 위로 덮인다. 그가 천천히 허리를 움직이기 시작했다. 두근대는 심장 소리가, 보다 더욱 느리게 움직이는 그의 남성이, 그의 체취에 취해 있던 진영의 감각을 다시 일깨운다. 좁은 입구에 밀려 들었다가 빠져나가는 감각에 소름이 돋는 듯했다. 두근대는 심장이 조금씩 아래로 내려간다.

한껏 다가왔다가 끝부분만을 남기고 다시 떨어져 나간다. 미묘한 느낌에 진영의 발끝까지 전류가 흘러간다. 다리 전체에 힘이 들어갔다가 다시 빠지는 것이 수차례 반복되었다. 숨소리가 거칠어진다. 살갗과 살갗이 부딪쳤다가 떨어지는 소리가 조그마한 원룸의 천장 위로 올라갔다가 떨어져 숨소리와 숨소리에 섞여 사라지고 또 나타난다.

자꾸만 도망가듯 위로 움직이는 진영의 허리를 그의 단단한 손이 잡아채 꼼짝도 할 수 없이 그 자리에 묶였다. 잠시 움직임을 멈추나 했지만 다음 순간 그의 몸이 강하게 철썩 소리를 내며 부딪쳐 왔다. 진영의 가슴이 요동치고 허리가 휘어졌다. 그리고 정신없이 그의 모든 것이 밀려 들어왔다. 아래로 미끌어지듯 떨어져 내린 심장이 그와 연결된 곳에서 뛰는 것 같았다. 숨을 내쉬는 것도, 들이마시는 것도 할 수 없을 만큼 그녀의 모든 것을 가져가 버리는 듯했다.

그녀의 몸 안에 자신을 깊게 묻은 은성의 몸에서도 땀이 송골송골 배어나온다. 점점 짙어지는 체향에 취하고, 그가 내뿜는 뜨거운 공기에 달아오르고, 그가 주는 감각에 온몸을 적신다. 색스럽게 울리는 젖은 소리가 피부가 부딪치며 나는 소리 사이로 엮여 들어간다.

흐느끼듯 울리는 진영의 몸이 휘어진다. 어찌할 바를 모르고 흔들리는 어깨가 세워지고 진영은 짜릿한 감각에 눈을 감았다. 눈가에 흘러나온 눈물이 배어나온 땀방울과 어우러져 시트 위에 톡톡 소리를 내며 떨어진다. 움직이지 못하게 꼭꼭 붙들어져 있던 허리가 잠시잠깐 해방된다. 진영은 허리를 비틀었다. 그의 나직하게 목을 울리는 소리가 난다.

자신이 느끼는 감각을 그도 느꼈으면 좋겠다. 자신의 모든 것을 주고 그의 모든 것을 얻고 싶다. 몸 전체를 울리고 피부를 물들인 감각이 연기처럼 피어오른다. 조금 찌푸려진 미간마저 황홀한 표정으로 내려보던 은성이 진영의 날씬한 발목을 잡아 지그시 내리눌렀다가 살며시 밀어 올리며 온몸으로 묵직하게 내리눌렀다. 화악 하고 더운 기운과 함께 그의 상체가 진영의 가슴을 쓸어 올렸다. 파르르 떨리는 어깨에 그가 입을 맞춘다.

아름답다고 속삭여 준다. 그와 연결된 곳은 조금 더 쾌감을 달라며 호소하지만 그는 너무나도 여유있게 어깨에 입을 맞추고 진영의 귓가를 유린한다. 결국 참지 못한 진영이 먼저 아주 조금 허리를 움직였다. 살며시 뜬 눈에 그의 얼굴이 보였다.

"짓궂…… 어 너."

단어인지 숨소리인지 구분 가지 않는 말소리와 함께 그가 격하게 허리를 밀어 올렸다. 강하게, 약하게, 집요하게 진영의 안으로 파고들며 리듬을 올려간다. 하읔, 하읔 하며 진영이 신음 소리를 내면 더욱더 강하게 숨도 쉬지 못할 듯 밀려오고, 입을 벌리면 다시 약하게 잦아들었다. 그는 허리를 둥글게 돌리며 가뜩이나 전류에 감전되어 끊어지기 직전인 감각들을 더 이상 느끼지 못할 정도로 진영을 몰아붙이고 또 몰아붙였다.

리드미컬하게 움직이는 그의 움직임에 따라 진영 역시 자신도 모르게 허리를 흔들기 시작했다. 생각 같은 것을 할 수 있는 상태가 아니었다. 그저 느끼는 것만으로 살아 있음을 증명할 수 있을 뿐이다. 그와 연결된 곳이 타는 듯 뜨거워진다고 생각한 순간 강렬한 쾌감이 몸의 중심에서부터 일직선으로 등골을 타고 올라가 그녀의 모든 것을 마비시켰다. 진영은 자신도 모르게 그녀의 몸 안을 가득 채운 그를 조여 버렸다. 발가락 끝까지 파르르 떨리는 진영의 몸 위에서 은성도 금세 절정으로 치달아 올랐다.

축축 늘어지는 무거운 몸을 은성이 금방이라도 깨져 버리는 유리 인형처럼 조심스럽게 욕실로 옮겼다. 지나치게 달아오른 피부는 온통 분홍색. 그가 손을 대기만 해도 진영은 신음 소리를 흘렸다.

"적당히 안 하면 내일 일어나지도 못할 거야."

그녀의 반응에 은성도 몸이 꽤나 달아오른 모양이었다. 눈이라도 흘기고 싶었지만 힘이 빠진 몸은 그런 작은 몸짓도 허락하지 않았다.

진영은 간신히 욕조 안으로 한 발을 내디뎠다. 하지만 오랜만에 혹사시킨 몸은 후들후들 떨려 진영은 그 자리에 그대로 멈추어 버린다. 그때 톡 하고 무엇인가 진영의 다리 사이에서 주르륵 흘러 욕실 바닥에 떨어져 내렸다. 뒤에서 낮게 욕설이 들려온다.

"은성 씨?"

욕실의 은은한 빛을 반사하는 나신, 다리를 타고 흐르는 희미한 색의 액체. 그녀를 자신의 것으로 만들었다는 증거가 또 한 번 그를 뜨겁게 달구어 버렸다.

"은성 씨……."

밀려오던 졸음을 참지 못해 우물거리는데 은성이 그녀의 몸을 가볍게 들어올린다. 잔뜩 민감해져 부풀어 오른 몸의 중심으로 그의 손가락이 파고든다.

"아흑……."

갑작스런 자극에 진영이 신음 소리를 흘리며 무너져 내렸지만 은성의 팔이 탄탄하게 그녀를 받쳤다. 미안이라는 작은 목소리가 그의 남성과 함께 다시 뒤에서 파고들었다. 떨리는 그녀의 몸을 끌어안고 그가 끊임없이 미안하다는 말을 그녀의 귓가에 키스와 함께 퍼부었다.

괜찮아요, 당신이 나를 원한다는 것을 확인할 수 있다면.

그녀의 입술 대신 그녀의 몸이 그를 받아들이는 것으로 대답을 대신한다. 젖은 타일에 그녀의 몸이 밀착되어 단단한 벽이 그녀의 몸을 가로막는다. 도망가지도 못하지만 도망갈 생각도 없는 그녀에게 그는 끊임없이 밀려왔다.

수마가 그녀의 다리를, 팔을, 온몸을 내리눌렀다. 완전히 잠에 취해 눈을 감기 직전 그녀의 몸이 부드럽게 침대 위에 내려졌다. 진영은 부드러운 베갯잇에 얼굴을 묻으며 눈을 감았다. 지금이 꿈인지 현실인지 구분할 수조차 없다. 그렇게 단잠에 빠지려는 그녀의 귀에 은성의 낮은 목소리가 환청처럼 들려왔다.
"미안해."
달콤했다.
"나는 나쁜 남자다. 날 너무 사랑하면 안 돼."
마지막 말은 정말로 환청처럼 그녀의 귓가를 맴돌았다. 깨어나 무슨 의미인지 묻고 싶었지만 진영은 그대로 의식을 놓아버린 채 깊은 수면 밑으로 빠져들었다.
은성은 진영의 어깨 위로 이불을 끌어 올렸다. 주어진 기회를 잡는 것은 나쁜 일은 아니다. 비즈니스에서는 그것이야말로 실력이고 또한 자신의 역량을 보여줄 수 있는 기회가 된다. 하지만 지금은 그렇지 않다. 이렇게나 심리적으로 약해진 여자에게 손을 뻗게 될 거라고는 생각지 않았다. 그럼에도 불구하고 그는 손을 뻗었다.
"나는 정말로 나쁜 남자야."
그러니, 조금 더 사랑하는 사람은 자신이어야 한다. 그녀보다 더욱, 그녀를 포용할 수 있을 만큼의 사랑을 가져야 하는 것은 자신이어야 한다.

"예…… 갑자기 감기가 들어서 열이 좀 많이 나네요. 너무 어지러워서 움직일 수가 없어요. 정말 죄송합니다."
생전 처음 무단결근을 했다. 깊은 잠에 빠졌던 진영을 깨운 것은 자명종이 아니라 시끄럽게 울리는 핸드폰 소리였다.

놀라서 벌떡 일어나려던 진영은 신음 소리를 내며 다시 침대에 침몰해 버렸다. 온몸이 믿을 수 없을 정도로 욱신거리며 아팠다. 끙끙거리며 간신히 핸드폰을 손에 들어 액정을 보니 사무실 전화번호가 찍혀 있었다. 아프면 미리 전화라도 하는 진영이 연락 하나 없이 열한 시가 넘도록 나오지 않자 사무실에서 계속 전화를 건 모양이었다. 수아와 통화를 먼저 하고 팀장을 바꿔달라고 한 진영은 감기에 걸렸다며 결근하겠다는 뜻을 밝혔다. 감기는 아니지만 목이 기묘하게 잠겨 있어 누구라도 그녀의 상태를 믿어 의심치 못했을 것이다. 그렇게 일이 바쁜 것도 아니기에 김세중 팀장도 내일까지 쉬어도 좋으니 몸조리 잘하라며 선선히 휴가를 내주었다.

"감사합니다. 죄송합니다."

두 개의 인사를 번갈아가며 연거푸 한 다음 진영은 전화를 끊었다. 온몸이 노곤하고 또 아팠다. 무리한 자세로 인해 근육통까지 생겨 그녀를 괴롭히고 있었다.

"아아, 정말이지."

왠지 웃음이 났다. 자신이 원해서 섹스를 해놓고 근육통에 시달리다니 기가 막혔다. 하지만 지금 그녀는 첫경험을 했을 때 이상으로 피곤하고 아팠다. 게다가 정말로 약한 감기 기운이 있는지 온몸이 따끈따끈했다.

"홀딱 벗고 욕실에서 그랬으니 감기가 걸릴 만도 한 건가."

도박을 해도 정말로 온몸을 걸고 거하게 해버린 모양이다. 진영은 눈을 감고 어제의 기억을 떠올렸다. 뻐근하게 느껴지는 하체의 감각이 정말로 만족하다 못해 넘칠 만큼의 섹스를 했다는 것을 알려준다. 귓가엔 아직도 그의 목소리와 신음 소리가 울리고 있는 듯한 기분이 들었다.

"그래도 너무해. 훌쩍 가버리다니."

가능하다면 함께 침대에 누운 채로 눈뜨길 바랐는데 몸살이 난 그녀와는 달리 그는 일찌감치 일어나 출근을 한 모양이다. 서운했다. 너무 서운해서 온몸이 떨릴 정도로. 하지만 아무리 서운해도 그는 이미 가버렸고 그 역시 일이 있는 사람이다. 자신의 바람만으로 잡아둘 수 있는 것이 아니다.

어쩔 수 없다고 생각한 그녀는 아주 천천히 몸을 일으켰다. 흐릿한 눈으로 주변을 돌아보는데 베개 맡에 떨어뜨린 핸드폰 대신 테이블 위에 있는 하얀 초컬릿 폰이 반짝이는 게 보였다.

거의 기어가다시피 바닥으로 내려간 진영은 후욱— 하고 숨을 내쉬며 핸드폰을 집어 들었다. 문자가 수신되어 있었다.

〈혼자 두고 가서 미안하다. 푹 쉬어.〉

그답다는 생각이 드는 짧은 문자였다.

"기왕이면 '사랑해' 하고 한마디 남겨주지 그랬어요."

진영은 눈앞에 없는 남자에게 조그맣게 투정을 부려본다. 도박은 성공한 걸지도 모른다. 하지만 모른다고 하는 건 실패했을 수도 있다는 의미다. 그는 분명 진영의 유혹을 받아들였고 진영에게 욕망을 불태워 올렸다. 그렇게나 자신을 원해주는 것이 너무나 기뻐 눈물이 날 정도였다. 움직이기도 힘든 그녀의 몸이 바로 그 증거다.

"이제 당신은 어떻게 할 건가요."

문자를 내려다보며 진영은 조금 쓸쓸하게 물었다. 몸을 최후의 수단으로 쓰려고 했던 것은 결코 아니다. 하지만 진영에게 몸은 그의 마음을 확인할 수 있는 유일한 것이기도 했다. 적어도 그녀의 생각으로는 그랬다. 그가 자신을 원해주기만 한다면 스캔들이 백 번쯤 일어나도 괜찮다고 생각한다. 자신을 사랑하고 있다면 괜찮다. 사귄 기간이나 성격을 봐서는 오히려 지금까지 그녀에게 손을 내밀지 않았던 것이 신기할 지경의 남자다. 그는 신사적이었고 진영을 존중해 주었다. 그러기에 그녀가 원하자마자 바로 그 손을 잡은 것이리라.

"연락해 줘요, 은성 씨."

그러니 이제 남은 것은 기다리는 것뿐이다. 그래도 진영의 마음속엔 희망으로 물든 기쁨이 맴돌고 있었다. 그의 눈 속에 깃든 욕망은 진짜였고 몇 번이나 그녀를 탐하던 그의 마음도, 몸도 모두 진짜였다. 말로 하지 않아도 몸으로 느꼈다. 그러니까 괜찮을 것이다. 바쁜 와중에 짬을 내어 데이트를 가장한 식사를 해도 좋다. 전화통화도 못하고 짧은 문자만 주고받아도 상관없을 것이다. 그는 자신을, 그리고 자신은 그를 사랑하니까. 그를 믿자, 질투가 나도 한눈을 감아주자. 그도 그렇게 하고 있을 테니까.

데이트할 때마다 접대니 뭐니 그런 자리엔 나가지도 말라며 소란을 피우던 그의 마음이 정말 십분 이해가 된다. 아무렇지도 않은 자린데 오해한다면서 그에게 항의했었다. 그도 같은 마음으로 스캔들이니 뭐니 하는 것들에 대해 아무 말도 안 하고 넘어가는 것이리라.

"정말로 은성 씨나 나나 애매한 직장에서 일을 한다니까."

아무리 몸이 무거워도 공복감은 견디기 힘들다. 기어가든 굴러가든 식사는 하고 봐야 할 것 같다.

몸이 회복되는 데 정말로 꼬박 이틀이 걸려 버렸다. 삼 일째 되는 날, 많이 호전되었다 해도 미열과 함께 감기 기운이 남아 있었다. 여름이 다가오고 있는데 개도 안 걸린다는 감기에 걸린 것이다. 열 때문에 기분이 나빠지자 진영은 스스로에게 힘을 내자고 중얼거리며 사무실로 나갔다.

이틀 만에 또 뺨이 홀쭉해진 것을 보고 김세중 팀장 이하 사무실 식구들이 잔뜩 걱정을 해주었다. 정말 그렇게 안되어 보이나 하고 거울을 보는 그녀를 끌고 김세중 팀장이 앞서서 근사한 점심을 사주었다. 열 때문에 입맛이 없긴 했지만 걱정해 주는 마음이 너무나 고마워 부지런히 먹었다.

감기 기운은 남았다지만 몸도 그럭저럭 회복이 되었고 팀원들이 걱정해 주는 마음을 담뿍 받아 기분이 좋아졌다. 그저 조금 부족한 것이 있다면 은성에 대한 것이다. 그는 하루 걸러서 오늘 아침 잘 쉬었냐는 문자를 보내왔다. 쉰다는 이야기는 하지 않았기에 의아해했지만 김세중 팀장과 모종의 관계가 있는 것을 알기에 그러려니 했다. 그렇게 생각하니 과연 저 팀장은 어디까지 알고 있는 걸까 신경이 쓰였다. 설마 함께 잤다는 이야기까진 하지 않았겠지라고 생각하고 싶지만 의심스럽다. 절친한 친구라고 보기엔 조금 서먹해 보이고, 그렇지 않다고 하기엔 사소한 이야기를 꽤 주고받고 있는 게 아닌가 싶다.

'뭐 어쩌겠어. 이제 와서.'

여자는 일단 이런 입장이 되면 뻔뻔해지는 걸까? 그릇의 물이 쏟아지면 되돌릴 수 없다는 농담과는 조금 맞지 않을지도 모르지만 여하튼 이제 와서 무를 수 있는 일도 아니다. 그러니 그대로 뻔뻔하게 얼굴을 내밀고 지낼 뿐이다.

'아무리 바빠도 그렇지, 다음날 정도는 얼굴을 내밀어줄 수도 있잖아.'

진영은 은성에 대한 작은 불만을 이틀 나오지 않은 사이 팀장이 벌여놓은 일거리에 퍼부으며 데스크 워크를 시작했다. 그동안 쉰 만큼 일하라는 듯이 팀장은 잘도 일을 잡아왔다. 이틀 사이에 기획서를 올려야 할 공연이 쇼케이스가 하나, 콘서트가 둘이나 된다. 모두 7월에 시작되는 여름 시즌을 노린 공연들이다. 바쁘게 손을 놀려 기본 폼에 새로운 정보들을 입력하고 기획서를 짜기 시작했다.

투덜거린다고 일이 없어지는 것은 아니다. 불만을 퍼붓다가 제대로 작성을 못하면 고생하는 것은 자신이다. 무슨 일이 일어나도 세상은 굴러가듯이 진영이 아프든 말든, 사랑의 가슴앓이를 하든 말든 사무실은 돌아가고 콘서트는 열린다.

이후 삼 일을 진영은 세 개의 기획서를 만들고 계약서를 만들고 각종 자료를 만드는 데 여념이 없었다. 은근슬쩍 진영을 괴롭히고 있던 감기 기운이 어느새 사라져 버릴 정도로 진영은 정력적으로, 그리고 정신없이 일했다. 정신을 차리고 보니 삼 일이 후딱 지나가 있다는 것을 깨달을 정도였다. 그중 제일 급한 일을 처리해 보도자료까지 발송하고 나니 기운이 다 쭉 빠졌다.

"아, 조금 쉬나 했더니 역시나네요."

"그렇지? 하지만 역시 이 사무실은 정신없이 바쁜 게 어울려. 다들 늘어져 있었잖아."

"그러게나 말이에요. 후우, 오늘 일은 이제 끝났으니 퇴근해도 되겠죠?"

"응. 먼저 퇴근해. 나는 이거 정리만 하고 갈게."

김세중 팀장과 박영헌 PD는 자신들이 맡은 일을 하느라 이틀째 코빼기도 보이지 않고 있다. 수아가 퇴근한 뒤 일하느라 벌려둔 책상 위를 조금 치우고 나자 금세 아홉 시가 되어버렸다. 진영은 백을 챙기다가 안에 넣어놓고 삼 일이나 잊어버리고 있던 하얀색 핸드폰을 꺼냈다. 자신이 정신없이 바빠서 콜을 놓친

게 아닌가 해서 수신 내역을 확인했지만 걸려온 전화는 한 통도 없다. 이 폰의 번호를 알고 있는 것은 세상에서 오직 한 사람, 은성뿐이다. 그가 전화를 하지 않으면 그야말로 썰렁한 캔디폰이다.

"나도 바빠서 연락을 못했지만 어째서 은성 씨도 연락을 안 하는 건지."

진영은 톡톡 터치 패드를 눌러 은성에게 전화를 걸었다. 글자 그대로 진한 하룻밤을 보낸 뒤에 전화통화 한 번 제대로 하지 못했다니 무심해도 이렇게 무심할 수 있을까. 통화 연결음을 들으며 진영은 가슴속 제일 밑바닥에서 스멀스멀 올라오는 기묘한 감각을 내리눌렀다. 기껏해야 삼 일쯤 연락이 없었을 뿐이다. 그전에 보내준 문자는 아직도 메모리에 남아 있었다. 최근엔 바빠서 서로 제대로 연락을 하지 못한 적도 많았으니 삼 일쯤은 아무것도 아니다. 그런데…… 왜 그는 전화를 이렇게 안 받는 걸까.

진영은 신경질적으로 슬라이드를 닫았다가 다시 통화 버튼을 눌렀다.

전화 좀 받아요, 은성 씨. 그렇지 않으면 난 또 불안해질 거야. 하지만 그는 역시 전화를 받지 않았다. 결국 진영은 시간 나면 연락주세요 하고 또박또박 문자를 찍어 보냈다.

"그래. 시간있을 때 퇴근하고 쉬어야지."

그렇게 중얼거리고 막 사무실 문 손잡이에 손을 대는데 벌컥— 하고 문이 열렸다.

"어머!"

"우앗!"

문을 열고 들어오던 사람은 다름 아닌 박영헌 PD였다.

"으아, 놀랐잖아."

"저야말로요."

놀란 가슴에 손을 올리고는 심호흡을 했다. 별일은 아니지만 역시 이런 경우엔 가슴이 토끼처럼 뛰곤 한다.

"어라? 수아 씬 퇴근했어?"

"네, 일이 다 끝나서요. 볼일있으시면 전화를 하시지 그러셨어요."

"아, 그럴 짬도 없었어. 잘됐다. 진영 씨라도 함께 가지. 엔들리스랑 술자리를 잡아놨는데 나 혼자 가기가 좀 그러네."

"엑? 저는 이제 퇴근하려고 했는데요?"

"에이, 그러지 말고 좀 같이 가줘. 끝나고 택시비 줄 테니까. 응?"

"그래도……."

박영헌 PD는 포기하지 않고 진영의 손을 덥석 잡았다. 결국 진영은 한숨을 내쉬며 고개를 끄덕였다. 접대라고 하긴 애매한 자린가 보다. 말하자면 앞으로 콘서트를 하기 위해서 친목을 다지는 그런 자리리라. 결국 사무실 일이고 엔들리스는 자신이 맡은 일이니 그런 자리에 참여하는 것도 그녀의 일이긴 하다.

술을 마실 것을 대비해 박영헌 PD의 차는 주차장에 그냥 놓고 두 사람은 몰을 빠져나와 지상으로 올라왔다. 그런데 금요일 밤이라 그런지 좀처럼 택시가 잡히지 않았다. 어쩌다가 차가 와도 가려는 장소가 멀지 않고 막히는 길이다 보니 택시들이 은근슬쩍 승차 거부까지 했다. 저런 차들은 다 고발해 버려야 한다며 박영헌 PD와 열을 올렸지만 방법이 없었다.

"할 수 없지 뭐. 호텔 로비 쪽으로 가서 모범이라도 잡아 타자고. 더 늦으면 곤란해."

"그래야겠네요."

이럴 때 가까운 곳에 호텔이 있다는 건 참 좋다. 두 사람은 어두운 밤거리를 걸어 호텔 로비 쪽으로 걸어갔다. 그곳에도 택시를 기다리는 듯한 사람들이 삼삼오오 서 있었다. 그래도 간간이 로비 앞쪽으로 검은색의 모범 택시들이 들어오는 것으로 보아 조금만 기다리면 차를 탈 수 있을 것 같았다. 그렇게 십여 분을 기다린 끝에 간신히 그들의 차례가 되었다. 박영헌 PD는 연신 발을 동동 구르며 시계를 본다.

"아! 저기 차 들어오네요."

표시등은 꺼져 있지만 손님이 타고 있을 테니 빈 차를 타고 나가면 된다. 사람들이 내리고 차가 앞으로 쑤욱 미끌어져 왔다. 평소라면 문을 열어주고 진영이 먼저 타길 기다렸을 박영헌 PD가 급한지 먼저 훌쩍 택시에 올라탔다. 진영은 웃으면서 블록 위에서 한 칸 내려섰다. 그때 아주 잠깐, 진영은 아무 생각

어긋남 245

없이 고개를 들어 뒤쪽을 보았다. 그리곤 다시 고개를 돌리고 허리를 숙이려던 진영은 자신도 모르게 허리를 폈다.

"진영 씨, 뭐 해? 어서 타."

"자, 잠깐요."

익숙한 차가 호텔 입구 쪽으로 들어오고 있었다. 은회색의 렉서스 LS430이었다. 그뿐만이 아니다. 렉서스의 번호판은 그녀의 뇌리에 단단히 박혀 있는, 바로 이은성의 차였다. 전화도 안 받을 만큼 일이 바쁜가 했는데 한가하게 호텔로 늦은 시간에 차를 몰고 들어오는 걸 보니 부아가 났다. 로비의 호텔 직원이 멈추어선 차로 다가가 조수석의 문을 열었다. 택시 안에서는 다시 박영헌 PD의 목소리가 들렸지만 진영은 미동도 하지 않았다. 열린 조수석에서 긴 머리를 빈틈없이 틀어 올린 어떤 여자가 내렸기 때문이다.

그 여인은 진영이 아는 사람이었다. 그녀는 얼마 전에 신문에서 본 바로 그 여배우 이주연이었다. 택시 뒷문에 올린 진영의 손이 떨리기 시작했다. 잠시 후 운전석에서 그녀가 너무나도 잘 아는 남자가 내렸다. 키를 직원 손에 맡기고 우아한 포즈로 그를 기다리고 있던 여배우의 손을 에스코트해서 호텔 안으로 걸어 들어간다. 단 한 번도 주위를 돌아보지 않는다. 오로지 그녀의 얼굴만을 바라보는 은성의 뒷모습에 진영은 온몸이 얼어붙는 것 같았다. 그는 환하게 웃고 있었다.

"진영 씨?"

"아, 죄송해요. 제가 아는 사람을 본 것 같아서 확인하느라 그랬어요."

"그래? 인사라도 해야 하는 사람이었어?"

"아니요. 잘못 봤어요."

자신도 놀랄 만큼 아무렇지도 않은 목소리가 흘러나온다. 분명 자신이 말했을 텐데 왠지 그렇지 않다는 느낌이 들을 정도로 멀쩡한 목소리다. 다만 벽 하나 너머에서 들려오는 듯한 이상한 기분일 뿐이다.

행선지를 이미 말했는지 진영이 문을 닫자마자 택시가 출발했다. 그녀는 무표정한 얼굴로 핸드백 안에서 하얀색 초컬릿 폰을 꺼냈다. 그리고 통화 버튼을 눌렀다. 통화 연결음이 시작된다. 우아한 클래식 피아노 소리가 귀를 간질인다. 트로이메라이, 은성이 유일하게 칠 수 있는 피아노 곡이라며 말했던 아름다운 곡이다. 하지만 지금 그녀의 귀에는 그런 아름다움 따위 하나도 느껴지지 않는다. 트로이메라이의 선율이 몇 번이나 반복되었지만 그는 전화를 받지 않았다.

받아요. 제발 받아요! 받지 않으면 난 또 당신을 의심해 버릴 거야.

강남까지 가는 길은 교통 체증으로 인해 평소보다 세 배의 시간이 걸렸다. 그동안 진영은 내내 전화를 걸고 또 걸었다. 그리고 그는 결국 전화를 받지 않았다.

다음날 그녀는 전날과 다름없이 정시에 출근했다. 기계적으로 해야 할 일을 하는 동안 그녀는 혼자였다. 수아는 오전에 외근이 있기 때문이다. 한참 일을 하던 그녀는 문득 배가 고프다는 생각에 고개를 들었다. 시간은 오전 열한 시. 배가 고플 시간이 아닌데 하며 고개를 갸우뚱하다가 깨달았다. 아아, 아침 먹는 것도 잊었구나. 하지만 귀찮은데 그냥 굶어버릴까?

수아라도 있으면 가볍게 간식이라도 먹자며 끌고 나갔겠지만 혼자라는 것은 역시 귀찮다. 그녀와는 달리 끝까지 엔들리스 쪽 사람들과 술을 마신 영헌은 오후에 출근한다는 연락을 미리 해온 터다. 김세중 팀장이야 어딘지 모를 곳을 헤매고 있을 것이다. 그때 사무실 문을 두드리는 소리가 들려왔다. 이 시간에 사무실에 오는 사람은 보통 택배맨들이다. 여기저기서 새로 나온 음반이며 책 같은 것이 이 사무실엔 끊임없이 배달되어 왔다.

"네, 들어오세요."

큰 소리로 대답을 했는데 또 문을 두드리는 소리가 난다. 뭔가 다른 건가 싶어 문가로 가서 살짝 문을 열고 밖을 내다보았다. 시선을 꽤 위로 했는데도 보이는 건 검은색의 양복뿐이다. 다시 고개를 더 들어서 위를 보다가 말고 진영은 흠칫 놀라 뒤로 한 걸음 물러섰다. 반듯반듯하게 머리를 자른 조폭 아저씨 한 분이 고개를 꾸벅하고 숙이며 인사를 한다. 진영도 얼결에 인사를 하자 조폭 아저씨가 먼저 입을 열었다.

"한진영 씨를 뵙고 싶습니다만 계십니까?"

"제가 한진영인데요. 무슨 일이세요?"

"받으십시오."

그는 진영에게 조그마한 종이 봉투를 내밀었다. 궁금해진 진영은 체면치레할 것도 없이 살짝 종이 봉투 안을 들여다보았다. 길쭉하고 조금 도톰한 키 하나가 열쇠고리에 매달린 채 들어 있었다.

"차는 주차장 A 블록에 있습니다."

"차라뇨?"

"이은성 씨께서 보내셨습니다. 원하시는 대로 마음껏 쓰셔도 좋다는 말씀을 하셨습니다. 그럼."

삼십대 중반으로 보이는 조폭 아저씨는 그 말을 마친 후 또 꾸벅 고개를 숙여 보인 다음 황망히 사라져 버렸다. 홀로 남겨진 진영은 뜻밖의 사태에 어안이 벙벙해져 몇 번이나 열쇠를 뒤집어보았다. 열쇠고리엔 익숙한 렉서스의 심볼이 박혀 있다. 설마라고 생각하면서도 어쩌면 하는 마음에 손이 덜덜 떨려왔다. 도대체 어떤 의미로 받아들여야 하는 걸까. 뭘 어떻게 하라는 걸까.

"선배? 왜 밖에 나와 계셔요?"

그때 복도 저쪽에서 수아의 목소리가 들려왔다.

"아, 으으응."

"얼굴이 새파래요. 설마 벌써 보신 거예요?"

"뭘?"

자신을 바라보는 수아의 얼굴 표정이 왠지 심상치가 않았다.

"들어가요, 선배."

진영은 수아의 손에 등을 떠밀려 사무실 안으로 들어왔다. 사무실 중앙의 소파에 그녀를 앉힌 수아가 진지한 목소리로 물었다.

"선배, 그 예전 실버의 이은성 씨랑 사귀는 거 맞죠?"

"아, 응."

"이거 어떻게 된 건지 아세요?"

그러면서 수아가 손에 들고 있던 신문을 펼쳤다. 거기엔 진영이 바로 어제 실제로 본 그녀의 얼굴이 커다랗게 실려 있었다. 헤드라인은 최고의 여배우 이주연. 드디어 결혼 초읽기?! 라는 자극적인 문구. 구석에 잡지에도 한번 실렸던 그의 얼굴 사진이 조그맣게 인쇄되어 있었다.

"그냥 의례있는 일일 거야. 지난번에도 다른 배우랑 비슷한 일 있었는걸."

"그게 아니에요. 이 여자 공식적으로 기자회견을 하겠다 했다구요!"

"영화 주연 발표겠지."

"아니라니까요! 저 오늘 잡지사 두 군데나 다녀왔던 거 아시죠? 난리가 났어요. 저한테도 이은성 씨 아냐면서 묻더라구요."

"……아니야. 아닐 거야."

"어떤 기자는 이 여자가 손에 반지 끼고 있는 것도 찍었다던데요? 딱 봐도 약혼반지로 보이는 거요. 어떻게 된 거예요!"

묻지 마. 묻지 마! 나도 어떻게 된 건지 몰라!

소리치고 싶은 건 그녀다. 묻고 싶은 것도 그녀다. 놀라서 꼬옥 쥐고 있던 손이 아프다. 무심결에 펴보니 자동차 키가 보였다. 그럼 설마 이건 이별의 선물인 건가? 설마…… 정말로? 자신이 몸을 던져 얻은 결과물이 겨우 이 자동차 키 하나인 건가? 결국엔 신사인 척 점잔을 빼던 그 남자에게 연애 놀이까지 하게 만드는 수고를 끼치고, 그리고 나서 목적이 달성되니 버림받은 건가?

사무실의 벽이 빙빙 도는 것 같다. 앉아 있는 소파의 스프링이 주저앉아 버리는 것 같다. 발이 닿아 있는 바닥이 그대로 무너져 내리는 것 같다.

"전화라도 해보세요."

"전화 안 받아."

"선배."

"괜찮아. 별일 아닐 거야."

어지러운 머릿속에서 환청처럼 작은 목소리가 악마의 속삭임처럼 되살아난다.

"나는 나쁜 남자야. 나를 너무 사랑하면 안 돼."

잠결에 들은 말이기에 실제가 아니라고 생각했었다. 그런데 그 목소리가 지금은 마치 바로 옆에서 말하는 것처럼 똑똑하게 들려온다.

"나는 나쁜 남자야. 나를 너무 사랑하면 안 돼."

그것은 분명 그가 한 말이었다.

8

잊을 수 있는 것과 없는 것

모든 연락처가 불통이었다. 핸드폰은 물론이요, 그에게서 받은 명함에 적힌 사무실로 전화를 걸어도 그와 통화를 할 수가 없었다. 처음에는 가볍게 이은성 실장님을 부탁드린다고 했다. 그러나 전화를 받은 여직원은 은성이 없다는 말만 되풀이했다. 몇 시간 뒤에는 일부러 회사 이름을 대고 일 관계임을 시사하며 전화통화를 요청했다. 반응은 전과 달리 조금 친절했지만 대답은 마찬가지였다. 외근 중이라 전화통화가 불가능하고 개인적인 연락처까지 알려줄 순 없으니 연락처를 남기면 전하겠다고 했다. 진영은 다시 전화를 하겠다며 수화기를 놓을 수밖에 없었다.

그동안 상황은 점점 진영이 더 이해할 수 없는 방향으로 흘러가고 있었다. 신문엔 그녀의 사진이 이틀이나 더 실렸고 주말에 하는 연예 프로에선 그녀의 공식 기자회견 소식이 전해지고 환하게 웃는 얼굴이 클로즈업되어 나왔다. 아직 확실한 결혼 예정은 없지만 진지하게 사귀고 있으며 내년쯤엔 결혼을 해볼까 생각 중이다라는 것이 기자회견의 주요 내용이었다.

곰곰이 따져 보면 결국 확실한 건 아무것도 없는 셈이다. 이렇게 괜히 대서특필에 특종 기사가 되었다가 시간이 지나면서 흐지부지 사라져 버린 경우는 수없이 많다. 이번 건도 그럴 가망성은 얼마든지 있었다. 오히려 그럴 가망성이 크다. 문제는 여배우 이주연이 '연인'이라 부르고 진영에게는 진짜 연인이었던 남자가 완전히 연락두절 상태라는 것이다. 딱 한 번 문자가 오긴 했다. 그것이 이틀 전이다. 연락이 끊어진 지 일주일 만에 온 연락이었다. 그러나 기다리고 기다렸던 그의 소식은 단 한 문장뿐이었다. '나중에 연락할게.' 가슴 졸이며 기다렸는데 그 한마디뿐이었다. 그의 소식을 그렇게 기다렸는데 너무나 야속하고 또 화가 났다.

뒤늦게 기사를 보고 상황을 파악한 김세중 팀장도 계속 그에게 연락을 하려 한 모양이지만 그도 실패를 했는지 진영의 눈치만 보았다. 슬쩍 지나가며 그 자식 만나면 패주겠어 하며 으르렁거리는 소리를 듣긴 했지만 그뿐이었다.

"그래서 아직도 연락이 없는 거야?"

"응."

하영이 한숨을 쉬었다. 그래도 내가 뭐랬니 그런 남자랑 사귀지 말라고 했잖아라는 말을 하지 않는 것이 조금이지만 위안이 된다. 그런 말을 들어버리면 정말로 무너져 내릴 것만 같았다. 그와 하룻밤을 보냈다는 말을 하거나 차 열쇠를 보내왔다는 말을 하면 정말로 펄펄 날뛸지도 모른다. 진영은 애매하게 웃으며 말했다.

"뭐, 요즘 이쪽 업계에 사건이랄 게 없었으니까 그 사람도 여기저기 쫓겨다닐지도 모르지."

"그래도 그렇지, 어쩌면 사람이 그래."

그렇게 말하는 하영도 출판사에 다니고 있으니 아예 문외한이랄 수는 없다.

"흠, 우리 잡지사 쪽에서 인터뷰 넣어보라고 해볼까. 우리도 여성 잡지 있잖니. 어차피 지난번에 XX에 주목받는 독신남이라면서 기사도 났잖아."

"그 사람 기자라면 질색을 해."

"하이고, 그 사람 속에 들어앉았다가 나왔냐? 완전 대변인 행세를 하셔."

들어앉았다가 나온 게 아니라 그 사람과 하나가 되었어. 지금은 또 둘이 되어버렸지만.

지금 이 순간의 기분을 말하라고 한다면 어째서인지 감정을 표현하는 단어 대신 색으로 표현해야 할 것 같다. 그 색은 화려하지 않다. 깊이를 알 수 없는 어두운 흙색이나 검은 늪의 색 같은 것이랄까. 그것은 마치 햇빛을 받아도 갈색으로 보이지 않는 은성의 검은 눈과 같은 색일 것이다. 어둡고 또 어두워 헤어나올 수 없는 그런 색.

어떻게 이렇게 아무렇지도 않게 식사를 하고 있는 것인지, 어떻게 이렇게 아무렇지도 않게 밝은 표정으로 이야기를 할 수 있는 것인지 스스로에게 물어도 답이 나오지 않았다. 자신이 인간 대신 한진영이라는 이름을 가진 안드로이드라도 된 기분이다. 이럴 땐 그냥 이렇게 해야지 하고 인공지능에 담긴 메모리대로 자동반응하고 있는 느낌이다.

단순히 그가 연락을 받지도, 해오지도 않아서가 아니다. 이 빈껍데기 같은 기분은 버림받았다고 생각하고 있기 때문이다. 아직은 가정이지만 아마도 곧 진실이 될 어떤 사실.

"그 사람 나쁜 남자야."

"응?"

"나보고 자길 너무 사랑하지 말래."

순간 하영의 표정이 바뀌었다.

"아마 진심이었을 거야. 왠지 알 수 있어. 나쁜 남자라고 말한 것도, 그리고 자길 너무 사랑하지 말라고 한 것도 다 진심이었을 거야."

"진영아!"

"그런데 어떻게 해. 나는 이미 너무나도 사랑하는데."

웃는 얼굴을 하고 있다고 생각했다. 그런데 볼을 흘러내리는 이 눈물은 무엇일까. 마음속에 가득 쌓여 있던 그에 대한 마음이 넘쳐 흘러내리는 것인지도 모른다. 눈물로 흐려진 시야에 그의 얼굴이 흐릿하게 떠오른다. 그저 생각하는 것만으로도 가슴이 벅찬 사랑 같은 것은 해보지 못했다. 그래서 더욱 힘들다.

"너무 사랑해서 가슴이 터질 것 같은데. 그 사람은 안 그런가 봐. 하루 이틀이 지나면서 속이 새카맣게 타버리는데 그 사람은 아무렇지도 않은가 봐. 사랑하지 않았던 사람인데 사랑하게 만들어 버리고는 떠나 버린 것 같아."

"진영아, 그만 해!"

"어떻게 그만두어야 하는 건데? 멋대로 움직이는데, 마음먹은 대로 되는 게 하나도 없는데 어떻게 해야 하는 건데?"

양 볼에서 끊임없이 투명한 물줄기가 흘러내린다. 흐느끼지도 않는데, 운다고 생각하지도 않는데 저절로 눈물이 흘러넘친다. 망가진 수도꼭지처럼 그저 눈물을 흘릴 뿐이다.

"조금쯤은 아주 조금쯤은 나를 사랑하고 있을지도 몰라. 하지만 이젠 그걸로는 안 돼……."

머리와 어깨에 하영의 손이 와 닿았다. 살며시 당겨 품에 안아준다. 포근한 그녀의 품에서 온기가 느껴졌다. 하지만 진영이 느끼고 싶었던 온기는 이 온기가 아니다. 좀 더 탄탄하고 커다란 은성의 품, 그 안에서 느낄 수 있던 그 온기다.

"난 안 돼. 그 사람 옆에 있을 여자들을 생각하면 질투심으로 눈앞이 새까매져서 아무 생각도 할 수가 없어. 그런데 그 사람은 아무렇지도 않게 말해. 아니, 아예 아무 말도 안 해. 그 스캔들이 진실이든 거짓이든 난 상관없어. 그냥…… 그 사람이 보고 싶어."

그리고 사랑받는다는 것을 확인하고 싶다. 그를 아무도 보지 못하는 곳에 가두어놓고 싶다. 나 한 사람만을 보라고 그의 눈앞에서 말하고 믿으라고 세뇌해 버리고 싶다. 내가 아니면 숨을 쉴 수 없는 그런 남자였으면 좋겠다.

"진영아, 울지 마."

"울지 않아. 난…… 울지 않아."

난 울지 않을 거다. 아직은 그를 만나지 못했으니까. 그럼에도 불구하고 눈물이 흘러내린다. 눈물을 흘리지 않고는 견딜 수가 없기에.

"견디기가 너무 힘들어."

끝을 내는 것은 그를 만난 이후다. 지금의 나는 나로서 존재하지 않는다. 그를 위한 그에 의한 한진영일 뿐이다.

"너무 힘들어. 이제 그만두고 싶어."

하영은 그렇게 그녀의 말을 들으며 그녀의 눈물을 받아주며 그렇게 오랫동안 앉아 있었다. 진영은 그를 위한, 또는 자신을 위한 눈물을 하염없이 그렇게 흘리고 있었다.

새까맣게 변한 마음은 회복되지 않았다. 다만 가라앉았다. 그와의 연락이 끊어진 지 이제 이 주일하고 삼 일째. 더 이상은 눈물도 흘러나오지 않았다. 다행인 것은 연예 프로와 인터넷을 뜨겁게 달구던 배우 이주연의 결혼 기사가 더 이상은 가십 거리로 취급되고 있지 않다는 점이다. 기자들마저 진심으로 사귀고 있다고 판단했을 수도 있고, 더 이상은 사람들의 눈을 모으기 힘들다고 판단하고 단순한 가십으로 넘겨 버린 걸지도 모른다. 어떻게 보면 좋고, 어떻게 보면 나쁜 징조다. 인터넷에는 이번 특종 때문에 은성의 팬클럽까지 생긴 모양이다. 이주연과 진지하게 사귀고 있고 결혼을 할지도 모른다는 기사가 나갔지만 확정된 것이라고는 아무것도 없는 매력적인 독신남이 그녀들의 눈에는 마치 연예인처럼 보였나 보다.

'백 일 기념이니 하는 것은 기억도 못하는 주제에 연락이 안 된 날짜는 너무나 잘 기억해.'

한심하다는 생각이 들었다.

"진영 씨, 엔들리스 콘서트 티켓 오픈이 언제지?"

"내일 저녁입니다."

"흐음. 잔여석이 얼마나 나오려나."

인기가 아주 많은 것도, 그렇다고 아주 없는 것도 아닌 엔들리스 같은 그룹은 잔여석이 꽤 나오게 될 것이다.

"글쎄요. 엔들리스 팬클럽에서 1/3은 소화한다고 하던대요."

애매한 수준의 인기지만 광적인 팬들이 많은 엔들리스 콘서트는 적어도 손해는 안 날 공연이다. 초대권은 대략 10% 정도로

잊을 수 있는 것과 없는 것

예상 중이다. 말하자면 적당히 바쁘고 죽을 만큼은 바쁘지 않을 정도로 일반적인 공연이란 소리다. 실연이 확정되든 말든, 하나밖에 없는 남자 친구가 거의 실종 상태이든 말든 일은 계속되고 있다.

"팀장님, 내일 특별한 일 없으면 저녁에 조금 일찍 퇴근하고 싶은데요."

"어? 무슨 일이야?"

가뭄에 콩나는 것처럼 사무실에 나오는 팀장이 오늘은 웬일인지 아침부터 사무실을 지키고 있다.

"유준 씨가 통역을 해주었으면 한다고 하셔서요. 큰일은 아니고 저녁 만찬이라는데 귀찮은 대화는 좀 피하고 싶으신가 봐요."

어지간한 수준으로 한국말을 할 줄 알면서도 유준은 진영에게 통역을 해달라는 의뢰를 간간이 해오고 있었다. 교류 행사 때는 주최 측에서 통역을 붙여주었지만 그 외에도 이런저런 개인적인 자리가 있는 듯했다. 교류 행사는 지난주에 모두 끝났지만 그는 아직 중국으로 돌아가지 않은 채 한국에 체류하고 있었다.

"아르바이트는 적당히 해."

"아르바이트가 아니라 개인적인 부탁인걸요. 그렇게 도끼눈 뜨시면 무서워요."

애교를 부리며 웃어 보이자 그도 어쩔 수 없이 웃어 보였다.

김세중 팀장은 이은성이 자취를 감춘 이후로 알게 모르게 진영을 배려해 주고 있었다.

"그럼 다녀와. 이거 이러다가 유준 씨한테 우리 진영이 뺏기는 거 아닌가 몰라."

농담처럼 하는 소리에 가슴이 조금 뜨끔했다. 아마도 김세중 팀장은 유준의 인터뷰 기사를 본 모양이다. 그 기사엔 진영의 이름이 한국 에이전트라고 실려 있었기 때문이다.

"무슨 말씀이세요. 전 이 일이 좋은걸요. 감사합니다."

반듯하게 인사를 하고 진영은 자신의 자리로 돌아갔다. 무서울 만치 평온하게 흘러가는 하루하루가 정말로 두려웠지만 그래도 바뀌는 것은 아무것도 없다. 후욱 하고 심호흡을 하고 진영은 키보드를 두드리기 시작했다. 내일 시간을 내기 위해서는 해야 할 일들이 있었기 때문이다.

"여러 가지로 배려해 주셔서 정말 감사하다고 하십니다. 앞으로도 잘 부탁드립니다."

가벼운 마음으로 나간 통역 자리는 진영이 생각한 것보다 훨씬 진지한 자리였다. 호텔의 고요한 한식당에서 이루어진 저녁 만찬은 유준이 대표로 있는 중국 전통 무용단의 한국 공연에 대한 것으로 제법 세세한 사항까지 서로 논의를 했다. 덕분에 진영은 자신이 아는 모든 지식을 동원해서 꽤나 진땀을 흘리며 통역을 해야 했다. 두 시간에 걸친 식사 겸 논의가 끝나고 상대방이 돌아간 후에야 진영은 한시름 놓을 수가 있었다.

"놀랐어?"

"좀 미리 말씀해 주시죠. 저는 가벼운 저녁 식사라고만 생각했단 말이에요."

"나도 저렇게까지 진지하게 나올 줄은 몰랐어. 미안하다."

"아니에요. 저도 이런 일을 하다 보면 몰랐던 것도 알게 되고 해서 좋아요."

"무슨 소리. 진영이가 이런 일엔 전문가잖아. 근데 너 요즘 좀 무리하는 거 아니야? 얼굴이 많이 상했다."

유준이 걱정스러운 목소리로 묻는다. 진영은 자신도 모르게 손을 얼굴로 가져갔다.

"그렇게 티나요? 요즘 묘하게 더워져서 그런지 입맛이 좀 없네요."

"그럴수록 잘 먹어야지. 아, 그렇다. 중국에서 가져온 환단이 좀 있는데 가기 전에 위에 방에 같이 올라가자. 나눠 줄게."

"아니에요. 그건 오빠가 드셔야죠. 저보다 훨씬 귀하신 몸인데."

"오호, 나이 들었다고 하는 걸 돌려서 말하는 거니?"

"아하하. 설마요. 오빠는 정말 예전 그대로신데요."

"그렇다고 해도 나도 벌써 마흔이다. 예전 같지가 않아. 그건 그렇고 너 지금 하는 일은 정말 맘에 들어?"

"예. 제가 바라던 일이기도 하고 뭐 자잘한 게 많아서 귀찮기는 하지만 괜찮아요."

"흐음. 혹시 말이야."

웃고 있던 얼굴이 조금 진지해진다. 진영도 얼른 자세를 바로 잡는다. 이럴 때의 유준은 이렇게 대하는 게 좋다. 무섭도록 공사가 정확한 사람이니까.

『에이전트 일 해보지 않을래?』

진지한 대화를 시작하자 그는 자신의 언어로 이야기하기 시작했다. 그만큼 중요한 이야기라는 의미다.

『오빠, 그건······.』

『우스갯소리를 하는 게 아니라 진짜로 스카웃을 하려는 거다. 넌 영어도 잘하고 북경어도 수준급이고 일본어도 하지? 동양권 전체를 담당하는 에이전트로서 손색이 없다. 하지만 그런 사람은 찾으면 사실 얼마든지 나와. 하지만 내가 원하는 건 단순히 비서나 다름없는 그런 에이전트가 아니라 이렇게 한국이나 또는 다른 나라에서 공연을 할 때 내 의향을 정확하게 이해하고 무대감독에게 그대로 전달하는 게 아니라 이식시켜 줄 수 있는 그런 다재다능한 에이전트다. 넌 지금 하나의 공연을 기획하고 만드는 작업을 하고 있지? 하지만 그곳에선 네가 원하는 공연만 맡지는 못할 거야. 그렇지만 내 밑으로 들어오면 넌 네가 가진 경험과 재능을 펼칠 무대와 재력을 손에 넣을 수 있어.』

진영은 할 말을 잃었다. 유준의 제의는 그저 가벼운 제의가 아니었다. 그의 말대로 시작은 단순한 비서와도 같을지 모르지만 제대로만 해낸다면 진짜 하나의 공연을 처음부터 끝까지 자신이 원하는 대로 만들어낼 수 있는 위치에 설 수 있게 될지도 모른다.

『결국 자화자찬이긴 하지만 나한테는 그럴 수 있는 재산과 연줄과 배경이 있어.』

『알아요……. 지금 직장도 결국엔 오빠 덕에 다닐 수 있게 된 거나 마찬가지니까요.』

특급 VIP로 분류되는 중국의 무용가이자 안무가이자 전통 문화 계승자이며 배우인 유준이다. 보통의 한국 사람들은 그가 누군지도 모르지만 조금만 윗줄로 넘어가면 그의 이름은 강력한 프리패스가 된다. 대학 시절 그의 곁에서 얼마나 많은 사람들을 만났던가.

『일은 힘들지도 몰라. 하지만 열심히 견디며 하다 보면 너는 돈 주고도 얻지 못할 많은 것들을 얻을 수 있게 될 거다.』

계속되는 유준의 말에 진영은 자신도 모르게 귀를 기울였다. 솔직히 말하면 흔들렸다. 어린 시절 보았던 뮤지컬 한 편이 그녀의 인생을 바꿔주었다면 유준은 그녀의 인생에 전환점 하나를 제공했고, 이번에는 딛고 올라갈 발판을 만들어주려 하고 있다. 다만…….

『생각할 시간을 주시겠어요? 일단은 지금 하는 일도 있고요. 힘든 일이긴 하지만 나름 보람차게 하고 있는 일이거든요. 섣부르게 그만둘 수 있는 일이 아니라서요.』

『그래, 천천히 생각해 봐. 지금 당장 그만두고 따라와 주면 나야 물론 환영이지만 지금 하는 일도 다 소중한 경험이 되는 것임엔 틀림없으니까. 결심이 서면 언제든지 연락하렴, 기다리고 있으마.』

『제게 너무 과분한 제의를 해주셔서 감사해요.』

『너무 자신을 낮추지 마. 너는 충분히 재능이 있고 또 노력하는 아이다. 자신을 낮추는 사람은 자신감이 없는 사람이다. 자신감을 가지고 당당하게 말하고 행동해. 너는 그럴 자격이 있어.』

이젠 아이라 불릴 나이도 지났건만 그의 눈에 비치는 진영은 아직도 대학 1, 2학년 때와 같은 모양이다.

『네, 명심하겠습니다.』

방긋 웃으며 대답했지만 진영은 그의 말에 가슴이 섬뜩했다. 자신감? 그런 것은 지금의 진영에게는 존재하지 않는 것이다. 한 사람과의 만남으로 인해 사라져 버린 것이다. 걱정하고 눈치를 살피고 숨을 숙이고 그의 기분이 틀어지지 않게 조심하고 또 조심했다. 사랑이란 자신감도, 자존심도 한 사람의 인간으로서 설 수 있는 모든 것을 잃어버리는 것일지도 모른다.

'내가 그런 여자일 줄은 정말 몰랐어.'

은성을 만나기 전의 그녀였다면 유준의 제의에 가슴을 두근거리며 기대감에 눈을 빛냈을 것이다. 언젠가는 국제적으로 이름을 날리는 제작자가 될 수 있을지도 모른다고 꿈을 꿨을지도 모른다. 그런데 그런 굉장한 제의를 받으며 마지막에 그를 떠올려 버렸다. 생각할 시간, 그것은 그의 마음을 확인하는데 필요한 시간이다.

'나는 나를 잃어버린 거야.'

웃음이 난다.

『정말 많이 컸구나. 씁쓸하게 웃을 줄도 알고.』

『어머. 제가 그랬어요?』

『그래. 일어나자. 그리고 잠시 올라가자. 정말 환단을 줘보내야겠어.』

『시끄러워. 연장자의 말은 따르는 것이 예의다.』

괜찮다고 몇 번을 사양했지만 유준은 결국 그녀의 손목을 잡고 상층에 있는 자신의 룸으로 끌고 갔다. 끌고 가는 이가 유준이 아닌 다른 사람이었다면 약속이 있다고 핑계를 대거나 아예 대놓고 거절을 해서 도망을 쳐버렸지만 유준만큼은 그런 사람이 아니라는 걸 알고 있기에 순순히 따라갔다. 그는 정말로 진영을 동생처럼 아껴주는 사람이었다. 게다가 중국엔 그의 아내도 있고 자신보다 조금 어린 딸과 아들도 있다. 그리고 정말로 가족을 소중하게 여기는 사람이다. 함께 지낸 시간이 길었기에 잘 알고 있다.

그의 룸까지 따라가 옛날 이야기를 나누고 차를 마시며 그가 가져온 그의 부인과 아들딸 사진도 보았다. 예전에 본 사진보다 훨씬 자란 아이들을 보며 탄성을 지르자 그는 열심히 가지고 있는 사진들을 다 꺼내 보이며 자랑을 했다. 마지막엔 효과가 탁월하다는 환단을 잔뜩 선물 받고 귀국하기 전에 한 번 더 만나자는 약속도 했다.

『그럼 전 이만 가볼게요.』

『그래. 몸조심하고. 이 업계는 체력도 능력이야.』

『네. 오빠도요.』

꾸벅 허리를 굽혀 인사하는 진영을 유준이 포근하게 안아주며 어깨를 두들기고 머리를 쓰다듬어 주었다.

『넌 내 여동생이나 다름없다. 언제나 이 든든한 오빠가 널 기다리고 있다는 걸 잊지 마라.』

끝까지 눈물 날 말만 해주는 사람이다. 진영은 감사하다고 몇 번이나 말하고 몸을 돌렸다. 복도까지 두텁게 깔린 카펫에 7㎝의 핀 힐이 만들어내는 소리가 고스란히 파묻힌다.

"정말이지 몸 생각은 누가 해야 하는 건지……."

받아 든 환단은 꽤나 묵직했다. 그가 애용하는 약이라면 고급 중에서도 최고급 제품일 것이다. 고급이라는 단어를 떠올리자 은성이 생각났다.

"그래, 상당히 고급스러운 사람이지."

"누가 그렇게 고급스러워?"

어디선가 목소리가 들려왔다. 그녀가 너무나도 잘 아는, 그리고 너무나도 듣고 싶었던 목소리였다. 반가움에 눈을 크게 뜬 진영은 목소리가 들려온 쪽으로 몸을 돌리려고 했다. 하지만 그보다 빨리 그의 말이 이어졌다.

"정확하게 두 시간 십삼 분, 도대체 뭘 하고 나온 거지?"

얼음장처럼 차가운 목소리가 그녀의 머리 위로 쏟아졌다. 그 한기에 몸 안의 뜨거운 피가 쏴아 소리를 내면서 빠져나가는 기분이 들었다.

"한진영."

폭신한 카펫 위로 낮으면서도 차가운 목소리가 얼음물처럼 뚝뚝 흘러내린다. 카펫 위에 떨어진 얼음물이 흐르고 흘러 진영의 발치까지 다다랐다. 피부 위로 냉기가 파고든다. 그가 여기 있을 리 없다. 여기 있어서는 안 되는 사람이다. 발걸음 소리는 들리지 않지만 그는 한 걸음 한 걸음 진영 쪽으로 걸어오고 있었다. 진영은 녹슨 기계처럼 잘 움직이지 않는 몸을 천천히 소리가 나는 쪽으로 돌렸다.

"대답해. 여기서 뭘 하는 거야."

"은성 씨…… 왜 여기에……."

그녀의 눈앞에 훤칠한 키의 이은성이 흐트러진 검은 수트를 입은 채 우뚝 서 있었다. 지금까지 한 번도 본 적이 없는 모습이었다. 그의 표정은 분노를 그대로 드러내어 험악했고, 눈은 당장에라도 그녀를 물어뜯을 듯이 노려보고 있었다.

뚝뚝 떨어지는 냉기가 진영과 은성 사이의 좁은 공간을 순식간에 얼려 버렸다. 진영은 입도 떼지 못하고 그를 바라볼 수밖에 없었다.

"그 녀석은 누구야."

언제나 검은색으로 보이던 그의 눈동자에 희미하게 열기가 느껴진다.

"즐거워하며 따라 들어가더군."

"은성 씨, 그분은 그냥······."

"그냥 뭐?"

하려는 말을 칼날처럼 자르고 들어오는 그의 목소리는 날이 잘 선 비수처럼 진영의 가슴에 박혔다. 얼음으로 벼려진 칼날이 진영의 심장을 뚫고 들어와 쩌적 소리를 내며 심장을 얼어붙게 한다.

"일 때문에······."

지금의 그는 자신의 말은 아무것도 듣지 않으리라는 것을 그녀의 본능이 가르쳐 준다. 아무 일도 없었다고 해도 화를 내겠지. 그리고 자신도 역시 화를 내게 될 것이다. 그리고 싸움이 이어질 것이다.

"일? 아아, 일 때문에 생글생글 웃으며 호텔방까지 따라가나? 스물여섯, 일곱밖에 안 되는 아가씨가 왜 그렇게 발이 넓은가 했더니 다 이유가 있었군."

"은성 씨, 그건 저에 대한 모욕이에요!"

"모욕은 무슨 모욕! 난 눈에 보인 그대로를 말했을 뿐이야. 너에게 변명할 만한 게 어디가 있어?"

"정말로 오해일 뿐이에요. 유준 오빠는······."

유준에 대해 설명을 하려다 말고 진영은 입을 다물어 버렸다. 구차하다. 너무나 구차하다. 설명을 하고 애원하고 그래서 무엇을 어쩌겠다는 걸까.

"오호, 오빠라. 꽤나 끈적한 관계인가 보군."

"……."

그의 낮은 목소리가 이렇게 차갑게 들리긴 처음이다. 경멸이 가득한 목소리다. 무섭고 무서워서 한 마디도 못할 만큼.

"그런 식으로 일했나? 언제나? 도도한 척, 깨끗한 척, 나만은 아니라고 말하더니 뒤로는 발랑 까져서 아무에게나 엉덩이를 흔드는 그런 여자였어."

"그렇게 말하지 마세요!"

"뭘 그렇게 말하지 마!"

콰아앙—

복도에 놓여져 있던 갈색의 장식장이 우그러질 듯 커다란 소리를 냈다.

"내 눈으로 지켜봤다. 그 자식과 함께 걸어 들어가는 널 발견했을 때 내 눈을 의심했어! 그래도 널 믿었다. 내가 어떤 마음으로 이 복도에서 일초일초를 보냈는지 알 수 있어?"

"……나를."

무서웠다. 오금이 저릴 정도로 두려웠다. 하지만 물러설 수가 없었다. 잊어버렸다고 생각한 자존심이 오기와 함께, 걱정하고 염려하고 고민하고 슬퍼하느라 새까맣게 타 아무것도 남은 것이 없다고 생각했던 가슴속 깊은 곳에서부터 솟아올랐다.

"나를 믿는다고 말했나요?"

"……."

"정말로 믿었어요?"

그의 표정은 그렇지 않다, 라고 대답하고 있다.

"그렇지 않죠? 처음부터 믿지 않았어요."

"무슨 소리를 하고 싶은 거지?"

"나도 당신을 믿었어요. 믿고 싶었어요. 언제나, 언제나 그렇게 하고 싶었어요. 그런데 당신은 날 믿지 않았어요."

한번 입을 열자 스스로에게 놀랄 만큼 술술 말이 나왔다. 심장은 얼어붙어 쪼개져 버렸지만 정신만큼은 시리도록 맑았다.

"은성 씬 내게 아무것도 말해주지 않았어요. 나는 언제나 의심하며 지켜봤으면서 정작 은성 씨는 나한테 아무 말도 안 했다구요. 날 믿지 못하니까 당신은 아무것도 말하지 않은 거예요. 나는 모든 걸 당신에게 털어놓았는데 당신은 언제나 내 위에서 내려다보면서 가만히 듣고만 있었어요."

"내가 뭘 어쨌다고 하는 거야. 난 언제나……."

"네. 은성 씬 언제나 옳아요. 자신이 옳다고 생각하는 것만 하죠. 하지만 그거 알아요? 당신에겐 진리지만 남에겐 그렇지 않을 수도 있어요. 당신이 진리라고 생각해도 남들에겐 거짓으로 보이는 것이 있다구요!"

내가 하면 로맨스고 남이 하면 불륜이다. 우스갯소리 같지만 그것이야말로 정말 세상의 진리일 것이다.

"연락도 안 되고 사라진 게 며칠이나 됐죠? 아무 설명도 없이 당신이 보낸 차를 내가 어떻게 생각했을 거 같아요? 사라진 사람이! 연락도 안 되는 사람이 갑자기 다른 여자의 약혼자가 되어 사람들의 입에 오르내리는데 그동안 내가 어떻게, 어떤 마음으로 지냈을지 단 한 순간이라도 생각해 봤나요?"

"쓸데없는 소리 마. 이 업계의 더러운 면은 너도 잘 알잖아! 잘 아는 사람이 그런 걸로 왜 화를 내!"

"그 말 그대로 당신에게 돌려 드리죠."

순간 그의 얼굴빛이 변한다. 그는 무엇을 생각하는 걸까. 무엇을 떠올렸기에 저리도 표정이 달라지는 걸까.

"은성 씨가 사업상의 일로 해야 했던, 혹은 할 수밖에 없었던 일들, 은성 씨에겐 진리기에 그렇게 했겠죠? 나도 마찬가지예요. 나도 내 가치 판단 기준에 옳은 일들을 해요. 그렇게 해왔어요."

"한진영!"

"소리치지 말아요!"

자신을 안아주던 그의 손길은 너무나 따스했다. 그리고 익숙했다. 수백은 몰라도 수십 명의 여자를 즐겁게 해주었을 익숙하면서도 농염하며 진한 손길이었다. 얼마 안 되는 경험으로도 금세 알 수 있을 만큼 익숙한 손길이었다. 어쩌면 그는 이 호텔에서 진영을 발견하기 전에 어떤 여성과 함께 시간을 보냈을지도 모른다. 이름도 모를 수없이 많은 그녀들이, 과거의 그녀들이 미래의 그녀들이 그의 옆에 존재해 왔을 것이다. 진영은 아마도 끊임없이 그녀들을 질투할 것이다. 질투하며 추해지는 자신을 발견하고 절망해 버릴 것이다.

"나한테 화내지 말아요. 나를 몰아붙이지도 말아요. 나도 눈이 있고, 귀가 있고, 생각할 수 있는 머리가 있어요. 은성 씨가 연락을 끊고 사라졌던 것도, 스캔들 같은 것도, 그 모든 것이 그저 일에 불과한 것이라고 말한다면 그래요, 믿을 수도 있어요. 하지만……"

견딜 수가 없다. 그의 앞에서 자신감을 잃고 자존심을 잃고 스스로의 모든 것을 잃어가는 자신을 참을 수 없다. 무너지는 자신을 견딜 힘이 그녀에겐 없다. 그의 일거수일투족에 신경 쓰고 걱정하고 고민하고 땅을 파는 자신이 미치도록 혐오스럽다. 설사 그가 자신을 사랑하고 있다고 말해도 그것을 감당해 낼 마음의 파편이 남아 있지 않다. 그저 그녀의 몸만을 노리고 사귄 거라고 해도, 혹은 진심으로 그녀를 사랑했다고 해도.

"나는 이제 지쳤어요."

"너……"

"당신 옆에 있을 자신이 없어졌어요. 아무렇지도 않은 듯 웃을 자신이 없어요. 더 이상 당신을 믿을 힘이 없어요."

"지금 내가 하고 싶은 말은 그게 아니야."

"상관없어요. 말하지 않든 말을 하든 난 듣지 않을 거니까. 무슨 말을 해도 내 귀엔 들리지 않을 거예요. 이제 끝낼 거니까."

진영은 조용히 자신의 왼손을 들어올렸다. 손가락에 끼워진 반지를 그녀는 느린 몸짓으로 빼냈다.

"아무 말도 하지 말아요. 은성 씨와 사귀던 날들은 즐거웠어요. 기쁘고 행복했어요. 그뿐이에요."

"한진영, 너 왜 이래?!"

"못 들었어요? 지금 헤어지자고 말하는 거예요."

그녀는 앞으로 한 걸음 걸어가 그와의 거리를 좁혔다. 그리고 또 한 걸음 두 걸음. 그의 앞에 서서 손에 든 반지를 내밀었다. 그녀의 묘한 박력에 그는 우뚝 서서 그녀를 내려다보기만 했다. 아무리 내밀고 있어도 그가 반지를 받아 들지 않자 그녀는 조용히 그가 내려쳤던 장식장 위에 반지를 내려놓았다. 딸깍 하는 소리가 마치 커다란 대문의 빗장이 닫히는 소리처럼 들렸다.

"그동안 고마웠어요."

그녀는 그를 향해 방긋 웃었다. 적어도 그녀는 자신이 웃었다고 생각했다. 그리고 물러섰다.

"당신을 잊을 거예요. 잊지 못할지도 모르지만 잊으려 노력할 거예요."

그리고 또 웃으며 한 걸음 뒤로 물러섰다. 진영은 은성에게 자신의 모습이 끝까지 우아하고 고상하고 아름답게 기억되고 싶다. 너무나 약해서 그의 곁에서 그를 바라볼 용기조차 없다는 것을 들키고 싶지 않다.

진영은 천천히 몸을 돌렸다. 더 이상 아무 말도 하지 않고 이대로 조용히 걸어가자. 아무도 없는 엘리베이터를 타고 내려가서 우아하게 플로어 직원의 안내를 받으며 새까만 모범 택시를 타고 돌아가자. 그렇게 돌아가서 혼자 아쉬움의 눈물을 아주 조금만 흘리면 될 것이다. 잊어버릴 거니까. 모든 것을 잊어버릴 거니까.

"기다려!!"

　거친 그의 목소리가 들려왔지만 진영은 걸음을 멈추지 않았다. 또박또박 복도 끝의 엘리베이터를 향해 걷고 또 걸었다. 빠르지도, 느리지도 않게. 간신히 엘리베이터 앞에 도착한 그녀는 버튼을 눌렀다. 빨리, 빨리 와줘. 나는 빨리 걷지 못하지만 너는 기계잖아?

　콰앙—!!

"아욱."

　긁어모은 자존심으로 허리를 곧추세우고 서 있던 진영의 몸이 순간 거칠게 밀어붙여졌다.

"잊어? 잊는다고? 어떻게, 무엇을!"

"아파요."

"말해!"

"당신을 잊을 거예요. 당신과 지내온 모든 것을 잊을 거예요!"

　미워할 수도, 증오할 수도 없으니 남은 방법은 잊어버리는 것뿐이다.

"웃기지 마!!"

벽에 짓이겨진 어깨가 고통을 호소한다.

"난 용납 못해!"

"용납하든 말든 그건 은성 씨 일이죠."

"시끄러워!"

"이거 놔…… 으읍!"

벌어진 입으로 그의 혀가 거칠게 파고든다. 그것은 유린하듯 안을 헤집고 들어왔다. 도망가는 진영의 혀를 감아 빨아들이고 그녀의 숨까지, 심장까지 모조리 빨아들일 것처럼 거칠게 입을 맞췄다. 그녀의 닫혀진 마음속으로 들어오려는 것처럼 깊숙이 안으로 들어왔다. 있는 힘을 다해 가슴을 밀어내려 해도 단단한 그의 가슴은 꼼짝도 하지 않았다. 거칠었던 키스가 점점 더 농밀하게 연인의 그것이 되어간다. 얇은 원피스로 감싸인 허리를 부여잡고 쓰다듬으며 가슴을 움켜잡는다. 간신히 버티고 있는 진영의 떨리는 다리 사이로 그의 긴 다리가 파고든다. 머리가 아득해진다. 울면 안 된다고 아무것도 느껴지지 않는다고 몇 번이나 생각하지만 그의 손길을 기억하는 몸이 의지를 배반하고 그의 손길을 받아들인다. 떨리던 다리에서 살짝 힘이 빠지려는 순간 날카로운 아픔이 입술 한끝을 달렸다.

"허억…… 허억."

그의 입술이 떨어지자마자 진영은 숨을 몰아 내쉬었다.

"흐읍―!"

그의 커다랗고 길다란 손이 그녀의 무너지는 몸을 받치며 또 다른 한 손이 그녀의 턱을 움켜쥔다.

"잊어봐. 잊고 싶으면 얼마든지 잊어봐!! 하지만 잊을 수 있을까?"

사악함이 가득한 미소가 그의 얼굴 위에 떠오른다. 하지만 저 표정은 정말로 미소라고 부를 수 있는 것일까.

"똑똑하게 기억하고 있을 거야. 네 머리가 잊어도 네 몸이 날 기억할 거야. 죽어도 잊지 못해. 절대로 잊지 못해. 잊고 싶으면 얼마든지 잊어봐! 키스 하나로도 흐물흐물 녹아내리는 네 몸은 절대 나를 잊지 못해!!"

그에게 깨물린 입술에서 빨간 피가 배어나온다. 붉은 피를 보자 은성의 안색이 조금 변했다. 그도 너무 흥분해 버린 것이다.

"……후. 머리를 식히면 그때 다시 이야기하지."

진영은 거칠게 그의 손을 치워 버렸다. 칭―하고 엘리베이터가 도착하고 문이 열렸다. 진영은 도망치듯 엘리베이터 안으로 뛰어들었다. 무섭도록 자신을 노려보고 있는 맹수 같은 그에게서 한 걸음이라도 더 멀리 도망쳐야 한다. 떨리는 진영의 어깨 뒤에서 엘리베이터 문이 닫혔다. 내려간다는 기계적인 목소리가 들려오는 순간 그녀는 그대로 무너져 버렸다. 어찌할 수도 없는 흐느낌이 떨리는 어깨에서, 온몸에서 흘러내렸다.

"젠장―!"

쾅!! 콰아앙!!

은성은 분을 참지 못하고 몇 번이나 벽을 두드렸다. 가능하다면 부숴 버리고 싶을 정도로 미친 듯이 두들겼다. 조금만 더 했으면 벽 대신에 그녀를 부수어 버렸을지도 모른다. 그녀가 도망치고 싶은 마음이 절실하게 이해 갈 정도로 그는 화가 나 있었다.

말하지 않아도 이해하리라 생각했다. 기꺼이 자신의 몸을 내주는 그녀를 보고 이젠 자신을 겁내지도, 어려워하지도 않게 된 거라고 믿었다. 안심했었다. 그런데 도대체 그녀는 무슨 말을 하고 있는 걸까.

애초에 일을 벌인 게 잘못이었다. 이주연에 대해 자신의 처신이 너무나 느긋했던 것이 실수였던 것이다.

"빌어먹을."

진영이 묘하게 불안해한다는 것은 알았지만 그냥 흔한 질투라고 생각했었다. 나중에 설명하면 괜찮겠지 하고 가볍게 넘긴 것도 사실이다. 그녀 역시 동종 업계에서 일하고 있고 그 안에서 벌어지는 각종 거래들이 어떻게 이루어지는지 알고 있을 것이라 생각했기에 시간을 보내기도 했었다.

"처음부터 받아들이지 말았어야 했어."

몸값이 하늘로 치솟아올라 있는 대 여배우님을 잡느라 자신도 미끼로 사용할 수밖에 없었다. 이주연은 스토커를 드러내기 위해 거짓으로 결혼 상대가 되어달라고 했지만 사실 은성은 그

거짓말속에서 자신을 향한 짙은 관심을 읽어낼 수 있었다. 기왕이면 이용하자고 생각했다. 가는 것이 있어야 오는 것이 있듯, 자신이 도움을 주면 그녀도 KG에서 제시하는 출연료를 그대로 받아들이기로 했다. 잠시 기자들에게 시달리기만 하면 억 단위의 제작비를 은성 혼자서 절약하는 셈이 된다. 고의적으로 스캔들을 내고 시끄러운 기자들을 피해 호텔 생활을 하게 되는 것도 감수했다. 진영의 곁을 잠시 지킬 수 없게 되는 것도 감수했었다. 그런데 그 결과가 이것이다.

일 때문에 잠시 나왔다가 진영을 발견했을 땐 한달음에라도 달려가고 싶었다. 하지만 참았다. 호텔에서 묵고 있는 자신이 '일' 때문에 그런 것이듯, 그녀 역시 일 때문에 호텔을 찾았다는 것을 알고 있었기 때문이다. 하지만 그녀의 움직임은 거기서 끝나지 않았다. 식당을 나와 엘리베이터를 타고 객실로 올라갔던 것이다.

낯선 남자와 함께 걸어가는 것을 보고 당장에라도 달려가 두들겨 패버리고 싶은 것을 꾹꾹 눌러 참았다. '일'을 하고 있는 그녀를 방해하고 싶지 않았다. 그녀가 그렇게나 원하는 일을, 자신감있게 열심히 하는 일을 망쳐 놓고 싶지 않았다. 그런데, 눈앞이 벌게지도록 기다렸는데, 그녀는 나오지 않았다. 벌레 기어가는 소리도 들리지 않는 완벽한 방음벽 너머에서 무슨 일이 벌어지고 있는지 상상하고 싶지 않았다. 그렇게 머리를 쥐어뜯고 싶을 정도의 시간을 견뎠는데, 안에서 나온 그녀는 오히려 그를 비난했다. 아니, 비난한 게 아니다. 그저 지쳤다고 말했다.

무엇에? 누구에게? 왜?

아무리 물어보아도 이유를 알 수가 없다. 무슨 말을 듣고 싶었던 건가. 그녀는 어떤 말을 원했던 건가. 사랑한다고, 서로의 마음이 이제 하나가 되었다고 생각했는데 잠시 보지 못한 동안 무슨 일이 생긴 걸까.

"빌어먹을!"

이를 부득부득 갈며 그는 주먹을 부르르 떨었다. 귀찮은 시선을 피해 들어왔던 호텔에서 그녀를 발견할 줄은, 그리고 그녀에게 이별의 말을 들을 줄은 상상도 하지 못했다.

"제길. 귀찮은 일에 말려들어서……."

벽에 기대 머리끝까지 치밀어 오른 분노를 식히는데 뒤에서 묘한 발음의 목소리가 들려왔다.

"여자란 아주 특이한 생물이죠."

"……."

그가, 문을 열고 복도에 나와 있었다.

"실례. 잠시 외출을 하려다가 그만 이래저래 엿듣고 말았습니다."

아무 말도 필요없었다. 저 사람과는 아무런 대화도 하고 싶지 않다. 자신이 모르는 그녀를 알고 있는 듯한 남자. 은성은 아무 말 없이 몸을 날렸다.

퍼억—!

"크윽—"

문답무용으로 날린 주먹에 턱을 맞은 남자가 커다란 신음 소리를 내며 뒤로 나자빠졌다.

"일어나!"

"크으…… 자네, 실수하는 거야."

"일어나!!"

"이런 이런. 두어 시간 독점하고 있던 벌인가 보군. 그래, 자네가 바로 '이유'였어."

턱을 비비며 일어나는 남자는 묘한 웃음을 만면에 띠고 있다. 그 얼굴을 은성은 아무 말 없이 한 대 더, 있는 힘껏 두들겨 버렸다. 두 번째로 바닥에 자빠진 남자는 인상을 찌푸렸지만 역시 아무렇지도 않은 듯 툭툭 털고 일어났다. 다시 주먹을 쥐는 은성을 보고 유준은 한 손을 내밀었다.

"이 정도면 적당히 맞았다고 생각하니 세 번째는 사양하지. 자네가 우리 진영이 애인이라는 사실은 충분히 알았으니까."

"……."

"더 때리고 싶겠지만 일단은 이야기부터 좀 하지. 비장의 마오타이[茅臺酒]가 한 병 남아 있거든."

사신을 죽일 듯이 노려보는 은성 앞에서도 그는 유들유들하게 말을 이어간다.

"설마 우리 진영이처럼 답답하게 아무 말도 안 듣겠다고는 하지 않겠지? 진영이가 유약한 듯하면서도 고집이 세지. 화를 잘

내진 않지만 한 번 화가 나면 다른 사람 말은 아무것도 안 들으려고 하거든. 그 아이와 이야기를 하려면 좀 기다려야 할 거야. 아! 자네는 은성이라고 했나?"

은성에게 얻어맞고 입 안이 찢어졌는지 유준은 인상을 썼다.

"아아, 이거 국제 문제야. 고소당해도 억울하단 소리는 하지 않았으면 하네. 나는 얼굴이 장사 밑천이라고."

유준은 다시 열려진 그의 호텔 룸 안으로 들어갔다.

"거기 그대로 서 있을 건가?"

그의 눈빛은 알고 싶은 것이 있으면 마음대로 걸어 들어와 얻어가라는 듯한 뜻을 내비추고 있었다. 분노에 젖은 머리는 여전했지만 은성은 고개를 올리고 심호흡을 한 번 하는 것으로 분노를 잠시잠깐 잠재운다. 쓸데없는 이야기만 늘어놓는다면 반드시 목을 반쯤은 꺾어놓겠다는 다짐을 하면서. 하지만 냉정한 마음 한구석에서는 그가 할 이야기에 무언가 있다는 것을 직감적으로 느끼고 있었다. 은성은 차분한 걸음걸이로, 걸어도 소리 하나 내지 않는 맹수처럼 천천히 걸어갔다. 그런 그의 눈에 진영이 빼놓은 은색의 반지가 들어왔다.

"쳇."

은성은 혀를 차면서 그 반지를 집어 주머니에 넣었다. 씁쓸했다.

"어서 들어오게나."

안에서 유준이 다시 재촉한다. 그는 안으로 들어가 등으로 문을 달았다. 그는 밤이 새도록 유준의 방에서 나오지 않았다.

이은성이 피곤한 얼굴로 그 방을 나온 것은 다음날 새벽 무렵이었다. 지친 듯한 표정의 그는 묵묵히 엘리베이터를 타고 로비 쪽으로 내려갔다. 귀찮은 날파리들을 피하느라 휴가 아닌 휴가를 보내고 있던 호텔이지만 이젠 미련도 없다. 날파리들이 붙든 말든 상관도 하지 않을 생각이었다.

로비까지 나온 그는 뒷주머니의 핸드폰을 꺼내 들었다. 신호가 가길 기다려 그는 무뚝뚝한 목소리로 전화를 받은 상대에게 이렇게 말했다.

"재헌이냐? 이른 아침에 미안하다. 빚 좀 갚아라."

그는 다짜고짜 이유도 말하지 않고 그의 용선을 말했다.

"애들 몇 명만 빌리자."

피곤한 목소리엔 희미한 자괴감이 스며들어 있다.

"그래. 한 일주일만."

목표로 한 것을 얻어낸 그는 고맙다는 말을 마치고 핸드폰을 다시 주머니에 집어넣었다. 밤새 마신 마오타이가 아직도 그의 몸과 머리를 지배하고 있었다.

"그리고 조사 좀 해줘."

재헌이 웃는 소리가 희미하게 들려온다.

"웃지 마. 난 심각하니까."

당장 진영의 앞에 나설 자신이 없다. 그렇다면 기회를 노릴 수밖에 없다. 진영이 자신을 필요로 하는 절대절명의 순간을 노

잊을 수 있는 것과 없는 것   283

려야 한다.

"개자식."

자신의 호텔 룸 침대 위에 대자로 뻗어 코까지 골며 잠들어 버린 유준을 향해 욕지거리를 퍼붙는다. 그의 옆을 지나던 호텔 직원이 흠칫 놀라 피해갈 정도의 저속한 욕들이 계속 이어진다.

새벽의 해는 너무나 눈부셨다.

9

너에게 주고 싶은 것

"**기**획서 완성되었습니다."

뒤에 앉은 박영헌 PD에게 메신저를 이용해 파일을 보냈다.

"오케이. 수고했어. 아참, 엘렌 피레스트 포스터 교정지 좀 봐봐. 그쪽에서 마음에 안 든다고 투덜거리는데 내가 볼 땐 괜찮거든. 보고 이야기 좀 해봐."

"어디가 마음에 안 든대요?"

"사진이 어쩌구저쩌구 색감이 어쩌구저쩌구하더라."

"그러니까 그 어쩌구저쩌구가 뭐냐구요. 그런 걸 알려주셔야 제가 파악하기가 더 좋지 않겠어요?"

언제나 느끼지만 일이라는 것은 정말 제멋대로 진행된다. 실연을 당해서 우울하든 말든, 일을 하고픈 의욕이 생기든 말든 해야 할 일이 없어지지는 않는다.

'게다가 여전히 아무렇지도 않게 일을 하는 내가 더 이상해.'

그렇다 정말로 이상하다. 자신이 왜 이곳에서, 이렇게 아무렇지도 않게 일을 할 수 있는 건지 스스로의 감성이 정말로 메말라 버린 게 아닌가 싶을 정도다. 죽을 것 같은데, 살고 싶지도 않다고 생각하는데 아침이 되면 저절로 눈이 떠지고 샤워를 하고 무의식중에 출근을 한다. 출근을 해서도 마찬가지다. 눈앞에 일이 쌓여 있으니 자신도 모르게 그 일에 매달리게 된다. 바쁜 것도 여전하고, 정신없는 것도 여전하다.

'텅 비어버린 유리병 같아.'

일을 하는 자신이 아무런 생각 없이 그저 기계적으로 모든 일을 처리하고 있다는 자각도 확실히 있다. 일을 하며 실수를 저지르고 있지 않다는 게 신기할 정도다. 너무나도 좋아하는 일인데, 비록 반복하는 작업이 많다고 해도 어느 공연이나 새롭고 끝내면 보람찼는데 지금은 아무것도 느껴지지 않는다.

"네에. Clex 공연 기획팀 김세중, 어어. 너냐. 그래. 그렇다. 어어, 별일없어. 오라이. 끊어라."

어느새 김세중 팀장이 돌아와 자리를 지키고 있었나 보다. 여전히 동에 번쩍 서에 번쩍하는 사람이다.

"팀장님, 개인 통화는 자제하라면서요."

"개인 통화 아니야. 엄연히 거래처다."

박영헌 PD가 은근슬쩍 핀잔을 줘도 팀장은 끄떡도 하지 않는다.

"거래처면 좀 더 예의 바르게 받으셔야죠."

"무대감독하고 반말 찍찍 욕지거리하면서 전화하는 주제에 말이 많다. 난 나간다. 자자, 오늘은 적당히 끝내고 돌아가도 좋아."

며칠 만에 정시 퇴근을 해도 좋다는 말이 나왔지만 진영은 전혀 달갑지 않았다. 텅 빈 유리병이든 뭐든 일을 하고 싶다. 일을 하고 있으면 생각을 덜하게 되니까. 사실 일을 하면서도 계속 머릿속에서 떠나지 않는 생각이 있다는 것을 알고 있다. 하지만 바쁘면 조금이라도 덜 신경 쓰게 된다. 제발 일을 하게 해줘. 일을 하게 해달라고.

그런 진영은 아랑곳하지 않고 사람들은 퇴근 준비에 열심이다. 진영은 결국 평소엔 하지도 않던 컴퓨터 속의 각종 파일까지 정리를 해버렸다. 내친김에 이런저런 자료들이 쌓여 있는 책상까지 정리해 버렸다. 그사이 박영헌 PD는 잘되었다는 듯 신나게 퇴근을 해버렸다.

짤랑—

자료 하나를 집어 드는데 무엇인가 소리를 내며 바닥으로 떨어졌다. 무심코 떨어진 물건을 집어 들던 진영의 몸짓이 덜컥하고 멈추어 버렸다. 후욱 하고 숨을 쉰 진영은 떨어져 있던 자동차 키를 집어 들고 마치 더러운 물건이라도 된다는 듯, 책상 옆의 쓰레기통에 던져 버렸다.

"어머. 선배, 그거 열쇠 아니에요?"

"필요없는 거야."

순간 자신도 모르게 목소리가 높아져 버렸다. 실수다.

"……아, 죄송해요."

"아니, 내가 미안. 조금 피곤한가 봐."

"네. 저, 저기 선배 퇴근 안 하세요?"

수아의 말에 진영은 무심코 왼 손목을 들었다. 하지만 그녀의 왼 손목엔 아무것도 없다. 얼마 전까지만 해도 그녀의 손목엔 하늘색 줄의 에르메스 켈리2가 예쁘게 감겨 있었다. 그 손목시계는 지금 진영의 원룸 바닥 어딘가를 구르고 있을 것이다. 버리지도 못하고, 그렇다고 얌전히 모셔두지도 못했다. 결국 혀를 차지도 못하고 들어올린 왼손으로 머리카락을 쓸어 넘긴다. 눈치 채지 못했겠지?

"이런, 벌써 아홉 시네. 먼저 들어가지 그랬어."

"그래도 선배가 계신데 어떻게 그래요."

날카로운 반응을 보였는데도 수아는 아무렇지도 않은 듯 웃으며 말한다. 정말 그녀에게도 못할 짓을 하고 있는 것 같다. 진영이 최근 이은성과 만나지 않고 있다는 것은 수아도 알고 있을 것이다. 그에게서 선물 받은 시계도 자취를 감췄고, 점심시간에 식사를 하러 나가지도 않고, 공연 때마다 슬그머니 백 스테이지로 찾아오던 은성도 최근엔 코빼기도 보이고 있지 않다. 누가 봐도 헤어진 걸로 보이겠지.

"수아 씨, 나 회사 그만둘까 봐."

"예. 예에? 서, 선배, 갑자기 그게 무슨 말씀이세요?"

"그냥, 힘들어서."

"에이, 힘든 건 항상 그래 왔잖아요."

"그렇긴 한데……."

차였든 찼든 형태가 어떻게 되었든 큰 상관은 없다. 중요한 건 그를 만나지 않는다는 것이고 싸우지도 않고 마음 졸이지도, 가슴 아프지도 않는다는 점이다. 아아, 또 생각해 버렸다.

탁—

열었던 서랍을 닫을 때 힘이 들어가 버렸다. 옆의 수아가 어깨를 흠칫하는 게 느껴진다. 바보다, 한진영. 넌 정말 바보야.

"그냥 하는 소리야. 신경 쓰지 마. 먼저 갈게. 어서 퇴근해."

결국 수아를 볼 낯이 없어 진영은 가방을 들고 일어섰다. 자신 때문에 저녁도 거른 게 미안했지만 같이 식사를 하러 가자고 할 여유가 없다.

사무실의 문을 살며시 닫고 엘리베이터 앞에 서서 버튼을 눌렀다. 머리가 무겁다. 칭하는 소리와 함께 엘리베이터 문이 열렸다. 나오는 사람이 있기에 살짝 옆으로 몸을 피하는데 그 사람이 툭 하고 어깨를 쳤다.

"……!!"

"어엇! 조심조심. 놀라게 했네. 진영 씨, 이제 퇴근하는 거야?"

팀장이었다. 심장이 두근거린다.

"아, 예. 조금 정리할 것이 있어서요."

"그래그래. 어서 퇴근하고 잘 자고 내일 보자고. 그럼 잘 가."

사람 좋게 웃어 보이는 팀장에게 가까스로 인사를 하고 엘리베이터를 탔다. 팀장이 건드린 왼쪽 어깨가 불이 붙은 것처럼 뜨겁고 아프다. 은성이 잡아당기고 밀어붙였던 바로 그 어깨다.

그날 집에 돌아와 욕실에 들어간 진영은 거울에 비친 자신의 몸을 보고 흠칫 놀라 버렸다. 불그스름한 얼룩이 왼쪽 어깨를 가득 덮고 있었기 때문이다. 아프다고 생각했었는데 설마 그런 상태가 되어 있을 것이라고는 상상도 하지 못했기 때문이다. 어깨의 붉은 자국은 다음날 아침엔 시퍼런 멍으로 변해 있었다. 아팠다. 너무너무 아팠다. 아파서 화가 날 정도로. 밤이면 밤마다, 욕실 거울에 비친 어깨를 보고 울었다. 아프니까, 어깨가 아프니까 울었다. 사실은 마음의 아픔이 눈물이 되어 흘러나오는 것이었지만 어깨가 아픈 거라고 몇 번이나 되뇌며 울었다.

지금 그 어깨가 또 욱신거리며 아파온다.

"팀장님은 왜 어깨를 치고……."

사실은 팀장 때문에 아픈 게 아니지만, 팀장의 핑계를 대자. 그래야 덜 아플 테니까. 그래야 조금이라도 덜 울 것 같았다.

얼마나 울었는지 이제는 흘릴 눈물도 없을 거라는 생각이 들었다. 그런데도 여전히 밤이 되면 눈물이 흐른다. 그럴 때마다 진영은 차가운 욕실 안에서 쪼그리고 앉아서 울었다. 샤워기에서 쏟아져 나오는 물에 섞여 버리게 반드시 욕실 안에서 조그맣게 몸을 웅크리고 울었다.

진영이 엘리베이터를 탄 후 층수 표시가 바뀌는 것을 확인한 김세중이 핸드폰을 들었다. 그의 얼굴은 보기 드물게 굳어져 있었다.
"나다. 개자식."
핸드폰 너머의 인간에게 인사도 하지 않고 대뜸 욕설부터 퍼부었다.
"너 이 새끼 빨리 어떻게든 안 하면 죽여 버린다."
상대방도 만만치 않게 소리를 치는지 김세중 팀장은 핸드폰을 귀에서 조금 멀리 뗐다. 그리고는 마이크처럼 핸드폰을 움켜지고 소리를 질렀다.
"시끄러워. 네가 뭘 잘했다고 씨부렁거려! 아아! 당근 우리 소중한 팀원인데 이 정도도 못 나서냐? 네 눈깔은 옹이 구멍이냐? 게다가 발이 없어 손이 없어, 왜 그렇게 미적거려! 이 빌어먹을 새끼! 일주일 내로 해결해!!"
마음껏 소리를 버럭버럭 지르고도 모자란 김세중 팀장은 그 후로도 통화를 끊지 않고 장장 이십여 분간 그가 아는 모든 욕설을 동원해 소리를 지르고 또 질렀다. 결국 상대가 먼저 전화를 끊어버린 것을 발견하고는 씩씩거리며 핸드폰 플립을 닫았다.

"개새끼. 진영 씨 눈에서 눈물이라도 흘려봐라. 묵사발을 내주마. 쪼잔한 새끼."

성질이 난 김에 핸드폰을 벽에 던져 버리려다가 참는다. 대신 그는 어디론가 다시 전화를 걸었다.

"재헌이냐? 그래, 나다. 거 사무실 근처에서 서성대는 거 너네 애들이지? 적당히 하고 철수시켜라. 분위기 험악하다."

이번의 통화 상대는 은성과는 달리 너무나 느긋하다.

"빚을 갚든 말든 나랑 무슨 상관이야. 빨리 끝내. 그래, 알았다. 모레쯤 거기서 보자. 아참, 은성이 새끼 끌고 나오면 죽는다."

통화를 끊고 뻣뻣한 목을 두들기며 고개를 몇 번 돌린다. 뚝뚝 하는 소리가 들렸다.

"어휴, 내 팔자야. 가뜩이나 바빠 죽겠는데 왜 내가 친구 새끼랑 부하의 연애까지 간섭을 해야 하냐고. 망할 자식."

불쌍한 Clex 공연 기획팀 김세중 실장, 올해 서른넷이 된 한 집의 가장이자 망할 친구를 둔 남자는 어깨를 축 늘어뜨리고 사무실로 걸어갔다.

막 통화를 마친 윤재헌은 손에 들고 있던 담배를 한 모금 더 빨아들이며 피식 웃었다.

"모레 만날 때 너 끌고 나오면 죽인댄다."

"누가?"

옆에서 술잔을 기울이고 있던 남자가 힐끗 재헌을 바라본다. 술에 취해 조금 흐리멍덩해진 눈을 한 친구를 보고 재헌은 안됐다는 듯이 혀를 찼다.

"누구긴, 방금 네가 소리를 버럭버럭 질러 버린 자식이지."

"아, 세중이 녀석."

"적당히 해라. 너도 꼴이 말이 아니다."

"내가 뭘."

"아아, 누가 알았을까. 천하의 이은성이 여자 하나 때문에 이 꼬락서니가 될 줄을."

"시끄러워."

"그래그래. 입 닥칠 테니 하루라도 빨리 끝내라. 세중이 녀석이 우리 애들 사무실 근처에서 철수시키라고 지랄을 한다."

"숫자만 줄여."

"네가 오야봉이냐, 내가 오야봉이냐?"

"오늘 술은 내가 사지."

"차 안 끌고 다닌다고 멋대로 마시는군. 네 차 아직 그 Clex 주차장에 그냥 있단다. 우리 애들이 가져다 놓은 날부터 고대로 1mm도 안 움직인 채 얌전히 서 있다고."

"무슨 상관이야."

말은 그렇게 하지만 막상 그 소리를 들으니 은근히 화가 치밀어 오른다. 머리에서부터 발끝까지 마음에 드는 것이라고는 하나도 없는 여자다. 팔자에도 없는 호텔 생활을 하는 동안만이라도 자신이 바래다주지 못하니 타고 다니라고 한 건데……. 아. 혹시 그놈의 차 때문에 무슨 오해라도 했나.

"그렇게 맘에 들면 싸운 이유가 뭔진 모르겠지만 가서 싹싹 빌어. 여자란 그저 무릎 꿇고 싹싹 빌면 다 넘어오게 되어 있어."

"난 잘못한 거 없어."

사과를 하려고 해도 뭐에 그렇게 화를 내는 건지, 아니 아예 말도 안 듣겠다고 선언한 건지 짐작이 안 간다. 물론 자신이 조금 오버해서 화를 냈다는 것은 인정한다. 하지만 그때의 상황에선 자신이 무엇에 대해 화를 낸 건지 모를 리가 없다. 자신은 분명 정당하게 화를 냈다.

"그 말 그대로 당신에게 돌려 드리죠."

은성은 혀를 찼다. 진영의 말이 생각났기 때문이다. 그래, 분명 오해를 할 만한 상황이다. 이 주 넘게 제대로 전화도 안 했으니 화를 낼 만도 하다. 게다가 스캔들도 세 번째였고 망할 그 여배우가 좀 오버를 했다. 하지만 그래도 역시 그 정도로 바로 헤어지자고 할 만한 상황은 아니었다고 생각한다. 그녀는 자신이 말을 하지 않는다고 했지만 자신이 그런 것처럼 진영도 쇼 비지니스 세계에서 사는 사람이다. 말하지 않아도 이해할 것이라고 생각했다. 설사 이해를 못한다고 해도 오해를 했으면 한 대로 자신에게 화를 내면 된다. 그럼 자신도 상황을 좀 더 자세하게 설명해 줬을 것이다. 사실 그 망할 여배우가 결혼은 가을이니 내년이니 하고 기자회견까지 하는 것을 보고 이건 좀 추궁을 받겠군 하고 내심 각오도 했던 차다. 그런데 묻기는커녕 지쳤다니, 지쳤으니 헤어지자니, 이별의 이유가 납득이 안 간다.

"재헌아."

"왜?"

"여자가 지쳤다고 하면 도대체 이유가 뭔지 알겠냐?"

"잠도 못 자게 괴롭혔냐? 너 에로 마왕이었잖아."

그러고 보니 그런 것 같기도 하다.

"한 번밖에 안 잤다."

큭큭큭 하고 웃는 소리가 난다.

"바람피웠냐? 에로 대마왕이 몇 달을 사귀면서 한 번밖에 안 자다니. 아하하하하."

"그런 적 없어."

홧김에 남은 술을 원샷해 버리는 은성을 보고 재헌은 재미있다는 듯이 바라보았다. 이 망할 에로 대마왕이 완전히 반해서 몇 달을 쫓아다녀 놓고 한 번밖에 안 잤다니 은성을 아는 녀석이라면 다들 배꼽을 잡고 웃을 사건이다. 하지만 그 말을 들으니 이 친구가 얼마나 그 조그마한 여자에게 빠져 있는지 빤히 보인다. 하기야 그런 녀석이었다. 뭐든지 한 번 빠지면 앞뒤 안 가리고 그 하나에만 빠지는 성격이니까.

"내일 일은 없냐?"

"당연히 있지."

"일어나라. 데려다 주마. 아참, 이거 받고."

사실 오늘 만난 것은 은성이 부탁한 것을 넘겨주기 위해서다.

"최근에 만난 친구라고는 무슨 출판사 다니는 여자 하나뿐이더라. 나머진 네가 알아서 해봐라."

고맙다는 말도 없이 얄팍한 봉투를 받아 든다.

"적당히 해결 봐. 다른 건 몰라도 무릎 꿇고 싹싹 비는 안은 고려해 봐라. 효과 좋더라."

"흥. 꼭 해본 것처럼 말한다. 여자 하나 없는 주제에."

"어제 본 드라마에서 그렇게 하니 여자가 홀딱 넘어가더라고."

"웃기고 있네."

특정한 여자가 없다는 것을 알고 있지만, 설사 그런 여자가 있다고 해도 재헌이 그럴 리가 절대 없다는 것을 알고 있다. 자신과 막상막하의 성격이라는 걸 뻔히 아니까. 하지만 은성의 마음 한구석에는 역시 그 방법밖에 없는 건가 하는 생각이 슬그머니 고개를 든다. 그만큼 그는 궁지에 몰려 있었다.

때르르르르—

"핸드폰 울린다. 받아라."

재헌이 묵직한 목소리로 지적한다. 은성은 핸드폰을 꺼내 힐끗 액정을 보고는 다시 주머니에 넣어버렸다. 집에서 온 전화다.

"왜?"

"어머니야. 시끄러워서."

첫 스캔들과는 이주연과의 스캔들이 준 여파는 컸다. 은성이 집에 들어오는 것도 피해 호텔 생활까지 하게 되자 집에서도 난리가 났다. 정말 사귀는 거냐고, 진짜 집안에 여배우를 며느리로 들일 셈이냐며 은성을 귀찮게 했었다. 심지어는 은성을 KG 엔터테인먼트 쪽에 추천한 삼촌은 은성의 어머니에게 은성을 그런 회사에 소개했다는 이유로 불벼락을 맞았다고도 한다.

"그 조그만 아가씨랑 얼른 화해하고 집안에 소개해."

"시끄러워."

사방이 시끄럽다. 주변도, 그리고 은성의 마음속도 잠잠해지질 않는다.

장마가 온다. 아침 뉴스에서도, 저녁 뉴스에서도 똑같은 일기예보를 한다. 뉴스를 보고 일어나 문득 고개를 돌리니 그야말로 엉망진창. 누가 보면 폭탄이라도 맞았냐고 물을 정도였다. 방바닥은 발 디딜 틈도 없고 침대 위엔 봄 이불이 구깃구깃한 채 돌돌 말려 있고 그 한쪽엔 빨아 널은 다음 정리도 하지 않은 타월과 옷들이 멋대로 작은 산을 만들고 있었다. 곧 장마가 시작된다고 하니 대청소를 해야겠다는 생각이 들었다.

"정말로 엉망이네."

치우는 것을 좋아하진 않지만 지저분한 것을 싫어하는 터라 나름 열심히 쓸고 닦고 정리를 하는 진영이다. 그런데도 이 지경이 될 때까지 자각이 없었다니 스스로에게 놀랄 지경이다.

"빨래를 잊지 않은 게 다행이었어."

그래도 빨래를 해야 한다는 정신은 있었나 보다. 바닥에 아무렇게나 던져 놓은 스타킹이며 타월, 트레이닝복들을 골라내며 혼자 투덜투덜댔다. 화장대 위에 있던 타월 하나를 집어 들다가 화장품들이 엉망으로 방치되어 있는 걸 보게 됐다. 빨랫감을 내려놓고 화장대를 정리하는데 아래 깔려 있던 탁상 달력을 발견했다. 그걸 보자 다시 마음이 가라앉는다.

"그렇구나. 헤어졌구나."

어느새 달이 훌쩍 넘어가 있다. 헤어진 지 삼 주쯤 된 것 같다. 정확하게는 헤어지자고 말한 그날부터 삼 주일.

"……바보구나, 한진영."

마음속 한구석에 기대감 비슷한 것이 남아 있었다는 것을 뒤늦게 발견한다. 그렇게나 정떨어지게 야멸차게 말했는데 그렇게 해놓고도 내심 기대를 했었나 보다. 그는 끈질긴 남자다. 집요한 남자다. 그러니까 적어도 한 번쯤은 집까지 찾아오지 않을까 생각했던 것 같다. 그가 오면 문을 닫아걸고 집에 없는 척해야지. 숨을 죽이고 침대에 들어가 이불을 뒤집어쓰고 모른 척해야지 하고 다짐도 했었던 것 같다.

"오지 않잖아. 뭘 바라는 거야, 한진영. 이제 끝난 거야."

떨쳐 버리자. 잊기로 했지 않은가. 또 눈시울이 뜨거워지는 것을 느끼고 진영은 황급히 빨랫감을 들고 욕실로 뛰어들었다. 열려 있는 세탁기에 빨랫감을 던져 넣고 세면대에 매달려 찬물을 틀었다.

"하아."

몇 번이나 찬물로 얼굴을 씻어내니 뜨겁던 눈시울이 다시 식었다. 연애란 사람을 피폐하게 만든다더니 정말 그런 것 같다. 정말 두 번 다시 할 게 못 된다. 얼굴을 닦으려고 타월을 찾았는데 하나도 보이지 않는다. 왜 없나 하고 생각하다가 정리도 안 하고 침대 위 한쪽에 잔뜩 쌓아둔 것이 기억이 난다. 진영은 고개를 절레절레 저었다.

짜증이 치밀어 올라 욕실에서 나가는데 무엇인가 툭 하고 발에 채였다. 욕실 턱에 부딪히는 소리가 욕실 전체를 울린다. 뭔가 해서 고개를 숙이는 그녀의 눈에 하얀색 핸드폰이 보였다. 그에게 헤어지자고 말을 하고 돌아온 날, 울컥하고 치밀어 오르는 기분을 주체하지 못하고 물속에 던져 버렸던 것이 기억났다.

"미쳤네, 정말."

욕실 바닥은 바싹 말라 있었지만 핸드폰을 집어 드니 아래쪽에 조금 물이 고여 있는 게 보였다. 살짝 젖은 것도 아니고 완전히 물에 푹 젖었던 데다가 욕실 바닥에서 며칠을 굴렀으니 수리도 불가능할 것이다. 핸드폰을 집어 들고 잠시 생각에 잠겼던 진영은 다시 밖으로 나가서 아수라장인 방을 뒤지기 시작했다.

너에게 주고 싶은 것

아직도 물에 젖어 있는 핸드폰, 언젠가 그가 사주었던 조그마한 대추나무 핸드폰 스트립, 어느 노점에선가 사준 핸드메이드 귀걸이에 목걸이 세트, 아무 데나 던져 버렸던 에르메스 손목시계 등등. 찾기 시작하니 그가 사서 떠안긴 물건들이 수도 없이 나오기 시작했다.

한참을 뒤져 그가 사준 물건들을 모조리 찾아낸 진영은 털썩 주저앉았다. 방바닥 중앙에 펴 있던 작은 식탁 위에 어느새 은성이 준 물건들이 수북하게 쌓였다.

"많네."

세상 사람들은, 정확하게 말해서 헤어진 사람들은 서로에게 선물한 이런 물건들을 어떻게 처리하는 걸까. 자잘한 것들은 쓰레기통에라도 버리면 되겠지 싶지만 이러지도 저러지도 못할 비싼 물건들은 어떻게 처리해야 할지 감이 잡히지 않는다. 예전에 사귀었던 사람하고 헤어지고 나서 자신은 어떻게 했더라 하고 기억을 뒤지지만 아무리 해도 떠오르질 않는다. 아, 사진들은 다 찢어서 버렸던 것 같은데.

"사진 한 장 없네."

이상하게도 은성과 찍은 사진은 한 장도 없다. 적어도 종이로 남은 것은 없었다. 그도, 자신도 그 흔한 디카 하나 들고 다니지 않았었다. 핸드폰으로 찍은 사진들뿐이다.

"정말 사진 한 장 안 남았어."

울컥하고 목구멍에서 뜨거운 것이 올라온다. 손으로 입을 막았지만 멈추질 않는다. 더 이상 울지 않겠다고 생각했는데, 또 눈물이 흘러나온다. 손으로 틀어막은 입술이 뜨겁다. 그 감촉에 그의 목소리가 떠올랐다.

"잊어봐. 잊고 싶으면 얼마든지 잊어봐!! 하지만 잊을 수 있을까?"

잊을 수 있다. 반드시 잊을 것이다.

"네 머리가 잊어도 네 몸이 날 기억할 거다. 죽어도 잊지 못해. 절대로 잊지 못해. 잊고 싶으면 얼마든지 잊어봐!"

그의 목소리가 귓가에 메아리친다. 진영은 고개를 흔들었다. 손등으로 입술을 비볐다. 잊을 수 있다. 잊어버릴 것이다. 절대로 반드시 잊어버릴 것이다.

"오늘…… 만이야……. 오늘만, 정말로 오늘까지만……."

소리를 내어 말한다. 귓가에 메아리치는 그의 목소리를 지우기 위해, 그리고 스스로에게 들려주기 위해. 진영은 무릎 사이에 얼굴을 파묻었다. 정말로 오늘만이다. 오늘이 마지막이다. 오늘까지만 울고 내일부터는 울지 않을 것이다.

"오늘…… 까지만이야……."

내일부턴 정말로 잊을 거니까 오늘까지만 울 것이다. 실컷 울고 그가 준 물건들은 모두 모아서 어딘가에 숨겨 버릴 것이다. 시간이 흐르고 흐르면 틀림없이 잊어버릴 수 있을 것이다. 그리고 언젠가 무심코 발견한 후에 그래, 그땐 그런 일도 있었어, 라며 씁쓸하게 웃으며 마음 편히 정리해 버릴 수 있을 것이다. 정말로 오늘이 마지막이다.

"후우."
꺄아아악 하는 시끄러운 외침 대신 와아아 하는 환성과 박수 소리가 관중석에서 들려온다. 스테이지 뒤에서 듣는 여러 가지 소리 중에서 저 소리만큼 좋은 것은 없다. 물론 속칭 빠순이들의 꺄아악 하는 소리를 싫어하는 것은 아니다. 관중들의 호응은 중요한 것이다. 그들의 호응과 반응이 스테이지 위의 뮤지션들에게는 무엇보다 값진 것이니까. 물론 진영들에게도 마찬가지다. 관중들은 많으면 좋고 비명과 환성 소리는 그들의 보람이니까. 다만 지금의 진영에겐 그저 귀를 먹먹하게 만드는 소음밖에는 되지 않는다는 것이 문제다.

'역시 일을 그만두는 게 좋을지도 몰라.'
일은 하고 있지만 그저 기계처럼, 다람쥐 쳇바퀴 도는 것처럼 움직이는 것뿐이다. 보람도 느껴지지 않고 즐겁지도 않다. 당연히 나는 도대체 무엇을 하고 있나 하는 생각이 들 수밖에 없다.

'에이전트 일은 어려울까.'
자신이 에이전트를 통해 일을 받거나 의뢰하거나 하는 일을 하고 있으니 그렇게 수월한 일은 아니라는 것을 알고 있다. 게다가 국내에서 활동하는 게 아니라 동양권 전체를 커버하는 에이전트는 더 어려우면 어려웠지 쉬울 리가 없다. 가볍게 뛰어들 만한 일은 아니라는 것을 뼈저리게 느낀다.

'하지만 이대로라면 정말 안 돼.'

후배인 수아가 뮤지션들의 중간 휴식 시간을 위해 열심히 뛰어다니는 것이 보인다. 오늘의 출연자 대기실은 무대 뒤에 조그맣게 꾸며졌다. 갈아입을 의상들이나 기타 시중은 출연자 측의 스태프들이 알아서 하지만 그들이 마실 물이라든지 칼로리를 보충하기 위한 각종 먹을거리는 그녀들이 준비해야 하기 때문이다. 같이 뛰어주고 싶지만 내키지가 않는다.

수아도 이젠 상당히 쓸 만해졌다는 생각이 든다. 말하지 않아도 알아서 자신이 해야 할 일, 맡아서 해야 할 일들을 찾아내서 묵묵히 수행한다. 중간중간 불만을 터뜨리긴 하지만 일을 내동댕이치지도 않는다. 물끄러미 그녀를 바라보다가 그녀의 목에 못 보던 목걸이가 걸려 있다는 것을 발견했다. 평소라면 바로 눈치 챘을 텐데 정말로 정신이 없긴 없나 보다. 그러고 보니 최근 핸드폰을 들고 밖으로 나가는 일이 많았다는 점도 뒤늦게 깨닫는다.

'누군가 사귀는 사람이 있는 건가.'

무심코 지나친 이런저런 일들이 머릿속에서 튀어나온다. 그러고 보니 정말로 누군가 사귀고 있는 것 같다. 최근에 무척 예

예뻐졌으니까.

'그렇구나.'

그래, 여자는 연애를 하면 예뻐진다. 그렇다면 지금의 자신은 어떨까. 아니, 그런 생각도 하지 말자. 왠지 기분이 나빠지니까. 진영은 얼른 손에 든 큐시트 쪽으로 눈을 돌렸다. 중간 휴식이라고 해도 스테이지는 여전히 돌아간다. 초대 가수의 노래가 4분 50초. 메인 출연진이 의상을 갈아입고 수분을 조금 보충하면 끝나는 짧은 시간이다. 일을 하자. 쓸데없는 생각을 하는 건 역시나 늘어져 있어서 그런 것이다. 보람이든 뭐든, 이 일을 언제 그만두든 간에 오점은 남기지 말아야 한다. 움직이자.

오늘의 공연은 관중들의 뜨거운 환호로 인해 무려 네 번이나 앙코르를 하고 무대 인사도 길어져서 예정된 시간보다 이십 분을 넘긴 후에야 간신히 끝이 났다. 당연히 뒤처리도 늦게 시작되었다. 기다리고 있던 청소 업체가 사람들이 썰물처럼 빠져나간 공연장으로 들어서는 것을 확인하고 나서야 진영은 조금 휴식 시간을 가질 수 있었다.

"수고했어, 진영 씨."

"수고하셨습니다. 수고하셨어요."

다른 스태프들과도 인사를 나누고 나서야 진영은 수아와 함께 출연자 대기실 쪽의 의자에 주저앉았다. 수아에게도 수고했다고 인사말을 건넨 다음 출연자들이 손대지 않은 생수병 하나를 집어 들었다. 그리고 잠시 침묵에 빠진다.

"선배, 다른 거 가져다 드려요?"

침묵에 빠진 이유는 단순하다. 생수병에 새겨진 제주 오다수라는 단순 명쾌한 이유.

"그러는 수아 씬? 이걸로도 괜찮아?"

"그건 그냥 물이에요."

역시 귀찮음은 과거의 불쾌한 기억도 저쪽 한구석으로 밀어낼 수 있는 강력한 무기다.

"그래, 이건 그냥 물이지."

두 사람은 약속이라도 한 듯이 웃음을 터뜨렸다. 그녀들의 웃음소리에 밖에 있던 박영헌 PD도 대기실로 들어왔다.

"뭐가 그렇게 재미있어?"

"아무것도 아니에요. 그죠, 선배?"

"그럼 아무것도 아니지. 후후훗."

"거참, 실없이 웃기는……. 어? 진영 씨, 그거."

"예?"

"전화기 반짝반짝거리는데?"

공연을 하는 동안은 주로 무전기를 사용하기에 핸드폰은 그저 장식품이다.

"이 시간에 나한테 전화하는 사람은 드문데. 하영인가."

워낙 토요일과 일요일이 바쁜 직업에 종사하다 보니 그녀를 아는 사람들은 이 시간에 전화를 하는 법이 없다. 오늘 공연엔 하영이도 왔으니 혹 그녀가 연락을 한 걸지도 모른다. 진영은 이상하다고 중얼거리며 수신 내역을 확인했다. 전화를 걸은 사람은 하영이 아니라 지방에 있는 그녀의 부모님이었다. 어머니가 다섯 번, 아버지가 두 번이나 전화를 연거푸 걸으셨다.

"부모님이시네요. 무슨 일이지?"

문자는 잘 안 보시는 분들이기에 진영은 주변 사람들에게 양해를 구한 후에 어머니 핸드폰으로 전화를 걸었다. 통화 연결음이 연이어 들리지만 전화를 받지 않으신다. 다시 한 번 걸어 볼까 하고 막 끊으려는데 여보세요? 진영이니? 하는 어머니의 목소리가 들렸다.

"예, 엄마. 잘 지내셨……."

인사를 건네기도 전에 어머니가 뭔가 빠른 목소리로 이야기를 하시기 시작했다. 진영의 얼굴이 심각해지자 옆에 있던 수아도, 역시나 생수 한 병을 벌컥벌컥 마시던 박영헌 PD도 슬그머니 그 옆으로 다가왔다.

"네. 엄마. 급한 일은 끝났으니까 갈게요. 진우한테는 연락하셨어요? 아예. 네, 엄마."

"무슨 일이야?"

"무슨 일이에요?"

진영은 후우하고 한숨을 쉬었다. 일도 바쁘고 자신의 일에 치어 연락도 제대로 못했었다. 그랬더니 일이 터진 모양이다.

"할머님이 계속 몸이 안 좋으셨는데 갑자기 상태가 나빠지셔서 입원을 하셨대요. 아무래도 돌아가실 것 같다고 좀 내려오라고 하시네요."

"저런 일을 어째? 우리도 가봐야 하는 거 아닌가?"

"아직은 괜찮으신 것 같아요. 저보고도 시간 나면 오시라고 하셨거든요. 하지만 일단 가봐야 할 것 같네요. 팀장님 어디 계세요?"

"어, 아마 플로어 매니저님하고 함께 계실 텐데. 무전기는 안 될 테니 전화해 봐."

"예."

들고 있던 생수병을 내려놓고 진영은 서둘러 밖으로 나가며 팀장에게 전화를 했다. 자신의 일에 빠져 집안일에 소홀했다는 생각에 후회가 물밀듯이 밀려온다. 그날 새벽, 진영은 천안으로 향하는 고속버스에 몸을 실었다.

지친 몸으로 도착하니 딸이 온다는 전화를 받은 아버지가 몸소 병원 입구까지 나와 그녀를 기다리고 있었다. 못 본 사이에 훌쩍 마르신 아버지를 보니 더 더욱 미안했다.

"아빠, 할머니는 괜찮으세요?"

"그래. 지금은 좀 안정이 되셨어. 어제 조금 위험했다."

그제야 왜 어제 그렇게 전화가 많이 들어왔는지 이해가 된다.

"일 없니? 괜히 네 엄마가 소란을 떤 건 아닌가 싶다."

"아니에요. 가뜩이나 서울 있어서 못 뵀었는걸요. 올라가요.

할머니한테 인사부터 드려야죠."

피곤함에 까칠한 얼굴을 하고 있는 아버지의 팔에 팔짱을 끼고 진영은 병원으로 들어섰다. 새벽에 내려온 딸이 걱정되었는지 아버지는 연신 몸은 괜찮냐, 일에는 지장없냐면서 계속 이것저것 물어왔다. 병실에 도착하자 진영은 조용히 안으로 들어갔다. 아버지는 잠시 담배를 피우시겠다면서 자리를 비우신다.

"진영이 왔니?"

보조 침대에 누워 있던 어머니가 부스스 몸을 일으킨다.

"그냥 주무세요. 엄마 피곤하셔서 어째요. 저 오늘은 괜찮으니까 엄마 집에 좀 들어가시는 게 어떠세요?"

"피곤해도 여기 있는 게 마음이 편해. 네 아버지나 좀 들어가시라고 하렴. 어머님은 밤새 못 주무시다가 조금 전에 잠드셨으니까 있다가 깨어나시면 인사하렴."

진영은 침대 위로 시선을 돌렸다. 노환으로 인해 언제 돌아가셔도 이상하지 않다는 말을 몇 번이나 들었었지만, 역시나 침대 위에 누워 있는 할머니를 뵈니 마음이 좋지 않다. 눈물이 왈칵 솟아나오려는 것을 간신히 참고 보조 의자에 앉는다. 마르고 딱딱해진 손을 살며시 잡고 침대에 몸을 기댔다.

할머니와 함께 지냈던 기억이 소록소록 떠오른다. 풍채가 좋으시던 할머님이 갑자기 쓰러지시는 바람에 난리가 났던 일부터 아주 어릴 때의 기억까지 떠올리던 진영도 어느새 잠이 들었다.

"진영아. 진영아, 일어나 보렴."

"으응."

"진영아, 어서."

누군가 진영의 어깨를 흔든다. 피곤함에 절은 눈을 간신히 뜨자 낯선 풍경이 눈에 들어왔다. 화들짝 놀라 일어나서 보니 병원이다. 왜 자신이 여기에 있나 하고 주위를 둘러보자 아버지가 툭툭 어깨를 치면서 말한다.

"피곤한 모양이구나. 그래도 인사는 해야지."

"아. 죄, 죄송해요. 어제 공연이 있었거든요."

자세를 바로 잡고 일어나서 할머니 얼굴을 본다. 흐릿한 시선 속에서 사랑하던 손녀딸을 발견한 할머니가 알겠다는 듯 눈을 깜박이신다.

"할머니, 저 진영이에요. 알아보시겠어요?"

대답은 없지만 알겠다는 듯 쥐고 있는 손에 아주 조금 힘을 주신다.

"할머니 뵈러 왔어요. 얼른 나으셔야죠."

"……래."

아버지가 슬그머니 산소마스크를 잠시 떼어주신다.

"떼도 괜찮아요?"

"잠시는 괜찮아. 오늘은 정신이 좀 드시나 보다, 말씀도 하시는 것 같으니."

"할머니."

"……집…… 가야지."

집에 돌아가시고 싶으신 건가 하고 고개를 갸웃하니까 아버지가 옆에서 거드신다.

"어머님이 너 시집보내야 한다고 계속 그러시더라."

"맞아요, 할머니. 저 시집가는 거도 보시고, 증손주도 보신다고 저랑 약속하셨죠? 기운 내셔서 얼른 나으셔야 해요. 아시죠?"

눈물이 날 것 같은 것을 참으며 열심히 이런저런 이야기를 계속했다. 웃고 또 웃고 또 웃으며. 한참을 그렇게 이야기하는데 할머님이 스르륵 다시 눈을 감으신다.

"피곤하신가 보다. 식사 좀 해야지. 언제 올라가니?"

"일이 조금 많아서 오늘 밤엔 올라가 봐야 할 것 같아요. 죄송해요."

"뭐, 일이 다 그렇지. 네 엄마 말을 들으니 사귀는 남자 있다며? 사정 좀 물어보고 같이 내려와 바라."

"아빠."

선을 보는 게 어떠냐고 넌지시 묻는 엄마에게 무심코 사귀는 남자가 있다고 말한 것이 어느새 전해졌나 보다.

"왜, 그 정도 사이는 아니냐?"

사실은 헤어졌다고 말을 하려 했지만 왠지 그럴 분위기가 아니다.

"뭐, 그런 거죠."

"그래도 어머님이 네 걱정 많이 하셨다. 여자애를 객지에 보내서 험한 일 시킨다고. 얼른 데리고 와서 시집이나 보내라며 성화를 하셨지. 심각한 사이 아니라고 해도 이런 일 생기면 서로 좀 챙겨주는 게 인지상정이야. 어머님도 네가 사귀는 남자가 있다는 말씀을 들으시곤 기뻐하셨다. 어지간하면 부탁해서 한 번 얼굴 좀 보여봐. 기운내실지도 모르잖니."

때 아니게 가짜 남자 친구라도 만들어 데려와야 하는 게 아닌가 싶을 정도로 아버지는 진지한 목소리로 말을 하셨다. 결국 진영이 물어는 보겠지만 힘들 거 같다면서 적당히 말을 돌릴 수밖에 없었다.

돌아오는 길엔 비가 조금 내렸다. 피곤한 몸과 마음에 초여름의 비는 너무나 으슬으슬하게 느껴졌다.

그 뒤로 진영은 두 번 더, 일이 비교적 적은 주초의 평일을 이용해 천안을 왕복했다. 일이 생기면 전화를 하겠다면서 부모님이 말리긴 했지만 몇 번이라도 더 얼굴을 뵙는 것이 진영이 할 수 있는 전부 같았기에 무리를 해가며 내려갔다. 말리면서도 진영이 오면 밝은 얼굴을 하시는 부모님 얼굴을 외면할 수 없었기 때문이기도 했다. 게다가 한번 내려갈 때마다 현격하게 상태가 안 좋아지는 할머니를 보니 더 더욱 안 내려갈 수가 없었다.

피곤함이 가중되어 갔다. 하지만 오히려 그런 무리한 강행군이 진영의 우울한 심리 상태에 도움이 되었다. 집안에 우환이 생기니 어서 일을 마치고 한 번이라도 더 내려야 봐야지 하는 생각 때문에 한밤에 우는 일도 거의 사라졌다. 여전히 방 한가운데에 쌓여 있는 물건들이 눈에 띌 때마다 가슴이 욱신거리고 은성에 대한 생각이 떠오르곤 했지만 그걸로 계속 우울해하며 울기엔 몸이 너무 힘들었고 시간도 없었다.

그저 마음을 먹고도 눈앞에 있는 물건들을 어디론가 치우지 못하는 것이 남아 있는 미련의 증거인 듯했다. 물건을 치워 버리면 정말로 끝이 났다는 것을 인정하는 것 같아서일지도 모른다. 어쩌면 기억보다 미련이라는 것이 더 잊기 힘든 걸지도 모른다는 생각이 들었다.

그날도 진영은 바쁘게 움직이고 있었다. 몇 통의 전화를 받고 라디오 프로모션을 준비하고 각종 POP물 발주를 하고 나니 진이 다 빠졌다. 간신히 일이 끝났나 하는데 핸드폰이 울린다. 진영은 아무 생각 없이 번호도 확인하지 않고 전화를 받았다.

"네, 한진영입니다. 아, 오빠. 안녕하세요. 죄송해요. 귀국하실 때 얼굴도 못 뵈고!"

전화를 건 상대는 유준이었다. 마지막으로 만난 후 귀국하기 전에 한두 번 더 얼굴을 보자며 약속했지만 은성과 헤어진 후유증에다가 할머님의 병환까지 겹쳐 그만 약속을 지키지 못했었다. 심지어는 미안하다는 전화통화도 하지 못했었다. 진영은 얼른 핸드폰을 들고 복도로 나갔다.

거듭 미안하다는 말을 하고 할머니의 병환 이야기도 하면서 은근슬쩍 연락하지 못한 이유를 밝혔다. 유준은 진심으로 할머님의 병환을 걱정해 주고 괜찮으시냐며 안부도 물어왔다. 기력을 보할 약을 보내준다는 말도 했지만 정중히 거절했다. 마지막 용건은 전에 말한 스카우트 이야기에 대해서 좀 생각해 보았냐는 것이었다.

"죄송해요. 이래저래 좀 정신이 없어서요……. 죄송합니다."

[그래, 알겠다. 상황이 그러니 오히려 내가 다 미안해지는구나.]

그의 부인과 아이들에 대한 안부를 묻는 것으로 유준과의 통화를 마친 진영은 사무실로 들어가며 미처 하지 못한 일 두세 가지가 있다는 것이 생각났다. 최근에는 해야 할 일들을 시간이 있을 때 최대한 미리미리 하고 있었다. 그래야 조금이나마 여유를 가질 수 있었기 때문이다. 다른 직장과는 달리 일요일에 쉬는 것보다는 적당히 스케줄을 보아 월요일에 쉬는 경우가 많기 때문에 일을 미리 처리해 두면 자리를 비우고 다른 사람보다 하루 더 휴일을 쓰는 것에 대한 마음의 부담감도 줄일 수 있다.

김세중 팀장도 그렇고, 사무실의 동료들이 그 정돈 괜찮다면서 일주일에 이틀씩 휴가 아닌 휴가를 받아 천안에 다녀오는 것을 너그럽게 봐주고 있긴 하지만 모든 일에는 한계라는 것이 있는 법이다. 때문에 진영은 남들에게 부담이 되지 않게 하기 위해 평소에 조금이라도 더 노력하고 있었다.

"그나마 당장 치러야 하는 공연이 없는 게 다행이네."

피곤한 어깨를 한 손으로 주무르며 자리에 앉는데 핸드폰이 다시 울렸다. 일 관련이라고 생각한 진영은 역시나 수신번호도 확인하지 않고 핸드폰을 열었다.

"네, 한진영입니다."

[아비다. 일이 바쁜 건 알지만 좀 내려왔으면 좋겠다.]

"할머니 위독하세요?"

진영은 자신도 모르게 자리에서 벌떡 일어섰다.

[그래, 오늘내일하신다. 며칠 지낼 준비하고 내려오너라.]

"예. 아, 진우한테 연락하셨어요?"

[이제 하려고 한다. 서둘러서 내려오너라.]

"진우한텐 제가 연락할게요. 오늘 연락해도 빨라야 내일이나 나올 텐데…… 예. 최대한 빨리 내려갈게요."

황급히 전화를 끊고 다이어리를 꺼냈다. 어딘가에 남동생인 진우가 근무하고 있는 부대 전화번호를 적어놨었다. 그녀와 나이 차가 좀 나는 동생은 작년에 입대를 했었다. 다행히 그녀가 목표로 하던 전화번호는 쉽게 찾을 수 있었다.

"여보세요? 부대죠? 저는 상병 한진우의 누나 한진영이라고 합니다. 네, 친누나예요."

전화를 받은 사람에게 사정 설명을 하고 나자 다행히 동생인 진우와 금방 통화를 할 수 있을 것이라며 기다리라고 했다. 왠지 목소리까지 떨리는 것 같다. 한참을 기다려 간신히 진우와 통화가 되었다.

"진우니? 할머님이 많이 위독하시대. 나올 수 있어?"

울지 말자. 아직은 돌아가시지 않았다.

"응, 그래. 천안에 xxx병원 알지? 와서 나한테 전화해. 그래, 끊는다. 최대한 빨리 나와."

진우는 늦게 태어난 큰 아들의 첫 아들이라 할머님의 사랑을 각별히 받았다. 적어도 임종은 지킬 수 있으면 좋겠는데 과연 가능할지 걱정이 되었다.

"진영 씨, 할머님 위독하시대요?"

"네, 팀장님."

전화를 끊고 나자 어디선가 유령처럼 소리없이 나타난 김세중 팀장이 걱정스러운 얼굴로 신영을 바라보고 있다.

"전화해요. 힘내고."

"예. 죄송하지만 며칠 비워야 할 것 같아요."

"알아요. 걱정하지 말고 다녀오고 꼭 전화해요."

"예. 수아 씨, 내가 일하던 것, 미안하지만 좀 부탁해요. 스케줄 표랑 넘겨줄게요."

"걱정하지 마세요. 저도 이젠 잘하잖아요."

"미안해요."

몇 번이나 미안하다는 말을 하고 허리까지 굽혀 인사를 한 다음 진영은 사무실을 나섰다. 김세중 팀장이 그녀를 엘리베이터까지 바래다주고 그녀가 엘리베이터를 타고 아래층으로 내려가는 것을 확인하고 나서는 주머니에서 핸드폰을 꺼냈다. 두 사람의 일에 자신이 참견하는 것은 이번이 마지막이 되길 바라면서.

은성에게 전화를 걸고 난 김세중 팀장은 습관처럼 인터넷 브라우저를 열었다. 프로모션이 제대로 진행되고 있는지 확인하기 위해서이다. 삼십여 분을 이곳저곳 뒤지던 김세중은 어떤 기사 하나를 발견하고 손을 멈추었다. 그의 입에서 끄응 하고 신음 소리가 흘러나왔다.

"이걸 은성이가 봤을까. 게다가 진영 씨는 왜 이런 일을 미리 말해주지 않은 거야. 귀찮게 되었는데."

무심코 다시 핸드폰을 집어 들다가 세중은 고개를 저었다. 가뜩이나 복잡한 모양인데 괜한 분란 거리를 만들어주고 싶지 않다. 일단 화해를 하고 그리고 나서 또 해결을 보는 쪽이 나을 것이다.

그가 본 기사는 아주 작은 단신이었다. 중국의 국민배우가 한중일 합작 영화에 출연하여 동아시아 영화 시장 공략에 나서게 되었다는 것. 그것만으로는 이상할 것 하나 없는 기사다. 문제는 그 뒤에 붙어 있는 한 줄이었다.

〈중국의 국민배우 유준은 현재 한국의 Clex 공연 기획팀에 있는 한진영 씨가 동양권의 에이전트를 맡게 될 것이라 언급했다.〉

"감사합니다."

진영은 택시 기사에게 지폐를 건네준 뒤 거스름돈도 받지 않은 채 그대로 차에서 뛰어내렸다. 한 손에는 백, 한 손에는 옷을 챙겨 넣은 쇼핑백이 들려 있었다. 뒤도 돌아보지 않고 서둘러 병원 입구를 지나 엘리베이터 쪽으로 가는 그녀를 한 남자가 조금 떨어진 곳에서 지켜보고 있었다. 보슬보슬 여름비가 내리는 어두운 하늘을 한번 바라본 그는 손에 들고 있던 담배를 끄고 천천히 그녀의 뒤를 따라갔다.

조금 안으로 걸어 들어가자 엘리베이터를 기다리고 있는 진영이 보였다. 헝클어진 머리를 정리할 생각도 못하고 초조하게 엘리베이터의 층수 표시를 보며 발을 구른다. 그는 아무 소리 하지 않고 슬쩍 그녀의 뒤쪽에 가서 섰다. 뒤를 돌아보기는커녕 주변에 시선도 주지 않는다. 이윽고 엘리베이터의 문이 열리고 사람들이 우르르 쏟아져 나왔다. 의사 둘과 환자 하나가 먼저 타고 방문객들이 그 뒤를 따른다. 진영도 엘리베이터를 놓칠세라 얼른 엘리베이터로 뛰어들어 몸을 돌렸다. 눈앞으로 키가 훤칠한 남자 하나가 불쑥 안으로 들어온다. 한걸음 뒤로 물러서면서 시선을 위로 올리던 진영은 소리도 지르지 못하고 그 자리에 얼어붙었다.

"……!!"

은성이 그녀를 묵묵히 내려다보고 있었다. 왜, 어째서, 어떻게 이 자리에 있는 거냐고 물어야 하는데 입에서 소리가 나오지 않는다. 짙은 감청색의 양복을 입은 그의 표정은 바늘로 찔러도 꼼짝하지 않을 것처럼 굳어 있었다. 너무 놀라서 꼼짝도 하지 못하는 그녀의 팔을 은성이 덥석 잡았다. 몇 층인지 보지도 못했는데 무작정 잡아당긴다. 머리가 하얗게 변해서 어디로 가고 있는 것인지, 자신이 무엇을 하고 있는 것인지 인식도 못하는 사이에 그녀는 할머님이 입원해 있는 병실 앞까지 끌려와 있었다.

"들어가지."

귀를 울리는 나직한 목소리가 딱 한 마디 들려왔다.

"아……."

제대로 움직이지도 못하는 진영을 대신해 은성이 먼저 문을 열고 들어갔다. 병실 안에는 아무도 없다. 두 개의 침상이 있었는데 한쪽은 쓰던 흔적도 없었고 다른 한쪽엔 사람의 흔적이 남아 있긴 했지만 역시나 비어 있었다.

"아무도 없는데. 여기서 잠깐 기다려."

그는 너스 스테이션으로 가기 전에 힐끗 눈을 돌려 병실 앞의 이름을 확인했다.

"712호실의 환자 분을 찾아왔는데 어디 계신지 알 수 있겠습니까?"

질문을 받은 간호사가 고개도 들지 않고 기계적으로 대답했다.

"오른쪽으로 돌아가면 처치실이 있습니다. 거기로 옮기셨어요."

"감사합니다."

은성은 서둘러 돌아가 진영을 끌고 처치실로 갔다. 아마도 중환자나 돌아가시기 직전의 환자들이 머무르는 병실인 듯했다. 창밖으로 계기판들이 보인다. 하트 표시가 깜박거리고 있다. 빼꼼하게 열려진 문을 두드리려는데 누군가 불쑥 안에서 나왔다. 눈시울이 붉어진 남자였다.
　"실례지만……."
　"어, 진영이 아니냐. 왔구나."
　남자가 먼저 진영을 알아본다.
　"사, 삼촌."
　"늦었구나. 어서 들어가 봐라. 그런데……."
　아버지보다 두 살 아래의 삼촌이 탐색하는 듯한 시선으로 은성을 본다. 은성은 얼른 자세를 바로 하고 고개를 숙였다.
　"이은성이라고 합니다. 진영 씨와 함께 왔습니다."
　"아. 아아, 고, 고맙네. 여기까지 와주고. 우리 조카 사위님 되실 분인가 보군."
　함께 왔다는 말에 눈치 빠르게 반응이 돌아온다.
　"아닙니다. 좀 더 일찍 왔어야 하는데. 죄송합니다."
　인사를 하는 사이 진영이 먼저 안으로 들어갔다. 이제야 정신이 드는 모양이다. 삼촌이라는 분의 안내를 받아 안으로 들어가 보니 막 도착한 진영이 침대가에 있고 일가로 보이는 사람들이 빼곡하게 병실을 채우고 있다. 울고 있는 어느 중년 부인을 제외한 사람들이 누구지? 하는 시선으로 그를 바라본다.

너에게 주고 싶은 것

"형님, 형님 사위 될 청년이랍니다."

진영이 할머께 인사를 하느라 정신이 없는 사이 삼촌이 대뜸 은성을 소개한다. 슬픔에 가득 차 있던 병실이 잠시 소란스러워진다. 얼떨떨한 표정을 하고 있던 아버지가 얼른 앞으로 나선다.

"그래, 잘 왔네. 내가 진영이 아비일세."

"이은성이라고 합니다. 진작 찾아뵈었어야 하는데 죄송합니다."

"아니야, 아니야. 찾아와서 줘서 얼마나 좋은지. 먼저 인사부터 드리게. 반가워하실 게야."

진영의 아버지가 슬픔 속에서도 기쁜 얼굴을 하며 그를 병상 가장자리로 데려갔다. 당황한 진영은 할머니의 손을 놓고 주춤거렸다.

"아빠."

"이 녀석, 같이 왔으면 인사부터 시켜야지. 얼마나 좋아하겠니. 어머님, 눈 좀 떠보세요. 진영이가 손주 사윗감을 데려왔어요."

진영의 아버지가 은성의 손을 마르고 딱딱한 노인의 손 위에 올려놓는다. 은성을 그 손을 살며시 쥐고 인사를 올렸다.

"이은성입니다, 할머님."

눈을 감고 있던 노인이 살며시 눈을 뜬다. 잔뜩 흐려진 눈동자에서 죽음의 기운이 물씬 풍겨 나온다.

"진작 찾아뵈었어야 하는데 죄송합니다."

어디서 힘이 났는지 노인이 은성의 손을 꾸욱 쥔다. 입을 오물거리며 뭐라고 말을 하는 것 같은데 알아들을 수가 없다. 옆에 있던 중년 부인이 얼른 노인의 얼굴가로 귀를 기울인다. 진영과 많이 닮아 보이는 것을 보아 진영의 어머니인 듯싶었다.

"고맙다고 하시네."

"예."

은성이 할머니와 인사를 나누는 것을 지켜보고 있는 진영의 마음은 뭐라고 표현할 수가 없는 것이었다. 아니라고 말하기엔 상황이 허락하지 않는다. 아니, 절대로 그런 상황이 아니다.

"어머니, 좋으시죠? 손주 사윗감이 아주 키도 크고 잘생기고 듬직합니다."

삼촌이 옆에서 웃으며 그의 등을 몇 번이나 두드리는 것도 보인다. 정말 저 남자는 무슨 생각으로 찾아온 걸까. 아니, 애초에 어떻게 여기를 알고 찾아온 걸까. 연락한 적도 없고 알 수고 없을 텐데 어떻게, 어째서 이 자리에서 '사윗감'이라는 이름을 가지고 서 있을 수 있는 걸까.

"어머니, 조금만 있으면 진우도 온답니다. 진우 보고 싶으시죠?"

"진우한테서 전화가 왔다. 다행히 내일 아침에 나올 수 있다고 하는구나."

어느새 아버지가 옆에 와서 속삭인다.

"데리고 올 거면 미리 연락 좀 하지 깜짝 놀랐다."

당혹한 진영이 뭐라고 말을 하기도 전에 아버지가 먼저 인사를 마친 은성에게 다가간다. 차나 한 잔 하자면서 그를 데리고 나가는데 말리지도 못했다.

'도대체 이 상황을 어떻게 받아들여야 하는 거야. 어떻게!!'

할 수만 있다면 히스테릭하게 소리라도 지르고 싶은 심정이었다. 병상엔 곧 돌아가실 것 같은 할머니가 누워 계시고, 헤어졌다고 믿고 있는, 아니, 근 두 달이나 보지 못해 이젠 완전히 헤어졌다 생각한 남자가 아버지와 이야기를 한다며 사라져 버렸다. 슬퍼해야 하는데, 머리 반쪽이 완전히 굳어버린 기분이다. 슬퍼해야 하는데 이런 당혹감을 느끼게 만든 남자가 죽이고 싶을 정도로 미웠다. 뭐라고 한마디라도 쏘아붙여 주고 싶은데, 엘리베이터에서 만났을 때 당장이라고 돌아가라고 말했어야 하는데 한 마디도 하지 못한 자신이 너무나 한심스럽고 경악스러워서 미칠 지경이다.

완전히 굳어 딱딱해진 진영의 표정을 친척 어른 분들은 처음으로 당하는 상황에 놀라서 그런 거라고 생각한 듯 앉으라고 하고 물도 가져다주며 돌봐주셨다. 망연자실해서 그렇게 한참을 앉아 있는데 밖에서 아버지의 목소리가 들려왔다. 그의 목소리에 진영은 온몸의 피가 역류해 머리끝까지 치솟아오르는 기분을 느꼈다. 진영은 마치 용수철처럼 자리에서 벌떡 일어나 밖으로 나갔다. 아버지의 옆에서 이야기를 하고 있는 남자를 향해서, 떨리는 손을 꼭 잡고 입을 열었다.
"이은성 씨, 저랑 이야기 좀 해요."

10

시작과 끝

제대로 이야기할 수 있을 것이라 생각한 그녀가 바보였다. 병원이라는 장소는, 게다가 임종을 지키기 위해 일가친척들까지 다 출동한 장소에서는 애초부터 그런 생각을 하지 말았어야 했다.

여기 왜 왔어요? 라고 물은 것이 고작이었다. 그리고 그의 반응은 인사까지 얌전히 드렸는데 처음 하는 말이 그거냐? 였다. 왠지 그의 표정이 무서워서 진영은 그만 엉겁결에 고맙다고 해버렸다. 물론 밤을 새고 다음날 아침까지 죽도록 후회했다. 물론 대화는 거기서 끝났다. 적어도 단둘만의 대화는 불가능했다고 하는 게 옳았다. 어떻게 자신들이 있는 곳을 찾은 것인지 각기 한 분씩 계시는 이모님과 삼촌이 득달같이 그녀와 은성이 있는 곳을 찾아냈기 때문이다.

쓰러지기 직전인 상태로 울고 계시던 이모님이 스물일곱이 되도록 단 한 번도 남자 친구를 데려온 적이 없었던 조카가 사윗감을 데리고 나타났다는 소리에 뒤늦게 정신을 차리시고 참견을 하시러 달려오신 것이었다. 그것도 할머니의 상태가 조금이나마 안정이 되었기 때문이었지만 말이다.

"그래, 우리 진영이랑은 어디서 만났어?"

사윗감이라고 완전히 믿어버린 삼촌과 이모는 대뜸 그를 붙잡아놓고 질문 공세를 퍼부었다. 차마 듣고 있을 용기가 없어 자리를 떴지만 그 다음엔 도대체 그가 무슨 말을 할지 몰라 벽 하나를 돌아 귀를 잔뜩 세우고 이야기를 엿들었다. 무슨 일을 하는지, 나이는 몇 살이고, 무슨 학교를 나왔는지 이모는 그녀도 몰랐던 자잘한 그의 신상을 잘도 캐냈다. 답을 하는 은성은 무슨 생각인지 술술 잘도 떠들었다. 화장실을 가기 위해 잠깐 자리를 비우고 돌아왔더니 어느새 어머니까지 합류해 그야말로 질문 공세를 퍼붓고 있었다. 십보백보가 아니라 천 보쯤 양보해서 엄마는 참겠지만 도대체 이모와 삼촌은 왜 저렇게 들러붙어 있는 건지 화가 나다 못해서 몸이 부들부들 떨렸다.

아니, 이모와 삼촌이 문제가 아니다. 그분들 입장에서야 궁금하겠지. 엄마도 당연 궁금해서 몸이 달으셨겠지. 화가 나는 대상은 단 한 사람이다. 바로 저 철면피 같은 남자 이은성. 무슨 생각에 여기를 왔으며, 도대체 어떻게 알고 온 걸까. 어떤 마음으로 저기 저렇게 뻔뻔하게 앉아서 미주알고주알 캐묻는 엄마와 삼촌, 이모의 질문 공세를 받고 있는 걸까.

이건 그냥 단순한 상황이 아니다. 사고다. 그것도 대형사고. 수습하는 게 상상도 안 되는 보험도 없는 무면허 대형사고다.

기가 막히다 못해서 어질어질거리고 있으니 아버지가 다가오셨다.

"피곤하지? 할머니 병실에 빈 침대 있으니까 가서 좀 쉬렴. 이 서방은 어쩐다냐. 저 사람은 내일 올라가야 하지?"

이 서방이란다, 이 서방! 맞아. 아까 아빠랑 이야기를 했지. 도대체 뭐라고 한 거야, 저 미친 남자!!

"이 서방이라고 하지 마세요. 결혼 약속한 것도 아니고, 오늘도 그냥…… 그냥 와준 거예요."

"진영아, 그러는 거 아니다."

그러면서 아버지는 진영의 손을 힐끗 내려다보았다. 그녀의 손가락엔 은성이 말을 맞추라는 듯 묵묵히 내민 커플링이 다시 끼워져 있었다. 아무 말 없이 내민 것을 그녀도 어쩔 수 없이 받아 들었다.

"하지만……."

"바쁜 일 하는 사람이던데 시간을 내서 예까지 내려와 주고 어머님께도 싹싹하게 인사를 드리고. 어머님도 이 서방, 아니, 은성 군을 보고 안심이 되셔서 상태까지 호전되셨잖니."

도착하기 전만 해도 산소포화도가 떨어져서 부모님들이 안절부절못했다는 소리를 들었다. 할머니의 상태가 호전된 것도 있고, 진영의 말에도 신경을 쓰시는지 아버지는 이 서방이라는 말은 살짝 피해주신다.

"사정이 어찌 되었든 사귀는 사이라고 해도 이렇게 와서 인사도 드리고 하는 걸 보니 사람은 괜찮은 듯싶구나."

그렇죠. 적어도 겉보기 등급은 완벽하고 사람 대하는 것도 최상급이죠. 그런 일을 하는 사람이니까. 하지만 속은 콜라병뚜껑처럼 좁고 답답하고 무슨 생각하는지 모를 괴물딱지라구요.

"이제 진우가 올 때까지만 좀 버텨주셨으면 하는데 어떨까 모르겠다."

슬픔이 서린 아버지의 말을 듣고 진영은 깊은 한숨을 쉬었다. 그렇다 지금은 화를 내고 있을 때가 아니었다.

"괜찮을 거예요. 진우도 내일 낮이면 도착할 테고, 할머니도 그때까진 괜찮으실 거예요. 진우 예뻐하셨잖아요."

"기왕이면 너 시집가서 증손 볼 때까지 정정하셨으면 했는데……"

말을 잊지 못하시는 아버지의 팔에 진영은 살며시 손을 감고 어깨에 머리를 기댔다. 이럴 때는 무슨 말을 해야 하는지 모르겠다. 할아버지는 오래전에 돌아가셔서 기억에도 없는 진영은 홀로 남으신 할머님의 임종을 기다리고 있는 아버지를 어떻게 위로해야 할지 막막하게만 느껴졌다.

시간은 속절없이 흘러갔다. 뜬눈으로 밤을 새우다시피 하고 아침나절에 잠시 눈을 붙이고 있는데 은성이 동생이 도착했다며 그녀를 깨우러 왔다. 진영은 그의 얼굴을 보지도 않았고, 말 한마디 건네지 않았다. 지금은 그와 싸우고 싶은 마음도 없었고, 그럴 상황도 아니었기 때문이다. 처치실로 달려가 보니 군복을 입은 훤칠한 키의 동생이 도착해 있었다.

죽음은 아주 조용히 찾아왔다. 기다리던 손주를 맞이하고도 말 한마디 못하시고 그저 눈만을 깜박이시던 할머니는 눈물을 글썽이는 손자의 손을 한 손에 잡고, 다른 한 손에 큰아들과 작은 아들의 손을 잡고, 그렇게 조용히 흐느끼는 자손들의 배웅을 받으며 눈을 감으셨다. 흐느끼는 진영의 어깨엔 어느새 은성의 손이 차분하게 놓여 있었다.

장례식엔 사람이 많이 찾아왔다. 뒤늦게 도착한 사촌들과 멀고 먼 일가친척들, 아직도 정정하게 일을 하시는 아버님의 직장 부하들과 어머님의 친구들은 물론이고, 얼굴도 알지 못하는 사람들이 잔뜩 찾아왔다. 장례식은 떠들썩하고 북적북적한 게 좋다면서 친척 분들은 술도 한잔하며 식당을 가득 메우고 즐겁게 이야기를 했다.

사람들로 북적북적한 장례식장 안팎에는 하얀 국화들로 가득 차 있었다. 어디서 그렇게 보내오는지 발 디딜 틈이 없을 지경이었다. 빈소엔 진영의 아버지를 비롯해 삼촌과 이모, 군복 대신 어색해 보이는 검은 양복을 입은 남동생과 사촌들까지 빼곡하게 들어서 사람들을 맞이하고 지인들이 오면 접대를 했다. 진영의 직장 동료들도 첫날 밤 늦게 도착을 했다.

어떨 땐 흐느끼고, 어쩔 땐 울상을 짓고, 때로는 할머니의 영정을 보며 슬픈 미소를 지었다. 그러면서도 진영은 때때로 밖을 엿보았다. 은성이 있었기 때문이다. 돌아가시던 날 잠시 서울에 올라갔다가 다음날 아침 일찍 다시 천안으로 내려온 은성은 상복을 깔끔하게 차려입고 장례 일을 돕고 있었다. 그는 그렇게 삼 일 동안 잠 한숨 자지 않고 장례를 도왔고, 장례식장에도 따라왔다. 장례식이 치러질 무렵쯤에는 일가친척 사이에서 두 사람 사이가 약혼까지 한 걸로 둔갑해 알려져 있었다.

쓰러지실 듯 우는 어머니와 아버지를 자신의 차에 태워 천안 시내에 있는 진영의 집까지 모셔다 주고 와서야 그는 이만 서울로 돌아가야겠다고 했다. 진영은 이때다 싶어 자신도 올라가야겠다고 말했다.

"다음 주에 다시 내려올게요."

부모님도 말리지 않았다. 오히려 일이 쌓였을 텐데 어쩌냐며 걱정 말고 올라가라며 등을 떠밀었다. 진영은 부모님의 그런 말씀이 그저 고마울 뿐이었다. 배웅을 하러 나오는 것을 피곤할 테니 쉬라면서 말리고 혼자 짐을 들고, 맞절을 하느라 힘이 빠져 후들거리는 다리를 간신히 추슬러 밖으로 나왔다. 그가 은회색의 렉서스 앞에서 담배를 하나 태우며 기다리는 모습이 보였

시작과 끝 329

다. 진영은 마지막 인내심과 힘을 끌어 모아 입을 열었다. 이걸로 끝을 내야 한다고 생각했기 때문이다.

"감사…… 해요. 여러모로 신경 써주시고 끝까지 자리 지켜주셔서요. 정말로 감사합니다."

그는 모를 것이다. 자신이 이 말을 하는 데 얼마나 많은 용기를 필요로 했는지.

"타."

"아니요. 전 기차로 올라갈까 해요."

"타라니까."

실랑이를 하기엔 집 앞은 너무나 조용하고 택시 하나 보이지 않았다. 그래서 진영은 아무 말 하지 않고 몸을 돌렸다. 그런 그녀의 팔을 은성이 거칠게 움켜쥐었다.

"여기서 큰소리 내고 싶어?"

감정을 잔뜩 억누른 피곤한 목소리였다. 하지만 진영은 지지 않고 그를 노려보았다. 무슨 소리를 하려고 이러는 걸까. 뭐 더 할 말이 남아서 그러는 걸까.

"전 감사하다고 했어요. 더 인사가 필요하시면 나중에 할게요. 아파요! 이거 놓으라니까요!"

그는 문답무용으로 진영을 자신의 차로 끌고 가 태워 버렸다. 반항을 더 하려고 해도 힘이 없었다. 그는 거칠게 차 문을 닫고 시동을 걸었다. 무거운 침묵이 달리는 차 안을 가득 메웠다.

"역까지만 부탁드릴게요."

"조용히 해."

그 목소리가 너무나 차갑고 심장을 긁어댈 정도로 아파서 진영은 눈을 감았다. 이런 상태로 서울까지 갔다간 정말 기절해 버릴지도 모른다.

"마지막 부탁이에요. 천안역에 내려주세요."

대화도 하고 싶지 않다. 하고 싶은 말이 잔뜩 있었지만 다 잊어버렸다. 잊기로 했다. 며칠간 제대로 쉬지 못한 몸은 휴식을 원하며 비명을 지르고 있었고 마음은 슬픔과 아픔으로 가득 차 너덜너덜해져 있었다. 그러니까 여기서 끝을 냈으면 좋겠다. 이미 인연이 사라진 사람과 싸우고 싶지도 않다.

"제발 부탁이에요."

끼이이익—

속도를 내려던 차가 갑자기 멈춘다.

"나도 부탁 하나 하지. 제발 입 다물고 얌전히 있어."

황급히 문을 열려고 했지만 손잡이는 덜걱거리기만 할 뿐 열리지 않는다.

"내려주세요."

"싫어."

"내려주세요!"

"싫다고 했어! 사람 말 좀 들어! 한 마디만 더하면 아무 데나 박아버릴 테니까 각오해."

다시 차를 출발시키는 그를 보고 진영은 결국 참지 못하고 소리쳤다.

"지금 같이 죽자는 이야기예요?"

"차라리 그럴 수 있으면 소원이 없겠다!!"

"도대체 왜 이래요!"

"넌 네 말만 말이고 내 말은 말 같지도 않아? 조용히 있으라면 조용히 있어!"

진영은 입술을 깨물었다. 도대체 이 사람과는 전생에 무슨 인연이 있어 이렇게까지나 힘들어야 하는 걸까.

눈을 닫고 입을 다물고 얼굴을 가린다. 힘들다. 너무나 힘들다. 몸도 마음도 정신도 힘들어서 꼼짝하고 싶지 않다.

"너만 힘든 거 아니다. 나도 힘들어."

"……"

몸이 힘들면 자신을 역에 내려주고 가면 된다. 자신을 상대하는 것이 힘들면 아무 말 하지 말고 아무 데나 자신을 버리고 가면 된다. 힘들다고 하면서 그는 왜 이렇게까지 하는 것인가.

얼마 가지 않아서 우뚝 하고 차가 섰다. 신호에라도 걸린 것인가 했는데 살며시 눈을 떠보니 주변은 아무것도 없는 황량한 들판, 아니, 논과 밭이다.

흐린 하늘 밑의 논과 밭은 너무나 우울해 보였다. 반짝여야 할 초록빛 식물들도 생기를 잃고 축 늘어져 있는 듯 보인다.

"이야기 좀 하자."

그는 양복 주머니의 담배를 꺼내 입에 물다 말고 말했다.

"창 좀 열게."

대답을 하지 않자 후욱 하고 한숨을 쉬고 창을 열었다. 에어컨이 나오고 있지만 습기가 가득한 더운 공기가 화악 밀려 들어왔다. 찰각 소리와 함께 매캐한 담배 연기가 그녀의 옆으로 한 줄기 흘러왔다. 익숙한, 아니, 한때 익숙했던 말보로의 짙은 향기다.

"문 좀 열어주세요."
"내 말을 듣겠다면 열어주지."
"듣고 싶은 생각 없어요."
"그렇다면 못 열어."

그래, 언제나 당신은 제멋대로였지. 자신이 원하는 것밖에 보지 않고 자신이 하고 싶은 말만 하고 듣고 싶은 것만 들어. 아마도 그래서 지치는 걸 거야. 뒤도 돌아보지 않고 혼자 마음껏 달려나가는 경주마. 그리고 아무리 두들기며 외쳐도 꿈쩍도 안 하는 벽 같으니까.

"넌 내가 아무 말도 안 한다고 했지만 너도 마찬가지 아니야? 왜 사람 말을 듣지도 않고 도망쳐?"

들을 필요가 없으니까.

"벙어리라도 되고 싶은 거냐?"
"……."

답답하다. 말을 하지 않으니 답답하고, 아마도 은성도 답답하겠지. 하지만 나는 언제나 이런 기분이었어.

"젠장."

은성은 거칠게 담배를 밖으로 던져 버리고 창을 닫았다.

"창 열어줘요. 답답하니까."

그보다는 담배 냄새를 견딜 수 없다. 한때는 조금이라면 괜찮다고 생각했지만 지금은 싫다. 좁은 차 안을 가득 메우고 있는 희미한 향기에 섞인 그의 체향이 너무나도 싫다.

"무슨 말이 듣고 싶었어?"

창을 열며 그가 조용히 묻는다. 여전히 대답이 없자 말투가 조금 거칠어진다.

"무슨 말이 듣고 싶었냐고!"

"……무슨 말을 해도 지금은 듣고 싶지 않아요. 들리지 않아요."

고개를 돌린 진영의 어깨에 그의 손이 닿는다.

"그래도 들어! 적어도 말을 할 기회를 줘. 들어달라고!!"

진영은 그의 손을 떨쳐 내고 차갑게 말했다.

"내 몸에 손대지 말아요. 전 헤어지자고 말했고, 헤어졌어요. 오늘까지 이은성 씨에 대한 생각한 적도 없어요. 아참, 이거도 도로 가져가세요."

반지를 빼서 그에게 내밀었지만 그는 받아 들지 않았다. 진영은 결국 그것을 프론트 위에 올려놓았다.

"도대체 왜 이러니, 진영아."

묻고 싶었다면 그때 바로 쫓아와 물었어야 하는 거 아닐까?

두 달이 다 되도록 연락도 없고 아무 말도 안 했던 사람이 왜 이제 와서 이러는 걸까.

"아니, 일단 내가 하고 싶은 말을 하지. 미안해."

꿈틀하고 진영의 몸이 반응한다. 아무 말도, 아무 반응도 안 하려고 했는데 저절로 몸이 움직였다. 피곤해서 그럴 것이다. 지금이라도 당장 아무 데나 쓰러져 자고 싶을 정도로 피곤하니까.

"내가 잘못한 게 있다면 용서해 줘. 미안하다."

"당신은 잘못한 거 없…… 어요. 난 그냥 지쳤을 뿐이에요."

그러나 그는 진영의 말과는 상관없이 다른 이야기를 하기 시작했다.

"어떻게 생각할지 모르겠지만…… 나는 나쁜 버릇이 있다."

서로의 얼굴을 보지 않고도 대화를 할 수는 있다. 적어도 한쪽이 계속 입을 다물고 있다면.

"난 뭔가에 한 번 빠지면 완전히 푹 빠져 버려. 주변을 돌아보지도 않고 오로지 그것 하나에만 빠져서 그냥 달려 버리지. 목표 하나만을 향해 내가 할 수 있는 모든 수단과 방법을 동원해서 그저 달리는 거야. 어떨 때는 먹는 것도, 자는 것도 잊어버리고 빠져들어."

듣지 않겠다고, 아무것도 들리지 않는다고 말했지만 사실은 그렇지 않았다. 차 안을 전부 채우고 차 앞 유리를 전부 덮어씌우고 옆에 앉은 진영을 옴짝달싹 못하게 붙들어 버릴 정도로 그의 목소리는 주변을 전부 둘러싸고 있다. 그의 목소리가 얼마나 듣기 좋았는지 두 달 전의 감각이 새록새록 떠오른다. 언제나 환청처럼 귓가를 맴돌았던 희미한 기억이 아니라 생생한 소리로 귀를 파고들고 있었다.

"어릴 때는 그저 몸을 움직이는 게 좋았지. 쉬지 않고 뛰고 또 뛰고 그야말로 몸이 너덜너덜해질 때까지 뛰었어. 조금 자라서는 영화에 빠져들었다. 영화라면 아무거나 다 좋다고 생각할 정도로 완전히 미쳐서 공부도 하지 않은 채 영화만 봤어. 그러다가 책에 빠져서 고등학교 생활을 전부 책을 읽으며 보냈다고 해도 과언이 아닐 만큼 손에 잡히는 거라면 뭐든지 읽었지. 그러다가 어느날……"

그의 이야기는 끊임없이 이어졌다. 친구가 애인과 보려고 샀던 뮤지컬 티켓이 하루 전날 애인과 헤어지는 바람에 대타로 끌려 나갔던 일, 그때 본 공연에 완전히 반해 이후로는 공연이라는 공연은 다 찾아다녔던 일. 그 때문에 그때까지만 해도 아무 말도 하지 않던 부모님이 크게 화를 낸 일. 그래도 어쩔 수 없어서 몰래몰래 공연을 보러 다니다가 결국엔 자신도 그 안에 뛰어들고 싶다고 결심했던 일.

"그런데 뭘 어떻게 해야 할지 모르겠더군. 그래서 공부를 했다. 뭐든 닥치는 대로 했어. 성적만 좋으면 뭐든 원하는 것을 할 수 있다고 생각했으니까. 그땐 군에 가서 이 년을 허송세월해야 한다는 것도 싫었다."

그래서 그는 신의 아들이 되는 쪽을 선택했다고 한다. 둘째이자 막내인 아들의 고집에 진 부모님이 손을 써줘 그는 그대로 외국으로 갔다고 한다. 그곳에서 그는 미친 듯이 공부하고 공연과 관련된 일이라면 닥치는 대로 일을 했다고 말했다.

"몇 년을 그렇게 막무가내로 공부하고 일하다 보니 이제는 한몫을 할 수 있다는 생각이 들더군. 그제야 겨우 돌아올 마음이 들었어. 돌아와서 있는 연줄 없는 연줄을 모조리 동원해서 일을 찾았어. 그러다가 예전 친구의 제안으로 실버 엔터테인먼트를 잠시 맡았지. 임시라고는 해도 기초를 잡아주는 작업이 필요했고 나름대로 재미도 있었어. 그래서 그 일에 또 미친 듯이 빠져들었지."

거기까지 말하고 그는 다시 담배를 피워 물었다. 한 모금, 또 한 모금을 마시며 조용조용 그때의 일을 이야기했다.

"끊임없이 사람들을 만났다. 만나고, 만나고, 이제는 사람 얼굴을 보면 신물이 나겠다 싶을 정도로 많은 사람들을 만났다. 그러다가 어떤 한 여자를 발견했다."

진영이 심장이 뜨끔하고 울렸다.

"작은 여자였어. 커다란 공연장에서 자기보다 머리 한두 개는 큰 남자들에게 소리도 치고, 작은 발로 여기저기 뛰어다니고 일하고, 그때 생각했다. 다음의 목표는 바로 저 여자다. 내가 가진 것을 모조리 퍼부어서라도 반드시 차지하겠다 하고 결심했다."

그리고 그는 피식 웃었다.

"일하다 힘들어서 경계심이 느슨해지면 슬쩍 대시해 볼까 해서 다시 찾아갔는데 웬일인걸, 그 여자는 온데간데없더군. 허탈해져서 어쩔까 하는데 그녀를 다시 발견했지. 공연장 한구석에 지쳐 쓰러져서 커다란 현수막을 덮고 자고 있더군. 솔직히 기가 막혀서 웃음이 다 나왔어."

그 다음은 진영도 알고 있다. 그는 그녀에게 정말로 끈질기게 전화를 했다. 싫어서 요리조리 내빼고 변명인 게 뻔한 소리도 하고 갖은 수단을 다해서 빠져나오려고 정말 발악을 했다. 하지만 그 발악은 그에게 통하지 않았다. 결국엔 그와 사귀게 되었고 넘어가 버렸다.

"그래서 그날부터 일이라고는 모조리 때려치우고 그 여자 하나만 쫓아다녔다. 그래서 손에 넣었다고 생각했어."

이제 더 이상은 듣고 싶지 않다.

"하실 말씀 끝났으면 가시죠."

"아직 안 끝났어."

"별로 이은성 씨의 인생 역정을 듣고 싶었던 것도 아니었고, 귀담아두고 싶지도 않아요."

"한진영!!"

"소리 지르지 말아요. 화내지도 말아요. 왜요? 그래서 뭐가 더 필요해요? 그렇게 온갖 정성을 다해서 함락시켰는데 갑자기 태도가 돌변해서 빠져나가니까 화가 나던가요?"

"도대체 무슨 소리야?"

"그렇게 목표로 한 것을 온몸을 다 바쳐서 온 시간과 정성을 다해서 얻고 나면 그러면 된 거 아닌가요? 목표를 이룬 다음에 그 다음에는요? 그 다음은 그냥 잊어버리는 거 아닌가요?"

"그렇지 않아!"

"아니요! 은성 씨는 그랬어요!!"

화내지 말라고 말해놓고 되레 진영이 먼저 화를 내버렸다.

"나는 책도 아니고, 운동도 아니에요. 물건도 아니고 하다못해 애완동물도 아니에요."

"내가 언제 널 물건 취급했어? 애완동물 취급한 적도 없어!!"

"아니요! 은성 씨는 그랬어요!!"

자신도 모르게 고개를 돌린 진영의 눈앞에 그의 새카만 눈동자가 정면으로 맞부딪쳤다.

"그게 무슨 말이야?"

"나는 살아 있는 사람이라는 이야기를 하고 싶은 거예요. 은성 씨가 그렇게 손에 넣었다고 생각해서 간단하게 넘어가서 얌전히 어항 속에서 입만 뻥긋거리면서 주인을 기다리는 금붕어 같은 게 아니라고요!!"

"누가 널 금붕어래?"

"하다못해 금붕어도 어항 속에서 주인을 기다려요. 먹이를 주지 않으면 굶어 죽어요."

"무슨 소리가 하고 싶은 거야?"

"난 사람이고 은성 씨의 손아귀에 들어갈 수 있는 존재가 아니에요. 숨 쉬고, 생각하고, 자신의 의견을 말할 수도 있고, 은성 씨 말을 들을 수 있는 귀도, 머리도 있다고요!!"

그렇다. 이제야 깨달았다. 이 사람의 말을 듣고 간신히 깨달았다. 이 사람은 잘못한 게 없다. 그저 이은성이라는 이름을 가진 그냥 한 남자였다. 자신이 원하는 것은 모조리 손에 넣어왔고, 실패한 적도 없고, 언제나 만족하며 살았던 그런 자신만만한 남자였다. 있는 힘을 다해 손에 넣으면 그걸로 끝인 그런 남자였을 뿐이다.

"나는 불안했어요. 끊임없이 불안해서 떨었어요. 당신이라는 존재를 믿고 싶은데 믿지 못해서 떨었어요. 믿을 수 있다고 생각하고 나서도 떨었어요."

"진영이 너······."

어느새 눈가에 눈물이 가득 솟아올랐다. 숨 쉬는 것도 힘들었다. 눈가가 뜨거워 데일 것 같아 참을 수가 없었다.

"은성 씨는 손에 넣었다고 안심해 버릴 수 있겠지만 난 그렇지 못해요. 그럴 수 없었어요. 매일 매일을 고민했어요. 나한테 싫증내지 않을까. 내가 싫어지면 어쩔까. 불안하고 또 불안해서 떨었어요. 은성 씨 웃는 얼굴을 보면 안심이 되었다가 바로 다음 순간이 되면 또 무서워졌어요. 공포로 몸이 굳어서 아무 생각도 못했어요."

그래서 확인을 하고 싶었다. 이 사람이 자신을 얼마나 사랑하고 있는지, 자신에게 어떤 매력이 있는 건지, 그리고 그 매력에

이 사람이 정말로 넘어가 줄지, 만족해 줄지. 화장품 하나 고를 때도 그의 생각을 했다. 이 색을 좋아할지, 이 향기는 좋아할지, 너무 짙은 것을 싫어하면 어떻게 할지 고민하고 또 고민했다.

"그렇게 고민하고, 또 고민하고, 고민하고……."

하루가 가고 또 하루가 갈 때마다 고민도 쌓여갔다. 하루하루 더해갈 때마다 추해지는 자신을 참을 수가 없었다. 진영은 추해진 자신의 얼굴을 손으로 가려 버렸다.

"그래서 지쳐 버렸어요."

"왜……."

"사랑받고 있다고 생각했지만 동시에 사랑받지 못할까 두려웠어요. 은성 씬…… 은성 씬 아무것도 확인해 주지 않았으니까."

얼굴을 가린 두 손이 점점 젖어들어 간다. 그녀는 울고 있었다. 울고 또 울었는데 여기서 또 이렇게나 눈물이 흘러내린다. 적어도 이 사람 앞에서는 울지 않을 거라고 생각했는데 또 울음이 나온다.

"은성 씨가 아무 말도 하지 않으니까…… 아무런 이야기도 해 주지 않으니까."

세상엔 수 없이 많은 노래가 있다. 그리고 그 노래의 대부분이 사랑에 관한 노래다. 그야말로 러브송 투성이다. 왜 그렇게 끊임없이 서로에게 사랑한다고 말하고 노래를 부르는지, 왜 그렇게 끊임없이 가수들이 사랑의 노래를 부르는지 알 수 있다.

사람들은 불안한 것이다. 언제나 항상, 끊임없이 확인하지 않으면 불안하니까.

어깨를 떨며 숨죽여 우는 진영을 보고 은성은 할 말을 잃었다. 그녀는 지쳤기 때문에 헤어지자고 말했지만 사실은 그게 아니라는 것을 깨달았다. 그녀는 자신의 사랑을 갈구했던 것이다. 그렇게나 사랑한다고 생각했는데, 이제는 그녀는 자신의 것이라고 생각했는데 그녀는 그렇게 생각하지 못한 것이다. 믿지 못했던 것이다. 그리고 그렇게 만든 것은 자신이다.

진영이 한 말에 담겨 있는 뜻을 뒤늦게 깨닫는다. 하다못해 어항 속의 금붕어도 주인을 기다린다고, 먹이를 주지 않으면 굶어 죽어버린다는 것이 무슨 뜻인지 깨달았다. 소중히 데려와 예쁘고 화려한 어항에 넣고 아름답다고 감상하고 예뻐해 주는 것으로는 부족하다고 말하고 있는 것이다. 그저 바라보며 사랑한다고 생각하는 것만으로는 사랑이라는 것은 채워지지 않는 것이라고, 그것만으로는 완성되지 않는 것이라고 말하고 있다.

"진영아······."

조수석에 앉은 그녀의 어깨에 손을 데려다 말고 그는 고개를 꺾었다. 좁은 차의 천장이 보였다. 스스로가 너무나 한심해졌다. 너무나 멍청한 탓에 말할 기운도 없었다.

"그러니까 이은성, 너는 말야. 사람한테 너무 무관심해. 몇 년 만에 나타나서 잘살았냐? 이러면서 웃는다고 몇 년의 공백이 바로 없어지는 줄 알아? 넌 죽었어."

몇 년 만에 돌아온 한국에서, 몇 년 만에 만난 세중이 그렇게 말했었다. 재헌이는 말하는 것으로 부족해서 근사하게 어퍼컷을 선사했다. 그래, 그들과는 그거면 충분했었다. 회포를 풀고 몇 대 맞고 몇 대 받아치고 술을 마시고 어울리면서 섭섭함을 덜어내고 지워내면 되었다.
　"여자란 미묘한 생물이지. 조금만 고개를 돌려도 금방 토라져 버려. 그러니까 끊임없이 세심하게. 그렇지! 난을 돌보는 것처럼 매일같이 돌봐줘야 하는 걸세."
　그날 반쯤은 죽여놓으리라 생각했던 유준이 한 말이다. 그의 충고는 고마운 부분도 있었지만 언젠가 다시 만나면 반이 아니라 99%는 죽여 버려야지 하는 생각이 들었다. 그의 충고를 받아들여 진영이 화가 풀릴 때까지 기다린다고 하다가 그만 언제 끼어들어야 할지 몰라 타이밍을 놓쳐 버리고 말았다. 결국엔 그녀가 할머님의 병환으로 힘겹게 지방을 왔다 갔다 한다는 소리를 듣고 나서야 간신히 끼어들 틈을 찾아낼 수 있었다. 설사 아직 화가 풀리지 않았다고 해도 적어도 가족들 앞에서 대놓고 자신을 박대하진 못할 것이라고 확신했으니까. 자신의 예상은 맞았다. 다만, 이렇게까지 완강하게 아직도 맺혀 있을 것이라는 것은 몰랐다. 두 달이나 지났지만, 그녀의 마음은 하나도 풀어지지 않았다. 아니, 숨죽여 기다리는 동안 그녀는 내내 더 더욱 많은 것들을 저 작은 가슴에 쌓아왔다는 것을 은성은 지금 깨달을 수 있었다.

그녀는 그를 믿고 싶어했다. 그 말은 얼핏 들으면 좋을 수도 나쁠 수도 있는 말이지만 나쁜 쪽으로만 기울면 결국 의심한다는 말이 된다. 의심하니까 믿고 싶어지는 것이다. 그리고 그렇게 의심하게 만들고 그 의심을 믿고 싶어지게 만들어 버린 것은 자신인 것이다.

은성은 결국 록을 풀고 차에서 내렸다. 그녀와 자신 사이의 틈은 자동차 안의 사이드 브레이크처럼 작은 것이 아니다. 그는 차의 앞을 돌아 반대편의 문을 열었다. 그리 크지 않은 시트인데 시트 위의 그녀는 너무나 작아 보였다. 자신을 반으로 나눠도 남을 만큼 작고 또 작다.

그가 목표로 했던 여자는 바로 진영이었다. 조그맣고 조그만 그녀를 손에 넣기 위해서, 그녀의 마음을 자신의 것으로 만들기 위해서 노력했었다.

"진영아."

그는 몸을 굽히고 아직도 떨고 있는 그녀의 어깨를 감쌌다. 불편하든 말든 그런 건 아무 상관없었다. 그녀에겐 너무나 큰 시트 한쪽으로 파고들어 그녀를 품에 안았다. 가만히 있던 그녀가 애써 그의 품 안에서 벗어나려고 한다.

"쉬잇, 가만히 있어. 울지 마. 내가 잘못했어. 무엇을 잘못했는지 이제야 알았어."

목표로 해야 했던 것은 그녀가 아니었다. 그저 자신의 품 안에 있는 것만이 그가 목표로 했던 것이어선 안 되었다. 진짜 목표는 그녀를 사랑하는 것이어야 했다.
"미안해. 잘못했어. 천 번이고 만 번이고 사과할게. 죽을 때까지 용서해 주지 않는다고 해도 죽을 때까지, 아니, 죽어서라도 사과하고 또 사과할게."
"싫⋯⋯어요."
"싫어해도 상관없어. 난 그래도 사과할 거니까. 미안해. 잘못했어. 용서해 줘."
지금이라면 시청 앞에서 무릎 꿇고 싹싹 빌라고 해도 그렇게 할 수 있을 것 같았다.
"싫어요. 난 견딜 수 없어. 난 끊임없이 은성 씨를 의심하고 또 의심할 거예요."
"그래, 끊임없이 의심해. 그럼 난 끊임없이 확인시켜 줄게. 난 조금 많이, 아니, 상당히 끈질기거든."
"나는 못 견뎌요."
못 견딜 것이다. 이겨낼 수 없을 것이다.
"은성 씨가 아무리 말해도, 설사 당신을 믿게 되어도 내가 날 믿지 못해요. 내가 얼마나 추한지 알아요? 은성 씨가 아무리 아니라고 말해도 은성 씨 주변의 모든 사람들에게 내가 어떤 마음을 가지게 될지 은성 씬 상상도 못할 거예요."
그렇다. 은성을 믿게 되어도, 그의 사랑을 확신하게 되어도 그녀는 끊임없이 의심을 할 것이다. 그의 앞에서 웃음을 흘리는 그 모든 여자들을 질투해 버릴 것이다.

"상관없어. 난 네 앞에 있는 남자란 남자는 다 죽여 버리고 싶으니까."

"난 못해요. 내 마음을 견딜 수가 없어."

"내가 견딜게."

"믿을 수 없어요. 제발 이거 놔줘요."

어려운 여자다. 사랑하기도, 사랑받기에도. 하지만 어렵다고 포기할 그가 아니다.

"응, 과거의 나는 믿지 못할 녀석이었어. 네 말대로 난 손에 넣으면 그것으로 끝이었지. 하지만 과거만으로 날 판단하지 마. 과거는 과거다. 과거의 나만이 내 전부는 아니야. 그리고 나는 현재가, 그리고 미래가 더 중요해. 내 눈에 보이는 것은 그거다. 앞으로 무엇을 할지. 어떻게 해나갈지, 어떻게 사랑해야 할지."

"못해요. 난 못해요."

또 울음이 터져 나온다. 바보 같다. 너무 바보 같아서 스스로를 돌아보고 싶지 않을 정도로. 차라리 지금 땅이 갈라져서 이대로 죽어버렸으면 싶다.

"난 못해요. 난 믿을 수가 없어."

"왜…… 왜 그렇게 믿지 못해?"

떨리는 어깨를 토닥이며 눈물을 그쳐 주길 바란다. 세상 사람들 말은 틀린 것 하나 없다. 역시 남자는 여자의 눈물에 너무 약하다.

"널 사랑해. 사랑하고 또 사랑해. 그리고 앞으로도 사랑할 거다."

진영의 가슴이 철렁하고 내려앉았다. 평생 듣지 못할 것이라고 한 말을 연거푸 들어버린 그녀의 가슴이 요동치고 있다.

"내 새로운 목표는 널 사랑하는 거야."

자신만만하게 들리는 목소리지만 그녀는 자신이 없다.

"사랑하니까……."

"……."

기어들어 사라져 버릴 것 같은 말에 그는 귀를 쫑긋 세웠다. 하지만 그녀는 입을 열 생각이 없는 듯 보였다. 후우 하고 숨을 쉬고 그는 몸을 일으켰다. 그리고 그녀도 안아 올렸다. 놀란 그녀가 딸꾹질을 하며 놀라 버릴 정도로 번쩍 들어서 차 위로 올려 버렸다.

"계속 말해봐."

"……."

빨개진 눈동자가 놀라서 커다래진 채로 그를 내려다본다. 진영은 정말로 놀라 울음이 다 그쳐 버릴 정도였다. 하늘을 꽉 채우고 있던 구름이 아주 조금 벌어지고 희미한 햇살이 땅을 비추기 시작했다. 습기를 잔뜩 머금은 바람이 그와 그녀를 감돌다가 살며시 사라진다. 먼 곳을 비추고 있던 한줄기 햇살이 바람에 밀려 조금씩 조금씩 그들을 향해 온다.

"내, 내려주세요."

"싫어. 하려던 말 다시 할 때까진 안 내려줄 거다."
"……."
우느라 빨개진 얼굴이 더욱더 빨개진다. 그리고 슬픈 표정이 된다. 저런 표정을 짓게 만든 자신이 너무나 한심해서 또한 슬퍼진다.
"말해."
"사랑…… 하니까."
"응."
그래도 그녀의 붉은 입술에서 흘러나오는 말은 너무나 행복한 단어다.

사랑한다는 말에 의지하고 싶지 않았다. 하지만 듣고 싶었다. 그것은 진영도, 은성도 마찬가지였다. 말로하기엔 너무나 무겁고, 중요하고, 가슴 아픈 것이다. 그래서 느껴주길 바라고 느끼길 바랐다. 그들의 모든 것에서. 하지만 그렇다고 해서 사랑한다는 말을 가볍게 여기는 것은 아니다. 그렇지 않다면 이렇게나 말하기 힘들지 않을 것이다.

"사랑하니까 믿을 수 없…… 어요."
"그럼, 앞으론 사랑하니까 믿어봐. 의심해도 좋으니까 믿고 또 믿어."
"은성 씨……."
"막무가내라도 좋고, 제멋대로라고 해도 좋아. 난 내가 한 말은 반드시 지킨다. 반드시 눈앞에서 볼 수 있도록 만들어내. 내

장점은 그것뿐이다."

"은성 씨."

가까스로 멈추었던 눈물이 또 흘러내리려 한다. 이 남자는 어떻게 이렇게까지 말할 수 있는 걸까.

"널 사랑해."

커다란 팔이 그녀의 허리를 끌어안고 무릎 위에 앉혔다. 그리고 이렇게 속삭였다.

"사랑해."

무릎 위에서 속삭인 말인데, 머리끝까지 잠겨 버린 기분이 든다. 허리를 두르고 무릎에 기댄 그의 얼굴에서 그의 뜨거운 체온이 느껴진다.

사랑하고 있다. 사랑받고 있다.

서로의 체온으로 마음을 느낀다. 속삭여진 단어에 점점 더 빠져든다. 응어리졌던 마음들이 뜨거운 체온에 녹아내렸다. 얼어붙었던 가슴이 온기를 되찾았다.

가슴이 부서질 것 같다. 아프고 아파서 가슴이 무너지는 것 같다. 하지만 그녀는 기뻐하고 있었다. 눈앞의 남자가 너무나 사랑스러워서. 그리고······.

"미안······ 해요."

툭툭 눈물이 그의 새카만 머리카락 위에 떨어진다.

난데없는 그녀의 말에 은성이 고개를 든다.

"미안해요."

그렇게 화를 내서, 지쳤다고 말해서, 이렇게 투정을 부려서, 믿지 못해서, 그리고 사랑해서.

"울지 마."

"미안해요."

"아니, 미안한 건 나다. 내가 잘못했어. 앞으로는 잘할게. 믿지 못할지 모르지만 믿어줘."

새로운 목표가 생긴 이상 거칠 것은 없다. 의심받더라도 사랑할 것이다. 의심하게 되더라도 사랑할 것이고 끊임없이 이 작은 여자에게 사랑을 퍼부어줄 것이다.

"미안해요."

"울지 말라니까. 전부 다 내가 잘못했으니까 제발 울지 마라."

은성이 커다란 손가락으로 그녀의 눈물을 슥슥 닦아준다.

"너 우니까 심장이 다 떨린다."

그의 말에 그녀가 아주 조금 웃는 얼굴이 된다. 그래, 자신이 보고 싶었던 것은 바로 저런 얼굴이다. 우는 얼굴도 화를 내는 얼굴도 아닌 예쁘게 웃는 얼굴.

"울지 마. 눈 둘 곳이 없다."

진영이 소리 내어 웃는다.

"내려줘요."

아무도 없는 넓은 논밭 한가운데 단둘뿐인데도 너무나 창피한 기분이 든다.

"키스해 주면."

"은성 씨!"

"어서."

정말로 키스해 줄 때까진 내려주지 않을 심사다.

"아무도 안 보는데, 어때."

바람에 밀려오던 햇살이 점점 더 그들이 있는 곳으로 다가온다. 그리고 진영은 흐릿 하늘 사이의 한줄기 햇빛을 맞으며 그에게 키스했다. 뜨겁고 따스한 입술에 허리를 굽히고, 떨리는 눈을 감고 입을 맞추었다.

이 마음이 한결같기를, 그를 사랑하는 마음이 한결같기를, 자신을 사랑한다 말한 그가 한결같기를 바라면서.

"시끄러워!! 잘못했으면 가서 싹싹 빌어! 무릎 꿇고 네가 다 잘못했다고 싹싹 빌라고."

들고 있는 핸드폰 너머에선 뭐라고 자꾸 아우성이다.

"야, 윤재헌. 뭐가 어쨌든 간에 다 네가 잘못한 거야."

재헌은 아니라고 우겨댄다.

"네가 얼마나 무게를 잡는지 아냐? 지나가는 사람들 쩍쩍 얼어서 보도블록 위에 얼음 기둥이 될 만큼 싸늘하게 무게를 잡는다고. 그 꼴을 하고 미안하다고 한마디 하면 끝날 거 같아? 아니지, 절대로 아니다. 죽어라 잘못했다고 자존심 다 때려치우고 싹싹 빌어."

그러자 재헌이 그러는 넌 그렇게 무릎 꿇고 싹싹 빌었냐며 빈정거렸다.

"그래, 무릎 꿇고 싹싹 빌었다."

핸드폰이 다 떨릴 정도로 껄껄대고 웃는 소리가 난다. 은성은 부아가 났다. 다음에 제헌을 만나면 반드시 코뼈를 부러뜨려 버리고 말리라.

"웃냐? 웃어? 그래 맘껏 웃어봐라. 나중에 누가 피눈물 흘리나 보자. 끊어!"

성질이 나서 핸드폰을 던지고 싶은 걸 간신히 참았다. 그러고 보니 진영의 핸드폰이 또 바뀌었다는 것이 생각났다. 알고 보니 그녀는 통화하다가 화가 나면 핸드폰을 던져 버리는 버릇이 있었다. 그다지 닮은 것이 없는 두 사람이 유일하게 닮은 화풀이 방법이 바로 그것이었다. 나중에 넌지시 세중에게 물어보니 그가 아는 것만 해도 세 개쯤은 된다고 한다.

"젠장."

핸드폰을 주머니에 넣는데 뒤에서 큭큭 하고 웃음을 참는 소리가 난다. 아, 그러고 보니 여기 엘리베이터였지. 젠장, 한국 핸드폰은 엘리베이터에서도 되잖아. 왜 쓸데없이 이렇게 잘 터지게 해놨담. 그리고 이놈의 엘리베이터 왜 이렇게 느려.

엘리베이터 안에는 은성을 제외하고 여자가 두 명 타고 있었다. 한 명은 호텔 직원이었다. 앞으로는 얼굴 팔려서 이 호텔 오기 힘들겠다는 생각을 했다. 진영이 마음에 들어하는 티 카페가 있어 자주 오는 곳이었는데 말이다.

 은성을 보고 있는 사람들은 그들 나름대로 정말 웃음을 참지 못해서 입을 틀어막고 있었다. 180㎝를 넘기는 훤칠한 키에 깔끔하게 양복을 빼입은 남자는 한 손에는 분홍빛 장미 꽃다발까지 들고 있다. 그리고 양복 주머니가 불룩하다. 누가 봐도 사랑을 고백하러 가거나 혹은 프러포즈라도 하러 가는 모습을 보인다. 엘리베이터 탈 때 힐끔 봤을 뿐이지만 정말이지 모델이라고 해도 믿을 만큼 잘생긴 남자였다. 손에 든 꽃다발만 아니면 슬그머니 주머니에 명함이라도 찔러 넣어보고 싶을 만큼 멋졌다. 그런데 그가 핸드폰을 들고 통화하는 것을 듣고 있자니 듣고 있는 사람이 다 얼굴이 빨개질 정도다. 단순하게 늘으면 그냥 그뿐이지만 조금만 제대로 들어보면 이 남자가 지금 좋아하는 여자에게 얼마나 빠져 있는지 알 수 있었기 때문이다. 이렇게나 멋진 남자가, 결점이라고는 하나 없어 보이는 남자가 뭔가를 잘못했는지 상상도 안 가는 남자가 무릎을 꿇고 싹싹 빌었단다. 자존심도 다 빼고 싹싹 빌어서라도 용서받고 싶은 여자가 있는 것이다.

 '누군지 몰라도 정말 복받은 여자네.'

 그렇게 생각을 하고 보니 이 남자를 바닥에 무릎 꿇릴 수 있는 여자가 어떤 여잔지 확인하고 싶어진다. 과연 이 남자는 몇 층에서 내릴 것인가. 엘리베이터 안의 사람들의 시선을 한몸에 받으면서 남자는 엘리베이터 문이 열리자 그곳에서 내렸다.

호텔 직원인 여자는 호기심에, 그리고 다른 한 여자는 자신도 마침 목표로 했던 층이기에 반색을 하고 따라 내렸다. 아무래도 이 호텔의 명물인 티 카페에 가는 것 같았다. 키가 큰 만큼 어찌나 보폭이 넓은지 비슷하게 걷는 것 같은데 벌써 저 앞에 가고 있었다.

남자를 따라서 열심히 안으로 들어가자 안쪽의 좌석에 앉는 것이 보였다. 친구와 만나기로 한 여자는 열심히 눈치를 살피며 상대방 여자가 잘 보이는 좌석을 요구했고, 호텔 직원은 담당 층도 아닌데 온 자신을 보고 놀라는 직원에게 살짝 윙크를 하고 카운터 쪽 옆에 섰다.

조그마한 여자가 보인다. 음악 소리가 크지 않아 크게 이야기하면 들릴 정도지만 그들의 목소리는 잘 들리지 않았다. 빼어난 미인은 아니지만 못생긴 것도 아닌 조그마한 여자다. 남자를 반으로 접어서 나누면 될까 싶을 정도로 작은 여자다. 키 큰 남자는 작은 여자를 좋아한다던데 정말인가 싶다.

"자, 여기."

"고마워요."

진영은 은성이 내미는 꽃다발을 받아 들었다. 로맨틱한 핑크 장미는 꽤나 신경 쓴 듯 화려한 포장이 되었다. 이걸 고르느라 나름 식은땀을 흘렸을 은성을 보니 또 웃음이 나온다. 하지만 동시에 사실은 이런 걸 매번 사러 다녔을지도 라는 생각이 들어서 조금 부아가 났다.

"몇 번째 장미예요?"

"……."

은성의 얼굴은 또 시작됐구나 하는 표정이다. 그래서 알아서 불었다.

"맹세하지만 이만한 가격으로 사보는 건 처음이다. 그리고 너 한테 준 거론 세 번째."

"흐응."

진영은 남자들이 왜 그렇게 여자들한테 장미를 선물하나, 받으면 그게 정말 좋은 걸까 생각했지만 역시 이렇게 받아보니 묘하게 흥분이 된다. 생생한 장미만큼이나 그녀의 기분도 좋아지고 꽃 들고 오느라 여기저기서 눈총 아닌 눈총을 받았을 은성을 생각하면 웃음까지 나왔다. 아마도 집에 들고 가서 꽂아놓아도 내내 그런 기분이 들 것 같았다.

더운 여름이지만 실내는 시원하다. 단거라면 질색을 하지만 진영이 먹어보라고 하면 한입 정도는 먹어주는 은성이 나름 귀엽다. 무서워서 떨던 때를 생각하면 많이 변하긴 변했구나 하는 느낌도 든다.

아무도 없는, 퇴비 냄새가 솔솔 풍겨오는 천안 근처 어딘가에서 그렇게 신파조로 울며 화해를 하고 난 이후 은성은 참으로 싹싹한 남자가 됐다. 뭔가 확연히 드러나게 바뀐 건 아니지만 그런 느낌이 든다. 게다가 가끔은 정말로 자신이 하는 말 때문에 쩔쩔매는 게 보여서 우스울 지경이다. 은성은 매사에 거칠 것이 없는 사람이다. 그것은 그가 타고난 성격이기도 했지만 성장 배경과도 관계가 있었다.

취향이 상당히 고급스럽다는 점과 입고 다니는 옷들이라든지, 미국의 대학을 나온 점이라든지로 부유한 집안에서 자랐을 것이라는 정도는 진영도 눈치를 챌 수 있었다. 다만 은성이 진영이 생각했던 것보다는 좀 더 거물 집안 출신이라는 것이 조금 다를 뿐이다. 국내 10대 대기업에는 못 미친다 해도 이름을 대면 어지간한 사람들은 다 알 수 있을 정도의 기업을 그의 본가 사람들이 소유하고 있었던 것이다.

그런 배경에서 자랐으니 하고 싶은 것은 모두 다 했고, 원하는 것이라면 그 어떤 것도 손에 넣지 못했을 리 없다. 그러니 그렇게 언제 어디서나 당당하고 제멋대로에다가 구워도 삶아도 먹을 수 없는 성격이 된 것이다.

다만 궁금한 것은 그런 집안 출신이면서 어떻게 '진성 조폭'인 친구가 있을 수 있었을까 하는 점이다. 그건 나중에 꼭 물어봐야지.

"그쪽은 계속 바쁜가 봐요?"

"뭐, 영화 시나리오들이 사방을 날아다니지. 가끔 보면 진짜 골 때리는 것도 있어."

살짝 미끼를 던지자 얼른 미끼를 물고 일 이야기를 시작한다. 두 사람의 일은 겹치면서도 묘하게 달랐기에 이야기를 듣다 보면 재미가 있다. 하지만 진영이 이렇게 슬쩍 일이야기를 하게 만드는 것은 또 다른 이유가 있다.

결정적으로 그에게 지쳤다고 생각했던 그 사건 때문이다. 결혼 이야기가 나올 정도로 나름 '관계'가 있었다고 여겨지는 이주연이라는 여배우 같은 여자가 또 나오지 않을까 해서다. 나중에 들은 바로는 파격적인 조건으로 계약을 하는 대신 이주연이 은성에게 개인적으로 부탁을 했던 모양이다. 최근에 스토커가 생긴 것 같은데 잡는데 협력을 해달라, 라고 하는 너무나 영화 같은 스토리. 진영이 보기엔 이주연도 은성에게 나름 마음이 있었던 것 같았다. 그렇지 않고는 이 대한민국의 시끄러운 영화 바닥에서 결혼하겠다는 말까진 하지 않았을 것이다. 은성은 절대 아니라고 했지만 진영의 눈에는 그녀의 속셈이 뻔히 보였다. 게다가 그쪽은 아직 현재진행중인 것도 확인했다. 얼마 전에 이주연이 출연한 연애 프로그램을 봤기 때문이다. 그녀는 아직도 문제의 반지를 손가락에서 빼지 않았다. 그녀의 일방적인 공세라고 해도 말이다.

그나마 다행이었던 것은 당시에 은성이 기자들의 괴롭힘을 꽤 받았던 터라 그런 일은 절대 없을 것이라고 몇 번이나 맹세를 했다는 점이다. 하지만 그는 절대 관심 밖에 존재할 수 있는 남자가 아니다. 역시 어쩌다가 이런 사람을 사랑하게 돼서 이러고 사나 한숨이 나올 때가 있다.

"뭐, 그런 거지."

"그래도 눈은 즐겁겠어요. 아침저녁으로 배우들이 왔다 갔다 하지 않나요?"

"아니야, 그렇진 않지. 실제 회사까지 오는 건 의외로 그 주변 사람들이니까."

그는 진영이 은근슬쩍 섞어 넣은 말을 재빨리 눈치 채고는 완강하게 부인을 한다.

"그건 그렇고 말이야."

은성의 표정이 조금 변한다. 웃는 얼굴이긴 하지만 굳은 듯도 하고 조금 긴장된 표정이기도 하다. 사실 오늘은 조금 눈치를 채긴 했다. 다른 날과는 달리 데리러 오지도 않고 이곳에서 기다리라는 말을 했다. 게다가 예전에 받았던 어떤 장미보다 비싸 보이는 꽃다발. 머리끝부터 발끝까지 원래부터도 잘 차려입고 다니지만 오늘따라 특히 더 번쩍번쩍 빛나는 것을 보니 거울 앞에서 꽤나 시간을 보냈을 것이다.

결정적인 것은 그가 들어올 때 본 불룩한 양복 주머니.

올 것이 왔구나 하며 덜덜 떨기엔 진영은 더 이상 이럴 수 없을 만큼 뻔뻔스러워져 있었다. 사실 은성과 사귀는 이상 그렇게 될 수밖에 없었다. 사실은 화해하고 바로 프러포즈를 한번 받았었다. 그때는 좀 더 시간을 달라고 하고 돌려서 거절을 했다. 그랬더니 이번엔 아예 작정을 한 모양이다. 며칠 전에 유준의 스카우트에 대한 이야기를 무심코 꺼냈는데 그게 촉발제가 된 것일지도 모른다.

설마 유준이 자신에게 한국 에이전트가 되어달라는 말을 하고 나서 멋대로 인터뷰에서 그 사실을 밝혔으리라고는 생각지도 못했었다. 그리고 그게 그렇게 보도가 되고 은성도 그 기사를 봤을 줄은 정말로 몰랐었다.

그 덕에 이틀 내내 싸움을 해야 했었다. 사실무근이 아니라는 점이 불리하긴 했지만 자신은 결코 YES라고 말한 적이 없다고 완강하게 주장을 했기에 간신히 넘어갈 수 있었다. 그걸 가지고 또 진영에게 싸움을 걸어온다면 이번에야말로 반드시 쫌생이라고 투덜거려줘야지!

"여러모로 생각해 봤어. 네가 볼 땐 내가 아직 부족할지도 몰라. 하지만 나는 잘할 자신이 있다. 내 자랑 같아서 좀 그렇지만 난 목표로 삼은 건 반드시 이루거든."

"네네. 당연히 그러시겠죠."

얼마 전에 만난 그의 친구들, 하나는 아는 사람이고 하나는 모르는 사람이었지만, 그때 정말 귀가 따갑게 들었다. 특히 진영의 상사이자 은성과는 유치원(?) 때부터 죽마고우였다는 김세중은 평소보다 열 배쯤은 더 들떠서 은성의 험담을 가득 늘어놨다. 다른 사람도 정도는 덜했지만 결국엔 마찬가지였다. 실버엔터테인먼트의 윤재헌 대표를 소개 받았을 땐 정말 놀라서 테이블에서 한 30m쯤 도망가고 싶었다. 이리저리 정황(?) 증거를 꿰어 맞추어본 결과 진짜 조폭은 은성이 아니라 그의 친구인 윤재헌 대표라는 것을 확신할 수 있었기 때문이다.

'그런데 윤 대표님 차도 에쿠우스가 아니었지.'

그의 차는 검은색 벤츠였다. 하지만 그것은 조폭이 주로 모는 차 리스트의 허용 범위 내에 드니까 넘어가자.

"거 그렇게 뚱한 표정으로 말하지 마라. 무드 깨진다."

"……."

그리고는 주머니에 손을 쑥 넣더니 네모난 케이스를 꺼낸다. 아아, 역시 반지다. 이젠 슬슬 기대도 된다. 이 남자 이번엔 과연 무슨 반지를 사 왔을까. 지금 진영의 귀에는 그가 얼마 전 그녀의 생일에 선물한 진주 귀걸이가 걸려 있다. 그때도 산다 만다 하며 실랑이를 했던 걸 생각하면 정말로 두통이 생긴다. 진영 자신은 별생각없는 보석 쪽에 웬 취향이 그렇게 확실하고 또 화려한지 말리느라고 시간을 다 보냈다.

'정말 저 안에 들어 있을 반지가 무서워.'

물방울 다이아몬드에 각종 보석 치장의 아줌마, 아니, 연예인 반지면 반드시 얼굴에 던져 버리리라.

"고르느라 시간 많이 보냈다. 너한테 어떤 게 어울릴지 생각하면서."

"……."

"이런 걸로 내 마음이 표현되는 건 아니지만 받아줘. 그리고 결……."

"잠깐요."

반지 케이스를 열려던 손이 덜컥 멈추었다. 하지만 반지 케이스는 결국 활짝 열렸다.

'아아, 역시……'

끔찍하도록 알록달록하지도, 화려하지도 않았지만 역시나 손에 끼고 다니기엔 무척이나 부담스러운 커다란 다이아몬드가 그 위용을 자랑하며 휘황찬란하게 빛을 발하고 있다.

'못해. 절대로 못 끼고 다녀. 설사 프러포즈를 받아들여도 저 반지만큼은 반드시 환불한다.'

"진영아?"

"반지 줄 상대가 잘못되신 거 아닌가요?"

"뭐?"

은성의 얼굴이 놀라서 이번에야 말로 진짜 굳어진다.

"반지가 이주연 씨 취향이네요."

"진영아, 난 그 여자랑은 정말로 아무 사이도 아닌 거 알잖아."

"맞아요. 하지만 그분은 아니신 거 같더라구요. 여전히 '약혼 반지'도 끼고 계시고. 이 장미는 고맙게 받을게요. 정말 마음에 들어요. 이런 선물이라면 백 개를 받아도 기쁠 것 같아요. 다음에 뵈어요, 은성 씨."

방긋. 진영은 그녀가 할 수 있는 최대한의 미소를 지어 보이고 자리에서 벌떡 일어났다. 오늘은 마음도 가다듬고 특별히 앞굽까지 포함된 10㎝의 힐을 신고 나왔다. 은성은 아직 모를 것이다. 어제 아무 생각 없이 미용실에서 집어 든, 나온 지 이틀 된 따끈따끈한 잡지를 보다 말고 그녀가 얼마나 화가 나고 또 질투심에 휩싸였는지. 나름대로 당장은 못해도 내년이나 내후년쯤엔~ 이라고 대답을 해줄까 하고 퐁퐁 샘솟는 기쁨에 머리를 하러 갔던 게 실수였다. 아니, 어쩌면 반지를 받기 전에 봤으니 행운이라는 생각도 들었다.

'옛날 거면 말도 안 해!!'

기사 표제는 일도, 결혼도 모두 한 손에, 라는 너무나 유치찬란한 것이었다. 화사하게 웃고 있는 아름다운 여배우는 아직도 진영을 괴롭히고 있는 이주연이었고 머리를 하다 말고 벌떡 일어나 버렸을 정도로 화를 내게 만드는 기사였다.

'여전히 러브러브? 좋아하네!!'

은성은 여자들에게 너무나 상냥하다. 매너도 일품이다. 그래서 다들 착각을 했다. 그래, 다음번엔 이걸로 괴롭혀 줘야지. 암! 괴롭혀 주고 그 버릇도 반드시 고쳐 줄 테다!! 그때까지 결혼은 생각도 말아야지.

"진영아? 진영아―!"

허둥지둥 따라 나오는 은성의 목소리가 들린다. 그의 발걸음이라면 분명 엘리베이터에서 잡히겠지만 계산을 해야 할 테니 도망갈 시간은 충분하다.

"진영아!! 잠깐 기다려!"

"프러포즈를 하고 싶으면 제발 이주연 씨와 먼저 헤.어.지.고. 나서 하세요. 아셨죠, 이은성 씨?"

은성은 얼굴은 웃고 있지만 얼음덩이가 뚝뚝 떨어질 것 같은 진영의 말에 결국 그녀의 손을 놓아버렸다. 제길. 여자의 웃는 얼굴은 여자의 눈물보다 무섭다. 그리고 이 사태를 완전 무표정으로 지켜보고 있는 직원들은 더욱더 무섭…… 이 아니라 두들겨 패주고 싶다.

엘리베이터 문이 열리고 안으로 뛰어든 진영은 다음에 봐요 하고 방긋방긋 웃으며 손도 흔든다. 이은성 인생 33년, 이만큼 난감한 때가 또 있었을까.

그는 무시무시한 얼굴로 지갑을 꺼내 카드를 내밀었다. 카드를 받은 직원의 표정이 묘하고 손놀림도 어색하다. 그래, 니들이 보기엔 무슨 삼각관계 아닌 삼각관계 촌극으로 보이겠지. 아무리 진영이 좋아해도 여기 다시 오나 봐라.

도대체 이번엔 뭐가 맘에 안 든 걸까. 장미는 좋다고 했으니 패스. 하지만 이주연하고는 아무 사이도 아니라고 했는데, 그럼 반지가 취향이 아닌가? 역시 함께 가서 고르고 받자마자 프러포즈할 걸 그랬나 하는 후회가 정말 쓰나미처럼 밀려온다. 하지만 지난번처럼 사이즈가 없는 반지를 골라서 빈손으로 나오게 되는 꼴을 당하는 것은 절대 사절이다. 하지만 반지가 마음에 안 들면 바꾸자고 할 생각이었다. 구입한 매장에도 미리 말을 해두었다. 그녀의 취향을 알기에 십중팔구가 아니라 100% 바꾸자고 할 거라는 걸 예상하고 있었으니까. 하지만 저 격렬하면서도 웃는 얼굴로 화내는 걸 봐서는 절대 반지가 원인일 리가 없다. 적어도 진영은 화를 낼 땐 무엇 때문에 화가 났는지 말하고 화를 내니까. 그 다음에 풀릴 때까지 조개처럼 입을 딱 다물고 있는 게 문제라면 문제일 따름이다.

그렇다면 도대체 이유가 뭘까, 굳이 이주연이라는 이름을 들먹인 이유는?

"아!"

그러고 보니 며칠 전에 이주연이 출연하는 영화의 제작 발표회가 있었다. 속을 무던히도 썩혔지만 어쨌든 끝났다. 이젠 슬슬 반지를 빼달라고 해도 되겠지. 그는 황급히 핸드폰을 들었다.

"여보세요? 문혁 씨? 보도자료들 중에 혹시 이주연 씨 자료 있습니까? 아, 그거 이외에도 이주연 씨가 보도된 최신간 잡지나 신문 같은 것도 좀 체크해 보세요."

전화를 걸며 엘리베이터로 가니 직원이 부지런히 따라와서 버튼을 눌러준다.

"뭐? 이봐, 그런 게 났으면 먼저 알려줘야 할 거 아냐. 일을 어떻게 하는 거야?"

비서인 김문혁의 말에 의하면 잡지며 신문을 볼 것도 없이 열애 중입니다~ 하는 이주연의 기사가 인터넷에 쫙 떴단다. 그는 애꿎은 비서에게 버럭버럭 화를 냈다. 하지만 실제 화를 받아야 할 사람은 이주연이다.

"이주연 매니저한테 연락해! 아니, 소속사에 전화해! 내가 좀 보잔다고. 그래, 오늘 밤이라도 좋으니까 약속 잡아! 당장!!"

씩씩거리는 사이 엘리베이터가 내려왔다. 안으로 들어서자 직원도 함께 같이 타더니 친절히 지하 주차장 버튼을 눌러준다. 하지만 은성은 엘리베이터에 타자마자 오른쪽 팔을 들어 엘리베이터의 벽을 쳤다. 엘리베이터가 우우웅 소리를 내며 울리고 옆쪽에 얌전히 선 직원이 작게 꺄악 하고 비명을 지른다.

연애란 어려운 거다. 사랑하는 것도 어려운 일이다.

삼 일 전에 품 안에서 귀엽게 울며 애원하던 여자가 다음날이 되면 180도 돌변해 멋대로 굴러가는 게 연애인가 보다. 훌쩍 훌쩍 울어서 심장이 떨리는 바람에 달래느라 애를 먹었던 연약해 보이던 여자가 사악한 미소를 지으며 화를 낸다. 그런 게 연애인가 보다.

"내가 두 번 다시 연애하나 봐라."

역시. 연애는 이게 마지막이어야 할 것 같다.

그녀를 사랑하는 것은 죽을 때까지 해도 목표점에 다다르기 힘들고, 밑 빠진 독에 물 붓기보다 힘들고, 하늘의 별을 따오는 것보다 어렵다. 그럼에도 불구하고 죽을 때까지 해도 질리지 않을 것 같고, 그럼에도 그녀가 귀엽고 예뻐 보이는 것을 보니 미쳐도 단단히 미친 모양이다.

"그래, 잘못한 것은 나지."

역시 사랑해야 할 사람은 그녀뿐이다.

히죽 웃은 은성은 이번에는 또 어떤 방법으로 '무릎 꿇고 싹싹 빌기' 작전을 실행해야 할까 고민하기 시작했다. 물론 옆에서 호텔 직원이 음흉하게 웃는 것도 절대 눈치 채지 못했다.

　진영과 은성이 떠난 뒤 조용하던 호텔의 티 카페는 은성이 나가고 나자마자 갑자기 시끄러워졌다. 그들을 지켜보고 있던 여자 하나는 핸드폰을 들고 누군가에게 전화를 걸기 시작했고, 노트북을 들고 있던 또 한 사람은 얼른 전원을 넣고 이주연의 기사를 찾기 시작한다. 직원들은 서로 소곤거리면서 그럼 아까 그 남자가 그 남자? 어머나, 바람을 피우는구나 라든지. 그럴 줄 알았어. 그 여자 진짜 어쩌구저쩌구하더니. 열애 중일 리가 없잖아 하는 식의 이야기를 나누기 시작했다. 그리고 곧 이주연에 대한 각종 소문들을 입에 담기 시작한다. 아마도 오늘 밤까진 자신들이 오늘 본 이야기를 옆에 전하느라 정신이 없을지도 모른다.

　그녀들이 그러든 말든, 진영은 방긋 방긋 프러포즈를 받을 뻔한 핑크빛 기분과 어제부터 잔뜩 쌓여 있던 화를 시원하게 풀어버린 후련함을 즐기며 또각또각 지하철 계단을 내려가고 있었다. 거의 다 내려왔을 때쯤 황당해서 어쩔 줄 몰라 하는 얼굴이 생각나는 바람에 푸훗 하고 혼자 웃음을 터뜨렸다.

　화가 나는데도 동시에 웃기다는, 이 설명하기에도 앞뒤가 안 맞고 애매한 기분을 아는 사람들은 아마도 그녀와 똑같이 연애를 하고 있는 여자들일 뿐일 것이다. 사랑하기에 화나고 사랑하기에 기쁜, 이은성은 그런 남자다.

'미안해요.'

화나고 기쁘고 미안한 마음을 담에 진영은 마음속의 그에게 말을 건다. 그때 뒤쪽에서 커다란 목소리가 들렸다.

"한진영—!!"

"에?"

"한—진—영!!"

훤칠하게 큰 키의 남자가 지하철 입구에서 커다란 목소리로 그녀를 불렀다.

"헉—!!"

이 무슨 기가 막히는 짓인가 싶어 어이가 가출을 하려는데 그가 더욱더 큰 목소리로 소리를 질렀다.

"반지 바꾸러 가자—!!"

어이가 가출 정도가 아니라 썰렁한 쓰나미에 휩쓸려 태평양 한가운데로 흘러간다.

진영은 핸드폰을 꺼냈다. 그와 똑같이 소리는 죽어도 못 지른다. 그러니까 전화를 걸자. 뽁뽁 단축키 두 개를 누르자 번호가 뜬다. 번호 위에 적힌 그의 이름, 아니, 은성의 비밀스런 닉네임.

〈콜라병뚜껑.〉

진영은 자신도 모르게 웃음을 터뜨렸다.
콜라병뚜껑 같은 남자 이은성. 그가 바로 진영의 사랑하는 사람이다.

에필로그

"**진**영아. 진영아~"

"네네. 저 귀 안 먹었어요. 잘 들려요."

"아, 그래. 귀는 안 먹었지만 내 말은 이해가 안 되는 거 아니야?"

빠직 소리가 나게 머리에 피가 몰린다. 정말 이 남자는 왜 말한 마디 한 마디가 밉살스러운 거야!

"이해한다고 100% 동조하라는 법 있나요? 거절할 수도 있는 거죠."

"야!"

열 좀 많이 받으세요, 이은성 씨.

"너 자꾸 이렇게 나올래?"

"그러니까 뭘요."

"시집오라니까. 우리 부모님도 네 얼굴 좀 보자고 하신다."

"싫어요. 난 일이 더 좋아요. 아아, 그냥 유준 오빠 에이전트 할까."

"한진영!!"

아아, 정말 화났다. 그래 좀 화 좀 나봐야 내 기분을 이해하겠지. 아니, 당신도 좀 당해봐야 해. 일을 하다 보면 출연진을 호텔까지 배웅도 좀 해줄 수 있지.

한참을 사귀다 보니 그의 표정 분석에는 대가가 되어가는 것 같다. 언뜻 보면 그의 표정은 대략 세 가지 정도로 분류된다. 웃는 표정, 굳은 표정. 무표정.

웃을 땐 주로 데이트를 할 때라든지 기타 감정의 변화가 없을 때다. 그럴 때 보면 거의 웃고 있다. 굳은 표정은 주로 일을 할 때인 듯한데 사실 사무실에 있는 그를 본 건 한 번뿐이라 잘은 모른다. 다만 누군가 부르면 바로 웃는 표정이 되고 얼굴을 돌리면 바로 굳는다. 다음은 무표정. 주로 화가 났을 때라든지 짜증이 났을 때라든지 기분이 안 좋을 땐 바로 무표정이다. 다만 여기서 세세히 분류를 하기 시작하면 끝이 없다. 웃더라도 눈만 웃느냐, 입만 웃느냐, 아니면 눈가가 풀어지고 미소를 지어보느냐에 따라서 다 그때그때의 감정이 다르다. 나와 만나면 대략 눈가가 풀어지고 살짝 살짝 미소를 지어 보인달까.

같은 무표정이라도 눈가가 풀어진 상태에서 굳은 표정은 주로 친구를 만날 때다. 신출귀몰하는 김세중 팀장님이라든지 진짜 '정진정명의 조폭'이라는 그의 친구이자 실버 엔터테인먼트의 실세인 윤재헌 씨를 만나면 대략 그렇게 된다. 그리고 지금은 눈가도 입가도 딱딱하게 굳어 있다. 굳은 표정으로 분류 가능하지만 애매하게 표정이 없고 눈가 밑에 살짝 보일락 말락 한 주름이 하나 보이는 걸로 봐서는 화가 난 거다.

 기왕이면 저 표정인 채로 두고 싶지만 그렇게 둔 채로 헤어지고 나면 다음에 만날 때까지 콜라병뚜껑 같은 좁은 속을 있는 대로 다 드러내며 투덜대니까 적당히 해야 할 것 같다.

 "화났어요?"
 "농담하냐?"
 "흐음, 어떻게 하면 화가 풀릴까."

 이럴 때의 그녀는 스스로 생각해도 성격이 좀 변했다, 라는 느낌이 든다. 예전이라면 이렇게 방글 방글 웃어가며 화난 은성의 앞에서 종알거릴 수 없었을 테니까. 자주 만나는 하영도 진영에게 너 뭔가 좀 변한 거 아냐? 라고 말할 정도니까 아마도 확실할 것이다.

 그에게 뭘 원해요? 라고 하면 당장 시집와, 라고 하겠지만 아무리 그를 좋아해도 아직은 조금 미루고 싶은 게 사실이다.

 "음, 이건 어때요? 내일 입국하는 안드레이 리바노프 접대를 PD님과 수아 씨한테 떠넘긴다! 두 사람이 바쁘면 팀장님께 부탁하고 나는 저녁 시간을 내서 은성 씨를 만나 데이트를 한다."

묵묵히 진영이 제시한 조건을 듣고 있던 은성은 두말도 하지 않고 전화를 걸기 시작했다. 아아, 죄송해요, 팀장님. 애인과 상사가 친구라는 이유 하나로 일을 상사한테 떠넘기고 애인과 데이트를 하러 가는 부하 직원이 어디 있을까. 이러다 정말 잘리겠다. 역시 유준의 제의를 심각하게 재고해 봐야 할지도 몰라. 하지만 그랬다간 또 난리가 나겠지?

'후우. 전처럼 키스로 어때요, 로 끝나면 얼마나 좋아?'

어느 날인가 또 스트레스 풀이 겸 놀렸는데 생각보다 화를 냈다. 어떻게 할까 고민하다가 언젠가 본 만화에서 본 것처럼 키스하면 풀리겠어요? 라고 말을 했는데 그게 의외로 효과가 제대로였다. 다만, 몇 번 해보더니 재미를 들인 은성이 그야말로 길거리 한복판에서 화를 내는 척! 하는 바람에 오래 쓰지는 못했다. 게다가 요즘은 결혼 스트레스라도 쌓이는지 시집와라! NO! 가 이어지는 말싸움에선 절대로 키스 하나로 화를 풀어주지 않는다.

"시끄러워. 또 무슨 말뼈다귀 같은 녀석 마중에 진영이 붙여 내보내면 네 턱 위치가 오른쪽으로 1cm쯤 벽으로 가도록 밀어버릴 테니 그리 알아."

그녀가 끊임없이 그의 옆을 지나는 여자들을 질투하듯, 은성도 만만치 않게 그녀가 일로 만나는 수많은 남자들을 질투한다. 그야말로 피장파장이다.

"팀장님께 죄송하게 그렇게 대놓고 전화하면 어떻게요. 내일 알아서 하면 되는데."

"괜찮아. 세중이 녀석은 그래도 싸."

어쩌면 남자들은 저렇게 애들 같을까. 그러니까 콜라병뚜껑이라는 소리를 듣지.

"뭐 더 마실래?"

오늘은 조금 가벼운 차림으로 나온 은성이 벌떡 일어나더니 물었다. 샐러드바 쪽에 한 번 더 갈 모양이다. 역시 남자란 정말로 위대(胃大)하다.

"그럼 커피만 부탁해요."

알았다면서 팔을 흔들고 가는 남자를 뒤에서 바라본다. 옆의 테이블에 앉아 있던 아가씨들이 힐끔힐끔 그를 쳐다본다. 역시 내가 남자 하나는 잘 골랐지. 아니, 못 고른 건가. 내 눈에 보약은 남의 눈에도 보약이다. 하지만 저 보약에다가 독극물을 확 던져 놓고 싶은 마음을 이해할 수 있는 사람이 있을까. 세상을 뒤져 보면 몇 명은 분명 있을 것이다.

은성이 한 손에는 커피를, 한 손에는 접시를 들고 온다. 자리가 있는 쪽으로 오는데 웬 아이 하나가 그의 앞을 가로질러 뛰어다가 철퍼덕 넘어졌다.

"우아아아앙!!"

"얘가! 그러니까 뛰지 말라고 했잖아. 죄송합니다. 죄송합니다."

아이 엄마인 듯한 여자가 달려와서 은성에게 죄송하다는 말을 여러 번 했다. 아이가 들고 있던 녹차 아이스크림이 은성의 바지에도 튀었기 때문이다.

"괜찮습니다. 걱정하지 마십시오. 지워질 겁니다."

괜찮지 않아! 그 바지는 엉덩이 선이 예쁘게 나온다는 이유로 내가 거금 X0만 원을 들여 사준 거잖아요!! 게다가 당신 쓸데없이 웃었어! 봐! 아줌마가 금세 헤롱헤롱해서 당신 얼굴을 바라보잖아!

은성은 엄마가 아이를 데려가는 것을 확인하고 다시 한 번 고개를 돌려 자신에게 인사하는 것까지 받아주고 나서야 자리로 왔다. 진영은 한숨을 쉬었다.

"은성 씨."

조금 심각해진 진영을 보고 은성이 얼른 허리를 세웠다. 최근 진영이 뭔가 잔소리를 하려고 하면 취하는 태도다. 나름 방어 자세라고 하는 모양이다.

"그 버릇 좀 어떻게 못 고쳐요?"

"응?"

"제발 아무 여자한테나 그렇게 친절하게 웃고 말하고 그러지 말아요."

매너 좋은 것도, 친절한 것도 부드럽게 웃는 것도 오직 그녀 한 사람에게만 해주었으면 좋겠다.

"은성 씨 매너 좋고 에티켓도 최상급이고 친절하고 그런 것

저도 좋아요. 하지만 가끔은…… 힘들어요."

"아…… 어."

"아무한테나 그러지 말아줘요."

"으, 으응. 근데 진영아, 나 또 심장 떨리려고 그러거든? 약속하고 맹세하라면 할 테니까……. 절대 두 번 다시 아무 여자한테나 웃고 친절하게 하게 굴지 않을 테니까 제발 울지만 마라."

아아, 그만 울컥해서 눈물이 나왔나 보다. 진영은 얼른 자리에서 일어났다.

"잠깐 화장 고치고 올게요."

사실 그의 화를 잠재우는 최강의 무기는 자신의 눈물이라는 것을 진영은 누구보다 잘 알고 있다. 그래서 더 더욱 그의 앞에서는 울지 않겠다고 다짐했는데 이렇게 가끔 방심해 버리면 똑하고 한두 방울 떨어져 버린다. 아무래도 눈물샘 단련 방법을 찾아야 할 것 같다.

"아이고, 정말 심장 떨린다."

은성은 팔짱을 끼고는 창밖을 보았다. 여자란 정말로 최강으로 이해하기 힘든 생물이다. 화를 냈다가 바로 웃고, 그 다음엔 느닷없이 눈물을 뚝 흘려서 정상적인 심장 박동에 지장을 주고 멀쩡히 붙어 있는 간을 떨어뜨린다. 역시 얼른 데리고 살아야 할 것 같다.

삐리리리리—

핸드폰이 울린다. 자신의 것은 아니기에 테이블을 봤더니 진영의 핸드폰이 울리고 있다. 진영의 핸드폰 벨소리가 조금 크게 설정되어 있다는 것을 아는 은성은 얼른 핸드폰을 집어 들었다. 실례긴 하지만 무작정 끊을 수도 없고, 그렇다고 울리게 방치할 수도 없으니 받아서 양해를 구해야 할 것 같다. 다행히 전화를 걸은 사람도, 그도 익히 하는 진영의 절친한 친구 김하영이었다.

[진영아!! 정말 나 미칠 것 같아. 세상에 그 망할 조폭 녀석이 뭐라는지 알아? 야! 진짜 네 콜라병뚜껑 씨는 이 남자에 비하면 천 배는 괜찮은 사람이다.]

네. 한진영 씨 핸드폰입니다만 하고 정중하게 전화를 받으려던 은성은 아무 말도 못하고 그대로 굳어버렸다.

[그러니까! 진영이 너! 어? 진영아?]

아무래도 대답이 없으니 이상했는지 하영이 확인을 한다. 결국 은성은 어쩔 수 없이 대답을 했다.

"아, 죄송합니다. 지금 진영 씨가 화장실에 갔는데."

[헉! 죄, 죄송합니다!! 그러니까 지금 한 말은 못 들은 걸로 해주세요오옹~]

그리고 뚝 하고 통화가 끊어졌다. 무안할 거다. 나도 무안한데, 얼마나 무안하겠어. 하지만 누가 진영의 친구 아니랄까 봐 성격이 끝내준다. 세요오옹~ 이라니. 하기야 그런 성격이니 그 막나가는 재헌이랑 사귈 수 있는 거겠지만. 그런데 말이지, 통화 내용 중에서 아무래도 넘길 수 없는 뭔가가 있었던 것 같다고.

실례라기보다는 프라이버시 침해일 수도 있다는 것을 알면서도 은성은 진영의 수신번호 확인 메뉴를 찾았다. 사실은 예전에도 힐끗 콜라병뚜껑이라는 단어를 본 적이 있다. 하지만 뭐 그냥 그러려니 했는데 그게 아무래도 그냥이 아닌가 보다. 조금 전에 온 것은 하영의 전화였고 그전에 건 것은 자신이다. 그러니까 하영의 이름 아래는 자신의 이름이 있어야 한다. 이은성이라고. 그러나 그가 본 수신번호 리스트엔 이은성의 '이' 자도 없었다. 자기~니 허니~ 달링~ 하트 이런 건 기대도 안 했지만 그래도 이건 너무하다.

〈콜라병뚜껑.〉

콜라병뚜껑? 도대체 이게 뭐란 말인가. 눌러서 확인을 해봐도 번호는 분명 자신의 번호다. 그야말로 오랜만에 빠직 이마에 힘줄이 불거져 나올 것 같은 기분으로 핸드폰을 들고 있자니 진영이 돌아왔다.
"미안해요. 그냥 눈에 뭐가 들어갔나 봐요. 혹시 전화 왔었어요?"
"아, 김하영 씨가 전화를 걸어서 화장실 갔다고 했어."
"고마워요. 나중에 걸어봐야겠네요."
"그럴 거 없어. 할 말은 다 하고 끊었으니까. 망할 조폭 녀석보다는 콜라병뚜껑 씨가 천 배는 괜찮은 사람이라는군."

씨익 웃으며 진영을 보자 그녀의 얼굴에 정말로 애매한 미소가 떠올라 있었다. 그가 무엇을 보고 있는지 이제야 눈치를 챈 모양이다.

"콜라병뚜껑이 누구지?"

"아하하."

"무슨 뜻이야?"

"그러니까 그게 귀엽다는 의미의……."

"아닌 것 같은데. 훗."

무시무시한 박력이 흐르는 살인 미소에 진영의 목숨이 간당간당하다. 아무래도 오늘의 승자는 진영이 아니라 은성인 듯하다. 그래서 진영은 있는 힘껏 속으로 이렇게 외쳤다.

'이 콜라병뚜껑보다 더 속 좁고 작은 남자 같으니라고~!!'

작가후기

　겨울부터 여름까지 머릿속을 바글바글 시끄럽게 하던 이야기가 한 편의 글이 되었습니다. 원고를 마치고 후기를 쓸 때가 돼서야 비로소 또 한 편의 글이 끝났구나 하는 실감을 하게 됩니다. 정말로 끝났던 거예요!! 네! 정말로 끝이 났어요. 와와~ 만세!

　글을 쓰는 이에겐 사방의 모든 것들이 소재가 된다는 것을 이번 이야기를 쓰면서 뼈저리게 깨닫게 되었습니다. 『쇼케이스』의 시작은 어느 한 친구의 '일상에 있었던 에피소드'였습니다. 그 친구에겐 일상의 에피소드지만 듣는 저에겐 '아니! 세상에 그런 일도!!'라는 감탄사를 저절로 외치게 만드는 이야기였지요.
　매번 느끼지만, 제 주변에는 특이한 직업을 가진 친구가 꽤 많은 것 같습니다. 이번 이야기도 그 친구의 이야기에서 시작되었으니까요.
　저는 공연 관람을 상당히 좋아합니다. 길지 않은 제 일생에서 처음으로 보았던 공연은 발레 호두까기인형이었죠. 그리고 좀 더 대중적인 가수의 콘서트는 어릴 적 멋모르고 따라갔던 이승철 씨의 라이브 무대가 처음이었습니다. 귀를 때리고 몸을 울리는 엄청난 음향의 홍수 속에서 자신도 모르게 묘하게 흥분해 버리는 그런 라이브 무대를 굉장히 좋아합니다. 지금도 시간이 되면 이런저런 공연을 슬그머니 꾹꾹 눌러봅니다. 그런데 그런 공연을 보고 '아, 나도 이런 공연을 만들어 보고 싶어!' 하는 사람이 존재하나 봅니다. 세상엔 정말 여러 사람들이 있죠. 그리고 이 글을 쓰는 저는 이런저런 이야기를 듣고 아아, 이 이야기가 소설이 되면 좋겠어! 하고 꿈을 꾸는 사람인가 봅니다.

『쇼케이스』에 대한 이야기를 조금 더 하자면, 이 이야기의 20% 정도는 실화입니다. 상당 부분 각색을 거쳤고, 업계 대외 비밀!!을 삭제하고 소설적 상상력의 산물이 가미되긴 했지만 과거에 실제로 현실 속에서 일어났던 이야기가 여기저기 숨어 있습니다. 어느 부분이 실화일지는 독자님들의 예리한 눈과 추리력으로 한번 콱! 찍어보세요.

듣기만 해도 왠지 화려할 것 같은 쇼 비즈니스의 세계. 저는 친구의 팔을 잡고 *_* 그래서? 또 무슨 일이? 그리고 또 무슨 일이? 하면서 이야기 보따리를 풀어놓아 달라고 졸랐습니다. 분명 화려한 세계더군요. 하지만 한발 안으로 들어가 이야기를 듣다 보니 역시나 만만치 않은 세계였어요. 물론 세상에 어디 힘들지 않은 일이 있겠습니까만은, '그쪽' 업계의 겉보기 등급과 실제 등급이 그렇게 차이가 많이 날 줄은 몰랐습니다.

특히 열심히 공연을 준비하는 와중, 아침부터 저녁까지 밥 한술 못 먹고 콜라병 하나를 입에 물고 뛰다가 결국엔 피곤함에 절어 구석에 귀신처럼 걸어가 쓰러져 현수막을 덮고 자는 일이 비일비재하다는 이야기를 듣고는 포복절도해 버렸습니다.

업계 비밀! 인 항목들이 걸려 미처 다루지 못한 몇몇 이야기 중에는 삼 일 밤낮 정도는 지치지 않고 웃을 수 있는 이야기들도 있었지요. 친구의 이야기를 들으며 느낀 것은 뭐라고 해야 할까, 저기~ 저 높은 구름 위에 있는 사람들이라도 결국엔 보통 사람이라는 그런 것이었습니다. 보통 사람들의 특별한 생활이라고 표현하면 맞을지도 모르겠습니다.

이런저런 이유로 『쇼케이스』를 쓸 때 제일 고민을 했던 점은 개연성, 혹은 리얼리타라고 부르는 부분이었습니다. 현실적인 부분을 너무 살리니 소설적인 즐거움이 반감되고, 소설적인 즐거움을 내세우자니 현실성이 떨어지고, 정말로 힘든 줄타기였어요. 마침이라는 단어를 쓸 때까지 내내 고민을 했습니다. 덩달아 소재를 제공해 준 친구는 저의 질문 공세에 새벽까지 시달렸지요. 하고 싶었던 이야기를 전부 풀어냈는가 하고 시놉시스 및 기타 잔뜩 끄적여 둔 파일들을 이리 열어보고 저리 열어보니 더 들어간 부분도 있고 빠진 부분도 있더군요. 최종 퇴고를 보면서 곰곰이 생각을 했습니다. 특히 제목을 어떻게 할까 하고요. 이 이야기의 가제는 쇼케이스였지만 다른 것으로 바꿀 의사가 70% 정도 있었습니다. 하지만 결국에는 『쇼케이스』라는 제목으로 가자! 하고 결심을 굳혔지요. 화려한 쇼 비즈니스 세계와 보통사람들은 잘 알 수 없는 부분을 전부 다 보여 드리는 대신에 이 세계는 이런 것입니다! 라며 쇼케이스 형식으로 보여 드리는 거, 라는 의미에서 말입니다.

기회가 된다면 같은 팀 멤버였던 수아 씨 이야기도 한번 써보고 싶어졌습니다. 나중에 이야기를 들으니 그 업계에 있다 보면 정말로 아티스트들과 사귀게 되는 분들이 있더군요. 귀로 들은 이야기들을 모조리 지면에 풀어놓지 않고서는 배기지 못하는 게 또 글을 쓰는 이들의 슬픈 습성인가 봅니다.

이야기의 주인공인 은성과 진영은 아직도 사랑을 키워 나가는 중입니다. 과연 두 사람이 언제쯤 결혼을 할지는, 읽어주신 분들이 결정해주시면 좋겠네요(웃음).

길면서도 짧은 이야기 읽어주셔서 감사합니다. 제 기본 목표는 로맨스소설다운 로맨스소설입니다. 작년에 처음 로맨스 소설을 쓸 때도 그랬고, 지금도 그 마음은 변치 않았어요. 개연성이 있으면서도 소설적 상상력이 풍부하게 살아 있는, 에이, 정말로 이런 일이 있을 수 있을까? 하면서도 혹시나 모르지 또 실제로 있을지도! 이런 느낌을 원합니다.

『쇼케이스』를 보신 여러분 그런 느낌을 받으셨나요?

즐거우셨길 바랍니다. 혹 이 여름에 한 편의 공연을 보러 가시는 분들 주변을 한번 둘러보세요. 이야기에 나왔던 사람이 한둘쯤은 여러분의 곁을 스쳐 지나갈지도 모릅니다.

감사합니다.

2006년 초여름의 길목에서 하영이 드렸습니다.

chungeoram romance novel

『연두향 나무 아래』

소꿉친구인 설수현과 하재욱.

그러나 만나기만 하면 서로를 향해 으르렁대니,

언제쯤 알콩달콩 사랑을 시작할 수 있을까.

사랑스러운 설씨 가문의 사랑 이야기가

연두향을 타고 돌아왔다.

● 정경하 지음 값9,000원

『운명의 대가』

운명은 이미 정해져 있다.

끝이 보이는 운명을 바꾸기 위해

성주, 태민, 채원

그들은 어떠한 운명의 대가를 치러야 하는가.

● 심은정 지음 값9,000원

도서출판 **청어람** chungeoram@chungeoram.com
☎ 032-656-4452 FAX 032-656-4453

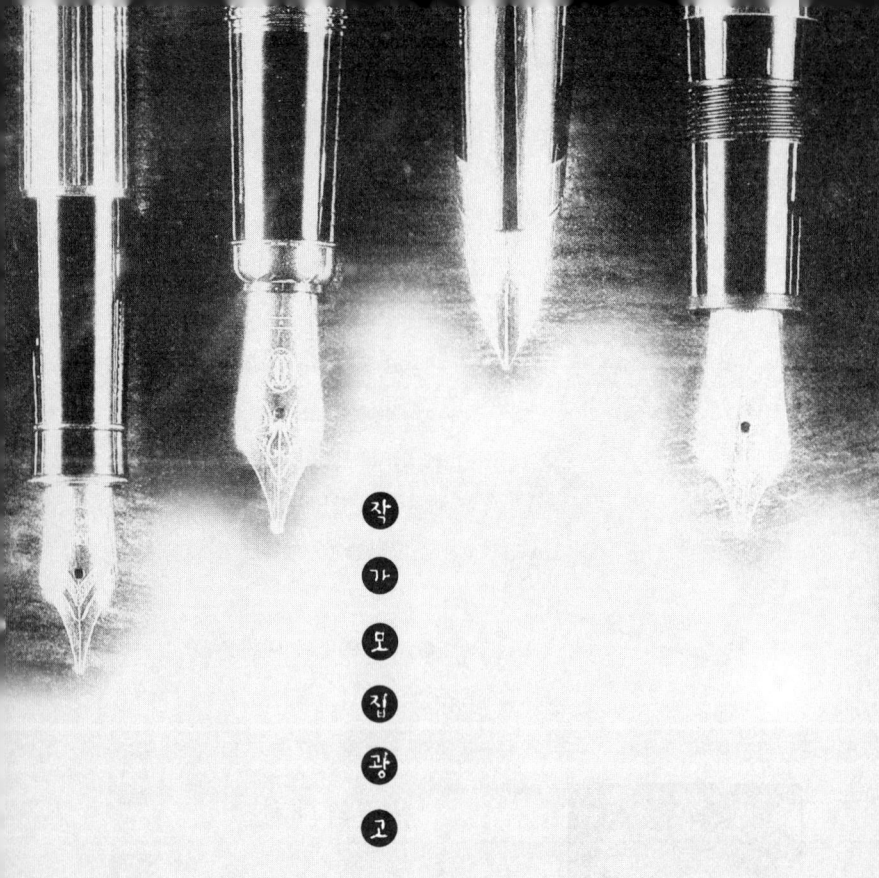